W0408598

CHARASCHO

Personen und Handlungen sind frei erfunden. Eventuelle Übereinstimmungen oder Ähnlichkeiten mit lebenden oder verstorbenen Menschen und wirklichen Ereignissen sind, soweit diese nicht historisch belegt sind, rein zufällig und nicht beabsichtigt.

Impressum:
ISBN: 978-3-902900-52-4
© 2014 echomedia buchverlag ges.m.b.h.
Media Quarter Marx 3.2
A-1030 Wien, Maria-Jacobi-Gasse 1
Alle Rechte vorbehalten

Produktion: Ilse Helmreich
Layout: Brigitte Lang
Coverbild: VGA E3/1047 (Klomfar)
Lektorat: Thomas Hazdra
Herstellungsort: Wien

Besuchen Sie uns im Internet:
www.echomedia-buch.at

ХОРОШО

CHARASCHO

Inspektor Bronstein kehrt zurück

АНДРЕАС ПИТТЛЕР

ANDREAS PITTLER

echomedia
BUCHVERLAG

PROLOG

Wien

Donnerstag, 12. April 1945

Der erste Schuss war völlig unerwartet gekommen. Die Überraschung schien so umfassend, dass seitens des potenziellen Opfers nicht die geringste Reaktion erfolgte. Es stand ruhig und unbeweglich da und schien nur auf den nächsten Schritt des Angreifers zu warten.

Der fluchte wohl undeutlich und überprüfte seine Waffe. Sorgsam nahm er das Opfer erneut ins Visier und wirkte dabei ungemein entschlossen. Er war sichtlich nicht gewillt, noch einmal danebenzuschießen.

Der nächste Schuss riss ein klaffendes Loch in die rechte Seite und hatte ein unüberhörbares Ächzen und Stöhnen zur Folge. Doch immer noch bestand eine vage Hoffnung, dass es nicht zum Äußersten kommen würde, denn es waren keine vitalen Bereiche getroffen worden. Allerdings war da diese unerträgliche Wehrlosigkeit. In aller Seelenruhe konnte der Angreifer nachladen, seine Waffe neu ausrichten. Quälende Augenblicke vergingen, in denen der Gegner zum dritten Mal sein Ziel anvisierte. Dem ohrenbetäubenden Knall folgte spornstreichs ein weiterer Einschlag, der neuerliches Brüllen und Tosen hervorrief. Nun waren die Wunden, die das gnadenlose Metall geschlagen hatte, bereits unübersehbar.

Das Opfer wankte. Und seine Lage war hoffnungslos. Keine Chance, dem Schicksal zu entrinnen. Niemand war da, der ihm zu Hilfe kommen konnte. Wie auch? Seit Tagen tobte in der ganzen Stadt eine unerbittliche Schlacht, in der jeder auf sich allein gestellt war. Die Verluste waren gigantisch, und sie nahmen kein Ende. Viel Bedeutendere hatten nicht gerettet werden können, waren einfach niedergemäht worden. Weshalb sollte es da gerade in diesem einen Fall ein gutes Ende geben? Nein, da half kein Beten und kein Fluchen. Es blieb nur, sich in das Unvermeidliche zu fügen. Klappernd fiel die leere Hülse zu Boden, während ein weiteres Geschoß in den Lauf geschoben wurde. Ein kurzes Heben der Hand, und ein viertes Mal belferte die Waffe laut auf. Auch dieser Treffer saß. Nun endlich konnte das Opfer nicht länger widerstehen. In unendlicher Langsamkeit löste es sich aus der Reihe, in der es eben noch gestanden war. Es neigte sich bedenklich, und kein Mensch hätte zu sagen vermocht, was es noch davon abhielt, krachend zu Boden zu fallen. Trotz des allgemeinen Lärms war ein merkwürdiges Knarren zu hören, so wie man es vielleicht in alten Schiffen vernehmen mochte. Dann ertönte ein Schnalzen. Ganz oben. Gleich danach etwas weiter unten, und schließlich setzte sich dieses Geräusch bis hinunter zum Boden fort. Dem Klanggemälde gesellte sich ein Zischen bei, untermalt von einem Bersten und einem Klirren. Nach und nach versagten alle Elemente dem Opfer ihren Dienst, und noch ehe die gegnerische Kanone ein weiteres Mal infernalisch aufheulen konnte, war ihr Ziel gefällt. Die ganze Vorderfront brach in sich zusammen, begrub Fensterrahmen, Glassplitter, Stuck und Wandschmuck unter sich. Das Dach, von dem sich schon zuvor etliche Ziegel gelöst hatten, gab nun auch nach und fiel auf den Fußboden des obersten Stockwerks. Dieser konnte dem so entstandenen Druck nicht standhalten und sackte in Richtung Erdgeschoß durch. Schränke, Betten und Sitzmöbel kullerten in seltsamen Pirouetten auf die Straße, wo sie augenblicklich von einer markanten Staubwolke eingehüllt wurden. Brände flammten auf, die zwar teilweise von den aus ihren Halterungen gerissenen Wasserleitungen bekämpft, gleichzeitig aber von austretendem Gas angefacht wurden. Endlich implodierte der Rauchfang und stürzte in sich zusammen. Das Haus in der Walfischgasse war einen namenlosen Tod gestorben, über den keine Zeitung berichten würde. Die Artilleristen der Roten Armee aber nickten einander zufrieden zu. Ihre Genossen von der Infanterie stürmten vor und erwarteten, auf den Trümmern des Gebäudes stehend, die hustenden und taumelnden SS-Männer, die sich in den Mauern verschanzt hatten und nun, ohne weitere Deckung, ihr Heil in ihrer Kapitulation suchten.

Eine Stunde später war auf diesem Kampfplatz Ruhe eingekehrt. Die Gefechte verlagerten sich in Richtung Stephansplatz, zurück blieben nur Trümmer und Schutt, die von jenen, die – zumindest vorerst – überlebt hatten, vorsichtig begutachtet wurden. Das ganze Ensemble bot einen bemitleidenswerten Anblick. Fast die gesamte Vorderfront war dem Beschuss zum Opfer gefallen. Nur der linke Gebäudeteil hatte den Angriff unbeschadet überstanden. Man konnte einen Teil des Flurs erkennen, an dessen Ende sich die Tür zur einzig intakten Wohnung der Beletage befand. Mit einem Feldstecher hätte man vielleicht die Schrift auf dem braunen Karton lesen können, der an den linken Türflügel geklebt war, doch die Bewohner des Hauses in der Walfischgasse wussten auch so, was darauf stand. „Schmied". Daneben hatte jemand mit krakeliger Schrift „Schulz" hinzugefügt, und erst vor kurzem war mit Bleistift der Name „Schneider" ergänzt worden.

Doch die Kanonade war auch an diesem Stück Karton nicht völlig spurlos vorübergegangen. Er war ein klein wenig verrutscht und hing nur mit leichter Schlagseite nach unten. Dadurch gab er den Blick auf ein Messingschild frei, das wohl einst mit dem Karton überklebt worden war. Zwei oder drei altdeutsche Lettern erblickten erstmals seit langem wieder das Tageslicht, und auch ohne Fernglas hätten etliche Bewohner des Hauses gewusst, dass es sich dabei um ein „B“, ein „r“ und ein „o“ handelte.

Doch darum kümmerte sich in diesem Augenblick niemand. Während einige Luftschutzwarte versuchten, die entstandenen Brandherde einzudämmen, stöberten andere in den Trümmern nach ihrer persönlichen Habe. Hundert Meter weiter freilich dauerten die Kämpfe mit unverminderter Heftigkeit an.

ERSTER TEIL

Frühjahr 1945

Besançon
Drei Tage zuvor

„What's your name?"

Unsicher blickte Bronstein auf den Mann, der ihm als Übersetzer avisiert worden war.

„Wie du heißt, will er wissen", gab dieser schließlich gelangweilt von sich.

„Bronstein. David Bronstein."

„Jew?"

Wieder sah Bronstein zum Übersetzer hin.

„Ob du ein Jud bist."

„Nein. Protestant. Und Österreicher", setzte Bronstein hinzu.

Der amerikanische Offizier hob den Kopf. „Austrian? But your name is Bronstein, ain't it?"

Bronstein trat einen Schritt näher an den Mann heran, um sein Namensschild lesen zu können. „You Vianello", sagte er dann, „America. Not Italia."

Gegen seinen Willen musste der Yankee grinsen. „You've got a point, man." Doch sofort wurde Vianello wieder ernst. „Okay, so what shall we do with you? Do you want to stay here and wait, or do you like to have an Affidavit?"

Bronstein wusste nicht, was er auf diese Frage antworten sollte. Wollte er wirklich nach Hause? War Wien überhaupt noch sein Zuhause? Er spürte, wie seine Beine zu zittern begannen, und er bat um einen Sessel. Die besorgte Miene Vianellos nahm er ebenso wenig wahr wie den angewiderten Gesichtsausdruck des Dolmetschers.

Bronstein versuchte, sich auf die Frage zu konzentrieren, doch unwillkürlich schweiften seine Gedanken ab. Er erinnerte sich mit einem Mal wieder an jenen Märztag vor sieben Jahren, da er die tschechische Grenze passiert hatte, weil Freund wie Feind in ihm einen Tschechen namens Tauber vermutete. Und unweigerlich kamen ihm die Tränen.

Deutlich hatte er das Bild vor Augen. Apathisch und doch zähneklappernd saß er in dem überfüllten Waggon nach Břeclav, memorierte ein ums andere Mal den Satz „Jsem občan Československé Republiky.“ An den Fenstern zogen die Felder des Weinviertels an ihm vorbei. Ein malerischer Anblick unter anderen Umständen, doch er hatte kein Animo dafür. Er versuchte, nicht aufzufallen, was ihm jedoch sofort absurd vorkam. In dem Zug saßen nur Leute, die nicht auffallen wollten. Alle suchten um jeden Preis dem sicheren Untergang zu entfliehen, und alle quälte nur die eine Frage: Werde ich es schaffen?

„Jsem Josef Tauber. Jsem občan Československé Republiky“, wiederholte er erneut für sich, als am anderen Ende des Waggons die Tür derb aufgestoßen wurde. Zwei Männer in langen braunen Ledermänteln traten ein. Ihre kahlrasierten Schädel wirkten brutal, ihr Blick verschlagen. Bronstein hielt den Atem an. Die beiden sahen sich kurz um, ehe sie einander zunickten. Mit einem zynischen Lächeln auf den Lippen bewegten sie sich auf die Mitte des Waggons zu. Genau bei Bronstein blieben sie stehen.

„Steh auf, mach keine Umständ’. Gemma, Jud!“

Bronsteins Herz setzte aus. Sie waren höchstens noch fünf, sechs Kilometer von der Grenze entfernt. Doch die beiden Gestapo-Männer verwehrten ihm jedweden Fluchtweg. Er musste es einsehen, er hatte verloren.

„Jetzt komm schon! Oder müssen wir dich erst durch den ganzen Zug prügeln, du Judensau!“

Bronstein betete um einen Herzinfarkt. Sterben! Genau jetzt! Dann konnten sie ihm nichts mehr anhaben. Doch diese Gnade blieb ihm verwehrt. Sein Blut floss weiter durch seine Adern, seine Lunge füllte sich regelmäßig mit Luft, sein Körper versah die vorgesehenen Funktionen. Bronsteins Hände krampften sich um die Lehnen, eben wollte er Schwung nehmen, um sich zu erheben, als der Mann neben ihm laut seufzte.

Bislang hatte Bronstein nicht auf ihn geachtet, da er sich hinter einer großformatigen Zeitung, den „Wiener neuesten Nachrichten“, verschanzt hatte. Doch nun faltete er diese umständlich zusammen, sodass Bronstein das Gesicht des Mannes wahrnehmen konnte. Sofort fielen ihm die Schläfenlocken auf, die unter den Bügeln der Nickelbrille nach unten hingen. Dann sah er die Kippa am Hinterkopf. Der Mann seufzte abermals, steckte die Zeitung in den Mantel und erhob sich.

„Warum nicht gleich, Itzig“, knurrte nun der zweite Polizist. „Also, gemma. Abmarsch!“ Umständlich zwängte sich der Verhaftete an Bronstein vorbei, woraufhin er sofort von den beiden Mantelträgern in die Mitte genommen wurde. Ehe sie ihn hinauseskortierten, wandte sich der erste Agent noch einmal an Bronstein und entschuldigte sich für allfällige Unannehmlichkeiten. „Aber Sie müssen schon verstehen, Volksgenosse! Mit diesem Judenpack kann man gar nicht vorsichtig genug sein.“

Bronstein zwang sich zu einer Art Nicken, dann wurde ihm schwarz vor den Augen.

„Are you okay? We can continue later, if you like“, riss ihn Vianello aus seinen Gedanken.

Soweit Bronstein die Anweisungen des Amerikaners verstand, sollte ihn der Dolmetscher zurück ins Krankenrevier bringen. Dort angekommen, legte sich Bronstein hin und schlief umgehend ein.

Wien
12. April 1945, ein paar Stunden zuvor

„Was machen Sie da?“

Die Stimme drang für den Mann in der Mitte des Raumes unerwartet an sein Ohr. Doch er fing sich rasch.

„Wonach sieht es denn aus?“, gab er über seine Schulter zurück.

„Es schaut so aus, als wollten Sie unser Haus in Brand setzen.“

Die junge Frau hatte so unrecht nicht. Der Mann mit dem abgetragenen Soldatenmantel war tatsächlich gerade dabei, einen aufgeschichteten Papierstapel anzuzünden. Und da er nichts sagte, trat die Blondine neugierig näher. Deutlich erkannte sie den Reichsadler mit dem Hakenkreuz in seinen Klauen. Der Mann vernichtete offenkundig kompromittierende Dokumente.

„Warum verheizen Sie das Zeug nicht im Ofen? Dann hätten wir es schön warm, und gefährlich wäre es auch nicht.“

„Siehst du da irgendwo einen Ofen?“

Die Frau sah sich um. „Nein. Aber bei uns drüben, da gibt es einen.“

Erstmals sah der Mann sie direkt an. Und sein Blick wirkte alles andere als beruhigend auf sie. „Ich hab ja nur g'meint“, murmelte sie.

Abrupt erhob sich ihr Gegenüber. „Du wärst besser nicht so neugierig gewesen“, knurrte er, während er ein Streichholz entzündete und es auf das Papier fallen ließ.

„Aber ich verrat Sie doch eh nicht, Herr …“

Er legte den Zeigefinger seiner Linken auf ihre Lippen. „Sch…!“ Zu ihren Füßen begann es zu qualmen. Unwillkürlich trat sie einen Schritt zurück, doch der Mann folgte ihr augenblicklich. Die ersten Flammen züngelten in gelblichem Orange auf. Die Frau wich weiter zurück und kam durch die Zimmerwand jäh zu einem Halt.

„Ich schwör's“, flüsterte sie, „ich sag wirklich nichts. Wem sollte ich auch etwas sagen?“

„Den Russen zum Beispiel“, entgegnete er mit einem schiefen Grinsen, „die sind nämlich spätestens in ein paar Stunden da.“

„Aber was hätt ich davon? Wir stecken da doch alle mit drinnen“, widersprach sie leise. Ihr Gegenüber lachte trocken auf.

„Gut, Sie haben die Mareks vernadert. Ich aber war Blockwart. Für mich heißt es Sibirien. Wenn ich Glück hab. Und ich hab keine Lust auf Birkenrinde bei minus 35 Grad.“

Trotz des Feuers, das mittlerweile einen halben Meter emporzüngelte, begann die Frau zu frösteln. Zwischen sie und die Wand passte nun kein Stück Papier mehr, und der Mann kam ihr so nahe, dass sie seinen Atem ganz deutlich spürte. Er roch faulig und zudem nach Alkohol. Sie drehte ihren Kopf nach links, um die Entfernung zur Tür abschätzen zu können, doch die Rechte des Mannes versperrte ihr die Sicht.

„Sie haben mich nie leiden können, gell“, sagte er tonlos, während er ihr mit den Fingern über die Wange fuhr. Instinktiv wich sie aus.

„Sie täten denen alles sagen. Wie ich die Reibpartien im 38er Jahr organisiert hab. Wie ich den g'schissenen Finkelstein, diesen arroganten Quacksalber, endlich Mores g'lehrt hab. Und dass ich mir seine Wohnung unter den Nagel g'rissen hab, das täten S' auch sagen, gell."

Ängstlich schüttelte sie den Kopf.

„Aber sicher täten S' das sagen. Das und noch mehr. Und dabei täten S' die Wahrheit ganz verdrehen. Sie täten sagen, ich hätt mir das G'schäft vom alten Feldberg zug'schanzt. Dabei hab ich das ganz offiziell von der Partei übertragen bekommen! Und dass ich den Sagmeister an die Gestapo ausgeliefert hab, das täten S' den Russen auch sagen. Dabei hat das Schwein Feindsender g'hört. Obwohl ich ihn verwarnt hab. Zweimal sogar! Aber er hat ja ned hören wollen, der alte Trottel. Also hat er sich nicht wundern brauchen, wie er auf einmal in Dachau aufg'wacht ist. Na bitte, ist das vielleicht meine Schuld?" Der Mann legte fragend seinen Kopf schief.

„Eh nicht", entgegnete sie hastig. „Bitte", fuhr sie flehend fort, „lassen S' mich gehen. Ich sag bestimmt nichts. Bei meiner Ehr."

„Ja, ja", seufzte er nun, „Ihre Ehre! Die war Ihnen ja immer so wichtig, was?! So ein einfacher Volksgenosse wie ich, der war Ihnen ja nicht gut genug, gell." Die Frau wollte etwas erwidern, doch abermals hielt ihr der Mann den Finger auf den Mund. „Genug geredet. Ich muss schauen, dass ich fortkomm. Irgendwohin in den Westen. Die Amis sind vielleicht nicht ganz so grausam wie der Iwan."

Deutlich spürte sie, wie sich seine rechte Hand um ihren Hals schloss. Augenblicklich wurde es schwer für sie, Atem zu bekommen. „Aber mir ist doch", krächzte sie, „das alles völlig gleichgültig. Bitte ..."

Doch der Griff schloss sich nur fester, schnürte ihr gnadenlos die Luft ab. „Hättest halt nicht immer so hochnäsig sein dürfen, blöder Trampel. Dann könnt ich dir vielleicht vertrauen. So aber hängst mir wahrscheinlich die Marek-G'schicht auch noch an, nur damit du selber besser dastehst."

Ihre Augen weiteten sich angstvoll. Instinktiv riss sie ihre Arme hoch, um die Hand ihres Peinigers von ihrem Hals zu bekommen. Der aber schüttelte nur langsam den Kopf und packte noch kräftiger zu. Die Frau begann zu röcheln.

„Unser schönes Deutschland geht unter. Und du mit ihm!"

Der Mann nahm nun, während er sich mit seinem ganzen Körpergewicht gegen die zierliche Gestalt drückte, auch die linke Hand zu Hilfe. Gemeinsam mit ihrem Pendant schloss sie sich wie ein Schraubstock um den Hals der jungen Frau, die schreckensstarr ihren Mund in der verzweifelten Anstrengung aufriss, doch noch irgendwie Luft schnappen zu können. Sie bemühte sich, auf den Mann einzuschlagen, doch sein massiger Oberkörper ließ ihren Armen keinen Platz für eine ansprechende Bewegung. In nackter Panik krampften sich ihre Finger sodann in seine Handgelenke, doch ihre Kräfte ließen rapide nach. Ihre Beine knickten ein, wodurch sein Würgegriff nur noch mehr Heftigkeit entfaltete. Ihr Körper hing in seinen Armen wie eine Gehenkte. Ein mühseliges Aufbäumen noch, ihr Blick brach aus, und ein kaum hörbares Röcheln zeugte als Letztes von einer Existenz, die eben aufgehört hatte zu sein.

Dennoch hielt der Mann noch eine gute Weile seine Hände um ihren Hals geschlossen, und erst als er sich sicher war, dass die Frau nicht nur bewusstlos war, ließ er aus und trat einen Schritt zurück. Der leblose Körper sank die Wand abwärts und kippte schließlich zur Seite. Nachdenklich betrachtete er sein Werk, versetzte der Leiche noch einen untersuchenden Tritt, um sich, als keine Reaktion mehr erfolgte, achtlos umzudrehen. Er öffnete die Schublade zu seiner Linken, holte die Bündel mit den Reichsmark heraus und ging dann zurück in die Mitte des Raumes, wo die Dokumente bis zur Unkenntlichkeit verbrannt waren. Der Mann trat die Glutnester aus, sah sich noch einmal um und verließ dann die Wohnung.

Besançon
Freitag, 27. April 1945

Bronstein hatte mit wachsender Unruhe registriert, wie laufend Armeelaster in dem Lager eintrafen. Abordnungen italienischer Kommunisten waren bereits in der ersten Woche seiner Anwesenheit im Camp eingetroffen und hatten alle Italiener, egal, ob sie nun Kommunisten, Sozialisten oder Anhänger einer konstitutionellen Monarchie waren, auf Rot-Kreuz-Wägen aufgeladen, um sie zurück in die Heimat zu eskortieren. Aus dem Norden waren belgische und holländische Delegationen eingetroffen, um ihre Leute abzuholen, und aus der Schweiz bewegten sich tschechoslowakische und jugoslawische Gruppen auf das Lager zu. Nur aus Österreich kam niemand.

Dabei waren sie ihrer gar nicht so wenige, wie Bronstein in den ersten Tagen hatte feststellen können. Nach seinem Gespräch mit Vianello war er einer Baracke zugewiesen worden, in der ein knappes Dutzend „Spaniaken“ hauste, wie sich die ehemaligen Mitglieder der Internationalen Brigaden, die gegen den Diktator Franco gekämpft hatten, selbst nannten. Nach der Niederlage der Republikaner waren sie ins demokratische Frankreich ausgewichen, das sie allerdings in Sammellagern wie Saint-Cyprien oder Gurs eingesperrt hatte, wo sie kaum zu essen bekamen und auf dem nackten Erdboden schlafen mussten. Die meisten von ihnen waren 1940 vom besiegten Frankreich an die Nazis ausgeliefert worden, worauf ein fünf Jahre währender Leidensweg durch diverse Konzentrationslager gefolgt war, aber einige von ihnen hatten sich, Bronstein gleich, in Vichy-Frankreich verstecken können. Sie warteten nun wie er auf ihre Repatriierung. Doch es war offenkundig, dass die neue österreichische Verwaltung keine Eile hatte, sie heimzuholen.

Bronstein verlor die Geduld. Mehr als sieben Jahre waren vergangen, seit er Wien hatte verlassen müssen, und er war an einem Punkt angelangt, an dem ihm jeder weitere Tag in der Fremde zur Hölle wurde. Von morgens bis abends lungerte er am Sammelplatz herum und hielt sehnsuchtsvoll Ausschau nach den LKW, die dort pausenlos Menschen aufnahmen, um sie nach Hause zu bringen. Und wieder fuhren drei riesige Laster durch das Tor.

Sofort erkannte Bronstein ihr Herkunftsland, denn unverkennbar prangte die tschechoslowakische Trikolore an der Fahrertür. Bronstein fasste einen Entschluss. Ruckartig erhob er sich von seinem Sitz und ging auf den Fahrer zu.

„Dobrý den. Jmenuji se Josef Tauber. Jsem obyvatel Československé Republiky. Ale problém je, nemám občansky prukaz, nemám vubec papir."

Der Fahrer lachte und klopfte ihm aufmunternd auf die Schulter. Das sei doch kein Problem. Nach dieser Höllenzeit könne von niemandem erwartet werden, dass er Papiere habe, von gültigen Ausweisen ganz zu schweigen. Die tschechoslowakische Republik kümmere sich um ihre Bürger, und wenn er erst einmal zu Hause sei, dann werde man sicherlich einen Weg finden, ihm die nötigen Dokumente auszuhändigen. Er solle einfach aufsteigen. Bronstein zögerte nicht lange und kletterte auf die Ladefläche. Wohin er überhaupt wolle, fragte der Fahrer noch. „Mikulov", gab Bronstein zurück.

„Jedeme do Brne", erklärte der Fahrer. Von dort müsse er selbst sehen, wie er weiterkomme. Vor allem aber müsse er sich in Acht nehmen, denn dort gebe es immer noch vereinzelt Gefechte. Bronstein nickte nur.

Zwei Stunden später setzte sich der Konvoi in Bewegung. Bronstein hatte in der Zwischenzeit erfahren, dass die Tschechoslowaken einfach den amerikanischen Truppen folgten, die bereits weite Teile Bayerns befreit hatten. Bis Mühlhausen schien es ihm, als nähme er einfach an einer Landpartie teil, doch kaum überquerten sie die Grenze zu jenem Land, das einst das Deutsche Reich gewesen war, wähnte sich Bronstein auf dem Mond. Links und rechts der Fahrspur dehnten sich weite Felder aus. Doch niemand war da, sie zu bestellen. Alles wirkte öd und leer, lag brach und verwüstet da. Und immer wieder passierten sie kleine Orte, Dörfer und Weiler, wo nur rauchende Trümmer daran erinnerten, dass hier Menschen gelebt, gearbeitet und gelitten hatten. Immer wieder schüttelte Bronstein den Kopf. Er hatte im Ersten Krieg genug Zerstörung und Verwüstung gesehen, dass es für mehrere Leben gereicht hätte. Doch was er nun erblickte, ließ ihn in stummem Entsetzen erstarren. Zwischen ausgebombten Mauerresten hingen zerfetzte Leiber, die niemand zu bestatten vermochte. Raben, die allein noch von Leben zeugten, taten sich an verwesenden Leichen gütlich.

Wien
Donnerstag, 12. April 1945

Als er auf die Straße trat, blickte er sich links und rechts um. Die Walfischgasse lag völlig verwaist vor ihm, in einiger Entfernung sah er das traurige Gerippe der Staatsoper stehen, die rund drei Wochen zuvor nach einigen Bombentreffern nahezu vollkommen ausgebrannt war. Weit und breit war kein Vehikel zu erspähen, sodass ihm bewusst wurde, dass er sein Heil nur auf Schusters Rappen finden würde.

„Obacht, Mensch!“, hörte er plötzlich einen schnarrenden Ruf, „det is Kampfjebiet hier. Hau bloß ab!“

Instinktiv wandte er den Kopf in die Richtung, aus der die Stimme gekommen war. Hinter ein paar auf dem Gehsteig aufgetürmten Sandsäcken konnte er einen Stahlhelm aufblitzen sehen. Gleich daneben nahm er eine winkende Hand wahr, die ihn sichtlich zurück ins Haus zu scheuchen versuchte. Genau in diesem Moment dröhnte ein scharfer Pfiff in seinen Ohren, und fast automatisch ließ er sich auf den Boden fallen. Mit einem infernalischen Krach schlug ein Artilleriegeschoß in das Haus hinter ihm ein, und Mörtel, Ziegelsteine, Holzrahmen und sogar ein Blumentopf donnerten links und rechts neben ihm auf das Trottoir. Wie durch ein Wunder wurde er nicht getroffen. Er wusste, dass dieser Schuss nicht der letzte sein würde, und so rappelte er sich rasch hoch und hastete in Richtung Kärntner Straße, während hinter ihm die Landser in ihrem MG-Nest sinnlos eine Salve abfeuerten, als könnten sie dadurch die gegnerische Kanone einschüchtern.

Kaum an der nächsten Ecke angelangt, lief er einfach weiter. Vorbei an der Malteserkirche auf den Stephansdom zu. Er hatte nicht den amerikanischen Bombenterror, der seit drei Monaten praktisch ohne Unterbrechung angedauert hatte, überlebt, um jetzt von russischen Katjuschas erwischt zu werden. Kurz vor dem Graben hielt er keuchend inne. Im Augenwinkel wurde er eines Trupps Männer in Zivil gewahr. Sie trugen Armbinden. Er tippte auf Luftschutzwarte oder Feuerwehrleute. Instinktiv hechtete er zu einem Mauervorsprung und suchte dort Deckung. Wenn er von einer solchen Gruppe aufgegriffen wurde, konnte das nur Unbill bedeuten, denn er wusste nur zu gut, dass diese Einheiten das Recht hatten, ihn für irgendwelche Arbeiten einzusetzen. Es kam seit einem Monat laufend vor, dass man auf einmal für Schanzarbeiten herangezogen wurde oder auf Schutthaufen klettern musste, und mitunter entpuppten sich die Zivilisten als Volkssturmabteilung, die einem ein Gewehr in die Hand drückten und einen in den Kampf schickten. Weigerte man sich, war man schnell ein toter Mann.

Fieberhaft überlegte er, wie er dem Trupp entgehen konnte. Trotz der empfindlichen Kälte erwog er, sein Hemd in Streifen zu reißen, um sich eine Schlinge daraus zu basteln, in welche er den rechten Arm stecken könnte. Doch auf diese Idee waren zuletzt viele gekommen, sodass der vermeintlichen Verwundung kein Glauben mehr geschenkt wurde. Und traf man dabei auf den Falschen, so wurde man einfach wegen Feindbegünstigung erschossen. Die Männer waren nun nur noch wenige Meter von ihm entfernt und würden ihn zweifellos bald bemerken. Zu allem Übel schien ihr Ziel die Ruine des Nebenhauses zu sein, sodass er sich unmöglich an ihnen würde vorbeischleichen können. Es bedurfte also einer anderen Strategie, um diesen Leuten zu entgehen.

Er prüfte, ob das Haustor verschlossen war. Es ließ sich öffnen. Er verschwand kurz im Flur, atmete tief durch und stürzte dann schreiend und hinkend aus dem Gebäude. Mit befremdlichen Verrenkungen humpelte er, immer noch brüllend, an der Gruppe vorbei und hielt sich dabei mit beiden Händen die Ohren zu. Damit erreichte er sein Ziel. Die Männer sahen ihn nur kurz an und wandten sich dann wieder ihrer eigentlichen Aufgabe zu. Sie hatten ihm den Geschockten abgenommen, und mit einer solchen Jammergestalt vermochten sie nichts anzufangen. Er lief weiter die Kärntner Straße entlang, dabei stets das eine Bein nachziehend, bis er sich weit genug entfernt wähnte, um wieder normal gehen zu dürfen. Beißender Rauch stieg ihm in die Nase, der vom Stephansplatz zu ihm drang. Gerüchten zufolge hatten in der Nacht einige Plünderer die alte Feldapotheke in Brand gesteckt, und das Feuer, von niemandem bekämpft, griff seit geraumer Zeit auf die Nachbargebäude über. Er hastete über den Platz, um die Rotenturmstraße zu erreichen. Der Steffl stand einsam und verlassen da, und es war ihm, als stiege auch aus dem Dom, der als eines der wenigen Bauwerke bislang heil geblieben war, Rauch auf. Unwillkürlich sah er genau hin. Tatsächlich. Da züngelten Flammen aus den geborstenen Fenstern. Das Gotteshaus brannte!

Trotz seiner Eile hielt er einen Augenblick inne. Wie ein Feuerwehrmann wog er die Chancen der Kathedrale ab. Nur Sofortmaßnahmen würden sie jetzt noch retten können. Doch die blieben mit Sicherheit aus. Also bräche sich das Feuer mehr und mehr Bahn, bald wären Decke und Dachstuhl erreicht. Dann gab es kein Entrinnen mehr. Krachend würde die Pummerin zu Boden sausen und dort zerbersten. Und der Dachstuhl würde ihr folgen. Sankt Stephan würde dann aussehen wie die Ruine Dürnstein. Und sich damit perfekt in das restliche Ensemble der Stadt einfügen.

Er seufzte kurz auf, dann lief er weiter. Am Hohen Markt vorbei, passierte er wenig später den Fleischmarkt und konnte schon deutlich das Ufer des Donaukanals erkennen. Plötzlich und unerwartet hob das Geschützfeuer wieder an. Dort wurde also noch gekämpft. Das durchkreuzte seinen Plan. Er fluchte. „Was mach ich jetzt?“, fragte er sich halblaut.

Bayern
Montag, 30. April 1945

Die Fahrer der tschechischen Lastwägen hielten es für besser, den größeren Städten auszuweichen. Zwar gab es in dieser Region kaum noch Kämpfe, doch noch war der Krieg offiziell nicht zu Ende, sodass weiterhin Vorsicht geboten war. Bronstein war schlecht im Schätzen, aber er ging davon aus, dass die Automobile selten mehr als zwanzig oder dreißig Kilometer pro Stunde erreichten. Immer wieder fuhren sie schlicht Schritttempo, was Bronstein daran erkannte, dass die Flüchtlingstrecks entlang der Straße kaum aus seinem Blickfeld verschwanden.

Der Mann neben ihm, eingehüllt in einen viel zu dünnen Mantel, holte plötzlich ein schmales Säckchen aus der Tasche und entnahm diesem ein kleines Stückchen Papier. Darauf träufelte er ein paar Tabakkrümel und führte das Ganze sodann zum Mund, wo er das Papier ein wenig anleckte, ehe er schließlich eine Zigarette daraus formte. Bronstein starrte ihn entgeistert an.

„Mate neco kouřit?“, fragte er perplex.

„Určitě“, kam es zurück, „chceš take jedna?“

Dankbar strahlte Bronstein den Mann an. Dieser überreichte ihm den Beutel und forderte Bronstein auf, sich zu bedienen. Gleichzeitig riet er aber, mit dem Tabak sparsam zu sein, denn der müsse immerhin noch eine ganze Weile vorhalten. Bei dem Tempo, so erklärte der Mann, brauche man mindestens eine Woche bis Prag, und der Inhalt dieses Säckchens sei alles, was ihm noch geblieben sei.

„Jeden týden?“ Bronstein mochte es nicht glauben. Na ja, zuckte sein Nachbar mit den Schultern. Bis Prag seien es sicherlich 700 oder gar 750 Kilometer. Und es sei zu riskant, bei Nacht zu fahren, sodass man kaum mehr als hundert Kilometer pro Tag werde schaffen können. Zudem müsse man immer auf Patrouillen oder sonstige Hindernisse gefasst sein. Das alles koste wertvolle Zeit.

Beinahe hätte Bronstein „Wo sind wir überhaupt?“ gefragt, doch gerade noch rechtzeitig schaffte er es, sich deutscher Worte zu enthalten. In der jetzigen Situation hätte dies zweifellos für böses Blut gesorgt. Stattdessen hielt er dem Mann die Hand hin. „Josef Tauber z Olomouce“, sagte er nur.

Der andere ergriff sie und antwortete, er sei Jan Zeman, Fabriksarbeiter aus Česká Třebová. Und während er rauchte, erzählte Zeman, dass er schon 1939, unmittelbar nach der Okkupation der Tschechoslowakei, in den Widerstand gegangen sei. Nach dem Attentat auf Heydrich sei seine Gruppe schließlich aufgeflogen. Wochenlang habe ihn die Gestapo gefoltert, und nur wegen der tapferen Haltung seiner Kameraden, die ihn nicht verraten hatten, sei er der Exekution entgangen. Stattdessen sei er im Herbst 42 in ein Konzentrationslager gekommen. Anfang des Jahres habe man ihn gemeinsam mit den anderen Gefangenen in den Westen evakuiert, wobei sein Zug durch Bombentreffer vom Hauptteil der Karawane abgetrennt worden war. Die Bewacher hätten schließlich die Nerven verloren und seien getürmt. So habe er sich mit einigen Freunden nach Freiburg durchgeschlagen, wo er auf die Amerikaner gestoßen sei, die ihn nach Besançon brachten, wo er sich erstmals seit drei Jahren wieder habe erholen können. „A ted'", schloss er seinen Bericht, „těšim me na domov."

Unerwartet hielt der Wagen an. Bronstein sah ein umgestoßenes Straßenschild, auf dem er „Tuttlingen 3 Kilometer" lesen konnte.

Der Fahrer war aus dem Führerhaus gesprungen und kam nach hinten. Zeman fragte ihn, was los sei. Ein Motorradfahrer habe ihn eben angehalten, antwortete der. Sie sollten noch nach Dachau fahren. Da gebe es auch noch eine Menge Landsleute, die man heimholen müsse.

Dachau? Wurde dort nicht noch gekämpft? Die Frage war von einem Unbekannten auf der anderen Seite des Wagens gestellt worden. Der Fahrer schüttelte den Kopf. Die Amerikaner hätten das Lager zwei Tage zuvor befreit. Und in München gebe es nun auch keine Kämpfe mehr. Für Bayern sei die Gefahr im Wesentlichen vorbei.

Aber müssten die armen Genossen nicht zuerst gründlich untersucht werden, ehe man sie transportiere, erkundigte sich ein weiterer Mann. Wahrscheinlich schon, nickte der Fahrer, aber man werde auch nur kurz vor dem Lager halten, und wer transportfähig sei, den nehme man mit. Um die

Übrigen werde man sich eben später kümmern. Er erntete allgemeine Zustimmung.

Die Straße nach Biberach sei in gutem Zustand, heiße es, sagte er dann. Er wolle versuchen, den Ort noch bis zum Einbruch der Nacht zu erreichen, dann könne man dort ein Quartier requirieren, um am nächsten Morgen die Fahrt fortzusetzen. Tatsächlich begann es zu dämmern, als die Häuser der Kreisstadt sichtbar wurden. Schon von weitem konnte man den markanten weißen Turm des Rathauses erkennen. Der Fahrer des Motorrads hatte die Gruppe davon in Kenntnis gesetzt, dass Biberach eine Woche zuvor von den Franzosen besetzt worden war, denen man die Ankunft des tschechoslowakischen Konvois avisiert habe. Man dürfe also damit rechnen, dass die Franzosen ihnen eine Übernachtungsmöglichkeit organisiert hatten. Und so war es dann auch.

Wien
Donnerstag, 12. April 1945

Er brauchte dringend etwas zu essen. Verzweifelt überlegte er, an wen er sich wenden konnte. Innerlich fluchte er. Es war zum Verrücktwerden. Er saß buchstäblich in der Falle. Die Rote Armee hatte die Innenstadt hermetisch abgeriegelt, und nirgendwo gab es ein Schlupfloch, sich aus diesem Käfig zu befreien. Warum war er so dämlich gewesen, nicht mit den Truppen Dietrichs zeitgerecht aus Wien zu verschwinden? Gut, die Antwort auf die Frage konnte er sich gleich selbst geben. Weil der fanatische SS-ler ihn sofort in eine Uniform gesteckt und ihm ein Gewehr in die Hand gedrückt hätte. Dann säße er zwar nicht in dieser Mausefalle fest, dafür aber läge er sicher schon irgendwo tot zwischen Klosterneuburg und Stockerau auf einem Acker. Allerdings hatte die SS bei ihrer Flucht drei Tage zuvor die meisten Brücken über die Donau gesprengt, und genau deswegen saß er jetzt hier fest, denn die einzige intakte Verbindung zwischen den beiden Stadtteilen, die Reichsbrücke, war in der Hand der Sowjets. Er stand am Donaukanal und ging im Geiste alle Namen durch, die ihm spontan einfielen. Der alte Holzer, schoss es ihm durch den Kopf. Ein verbitterter Sonderling, der sich nicht nur einmal um ein Haar ins KZ geredet hatte, doch ein Nationalsozialist der ersten Stunde. Der würde einen langjährigen Kameraden nicht hängen lassen.

Obwohl Holzer mittlerweile fast 60 war, arbeitete er immer noch, zuletzt, wie er sich erinnerte, im Hotel „Regina" hinter der Votivkirche, wo die Partei ihre führenden Kräfte beherbergte. Eigentlich war es zum Erbarmen gewesen, mitansehen zu müssen, wie der alte Grantler dort Koffer und anderes Gepäck auf diverse Zimmer schleppte, für Parteigenossen, welche die Kampfzeit der Bewegung bestenfalls vom Hörensagen kannten. Aber Holzer hatte ein eigenartiges Talent besessen, immer wieder aufs falsche Pferd zu setzen. Dunkel erinnerte er sich an zwei grundlegende Vergehen Holzers. Zuerst hatte der einem Itzig den Prokuristen gemacht, danach war er ausgerechnet die rechte Hand eines Kinderschänders gewesen, der sich dann auch noch mit der Partei hatte anlegen wollen. So gesehen war Holzer mit seiner Rolle als Page noch durchaus gut bedient.

Das Hotel „Regina" war mittlerweile natürlich geschlossen, doch er wusste, dass dessen Personal im Nebenhaus untergebracht war. Dort würde er Holzer finden, und wie er ihn kannte, würde der schon aus der Hotelküche genug

Brauchbares mitgenommen haben. Also musste man nur noch zur Währinger Straße gelangen, dann war wenigstens für eine Nacht lang Sicherheit gewährleistet.

Es gelang ihm, sich an der Rossauer Kaserne vorbeizuschleichen, dann bog er nach links ab, stieg den leichten Hügel hinan und erreichte endlich den großen Platz zwischen der ausgebrannten Ruine der Universität und der Votivkirche. Von dort ging es nach rechts, und nach etwa hundert Metern hatte er sein Ziel erreicht. Er überwand den Bretterstapel, der vor dem Haustor aufgeschichtet war, und drang in das Innere des Gebäudes vor.

Soweit er sich erinnerte, befand sich Holzers Zimmer gleich im Erdgeschoß, direkt neben dem Stiegenhaus. Genau dort entdeckte er eine Tür, und ohne zu zögern klopfte er an.

Nichts rührte sich. Panik erfasste ihn. Was, wenn der alte Zausel geflohen war? Dann hätte er sich völlig umsonst hierher durchgeschlagen! Mit der Wucht der Verzweiflung trommelte er gegen das Holz. Endlich hörte er eine raue Stimme an sein Ohr dringen. „Charascho, charascho! Antifaschisti! Awstrija, Awstrija“, klang es kehlig nach draußen. Unweigerlich erschrak er.

Dann wurde endlich die Pforte geöffnet, und ein müder Holzer blickte ihn misstrauisch an. „Ja, bist denn du ganz deppert worden?“, ließ sich der Alte nach einem Augenblick des schieren Entsetzens vernehmen, „ich scheiß mich da halbert an, weil ich glaub, jetzt ist der Iwan da, und dann stehst du da vor der Tür.“

„Franzl, i waaß ned, wohin mit mir. Du muaßt ma helfen. Scho um der alten Zeiten willen.“

Holzer starrte den Mann mit harter Miene an. „Gar nix muss i. Jetzt is sich jeder selbst der Nächste. Wenn der Russ dich bei mir find't, dann simma olle zwa petschiert. Also schau, dass d' weiterkommst."

„Franzl! Es warat nur für die ane Nocht. Und es soi dei Schodn ned sei. Reichsmark! 20 Reichsmark gib i da. Waunst mi nur heit Nocht do schlofn losst. Und muagn in der Frua bin i a Staubwoikn. Vasprochn."

Zur Unterstreichung seiner Aussage wedelte er mit einem Geldbündel. Deutlich erkannte er Holzers gierigen Blick, der sich am Porträt des „deutschen Jungmanns" festsaugte. „Fünfzig", entfuhr es dem Alten heiser. Seinem Gegenüber war nicht nach Handeln zumute. Ohne weiteres Wort drückte er Holzer das gesamte Bündel in die Hand, zehn Scheine, ausgegeben von der deutschen Reichsbank anno 1942. Wie erwartet leistete Holzer keinen Widerstand, als er ins Innere des Zimmers trat.

„Recht finster da", bemerkte er trocken.

„Was erwartest dir? Seit Samstag gibt's kan Strom mehr. Und mit dem Gas is aa Essig. Und wennst glaubst, es gabert a Holz zum Verheizen, dann muaß i di aa enttäuschen."

„Na ja", schnalzte er mit der Zunge, um Holzer sodann anzugrinsen. „Was braucht ma heitzutog mehr als zwa Sessel?"

„Sehr lustig", maulte Holzer.

„Host irgendwos organisieren können – vom Regina, maan i?"

„Ah, haben der Herr vielleicht an Hunger?" Holzers Sarkasmus war unüberhörbar.

„I waaß ned, waun i des letzte Mal was g'essen hab. Und damit du's glei waaßt, an Durscht hätt i aa."

Holzer wandte sich nach rechts und griff nach einer Flasche, die direkt hinter der Tür stand. Er zog den Korken aus dem Hals und reichte sie seinem Gegenüber. „Es wird a

Wein sein, und wir werd'n nimma sein", fügte er lakonisch hinzu.

Sein Gast wischte flüchtig mit der Handfläche über die Öffnung und nahm dann einen gierigen Schluck.

„Na aber hallo", ließ sich Holzer vernehmen, „ned so gach! Des is der letzte Rest! Mehr hob i ned. Den müss ma uns schon einteilen." Widerwillig setzte der andere die Flasche ab. „Und was gibt's zum Essen?"

„A Spaunferkel hätt i do. Und dazu a poa feine Braterdäpfel. Und vielleicht a bisserl a Sauerkraut?"

Holzer weidete sich am entgeisterten Blick des so Angesprochenen. „Echt?"

„Na, natürlich ned, du Depp! Was glaubst denn du? Dass mia do in Sankt Moritz san oda wos? Wann mia a Glück haben, dann find i no irgendwo a poa Konserven. Und irgendso a Dauerwurscht hob i mitgeh'n loss'n. Mit an Brot oda so schaut's oba finster aus, des sog i da glei."

„Wurscht! Hauptsoch, i krieg endlich wieder was in' Mogn."

„Na, dann schau ma amoi."

Eine halbe Stunde später saßen die beiden in Holzers Zimmer und rauchten eine Zigarette, die sie sich teilten. Er konnte kaum sagen, satt geworden zu sein, doch wenigstens war dieses nagende Hungergefühl etwas weniger penetrant. „Und, was wirst du jetzt machen?", fragte er Holzer.

„Was werd' i scho machen? Dasselbe wie immer. Mi wieder aufrappeln und weiterstrampeln."

„Hast gar keine Angst vor den Russen?"

„Was soll'n die mir schon groß antun? I bin ein alter Depp, a bissl Russisch kann i aa – Dawai, dawai, charascho, paschalsta, spassiba, oiso, die werd'n mi in Ruh lassen.

Die suchen ganz andere. … Leut wie … dich zum Beispiel.“ Dabei funkelten Holzers Augen auf beunruhigende Weise.

„Ja, das weiß ich auch. Drum muss ich auch irgendwie da raus. Ich hab nur noch keine Ahnung, wie. Die ganze Stadt ist umzingelt. Da gibt's kein Durchkommen. Und darum muss ich ein Weilchen untertauchen.“

„Aber ned bei mir, das waaßt eh, oder?“, wurde Holzer deutlich. „Da suchen s' sicher zuerst.“

„Ja, eh!“

„Hättest halt nicht jeden Blödsinn mitmachen dürfen. Oder wenigstens nicht der Erste sein, der Hier! schreit, wenn wieder einmal was los war.“ Holzers Ton klang schneidend.

Sein Gegenüber fuhr auf: „Was soll denn das jetzt heißen? Ich hab auch nicht mehr g'macht wie du.“

„A geh! Schmähtandler! Ich weiß doch genau, dass du Aufseher in Auschwitz warst. Bis vorige Weihnachten noch! Sag, was ich dich immer schon einmal fragen wollt: Wie viele von den Itzig hast denn selber umbracht? Zehn? Fünfzig? Hundert?“

Der so Angesprochene tat empört. „Wovon zum Teufel redest du? Du wirst doch nicht auf deine alten Tag Feindpropaganda glauben! In Auschwitz sind nur ein paar Verbrecher g'sessen. Ned mehr und a ned weniger.“

Holzer winkte ab. „Heb dir das für die Alliierten auf. Wir wissen es besser. Ins Gas hamma s' g'schickt, die Itzig. Und recht war's. Wenn ned wir sie, dann sie uns. Die Parasiten am Volkskörper, die darfst ned überleben lassen, sonst geht das Volk daran zugrund.“

„Franz, du weißt ja nimmer, was du redest! So etwas darfst du nicht einmal denken!“

„Aber wenn's doch wahr ist. Das hat der Führer von Anfang an so angekündigt. Ich hab's g'lesen, sein Buch, weißt! Ich schon! Und da steht klipp und klar drin, dass der Jude ausgemerzt werden muss. Und genau deswegen haben wir das auch g'macht. Ich da in Wien, und du dort in Galizien. Und natürlich werden wir das nicht dem nächstbesten Ami auf die Nasen binden – und dem Iwan schon gar ned. Aber wahr bleibt's trotzdem. Und genieren brauch ma uns a ned dafür. Wir haben's für Deutschland getan. Und ich, das sag ich dir, würd's wieder tun. Jederzeit!"

„Jetzt fehlt nur noch, dass d' aufspringst und Heil Hitler schreist, du alter Trottel!"

Tatsächlich wuchtete sich Holzer hoch, nahm Haltung an und riss den rechten Arm hoch. „Deutschland wird leben, auch wenn wir sterben müssen!", rief er pathetisch.

Wenn du nicht bald deine blöde Pappn haltst, dann wird der Spruch schneller wahr als du glaubst, dachte sich sein Gast.

Landsberg
Dienstag, 1. Mai 1945

Schwerfällig hatte sich Bronstein erhoben. Die Betten in Biberach waren erstaunlich komfortabel gewesen, und erstmals seit langem stellte sich in Bronstein wieder ein Gefühl der Behaglichkeit ein, das ihn an gute alte Zeiten erinnerte. Selbst das Frühstück erwies sich als akzeptabel. Doch der Fahrer drängte zum Aufbruch. Bis Dachau seien es fast 150 Kilometer, und wenn man diese in einem Tag schaffen wolle, dann dürfe man keine weitere Zeit verlieren. Widerwillig folgte er den anderen und kletterte umständlich auf den Wagen. Sie saßen so eng beisammen, dass es Bronstein gelang, einzunicken, ohne von seinem Sitz zu fallen.

Als er wieder erwachte, hatten sie bereits Memmingen passiert und hielten nun auf München zu. „Nur noch ein paar Kilometer bis Landsberg", ließ sich Zeman vernehmen, der wieder neben Bronstein zu sitzen gekommen war. „Landsberg", flüsterte Bronstein nachdenklich. Dort, so erinnerte er sich, befand sich jene Festung, in der Hitler nach seinem fehlgeschlagenen Putsch eingesessen war. Genau an jenem Ort hatte er sein unheilvolles Buch geschrieben. Eines musste man dem Hysteriker aus Braunau lassen, dachte Bronstein, verstellt hatte er sich seinerzeit nicht. Ganz offen hatte er mit Diktatur, Tod und Vernichtung gedroht, wenn man ihn erst einmal an die Macht ließe. Tragischerweise waren viele, zu viele, wie sich dann zeigte, davon ausgegangen, dass Hitler auch nur einer der zahllosen Krakeeler war, der sich schon mäßigen würde, wenn man ihn erst einmal am Tisch der Mächtigen platzierte. Der alte Lueger hatte ja auch immer wieder auf den Tisch gehaut und weiß Gott was für Aktionen gefordert, um danach beim gemeinsamen Bier schelmisch mit dem Auge zu zwinkern. „Ollas nua a Schmäh!" Von wegen, der Gröfaz hatte das alles bitterernst gemeint. Und genau deshalb lag Deutschland nun in Trümmern und waren Millionen von Menschen tot oder verstümmelt. Bronstein schüttelte resignierend den Kopf.

„Schon entsetzlich, was dieser Krieg uns allen angetan hat, was?", ließ sich Zeman neben ihm vernehmen. „Selbst die, die ihn begonnen haben und daher für all dieses Leid verantwortlich sind, konnten dem Schrecken nicht entgehen."

Bronstein sah seinen Sitznachbarn an und nickte müde.

„Aber diesmal werden die Menschen endlich die richtigen Lehren ziehen", fuhr Zeman fort. „Sie werden es nicht zulassen, dass noch einmal ein System aufgerichtet wird, in dem der Profit mehr zählt als der Mensch. Diesmal werden wir es richtig machen, was, mein Freund?"

Bronstein hätte Zeman nur zu gerne geglaubt. Aber zu lebhaft stand die Erinnerung an 1918 vor seinen Augen. Auch damals hatten sie alle geglaubt, dass die Fehler der Vergangenheit nicht wiederholt würden, und doch war es nur zwanzig Jahre später erneut zum Krieg gekommen. Warum sollten die Menschen diesmal klüger sein?

„Ach, ich kann es kaum erwarten, nach Hause zu kommen", war Zeman in seinem Optimismus nicht zu bremsen. „Da nehmen wir unsere Fabrik diesmal selbst in die Hand. Und anstatt der Waffen und dem Kriegsgerät produzieren wir diesmal Dinge, welche die Menschen wirklich brauchen. Landmaschinen zum Beispiel, damit den Bauern die Arbeit leichter fällt. Und wir bessere Erträge erzielen können, damit niemand mehr Hunger leiden muss. Jeder wird Arbeit und Brot haben, und es wird endlich einmal genug für alle da sein. Dann gehen wir wirklich einem neuen Zeitalter entgegen."

Ach, wenn er doch nur recht hätte, dachte Bronstein wehmütig, blieb jedoch still.

„Ich hoffe nur, meine Eltern leben noch", fügte Zeman hinzu, und aus seinen Worten klang eine gewisse Bangigkeit, die Bronstein aufsehen ließ.

„Waren sie denn schon alt, deine Eltern, als du sie das letzte Mal gesehen hast?"

„Nein, das nicht gerade. Aber …" Zeman sprach nicht weiter. Bronstein wusste auch so, was der Mann meinte. Vielleicht wollte er gerade deswegen diesen Gedanken nicht zulassen: „Was sind sie denn, deine Eltern?", fragte Bronstein.

„Meine Mutter ist Hausfrau. Sie kocht die besten Buchteln in der ganzen Tschechoslowakei. Ach, ich hoffe, sie macht welche, wenn ich endlich wieder zu Hause bin. Und der Vater, der ist Polizist."

„Polizist?" Bronstein war aufgefahren. Beinahe hätte er sich verraten und erklärt, er sei auch Polizist gewesen. Doch das hätte wohl ein Zuviel an Erklärungen bedingt. Also biss er sich auf die Lippen und forderte Zeman auf, mehr darüber zu berichten.

„Ja, mein Vater hat sich, gleich nachdem er aus dem ersten Krieg nach Hause gekommen war, der neuen Polizei zur Verfügung gestellt. Über zwanzig Jahre hat er der Republik als Ordnungshüter gedient. Na, damit war natürlich Schluss, als die Deutschen uns überfallen haben. Zum Glück hat er eine wunderschöne Handschrift. Da haben wir ihn dann in der Buchhaltung unserer Fabrik untergebracht. Ich hoffe nur, die Deutschen haben ihm nichts angetan, nachdem sie mich … abgeholt hatten."

Zeman verfiel in tiefes, grüblerisches Schweigen, und auch Bronstein hing seinen Gedanken nach. Ab und zu warf er einen Blick auf die Kolonnen, an denen sie vorüberfuhren, und stellte Mutmaßungen darüber an, wer diese Leute waren und wohin sie wollten. Irgendwie ging er davon aus, dass alle, die aus dem Westen in den Osten strömten, Verfolgte der Nazis waren, die nun in ihre Heimat zurückkehren wollten, während er alle, die in umgekehrter Richtung unterwegs waren, für flüchtende Nazis hielt, die den Sowjets entgehen wollten. Unwillkürlich musste er über sich selbst schmunzeln. All diese unnennbaren Grausamkeiten, all dieses unendliche

Leid, die Verwüstung und die Zerstörung, und er dachte immer noch in Klischees. Um seine Klugheit war es wohl nicht zum Besten bestellt. Daran, so befand er, musste er dringend arbeiten.

„Wie hat es dich eigentlich nach Frankreich verschlagen, Kamerad?“, fragte Zeman plötzlich. Und wie auf Knopfdruck erstand vor Bronsteins Auge wieder jener Augenblick im März 1939.

„Meine Jelka hat mich gerettet“, sagte er mit schwerfälliger Zunge. „Sie hat mir in letzter Sekunde ein Flugbillet nach Paris organisiert.“ Zeman hob die Augenbrauen. „Wie kam das denn?“ Und Bronstein erzählte seine Geschichte.

Prag
15. März 1939

Wildes Rütteln riss ihn aus seinem Schlaf. „David, David, wach endlich auf! Die Nazis kommen!“

Jelkas Stimme überschlug sich fast, sodass Bronstein sofort den Ernst der Lage erfasste. Eigentlich hatten sie schon seit dem vorangegangenen Herbst mit einem Überfall gerechnet, doch Hitler hatte sich dann doch mit den sogenannten Sudetengebieten zufriedengegeben. Nun aber wollte er sich offensichtlich den Rest holen.

Die Nachrichten waren zuletzt schon mehr als alarmierend gewesen, und noch am Vorabend hatte es im Radio geheißen, dass die slowakischen Nationalisten in Bratislava einen unabhängigen Staat ausgerufen hätten. Und nun fielen auch noch die Deutschen über das Land her. „Sie sind in der Früh in Ostrava einmarschiert. Hácha ist nach Berlin geflogen, aber den nimmt niemand mehr ernst. Für dich heißt das, wir müssen dich schleunigst hier rausschaffen. Sonst bist du auch hier deines Lebens nicht mehr sicher."

Bronstein begann trotz der Kälte zu schwitzen. „Wie soll das denn gehen? Die lassen sicher niemanden mit einem tschechoslowakischen Pass aus dem Land."

„Brauchst du auch nicht." Erstmals zeigte sich auf Jelkas Lippen ein leichtes Lächeln. Sie griff in ihre Jackentasche und zog einen französischen Pass hervor. Gleich danach folgte ein Ticket, von dem Bronstein nicht zu sagen vermochte, welchem Zweck es genau diente. „Erinnerst du dich an die zwei österreichischen Genossen, Georg und Josef?"

Natürlich erinnerte er sich an die beiden. Junge Burschen, die im Ständestaat für die Kommunisten agitiert hatten. Georg war ein hochgeschossener Kerl, eine Bohnenstange mit einer wahren Löwenmähne auf dem Haupt, die merkwürdig mit seinen dicken Brillen kontrastierte. Josef wiederum war klein und etwas dicklich. Und er redete wie aufgezogen. Ständig dozierte er. Bar jeglichen Humors plante er jeden Tag aufs Neue die Weltrevolution. Beiden war wie Bronstein selbst im letzten Augenblick die Flucht aus Wien geglückt, indem sie heimlich über die grüne Grenze gegangen waren, soweit Bronstein sich erinnerte. Allerdings wurden sie von der tschechoslowakischen KP nicht begeistert empfangen, denn sie hielten zu Trotzki, der zwar schon längere Zeit in Mexiko saß, in Europa aber immer noch über eine beträchtliche Zahl an Anhängern verfügte. Auch Jelka empfand für den Gründer der Roten Armee mehr Sympathie als für den Schnauzbart im Kreml, und so war es kein Wunder gewesen, dass die beiden Jungspunde mehr als nur einmal bei ihr auftauchten, um bis zum Morgengrauen mit ihr zu politisieren, was Bronstein stets sehr rasch ermüdete. Nur, was hatten die beiden nun mit seiner Flucht zu tun?

„Georg hat von den französischen Genossen zwei gefälschte Pässe geschickt bekommen. Für ihn und Josef. Und dazu zwei Tickets für den Linienflug von Prag nach Paris. Weil man davon ausgehen kann, dass der Flughafen weit weniger genau kontrolliert wird als der Bahnhof."

„Zwei?", unterbrach sie Bronstein, „heißt das, einer von den beiden will hier bleiben?"

„Nein, so hör mir doch erst einmal zu." Jelka schickte ihm einen strengen Blick. „Es ist nämlich so. Josef hat sich seit einiger Zeit um ein echtes Visum bemüht. Und wie der Zufall es so will, hat er es vorgestern bekommen. Er kann ganz legal unter seinem richtigen Namen nach Schweden emigrieren. Und daher braucht er den falschen Pass nicht."

Bronstein musste lachen. Er lachte so lauthals, dass Jelka ihn erschrocken musterte. War er nun ganz wahnsinnig geworden. „Was ist mit dir, um Himmels willen?"

„Der Pass eines 20-Jährigen!" Er lachte immer noch. „Klar, das nehmen mir die an der Grenze locker ab! Ich sehe ja sicher nicht älter als 22 aus." Bronsteins Lachen ging in einen Hustenanfall über. Erst nach geraumer Zeit beruhigte er sich wieder und schüttelte, immer noch lachend, den Kopf. „Ihr habt Ideen!"

Nun aber war es an Jelka zu lächeln. Was wiederum Bronstein verwirrte. „Ah, und das findest du auch noch komisch – oder wie?"

Jelka drückte ihm den Pass in die Hand. „Sieh selbst", sagte sie nur.

Bronstein öffnete das Dokument. Es enthielt sein eigenes Bild. Und seinen altbekannten Namen. Josef Tauber. Sein

Französisch war mehr als mangelhaft, doch vermochte er den Personalien zu entnehmen, dass er 1885 in Straßburg geboren worden war. „Das dient deiner Sicherheit", erklärte Jelka. „Auf diese Weise warst du über 30 Jahre lang Deutscher. Das erklärt dann dein mangelhaftes Französisch und deinen schauderhaften Akzent." Bronstein sah sie zweifelnd an. Sie zuckte mit den Schultern. „Wie würde Paul sagen? Die Fälschung ist recht mangelhaft, aber einer oberflächlichen Überprüfung sollte sie standhalten." Monsieur Tauber aber rollte nur mit den Augen.

„Du bist ein wohlhabender Geschäftsmann aus dem Elsass. Du warst in Prag wegen der Messe. Das klingt plausibel, denn die ist ja erst vorgestern zu Ende gegangen. Und da du unterwegs nicht deutschen Boden betreten wirst, sollten dir die Franzosen Glauben schenken, denke ich."

„Und was sagen die Genossen, wenn da plötzlich ein alter Mann statt eines jungen Revolutionärs am Flughafen auftaucht?"

„Dafür ist ja Georg dabei. Der wird denen das schon erklären. Und der Josef macht halt in der Zwischenzeit in Schweden weiter."

„Na ja, ich glaube nicht, dass das funktioniert. Aber ich habe wohl kaum eine andere Wahl", antwortete Bronstein resigniert.

„Hier, iss noch schnell etwas, während ich dir noch ein paar Sachen zusammensuche." Jelka verschwand im Nebenraum, während sich Bronstein umständlich erhob, um das Radio anzuschalten. Sofort erklang die aufgeregte Stimme eines Nachrichtensprechers, der berichtete, dass die deutschen Truppen im Morgengrauen die Grenzen der Republik überschritten hätten. Sie näherten sich bereits der Hauptstadt, wo sie stündlich erwartet würden. Bronstein musste sich am Tisch anhalten. All das klang ihm viel zu vertraut. Genau so hatte es sich vor einem Jahr ebenfalls angehört. Ihm wurde schwindlig, und die Beine zitterten in unkontrollierter Weise. „Oh mein Gott", flüsterte er und ließ sich schwer zurück auf das Bett fallen.

„Du hast ja gar nichts gegessen", sagte Jelka vorwurfsvoll, als sie mit einem gepackten Koffer ins Zimmer zurückkam.

„Glaub mir, ich habe keinen Appetit", entgegnete er matt. Jelka aber schnappte eilig eine Papiertüte, packte das Essen ein und stopfte alles in Bronsteins Jackentasche. Sie half Bronstein erst auf die Beine, dann in den Mantel, ehe sie ihn behutsam zur Tür führte. „Unten wartet ein Wagen auf uns. Ich denke, wir müssen uns beeilen."

Bronstein brauchte eine Weile, bis er wieder seinen Mund aufbekam. „Und Georg?"

„Der ist schon am Flughafen. Und jetzt vorwärts!"

Tatsächlich stand gegenüber dem Haustor ein Tatra geparkt. Eilig stiegen Jelka und Bronstein ein, während der Fahrer das Fahrzeug in Betrieb nahm. Nach einigen Metern wurde Jelka stutzig.

„Warum fahren wir westwärts? Kbely liegt doch im Osten."

Der Fahrer lachte. „Gute Güte, Jelka, du hast wohl in den letzten Jahren zu viel politisiert. In Kbely gibt es schon seit fast zwei Jahren keine Flüge mehr. Der internationale Flughafen ist jetzt in Ruzyně. Darum sollten wir uns auch sputen, denn die Deutschen sind sicher bald dort, und dann wird alles noch schwieriger."

„Wann geht denn der Flug überhaupt?", meldete sich nun Bronstein zu Wort.

„In einer knappen Stunde", kam es zurück.

Die ganze Stadt schien schreckensstarr zu sein. Kein Mensch ließ sich auf der Straße blicken, alles lag öd und leer vor ihnen. „Damals in Wien war das anders“, hörte sich Bronstein sagen, „da bist du kaum weitergekommen, weil alles auf den Beinen war.“

„Na ja“, übernahm der Fahrer das Antworten, „das kommt hier vielleicht auch noch. Ich für meinen Teil fahr jedenfalls erst einmal aufs Land und warte ab. Prag dürfte sich in den nächsten Tagen als gefährliches Pflaster erweisen.“

Dem vermochte Bronstein nichts zu entgegnen.

„Und was machst du, Jelka?“, hielt der Fahrer die Konversation am Laufen.

„Wenn ich den hier erst einmal sicher im Flugzeug weiß“, antwortete sie, während sie Bronstein begütigend auf den Unterarm klopfte, „tauche ich einmal ein paar Tage unter. Eigentlich wäre es am besten, in die Slowakei überzuwechseln.“

„In die Slowakei?“ Der Fahrer schüttelte ungläubig den Kopf. „Dort sind doch die Hlinka-Leute an die Macht gekommen. Der Tiso und seine Bande.“

„Ja, das stimmt wohl. Aber wenigstens haben dort die Deutschen noch nicht das Sagen. Mit etwas Glück kann man sich dort verstecken, bis das Ärgste vorüber ist. Irgendwo in der Tatra oder noch weiter östlich.“

„Nun, wenn, dann würde ich das heute noch versuchen“, meinte der Fahrer, „bei all dem Chaos haben die ganzen Wichtigtuer sicher Besseres zu tun, als die grüne Grenze zu überwachen. Was meinst du? Versuchen wir es gemeinsam?“ Jelka nickte knapp, ehe sie laut „Ja“ sagte, da ihr bewusst geworden war, dass der Fahrer sie ja nicht sehen konnte.

„Gut, dann ist das abgemacht. Wir liefern den Monsieur hier ab, und dann fahren wir Richtung Olomouc."

Sie hatten die Stadt verlassen und fuhren auf der Landstraße auf den Flughafen zu. „Jetzt sind es nur noch vier oder fünf Kilometer. In ein paar Minuten sollten wir dort sein. Habt ihr alles parat?" Jelka signalisierte Zustimmung.

Tatsächlich kamen die Gebäude in Sicht, und sie fuhren entlang des Rollfeldes zum Haupteingang. Schon von weitem sah Bronstein die zappelnde Gestalt Georgs vor den Toren auf und ab hüpfen. „Na endlich!", rief dieser, als der Tatra endlich zum Stehen kam. „Wir haben keine Zeit mehr. Die wollen schon den Flieger abheben lassen. Schnell, schnell!"

Bronstein und Jelka stiegen aus. Sie sahen sich lange in die Augen. Dann umarmte sie ihn und drückte ihn fest an sich. „Pass auf dich auf, du alter Grantler. Und wenn du heil in Paris angekommen bist, dann schick eine Ansichtskarte an die Cernys in Olmütz. Die erreichen mich dann schon irgendwie. Und jetzt mach, dass du hier rauskommst. Sonst kann ich nicht klar denken, und das wäre in diesem Augenblick keineswegs von Vorteil."

Unbeholfen setzte Bronstein zu einem Dank an, doch die Stimme versagte ihm den Dienst. Tränen standen ihm in den Augen, und alles in ihm weigerte sich, Jelka loszulassen. Georg hielt die Situation nicht mehr aus und riss Bronstein förmlich von Jelka weg, sodass dem nichts anderes mehr übrig blieb, als Jelka zuzuwinken, während sich der Abstand zwischen ihnen mehr und mehr vergrößerte. Immer kleiner wurde ihre Gestalt, ehe sie, verstellt durch eine Zwischenwand im Inneren des Gebäudes, gänzlich aus seiner Sicht verschwand. Wie in Trance folgte er Georg, der auf den Einstieg zuhastete. „Hast du Ticket und Pass?“, fragte er, während er seine eigenen Dokumente in der Luft schwenkte. Bronstein fingerte sie umständlich aus seinem Mantel und drückte sie Georg in die Hand.

„Na, da haben Sie es ja gerade noch geschafft, meine Herren“, knarzte die Stimme des Flughafenbeamten, „wir wollten gerade starten.“ Flüchtig blätterte der Mann die beiden Pässe durch, stempelte sie dann ab, drückte ein Loch in die Tickets, salutierte schließlich und wünschte den beiden einen angenehmen Flug. Bronstein konnte kaum glauben, wie leicht sie durch die Kontrolle gekommen waren, und selbst auf dem Rollfeld war er noch überzeugt davon, jeden Augenblick eine Trillerpfeife zu hören, verbunden mit dem schneidenden Befehl, er möge sofort stehen bleiben.

Doch ohne weitere Behinderung erreichten sie die an die Maschine geschobene Treppe, die sie sogleich erklommen. Ein nett lächelnder Bursche begrüßte sie an Bord und wies ihnen zwei Sitzplätze in der vorletzten Reihe zu. „So ein Glück, was Sie haben“, schickte er hinterher, wir haben nur noch auf Sie gewartet. Fünf Minuten später, und Sie hätten uns vom Boden aus nachwinken können.“

Der Junge verriegelte die Tür und ging dann nach vorn, um den Piloten zu signalisieren, dass man startbereit sei. Bronstein hatte kaum noch Luft geholt, als das ganze Flugzeug zu vibrieren begann und ihn ohrenbetäubender Lärm umflutete. Offenkundig waren die Motoren angeworfen worden. Bronstein wischte mit dem Jackenärmel über das Fensterglas und versuchte, draußen irgendetwas zu erkennen. Tatsächlich war ihm, als machte er in weiter Ferne den Tatra aus, neben dem Jelka stand und winkte. Doch sogleich seufzte er. Das war sicher eine Sinnestäuschung, denn wenn

Jelka und der Fahrer nicht vollkommen verblödet waren, dann hatten sie sofort ihre Reise fortgesetzt, um noch vor den Nazis an der Südgrenze des Landes zu sein. Er wischte sich eine weitere Träne aus den Augen und registrierte dann, wie sie sich langsam in Bewegung setzten. Immer noch war sein Körper vollkommen angespannt, immer noch rechnete er damit, im letzten Augenblick aus dem Flugzeug gezerrt und verhaftet zu werden. Doch dann nahm die Maschine Fahrt auf, wurde schneller und schneller, begann zu holpern, zu hüpfen und hob schließlich ganz ab. Unter ihm wurde die Landschaft rasch kleiner, und nach einigen Minuten stupste ihn Georg schelmisch an. „Mazel hamma g'habt. Wir sind oben!"

„Ja, da sind wir einmal raus", replizierte Bronstein, „jetzt müssen uns nur noch die Franzosen reinlassen."

„Da mach dir mal keine Sorgen. Das regle ich schon, wirst sehen. Heute Abend feiern wir am Montmartre, dass wir überlebt haben. Wieder einmal."

Landsberg
Dienstag, 1. Mai 1945

„Ja, so war das damals", schloss Bronstein seinen Bericht, den Zeman schweigend und ohne Unterbrechung angehört hatte.

Erst als Bronstein eine gute Weile kein Wort mehr von sich gab, fragte Zeman: „Und wann hast du zuletzt von Jelka gehört?"

„Gott, das ist schon gar nicht mehr wahr. Irgendwann Anfang Juni 40 kam eine Postkarte von den Cernys in Olmütz, dass Jelka bei einem Bauern in Vlkolínec als Magd lebe." Bronstein grinste. „Jelka als Magd. Man muss sich das vorstellen. Sie mit ihren Pianistenhänden beim Stallausmisten oder Kühemelken. Unglaublich eigentlich. Aber was war schon zu glauben in den letzten Jahren!"

Zeman bot Bronstein eine weitere Zigarette an, die dieser dankbar akzeptierte. Er hatte sie kaum angezündet, als die Kolonne abrupt stoppte. Was war jetzt schon wieder los? War die Straße unpassierbar? Versperrte irgendwer oder irgendetwas den Weg? Neugierig reckten sich die Hälse aller nach vorn, begierig, den Grund für den Halt in Erfahrung zu bringen. Bronstein sah nach draußen. Vor ihnen türmte sich steinernes Gemäuer auf. Der Fahrer des LKW war auf die Straße gesprungen und kam nach hinten. „Landsberg am Lech. Da werden wir heute übernachten."

Fassungslos sah ihn Bronstein an: „Aber doch nicht in dieser Festung da, oder?"

Der Fahrer lachte: „Aber selbstverständlich. Genau da. Und wenn Sie schnell sind, können Sie sich noch aussuchen, welche Suite Sie beziehen wollen – die von Hess oder die vom Führer persönlich." Sosehr Bronstein sich auch mühte, es gelang ihm nicht, in das Lachen des Mannes einzufallen.

Langsam stiegen die Männer ab und gingen auf das Tor zu. Von außen sah die Festung beinahe unscheinbar aus. Ein wenig wie eine überdimensionierte Landvilla, deren zwei Rundtürme mit den charakteristischen Zwiebeltürmchen in kleinerer Form wohl überall in Bayern zu finden waren. Und wiewohl er es sich nicht erklären konnte, verspürte Bronstein tatsächlich ein seltsames Bedürfnis, just den Raum zu sehen, in dem jener Mann, der für all dieses Leid verantwortlich war, inhaftiert gewesen war. Als ob Zeman seine Gedanken erraten hätte, zwinkerte er ihm im Vorübergehen zu:

„Gib es zu, du willst die Zelle auch sehen, habe ich recht?" Ohne zu antworten, folgte ihm Bronstein.

Der Raum selbst erwies sich als ziemlich unspektakulär. Bronstein war sich sicher, dass er als Zelle bemerkenswert komfortabel war, und alle Linken, die in der Weimarer Republik zu Haftstrafen verurteilt worden waren, hatten sicher weitaus kärglichere Kerker bewohnt. Doch sosehr er sich auch mühte, die Dinge anders zu sehen, letztlich handelte es sich um ein spießbürgerliches Zimmer für einen spießbürgerlichen Häftling eines spießbürgerlichen Regimes.

„Na, dieses Feldbett sieht doch ganz brauchbar aus", lachte Zeman, der neben Bronstein getreten war. Übermütig schlug er die Hacken zusammen und schrie auf Deutsch: „Schlaf heil!" Und wieder vermochte Bronstein es nicht, die Mundwinkel nach oben zu ziehen.

Die Franzosen, welche die Festung eingenommen hatten, riefen die Neuankömmlinge zusammen, um Essen zu verteilen. Einer von ihnen spielte an einem alten Volksempfänger herum. Wahrscheinlich versuchte er, den US-Army-Sender einzustellen, um das Essen mit ein paar flotten Takten zu würzen. Bronstein wollte ihm eben sagen, dass dies vergebene Liebesmüh war, da ein Volksempfänger eben darauf ausgerichtet war, lediglich den nächsten Lokalsender auffangen zu können. Doch vielleicht war der ja schon zerstört, und so war es, wie Bronstein wusste, durchaus möglich, auch eine alliierte Sendestation zu erreichen. Plötzlich aber knackste es mehrmals in dem Gerät, und mit einem Mal erklang eine metallische Stimme im Raum. Sie sprach ohne Zweifel deutsch, was nur wenige im Saal verstanden, weshalb aufgeregtes Getuschel entstand, da jeder wissen wollte, was da eben verlautbart wurde. Ein Mann, der wohl zuletzt Zwangsarbeiter gewesen war, begriff als Erster und sprang wild gestikulierend auf. „Hitler kaputt!" hörten ihn die anderen rufen. Bronstein wollte um Ruhe bitten, damit er die Ansage verstand, doch es fielen weitere in sein Rufen ein. „Hitler kaputt! Hitler kaputt!" Bronstein zwängte sich nach vor zu dem Franzosen und hielt sein Ohr ganz nah an den Apparat. Tatsächlich. Die Mitteilung wurde wiederholt. „An der Spitze der heldenmütigen Verteidiger der Reichshauptstadt ist der Führer gefallen. Von dem Willen beseelt, sein Volk und Europa vor der Vernichtung durch den Bolschewismus zu erretten, hat er sein Leben geopfert", knarzte es aus dem altersschwachen Gerät, gefolgt von dem Hinweis, das Oberkommando der Wehrmacht verlautbare eine wichtige Sondermeldung. Sodann wurden die ersten beiden Sätze abermals wiederholt. Bronstein traute seinen Ohren nicht. Konnte das stimmen? War das vielleicht der letzte Versuch der Nazis, Verwirrung zu stiften? Wie sollte Hitler denn gefallen sein? Der neurotische Neurastheniker war wohl kaum in die Schützengräben geklettert, um dort selbst ein MG in die Hand zu nehmen! War es da nicht viel wahrscheinlicher, dass die Nazis eine Falschmeldung in die Welt posaunten, um Hitler in der Zwischenzeit die Flucht an einen sicheren Ort zu ermöglichen?

Die anderen teilten seine Zweifel sichtlich nicht. Sie jubelten, tanzten beinahe. Jeder umarmte einen anderen und küsste ihn auf die Wangen, sodass es Bronstein beinahe peinlich war. Aber er konnte es ihnen nicht verdenken. Wenn das nicht die letzte Nazi-Lüge war, dann würde auch er am liebsten jemanden küssen!

Wien
Samstag, 14. April 1945

Kaum war die Sonne milchig hinter den Häusern hervorgekommen, wagte er sich auf die Währinger Straße. Geduckt lief er am Platz vor der Votivkirche vorbei und erreichte atemlos den Ring, der zwar verwüstet, aber ruhig vor ihm lag. Er sah sich vorsichtig um, dann stieg er sorgsam über die Leiche eines Volkssturmmannes und wechselte schnell die Straßenseite. Ein einsamer Querschläger ließ ihn zusammenzucken. Ihm war, als pfiffe die Kugel haarscharf an seinem Ohr vorbei. Er zog den Kopf ein und warf sich zu Boden. Dabei wunderte er sich noch, wie weich er landete, denn erst auf den zweiten Blick wurde ihm bewusst, dass er auf einen Pferdekadaver gefallen war. Instinktiv zuckte er zurück, doch fasste er sich bald wieder. Er nahm die einzelnen Fenster in den Blick und versuchte herauszufinden, woher der Schuss gekommen war. Eines war ihm klar: Es war keine sowjetische Kugel gewesen, die ihm fast den Lebensfaden abgeschnitten hätte. Denn die Russen, so wusste er, hätten ihm eine ganze Salve hinterhergejagt und ihn so auch nicht verfehlt. Nein, viel wahrscheinlicher handelte es sich um irgendeinen verwirrten Hitlerjungen, der Widerstand zu leisten versuchte, der aber ohne Anleitung einfach wahllos auf alles anlegte, was sich bewegte. Theoretisch konnte es sich freilich auch um einen überreizten Hausbesitzer handeln, der sich in seiner Panik vor Plünderern schützen wollte. Doch gegen diese These sprach der Umstand, dass die Flugbahn der Kugel eindeutig weit oben begonnen hatte, und kein Eigentümer würde sich im Obergeschoß verschanzen, um Plünderungen zu verhindern. Und abermals wanderten seine Augen die Fensterreihen ab.

Da. Oben im dritten Stock des alten Buchhandlungshauses. Da blitzte etwas auf. Keine Frage. Dort war der Schütze, dessen Gewehrmündung das Sonnenlicht reflektierte. Er kalkulierte seine Chancen. Wenn er langsam vorwärts robbte, würde er ein gutes Ziel abgeben. Wenn es ihm aber gelang, auf die andere Straßenseite zu kommen, wäre er außerhalb des Schussfeldes. Doch die Straße war hier gut und gern zwanzig Meter breit. Selbst ein ungeübter Schütze würde mehrere Schüsse abgeben können, ehe er ihn aus dem Visier verlor. Und die Chancen standen nicht schlecht, dass eine der Kugeln treffen würde.

Er entsann sich seines Taschentuchs. Zog es aus dem Mantel und schwenkte es über dem Kopf. „Gut Freund", rief er, „gut Freund!" Dann sprang er auf und hechtete vorwärts. Tatsächlich blieb das Gewehr stumm. Schon hatte er die Fahrbahnmitte erreicht, als er neuerlich ein surrendes Geräusch hörte. Unmittelbar vor seiner Schuhspitze schlug der Treffer auf, das Geschoß prallte vom Boden ab und sauste an seinem rechten Bein vorbei ins Nirgendwo. Mit erhöhter Geschwindigkeit eilte er weiter und sprang auf den Gehsteig, wo er sich sogleich an die Wand kauerte. Sein Herz schlug so heftig, dass es ihm in den Ohren dröhnte, und er hatte Mühe, wieder einen halbwegs regelmäßigen Atem zu bekommen. „So ein Trottel!", fluchte er halblaut, als er sich wieder einigermaßen beruhigt hatte. Erst nach einer kleinen Weile rappelte er sich wieder auf und bog in die Seitengasse ein, die ihn nach etwa hundert Metern zur Wipplingerstraße führte. Dort schlich er sich an der Börse vorbei und hielt weiter auf den Kai zu. Eine riesige Trümmerhalde versperrte ihm den Weg, doch er kletterte einfach über Schutt und Ziegel hinweg und sah nun endlich den Donaukanal vor sich. Er vermochte selbst nicht zu sagen, weshalb er davon ausging, dass er entlang des Flusses bessere Chancen hätte, aus der Stadt zu kommen, zumal er wusste, dass die meisten Brücken gesprengt worden waren. Doch irgendwie meinte er, dass die Umzingelung am Wasser weniger intensiv war als an den klassischen Ausfallsstraßen in Hernals, Währing oder Döbling. Und nur noch ein Häuserblock trennte ihn vom Kanal.

Als er wieder an der Kaimauer stand, blickte er vorsichtig auf das Wasser, das träge an ihm vorüberzog. Rechts konnte er in einiger Entfernung die Brücke in die Leopoldstadt wahrnehmen, auf der ungeachtet der frühen Stunde heftiger Verkehr herrschte. Und er brauchte nicht genau hinzusehen, um zu wissen, dass es Fahrzeuge der Roten Armee waren, die da in die Innenstadt einzogen. Auf der linken Seite, so erkannte er rasch, sah es nicht besser aus. Wollte er also in den zweiten Bezirk, musste er den Kanal direkt über das Wasser überwinden.

Da erspähte er direkt unter ihm eine alte Zille, die am Ufer festgezurrt war. Vielleicht hatte er ja doch Glück! Er kletterte über die Wand und suchte die metallene Leiter, die nach unten auf das Bankett führte. Bedächtig und vorsichtig überwand er die wenigen Meter bis zum Handlauf, dann stieg er eilig nach unten und ging rasch zum Boot. Er machte es los, griff nach dem Staken und lenkte das Gefährt in die Richtung des gegenüberliegenden Ufers.

Als er sich bereits auf der anderen Seite wähnte, peitschte plötzlich eine MP-Salve das Wasser auf. Er fuhr herum und sah, dass er von der Brücke aus unter Feuer genommen wurde. Die Rotarmisten hatten ihn entdeckt. „Stoj!“, rief einer, ein Zweiter ließ seine Maschinenpistole erneut aufbelfern. Seine Bewegungen wurden hektischer, das Boot begann zu krängen, und ehe er es sich versah, verlor er das Gleichgewicht und fiel der Länge nach in den Kanal.

Das Wasser war so eiskalt, dass es ihm sogleich den Atem nahm. Er glaubte, seine Lungen würden zerfetzt, und sein festes Gewand zog ihn sogleich nach unten. Mit wilden Armbewegungen gelang es ihm, den Oberkörper wieder über die Wasserlinie zu bekommen, und mit allergrößter Anstrengung schaffte er es, dass er die Bootskante zu fassen bekam. Doch seine Bekleidung war viel zu schwer, als dass er sich aus eigener Kraft wieder ins Boot hätte ziehen können. Ihm blieb nichts anderes übrig, als mit tapsigem Paddeln näher ans Ufer zu kommen. Als seine Hand wieder auf das Wasser aufschlug, spürte er einen Widerstand. Er tastete danach und erkannte, dass es sich um einen Strick handelte. Jenen Strick, an dem die Zille üblicherweise vertäut wurde, wenn sie sich auf dieser Seite des Kanals befand. Eilig ließ er das Boot los und hangelte sich an die Kanalmauer. Er nahm all seine verbliebene Kraft zusammen und zog sich hoch. Es gelang ihm, den Schwerpunkt seines Körpers auf das Bankett zu verlagern, sodass er nicht mehr in den Kanal zurückfiel. Wie tot blieb er einen Augenblick liegen, ehe er sich der unglaublichen Kälte bewusst wurde, die ihn umfing. Wenn er nicht augenblicklich ins Warme kam, würde er sich eine Lungenentzündung holen, und daran würde er in Zeiten wie diesen unter Garantie verrecken.

Obwohl sich sein Körper mit aller Gewalt gegen das Aufstehen wehrte, wuchtete er ihn hoch und schleppte sich zur nächsten Leiter. Dabei blickte er sich noch einmal zur

Brücke um, doch die Soldaten waren bereits weitergezogen. Sie hatten einen Krieg zu gewinnen, da zählte ein einzelner Zivilist nur wenig. An der Oberen Donaustraße angelangt, sah er gegenüber am Eckhaus zur Herminengasse ein verbarrikadiertes Lokal. Seiner Aufschrift nach zu urteilen, handelte es sich um ein Wirtshaus. Und in einem Wirtshaus musste es einen Ofen geben. Ein Ofen aber bedeutete Wärme und damit Rettung.

Energisch riss er zwei Bretter aus dem Türrahmen, wodurch er genug Platz schuf, um ins Innere zu gelangen. Erstmals an diesem Morgen konnte er lächeln. Direkt vor ihm stand ein großer gusseiserner Kanonenofen. Die Besitzer des Lokals hatten selbiges offenbar unter großem Zeitdruck verlassen, denn die Einrichtung war noch vollständig vorhanden. Auf der Budel stand ein großer Aschenbecher, in dem sich eine Packung Streichhölzer befand. Gleich daneben lag eine Ausgabe des „Völkischen Beobachters", und er konnte es sich nicht verkneifen, auf das Datum zu schielen. Dienstag, der 10. April. Einen Tag später hatten die Kämpfe auch auf diesen Rayon übergegriffen. Jetzt erst wurde ihm bewusst, wie sehr sein Körper zitterte. Er fror erbärmlich, sodass er seine Hand kaum ruhig halten konnte. Wie ein alter Tattergreis fingerte er nach der Zeitung und stopfte sie umständlich in den Ofen. Als er die Zünder nahm, schüttelte es ihn dermaßen, dass er sie nicht richtig an die Reibefläche brachte. Gleich zwei Hölzer brachen ab, ohne zuvor aufzuflammen. Er richtete sich gerade auf, bemühte sich, ruhig durchzuatmen, und unternahm dann einen dritten Versuch.

Auch der wäre beinahe schiefgegangen, denn das Streichholz entglitt seinen Fingern. Allerdings war es ihm zuvor gelungen, den Schwefel einer ordentlichen Reibung zu unterziehen, sodass eine grelle Flamme aufzüngelte, gerade als das Hölzchen auf die Zeitung fiel. Diese fing nun auch Feuer, und er konnte damit beginnen, den Ofen sorgsam mit kleinen Scheiten zu befeuern.

Er zog seinen Mantel aus und hängte ihn auf das Ofenrohr. Danach rückte er einen Sessel ganz nah an den Ofen heran und hielt seine Hände eine gute Weile über den Heizkörper. So lange, bis das Zittern wieder etwas nachließ. Er wartete, bis sein Gewand begann, sich ein wenig trockener anzufühlen, dann ging er zurück an die Budel, um dort nach Nahrungsmitteln zu fahnden.

Landsberg
Mittwoch, 2. Mai 1945

Natürlich hatte Bronstein nicht in der Hitlerzelle übernachtet. Niemand hatte dort geschlafen. Fast schien es, als wirkte der Ungeist des Tyrannen auch über seinen Tod hinaus, denn alle, Emigranten wie Soldaten, machten letztlich einen großen Bogen um diesen unheimlichen Ort. Bronstein erwachte durch ein penetrantes Dingel-Dangel, und er brauchte eine Weile, um zu begreifen, dass die Übernachtenden mittels eines Triangels zum Frühstück gerufen wurden. Er stellte umständlich die Beine auf den Fußboden und fuhr sich mit den Händen über das Haar und sein Gesicht. Sogleich erschrak er, als er einen heftigen Stoß auf die Schulter erhielt. Doch es war nur der übermütige Zeman, der ihm einen Klaps als Guten-Morgen-Gruß verabreicht hatte. „Na, dann wollen wir mal sehen, was die Franzosen uns zu bieten haben“, flötete er, „ah, Brioche und Café au lait! Das wär was!“ Bronstein lächelte müde. „Ja, und das am besten im Savoy!“

Sie gingen die Treppe abwärts und reihten sich alsbald in den Strom der Kameraden ein, die gleich ihnen auf dem Weg zum Frühstück waren. Im zentralen Raum des Gefängnisses waren Bänke und Tische aufgestellt, und Bronstein nahm neben Zeman am linken unteren Ende Platz. Vor ihnen befanden sich ein Blechnapf, ein Universalbesteck und ein Becher, und noch ehe sie das Geschirr näher in Augenschein nehmen konnten, tauchte auch schon ein Soldat auf, der jedem einen Kanten Brot in die Hand drückte. Ein zweiter schenkte dünnen Tee ein, ein dritter brachte Suppe, was Bronstein ob der Tageszeit ziemlich irritierte. Doch sein Hunger war ein guter Koch, und so aß er das Dargereichte erstaunlich rasch auf. Ja, gerne hätte er sogar einen Nachschlag verlangt, doch die Küchenmeister waren schon wieder verschwunden. Mit dem letzten Stück Brot tunkte er noch den Rest der Suppe auf, dann trank er den Tee aus und zündete sich die Zigarette an, die Zeman ihm hinübergereicht hatte. In der Mitte des Raumes baute sich zwischenzeitlich ihr Fahrer auf, klatschte in die Hände und erreichte so die erwünschte Aufmerksamkeit.

„Wie ihr alle wisst, wollen wir heute nach Dachau weiterfahren, wo wir noch ein paar befreite Kameraden aufsammeln möchten. Doch die französischen Freunde haben uns geraten, noch ein wenig zu warten, denn gegen Mittag soll eine amerikanische Brigade hier durchkommen, die uns dann quasi Geleitschutz geben könnte. Bis dahin kann jeder machen, was er will, es wurde mir aber gesagt, es sei nicht sonderlich ratsam, in den Ort zu gehen. Die Leute hier …, nun, sie scheinen uns nicht gerade freundlich gesinnt zu sein.“ Bronstein konnte sich das gut vorstellen. Wahrscheinlich war hier jeder Zweite immer noch fanatischer Nazi. Und der Rest bestand wohl aus Opportunisten, die einfach nur ihr Fähnchen nach dem neuen Wind gehängt hatten.

„Und wie geht's dann weiter?“, wollte einer wissen.

„Na ja, so weit es möglich ist, Freising, Landshut, Deggendorf. Und von dort sind's dann noch rund 50 Kilometer bis Železná Ruda und damit bis zur Heimat.“

„Aber wird dort nicht noch gekämpft?“, meldete sich ein anderer zu Wort.

„Deswegen sollen uns die Yankees ja Flankenschutz geben“, antwortete der Fahrer, „aber es handelt sich nur noch um allerletzte Rückzugsgefechte. Die Rote Armee steht vor Prag, die Stoßtrupps der Amerikaner stehen vor Karlsbad. Und angeblich haben tschechoslowakische Partisanen einzelne Orte allein befreit. Es kann sich also nur noch um Tage handeln, bis wir auch zu Hause endlich Frieden haben.“

„Und was machen wir jetzt bis zum Eintreffen der Amis?“

Ohne dass die Gruppe es bemerkt hatte, waren einige französische Soldaten in den Raum gekommen. Einer von ihnen ließ einen Fußball aufpäppeln. Ein anderer hielt eine französische Ansprache, was zunächst Verwirrung hervorrief, ehe Bronstein stockend zu übersetzen begann.

„Sie schlagen uns ein Spiel vor. Wir gegen sie. Um die Zeit zu überbrücken“, erklärte er.

Zeman sprang auf. „Prächtig! Da bin ich dabei!“

Bei weitem nicht alle waren fit genug, um sich einer solchen Anstrengung zu unterziehen. Bronstein schon gar nicht. Aber es fanden sich elf junge Tschechen, die es mit den Franzosen aufnehmen wollten. Man ging in den Hof, wo die Reste der Klopfstangen die Tore markieren sollten. Einige hatten Bänke hinausgetragen, auf denen sich die Zuschauer niederließen. Auch Bronstein wollte sich das Schauspiel nicht entgehen lassen. Ein hagerer Jüngling erklärte, er sei vor dem Krieg Sportreporter gewesen und werde das Spiel kommentieren. Die anderen zollten ihm lachend Beifall.

„Und schon erfolgt der Anstoß seitens der französischen Equipe. Die linke Flügel flitzt nach vor, passt in die Mitte, doch da steht der Abwehrhüne der Tschechen. Franta unterbindet die erfolgreiche Weitergabe, gekonnt überspielt er einen Gegner und passt in die Tiefe. Da taucht Landovský auf. Er gibt weiter auf Holub. Holub müsste schießen. Doch er entscheidet sich für einen Kopfball. Schlechte Wahl. Der französische Keeper wehrt ab. Aber da, der Verteidiger bekommt den Ball nicht unter Kontrolle. Holub müsste das ausnützen. Er interveniert erfolgreich. Eine halbe Drehung. Da, ein Schuss aus dem Hinterhalt. Ja, ja, ja! Der Keeper hat keine Chance. 1:0! 1:0! 1:0. Die tschechoslowakische Republik führt mit 1:0."

Eine gute halbe Stunde später ließ sich Zeman erschöpft neben Bronstein auf der Bank nieder. „Nun ja", keuchte er, „was wollte man auch anderes erwarten. Das sind Soldaten. Die sind körperlich voll auf der Höhe. Und wir? Na ja, das wissen wir ja selbst."

„Ach", tröstete ihn Bronstein, „immerhin habt ihr das erste Tor gemacht. Das ist doch auch etwas!"

Zeman spuckte aus. „Ja. So etwas nennt man Ergebniskosmetik. 1:7. Mann, wie konnte das passieren!"

Als die Mannschaften eben zur zweiten Halbzeit Aufstellung nehmen wollten, kam ein bislang Unbeteiligter in den Hof gelaufen. „Die Amerikaner sind da, die Amerikaner sind da!" Und sofort war das Match vergessen.

Tatsächlich waren mehrere LKW vor der Festung vorgefahren, und ein Sergeant war eben dabei, Exemplare der US-Army-Zeitung „Stars and Stripes“ zu verteilen. Zeman war einer der Ersten, die den Unteroffizier erreicht hatten. Er schnappte sich ein Exemplar und lief zurück „Ganz frisch, sagt er“, bemerkte er. Auf der Titelseite war ein keineswegs geschöntes Foto Hitlers zu sehen, darüber in Balkenlettern die Überschrift, wonach er tot sei. Angestrengt sah Bronstein auf die nächsten Zeilen, doch sosehr er sich auch bemühte, sein Englisch reichte nicht aus, ihre Aussage zu verstehen. „Was heißt das da?“, fragte er ratlos. Holub, der Schütze des Ehrentores, zwängte sich zwischen die beiden. „Dönitz ist der neue Führer. Und er sagt, der Krieg geht weiter“, übersetzte er.

„Na da wird er sich aber täuschen“, lachte Franta, der eben von einer Unterhaltung mit den Amerikanern zurückkehrte. „Berlin haben die Sowjets praktisch schon genommen. Auch die meisten anderen deutschen Städte sind befreit. Ein paar Nazis halten sich noch oben an der dänischen Grenze, aber die geben auch demnächst auf. In einer Woche hat der Spuk endgültig und unwiderruflich ein Ende.“

Bronstein konstatierte allgemeine Erleichterung, da kam bereits der Fahrer herbei und rief den anderen zu, sie sollten rasch aufsitzen, es gehe gleich weiter.

An kleinen Weilern wie Geltendorf und Moorenweis vorbei hielten sie auf Fürstenfeldbruck zu, das etwa 35 Kilometer von Landsberg entfernt lag. Die Amerikaner fuhren phasenweise nur Schritttempo, da ein Trupp Soldaten vor den Fahrzeugen hermarschierte, um festzustellen, ob von irgendwo noch Gefahr drohte. So war es schon fast fünf Uhr nachmittags, als sie endlich die kleine Stadt erreichten. Vorbei am mächtigen Kloster, nahm der Tross die letzten 16 Kilometer bis Dachau in Angriff. Auch bei den Amerikanern wuchs nun die Erkenntnis, dass sie sich sputen mussten, wollten sie noch vor Anbruch der Dunkelheit im Lager ankommen. Vereinzelte Rufe nach einer Pause wurden daher ignoriert.

Sie erreichten die Amper und fuhren nun einen befestigten Feldweg entlang. Links und rechts lagen brache Felder, nur ab und zu unterbrochen von einem Feldstein. Ein paar kahle Bäume säumten den Pfad, und Bronstein konnte sich vorstellen, dass dieser Ort im Sommer recht idyllisch aussehen mochte. Nun aber zeigte er sich von seiner abweisenden Seite, und Bronstein fragte Zeman, wie lange es wohl noch dauern mochte. Der aber zuckte nur mit den Schultern und bot Bronstein wieder einmal eine Zigarette an, die dieser dankbar entgegennahm. Diese war schon längst ausgeraucht, als ein verwittertes Straßenschild davon kündete, dass der Zug „Feldgeding" erreicht hatte. „Das kenne ich", ließ sich einer vernehmen. „Hier war ich auf Außenkommando, als ich in Dachau einsaß. Das ist jetzt nur noch eine Stunde Fußmarsch entfernt." Sie hielten sich immer nördlich der Amper, und als die Dämmerung ihre ersten Anzeichen in die Welt schickte, konnten sie in der Ferne bereits die Lagertürme von Dachau ausmachen.

Wien
Sonntag, 15. April 1945

Geschützlärm ließ ihn hochfahren. Offenbar wurde in der Innenstadt immer noch gekämpft. Er rieb sich die Augen und versuchte, an seiner Uhr die Zeit abzulesen. Das Gasthaus hatte sich als ganz brauchbare Stätte für die Übernachtung herausgestellt, doch nun war es wohl besser, das Weite zu suchen, ehe irgendjemand begann, unnötige Fragen zu stellen. Er rappelte sich hoch und ging noch einmal zur Budel, um sich dort mit weiteren Nahrungsmitteln einzudecken. Die restliche Packung mit dem trockenen Brot landete ebenso in seiner Manteltasche wie eine Flasche Bier, die er unter der Spüle ausfindig gemacht hatte. Als er sich eben zum Gehen wandte, drang eine Stimme an sein Ohr.

„Hearn S', was machen Sie da?"

Er fuhr herum. „Nichts. Ich brauchte nur einen Platz zum Schlafen. Ich wurde ausgebombt", antwortete er wie automatisch.

„Und deswegen brechen S' da bei mir ein?"

Jetzt erst hatten sich seine Augen so weit eingestellt, dass er sein Gegenüber klarer in den Blick nehmen konnte. Trotz der harten Zeiten wirkte der Mann recht wohlgenährt, und es sprach einiges für die Annahme, dass es sich dabei um den Wirt handelte. „Naa", begütigte er daher den aufgebrachten Herrn, „ich bin ned eingebrochen. Ich hab das Loch da g'sehen und hab mir denkt, da kann ich ein bisserl ausruhen." Dabei deutete er auf den zerstörten Bretterverschlag vor dem Eingang.

„Das Loch", echote der Wirt, „ich wett', das haben S' selber g'macht. Mir scheint, Sie san a Plünderer."

Nun war er endgültig hellwach! Die Situation drohte kompliziert zu werden. „Aber gehen S', es ist doch gar nix g'scheh'n. ... Ja, ein Bier hab ich mir g'nommen, und a bisserl a Brot. Aber das kann ich bezahlen. Mit echtem Geld. ... Grad wollt' ich's hinlegen."

„Grad wollt' er's hinlegen", wiederholte der Wirt sarkastisch. „Nix da! Noch bin ich Blockwart. Und Typen wie du schädigen mich nicht. Du kommst jetzt mit, Bürscherl. Dir werden wir das Plündern austreiben."

„Aber geh, wo willst mich denn hinbringen, ha? Zur Gestapo da drüben? Vergiss es. Das Hotel ist abgebrannt und die Gestapo ausgeflogen. Also lass' gut sein."

„Gar nix werd ich gut sein lassen!" Der Wirt wurde deutlich wütender und ging auf sein Gegenüber zu. „Du hast dich das letzte Mal an fremdem Eigentum vergriffen."

Unwillkürlich nahm der andere Verteidigungsstellung ein. „Komm mir nicht zu nahe, du Narrischer! Oder du wirst es bereuen."

Tatsächlich blieb der Wirt stehen. Er drehte den Kopf leicht nach links und rief laut nach draußen. „Helfts mir! Ich hab einen Volksfeind g'stellt. Helfts mir!" Dann machte der Mann Anstalten, dem Eindringling den Weg nach draußen zu versperren.

Er konnte es nicht riskieren, jetzt geschnappt zu werden. Er machte einen Ausfallschritt, wich aber zurück, als der Wirt entsprechend reagierte. In Panik sah er sich um. Da fiel ihm das Messer auf der Budel auf, mit dem er in der Nacht zuvor das Brot abgeschnitten hatte. Blitzschnell griff er danach und hielt es dem Gegner unter die Nase. „Und jetzt schleich di, oder i feitl di ab!"

Tatsächlich wirkte der Wirt einen Moment lang erschrocken. Doch dann flackerte erst recht die Wut in ihm auf. Er streckte beide Arme nach vor und schickte sich an, dem anderen an die Gurgel zu gehen. Doch ebenso plötzlich, wie er sie hochgerissen hatte, ließ er sie auch wieder fallen. Er hielt mitten in der Bewegung inne und starrte auf sein weißes Hemd, auf dem sich unaufhaltsam ein roter Fleck ausbreitete. Sein Gegenüber starrte auf die Brust des Wirten, dann auf das blutige Messer in seiner Hand und dann wieder auf den torkelnden Mann, der sich nun beide Hände an die Wunde presste, ehe er in sich zusammensackte. Ein leises Röcheln noch, dann brach der Blick, und der Wirt lag tot in seiner Schankstube. „Das hast jetzt davon, du Trottel“, flüsterte sein Mörder, der über die Leiche hinwegstieg und zusah, dass er ins Freie kam.

Kaum aus dem Lokal, blickte er sich um. Nirgendwo war jemand zu sehen. Er wechselte schnell die Straßenseite und warf das Messer in weitem Bogen in den Donaukanal. Dann zog er den Mantel fest zu und marschierte die Lände stadtauswärts. Er wollte eben die Friedensbrücke passieren, als von der Brigittenau einige Volkssturmmänner herbeieilten, die offensichtlich auf die andere Seite des Kanals wollten. Instinktiv ging er in Deckung, um nicht gesehen zu werden. Er überwand eine Panzersperre und kletterte über mehrere Leichen, ehe er seinen Weg fortsetzen konnte. Aber schon nach wenigen Metern musste er erneut den Kopf einziehen. Das charakteristische Pfeifen warnte ihn vor Granaten. Tatsächlich schlugen einige davon in einiger Entfernung ein. Diese wurden von MG-Feuer beantwortet, das nur haarscharf an ihm vorbeizielte. Er warf sich auf den Boden und wartete, bis der Lärm wieder abgeebbt war. Dann peilte er die Lage. Der Weg zur Donau war augenscheinlich versperrt, denn dort hatten sich ganz offensichtlich einige Landser eingegraben. Hinter ihm rückte die Rote Armee vor. Wartete er noch ein klein wenig zu, dann saß er endgültig im Sperrfeuer und gab eine hervorragende Zielscheibe für Freund und Feind ab. Ihm blieb nur, in Richtung der Brigittenau zu robben und zu versuchen, irgendwo bei der Wallenstein- oder der Klosterneuburger Straße eine freie Passage zu finden.

Kaum dort angekommen, sah er schon von weitem die Truppenteile, die sich dort in kurzer Distanz gegenüberstanden. Ein Haufen pickelgesichtiger, hypernervöser Hitlerjungen mit uralten Karabinern auf der einen Seite, ein paar bis an die Zähne bewaffnete und zu allem entschlossene Rotarmisten mit Maschinenpistolen auf der anderen Seite. Er drückte sich an die Hauswand und sah zu, dass er in die Treustraße kam. Doch auch die erwies sich nach wenigen Schritten als versperrt. Er bog in die Wolfsaugasse ein. Sein Atem ging hektisch und arhythmisch, und er musste zugeben, dass Panik in ihm hochkroch. Er zwang sich zur Ruhe. „Komm schon! Du hast schon Schlimmeres überstanden. Jetzt reiß dich gefälligst zusammen!"

Gehetzt hastete er weiter. Es war zum Verrücktwerden. Nirgendwo fand sich ein Weg aus dieser vermaledeiten Stadt. Und als ob das nicht schon schlimm genug war, erspähte er nun auch noch einen Trupp Rotarmisten, der sich anschickte, ein Plakat an eine Bretterwand zu kleistern. Die Russen gingen so in ihrer Arbeit auf, dass sie ihn gar nicht bemerkten. Als sie um die nächste Ecke bogen, schlich er sich zu dem Fleck hin und begann neugierig zu lesen.

„Österreicher! Die Rote Armee verfolgt die deutsch-faschistischen Truppen und ist in Österreich einmarschiert. Die Rote Armee kam nach Österreich, nicht um österreichisches Gebiet zu erobern. Sie kam mit dem Ziel, die feindlichen deutsch-faschistischen Truppen zu zerschlagen und Österreich von der deutschen Abhängigkeit zu befreien. Die Rote Armee kämpft gegen die deutschen Okkupanten, aber nicht gegen das österreichische Volk."

Unweigerlich musste er lachen. Das Plakat bewies, dass der Iwan keine Ahnung hatte. Was sollte das denn bedeuten?

Deutsche Okkupanten, österreichisches Volk? Genau darum ging es doch! Das deutsche Volk und das österreichische Volk, diese beiden Bestandteile konnte man nicht trennen. Deutsche und Österreicher waren ein Volk. Er selbst war in Wien geboren und aufgewachsen, aber selbstverständlich war er genauso Deutscher wie ein Hamburger oder ein Berliner. Sogar der Führer selbst war in Österreich zur Welt gekommen. Also was sollte dieses dumme Gerede!

„Sieben Jahre Hitlerherrschaft brachten über Österreich unendlich viel Trauer und Tränen. Die Deutschen nahmen Österreich Freiheit und Unabhängigkeit. Sie haben Österreich ausgeraubt und es in eine rückständige Provinz verwandelt. Hunderttausende Österreicher haben auf Befehl Hitlers für seine tollen Pläne ihr Leben lassen müssen. Die Deutschen brachten über Österreich alle Schrecken des Krieges. Und jetzt wollen die Hitlerbanditen Österreich in ein Schlachtfeld verwandeln, um ihren Untergang noch um einiges aufzuschieben."

Was für eine Umkehrung der Tatsachen! Die Plutokratien des Westens und die jüdisch-bolschewistischen Horden des Ostens, sie alle hatten Deutschland seinen gerechten Platz an der Sonne geneidet, und nur deshalb war die Bewegung gezwungen gewesen, zurückzuschießen. So sah es doch aus! Kein Mensch würde in diesen Mordbuben die Befreier sehen. Doch das war auch kein Trost. So, wie es im Augenblick aussah, würden die Sowjets siegen. Und es waren immer die Sieger, denen die Beute zukam. Die in diesem Fall Wien hieß. Was wiederum für die Wiener bedeutete: Wehe den Besiegten.

Aber er war nicht bereit, sich jetzt schon geschlagen zu geben. Irgendwie musste es einen Ausweg geben. Der aber sollte rasch gefunden sein, sagte er sich, denn mittlerweile stand die Sonne grell am Himmel, sodass es für ihn ratsam war, sich rar zu machen, bis er nicht mehr ganz so leicht auszumachen war.

Das aber war leichter gesagt als getan. Solange in der halben Stadt gekämpft wurde, war er praktisch überall in Gefahr. Und wenn Wien erst einmal gefallen war, dann würde man just auf Leute wie ihn Jagd machen. Also musste er, wenn er schon nicht fliehen konnte, zumindest untertauchen. Aber wo? Freunde von ihm wohnten hier nicht! Wobei, was hieß schon Freunde in Zeiten wie diesen? Da versuchte doch jeder nur noch, seine eigene Haut zu retten, und einen KZ-Aufseher ans Messer zu liefern, das würde aus jedem SS-ler sofort einen wackeren Antifaschisten machen. Nein, wirklich sicher war er nur bei jemandem, der genauso viel zu verlieren hatte wie er. Und da fielen ihm gleich noch weniger ein. Unsicher stapfte er weiter.

Dachau
Mittwoch, 2. Mai 1945

Die LKW hielten kurz vor dem Wachturm B, auf den aus Gründen, die Bronstein verborgen blieben, auch die Zahl „167" angebracht war. Sie saßen ab, und ihr Blick fiel sofort auf die zahlreichen Leichen, die unbeerdigt vor dem Turm lagen. Bronstein erfuhr, dass es sich um Häftlinge aus Buchenwald handelte, die nach einem wahren Todesmarsch in den letzten Apriltagen hier ihr Ende gefunden hatten. Unwillkürlich schloss er die Augen und kämpfte gegen das Zittern an, das seinen Körper befiel. Es war Zeman, der ihn weiterzog, sodass er schließlich wieder aufsah. Eine endlose

Ansammlung von Baracken prägte den Lagerplatz, vor denen einige Armeejeeps und Rot-Kreuz-LKW standen. Links und rechts taumelten ein paar vollkommen ausgemergelte Gestalten auf ihn zu, in denen Bronstein befreite Häftlinge vermutete. „Das kann doch alles nicht wahr sein", flüsterte er und hielt sich intuitiv an Zeman fest, der gleich ihm die Sprache verloren hatte.

„Go away! Go away! Don't get too close to them!" Ein GI stürzte auf Bronstein und Zeman zu, mit der Hand eine wegscheuchende Bewegung machend. Die beiden starrten ihn ratlos an. Der Amerikaner überlegte kurz und stieß dann einen gellenden Pfiff aus. „Joe, over here!" Ein gedrungener Glatzkopf kam hinzu. Der erste Soldat deutete auf Bronstein und Zeman und sagte etwas auf Englisch. Der Glatzkopf wandte sich an die beiden: „Sprecht ihr Deutsch?"

Bronstein nickte. „Die haben alle möglichen Krankheiten. Typhus, Fleckfieber, Dysenterie. Alles Folgen der Lagerhaft. Wir sind jetzt schon den vierten Tag da, und es sterben immer noch welche, weil sie zu entkräftet und zu krank sind. Die Ansteckungsgefahr ist enorm. Also kommt den armen Teufeln nicht zu nahe."

Bronstein nickte abermals. „Das ist da generell kein gesundes Pflaster. Wie ihr seht, liegen überall unbestattete Leichen. Wir lassen die Nazis zwar jeden Tag hundert bis zweihundert Leute beerdigen, aber es wird noch eine kleine Weile dauern, bis wir endlich alle unter der Erde haben. Schreckliche Sache. Das hätt ich mir nie gedacht, dass es so schlimm ist."

Nun konnte sich Bronstein nicht mehr beherrschen: „Sind Sie aus Wien?"

Der Amerikaner riss die Augenbrauen hoch. „Woher wissen S' das?"

„Das hört man. Und woher dort?"

„Glasergasse, im Neunten. Und Sie? Aa a Wiener?"

Gerade noch rechtzeitig erinnerte sich Bronstein daran, dass er offiziell Josef Tauber war. „Ich habe lange dort gelebt", sagte er schließlich, „in Margareten."

„Na, da schau ich aber. Quasi ein Landsmann. Und? Auch im Exil g'wesen?"

„Na ja, wie man's nimmt. Erst in Paris, dann im Untergrund. Grad noch davongekommen sozusagen."

„Jo, in Paris war i aa. Aber nur zwei Wochen, bevor i des Visum für die Staaten kriegt hab. Durch mein' Onkel, der was dorthin schon vorm ersten Krieg ausg'wandert ist. Paris", kam der GI ins Schwärmen. „Pigalle, olala, gell, da hast die Mädels tanzen lassen, was?"

„Ehrlich gesagt, ich war genug damit beschäftigt, zu überleben", gab Bronstein knapp zurück.

Der Amerikaner sah sich um seinen Spaß gebracht. „Na ja, hast eh recht", meinte er schließlich, um Bronstein sodann auf die Schulter zu klopfen. „Ihr Böhmen habt es leicht. Ihr geht jetzt einfach nach Hause und könnt ganz von vorne beginnen. Es wird zwar eine Zeit brauchen, bis ihr alles wieder aufgebaut habt, aber dann könnt ihr gemeinsam die Zukunft gestalten."

„Na, das können doch alle", meldete Bronstein, „ihr genauso wie wir."

„Ich weiß nicht. Ich glaub, da ist einfach viel zu viel vorgefallen. Das Wien, das ich einmal gekannt habe, das gibt es nicht mehr. Und ehrlich gesagt, ich frage mich, ob nicht mittlerweile Brooklyn meine Heimat ist."

Ohne es zu ahnen, hatte der Mann in Bronstein eine Saite zum Klingen gebracht, vor der er sich schon seit Besançon fürchtete. Was, so fragte sich Bronstein, würde er in Wien vorfinden? Würde er es überhaupt wiedererkennen? Und wer von seinen alten Freunden war überhaupt noch dort?

Das war etwas völlig anderes als seinerzeit im ersten Krieg. Damals waren Tod und Zerstörung weit von der Donaumetropole weggewesen. Als er von der Ostfront Richtung Heimat transportiert worden war, da hatte er genau gewusst, dass er sich keine Sorgen zu machen brauchte. Die Eltern waren wohlauf, die Wohnung stand parat, und das Schlimmste, was ihn möglicherweise erwartete, war ein kleiner Engpass bei irgendwelchen Nahrungsmitteln. Und wenn er erst einmal wieder auf dem Damm war, dann stand auch schon sein alter Arbeitsplatz wieder bereit, wenngleich ihm damals schon bewusst gewesen war, dass Nechyba ihm ordentlich den Kopf waschen würde, denn der hatte es ja gleich gesagt, dass es eine Schnapsidee sei, in den Krieg zu ziehen.

Unwillkürlich musste Bronstein lächeln. Mit einem Mal sah er den fülligen Falstaff ganz genau vor sich, wie er ihm mit bebenden Lippen sein „Es ist nur ein kleiner Schritt vom Patriot zum Idiot" entgegenschleuderte. Ja, ja, der alte Nechyba. Was wohl aus dem geworden sein mochte in der Zwischenzeit? Bronsteins Miene verfinsterte sich. Nechyba musste mittlerweile Mitte 80 sein, keine Chance, dass der noch lebte. Und der Pokorny? Der war damals im März schon beinahe gestorben, kaum anzunehmen, dass es den noch gab! Bronstein seufzte. Alle seine Bekannten würden weg sein. Selbst Cerny war aus Wien geflohen. Er würde in eine Stadt kommen, die ihm völlig fremd geworden war. So gesehen hatte der Soldat gar nicht so unrecht.

Mit einem Mal wurde ihm unwohl. Es war ihm, als schwankte der Boden unter seinen Füßen. Da hatte er es gar nicht erwarten können, so schnell als möglich nach Hause zurückzukommen, war sogar schon aufgebrochen, als an allen Ecken und Enden noch gekämpft wurde, und jetzt war ihm, als bliebe er besser weit weg von Wien.

Gleich darauf schalt er sich für sein Selbstmitleid. Erneut war eine Gruppe von befreiten Häftlingen an ihm vorübergeführt worden, die nicht mehr in der Lage waren, selbstständig zu gehen.

„Und weißt du, was das Tragischste daran ist?“, hörte er den Wiener GI neben sich. „Da machst du Tag für Tag die Hölle auf Erden mit, und allein der Wille, das Ende des Terrors und die Befreiung zu erleben, hält dich irgendwie aufrecht. Und dann ist es endlich so weit, der Schrecken ist vorbei – und du stirbst, ohne dass du von der wiedererlangten Freiheit auch nur irgendetwas gehabt hättest.“

Bronstein blieb nur ein resignierendes Nicken.

„Ich meine“, fuhr der andere fort, „ich selber bin ja nicht gerade sehr religiös. Aber mit dem lieben Gott braucht mir nach dieser Erfahrung hier niemand mehr kommen.“ Verächtlich spuckte er aus.

Bronstein wusste nicht, was er dem hätte entgegenhalten sollen. Ja, wo war Gott gewesen? Eine mehr als berechtigte Frage. Ob es unter den KZ-Häftlingen einen Priester gab? Den sollte man einmal mit diesem Problem befassen.

Es war Zeman, der ihn aus seinen Gedanken riss. „Da bist du, Josef. Es gibt Essen. Und den armen Kerlen da hilfst du nicht, wenn du nicht auf dich selbst achtest. Also komm endlich.“ Bronstein schaffte es kaum, seinen Blick von den beklagenswerten Opfern abzuwenden, und er konnte sich nicht daran erinnern, wann er zuletzt derart lustlos in einer Mahlzeit herumgestochert hatte. Nicht einmal Zemans Optimismus konnte ihn aufheitern. Der freilich plauderte munter drauflos. „Die Kämpfe sind hier überall vorbei, sagen die Amerikaner. Mit etwas Glück sind wir morgen in Landshut und übermorgen dann in Deggendorf. Von dort sind's dann noch ein paar Stunden bis an die Grenze. Philippsreut heißt der Ort, habe ich mir sagen lassen. Und ein paar Kilometer weiter liegt Strážný, da sind wir dann endlich zu Hause."

Ja, du, dachte Bronstein. Für ihn würde es noch lange kein zu Hause geben. Und als ob der Tag nicht schon genug Ungemach gebracht hätte, setzte das Schicksal noch einen drauf. Der Fahrer betrat den Speisesaal und erklärte ihnen, dass sie für die Nacht ausgerechnet im Dormitorium der SS-Wachmannschaften untergebracht würden. Offenbar ließ er auf dieser Reise absolut nichts Unappetitliches aus.

Wien
Montag, 16. April 1945

Irgendwann hatte er es aufgegeben, aus der Insel fortzukommen. Nach dem unzähligsten Haken, den er geschlagen hatte, war er wieder im Augarten gelandet, und trotz der empfindlichen Kälte hatte er schließlich beschlossen, dort unter irgendwelchen Hecken zu übernachten. Doch dann war sein Blick auf den großen Flakturm gefallen, der einsam und verlassen mitten aus der Botanik ragte. Die Luftabwehr war schon vor zwei Wochen geflohen, zuletzt hatten nur noch ein paar HJ-ler versucht, die Stellung zu halten. Doch mangels Führung und ohne Munition waren schließlich auch die abgezogen. Was, so dachte er sich, sollte sicherer sein als solch ein Gebäude? Kurz entschlossen hatte er den Sperrzaun überwunden und war ins Innere des Betonblocks eingedrungen. Dort hatte er sich ein Feuerchen angezündet – und der Führer mochte ihm verzeihen, dass er dazu etliche Ausgaben des „Völkischen Beobachters“ verwendet hatte –, ehe er sich, so gut es eben ging, ein Nachtlager hergerichtet hatte.

Doch sein Schlaf verlief mehr als unruhig. Mehrmals schreckte er hoch, wie von Albträumen geplagt, und er ertappte sich bei der Frage, ob dies mit dem toten Wirten in Zusammenhang stehen konnte. Wieso? Wurde er auf seine alten Tage etwa sentimental? Kam es in Zeiten, in denen die Menschen starben wie die Fliegen, auf einen mehr oder weniger an? Ein toter Mann war ein toter Mann, und er hatte entschieden zu viele sterben sehen, um sich über einen einzigen aufzuregen! Mehr noch, wäre dieser Gastwirt seine einzige Sünde gewesen, er wäre fraglos in den Himmel gekommen. Doch der war nur der vorläufige Schlusspunkt in einer schier unendlichen Reihe von Toten, die er im Laufe der letzten Jahre auf sein Gewissen geladen hatte.

Ohne sich erklären zu können, weshalb er gerade hier, zu dieser späten Stunde, daran denken musste, fiel ihm Auschwitz wieder ein. Zweitausend Häftlinge hatte er persönlich exekutiert. Nicht, dass er sich an eine genaue Zahl erinnern konnte, doch genau diese Summe hatte ihm dieser hochnäsige Trottel von Morgen vorgehalten. Unweigerlich musste er grinsen. Konrad Morgen, dass ihm dieser schleimige Idealist gerade jetzt einfiel! Kurz vor Weihnachten 43 war er auf Anweisung Morgens ganz plötzlich seiner Funktion enthoben und sogar verhaftet worden. Und nur zu deutlich vermochte er sich noch an den Schrecken erinnern, der ihm damals in die Glieder gefahren war. Fast vier Jahre hatte er sich für unantastbar gehalten, und dann polterten SS-Männer in sein

Quartier und behandelten ihn, als wäre er irgendein parlamentarischer Strauchdieb und nicht PG der ersten Stunde! Und es hatte Tage gedauert, bis er in Erfahrung hatte bringen können, was man ihm überhaupt vorwarf. Tage, in denen er ernsthaft um sein Leben bangte. Zu frisch waren damals die Erinnerungen an den Fall Koch gewesen, den Morgen hopsnehmen ließ, obwohl er Lagerkommandant gewesen war. Aber Koch zählte ja wohl zu den größten Trotteln, die man sich nur vorstellen konnte. Der Mann hatte sich von Häftlingen bestechen lassen und sich am Zahngold der Getöteten bereichert, so dumm musste man erst einmal sein! Nun, zumindest diesbezüglich war ihm nichts vorzuwerfen. Und es konnte ja wohl kaum den Ideen des Nationalsozialismus zuwiderlaufen, wenn man ein paar von diesen Parasiten schneller in die Ewigkeit beförderte als höheren Orts vielleicht vorgesehen! Und dass keine Exekutionsbefehle aus dem Reichssicherheitshauptamt vorlagen – na wenn schon! Mitunter musste man eben Eigeninitiative entwickeln!

Natürlich war damals nichts rausgekommen, aber seine Karriere hatte einen empfindlichen Knick erfahren. Und seine Überzeugung auch. Mit den lustigen Tagen war es damals jedenfalls vorbei gewesen. In Kattowitz wäre er beinahe versauert, und Breslau war fast noch schlimmer gewesen. Aber zu der Zeit konnte man kaum noch einen Platz in Deutschland finden, wo es nicht schlimm war. Zu der Zeit? Mit nicht geringem Schrecken wurde ihm bewusst, dass seine Zeit in Breslau keine sechs Monate her war. Und doch schien es ihm, als wären seitdem Jahrzehnte vergangen, so fern war ihm all dies. Erst vor drei Monaten war er mit dem Zug quer durch Böhmen nach Wien gefahren, natürlich wieder ohne entsprechende Order. Aber vor Breslau stand damals schon die Rote Armee, und der wollte er noch weniger in die Hände fallen als dem dämlichen Morgen, diesem idealistischen Möchtegern-Saubermann.

So, und nun saß er da im Augarten und hatte erst recht die Sowjets am Hals. Nur, wohin sollte er sich diesmal wenden? Wenn er sich überhaupt irgendwohin wenden konnte. Einige Kameraden hatten ja gemeint, man solle sich den Amis ergeben, die wären nicht ganz so fanatisch wie der Iwan. Doch er traute den Plutokraten genauso wenig wie den Bolschewisten. Italien wäre ein Ziel, dachte er sich. Der Vatikan, der stellte angeblich Visa für Südamerika aus, hieß es. Doch Italien wimmelte von Partisanen, und die würden seinesgleichen einfach an den nächsten Baum knüpfen. Und bis Rom waren es sicher tausend Kilometer oder mehr.

Tausend Kilometer! Seit Tagen versuchte er, wenigstens zwei, drei Kilometer zu überwinden, und selbst daran scheiterte er. Und das, obwohl er sich hier bestens auskannte, während er noch nie südlich des Semmerings gewesen war.

Allein schon der Gedanke an den Berg ließ ihn erschaudern. Vor mehr als eineinhalb Jahrzehnten hatte er dort als Holzfäller sein Auskommen finden müssen. Einen solchen Horror hatte er nicht einmal nach seiner Inhaftierung erlebt! Eine derartige Plackerei, dass er jeden Tag aufs Neue dachte, er müsse sterben. Zum Glück hatten ihn dann Gesinnungsgenossen bei der Wiener Polizei untergebracht, und so war aus ihm der geworden, der er nun war. SS-Untersturmführer. Natürlich hätte er längst Obersturmbannführer oder wenigstens Sturmbannführer sein sollen, doch diese Suppe hatte ihm Morgens Aktion versalzen. Auch egal. Im Nachhinein war es ohnehin besser, kein so hohes Tier zu sein, damit kam man vielleicht eher durch.

Er rauchte seine allerletzte Zigarette und versuchte dann, doch noch ein wenig Schlaf zu finden, obwohl draußen schon der neue Tag graute. Vielleicht, so dachte er noch, während ihn allmählich die Müdigkeit überkam, sollte er versuchen, irgendwo ein paar Vorräte zu horten, um dann hier, im Schutze des Bunkers, abzuwarten, bis die Lage sich halbwegs beruhigt haben würde. Doch woher er diese Vorräte holen sollte, diese Frage vermochte er nicht mehr zu beantworten, denn endlich war er doch noch eingeschlafen.

Landshut
Donnerstag, 3. Mai 1945

Er konnte machen, was er wollte, er bekam die schrecklichen Bilder einfach nicht aus dem Kopf. Vor allem aber schlich sich ein hartnäckiges Schuldgefühl in ihm ein. All die Jahre hatte er sich und sein Schicksal bedauert, hatte Gott und die Welt verflucht, weil so unendlich viel Leid über ihn gekommen war. Und nun, als er diese bedauernswerten Gestalten gesehen hatte, schien es ihm, als dürfte er sich in keiner Weise beklagen. Lange vor allen anderen war er aufgewacht, nachdem er erst eine halbe Ewigkeit nicht eingeschlafen war. Er fühlte sich wie gerädert und hoffte inständig, die amerikanischen Truppen würden als Morgenmahlzeit echten Kaffee kredenzen. Ohne selbigen abzuwarten, zündete er sich eine Zigarette an, dabei dankbar des Wiener GIs gedenkend, der ihm zum Abschied noch zwei Packungen „Lucky Strike" geschenkt hatte. Bronstein fragte sich zwar, was diese Zigaretten mit einem Toast zu tun haben könnten, war aber unendlich froh, endlich nicht mehr Zeman auf der Tasche liegen zu müssen. Mit etwas gutem Willen würden die „Luckies" ausreichen, bis sie die Tschechoslowakei erreicht hatten. Nachdem er gierig ein paar Züge gemacht hatte, erhob er sich und marschierte, so gut es eben ging, in die Richtung der provisorischen Kantine. Dort schlug ihm, sehr zu seiner Freude, ansprechender Kaffeegeruch entgegen.

Er war bei seiner zweiten Tasse angelangt, als sich auch der Rest der Fahrgemeinschaft im Raum einfand. Wie gewohnt setzte sich Zeman direkt neben ihn. „Ehrlich, ich kann es kaum mehr erwarten, endlich wieder zu Hause zu sein. Ich kann die Heimat schon förmlich riechen!" Bronstein schenkte ihm ein Lächeln.

„Ja, und diesmal machen wir es besser als 18."

„Was war damals denn falsch?", wollte Bronstein wissen.

„Na ja, Kamerad Masaryk hat uns einen eigenen Staat geschenkt. Das war gut. Aber er hat auf die ökonomische Basis vergessen. Die hat auch nach 1918 den Deutschen gehört. Und die haben natürlich auf Rache gesonnen, was ja naheliegend war. Ich meine, die haben uns 400 Jahre lang beherrscht, und auf einmal ist ihr Wille nicht mehr Gesetz. Da ist es ja klar, dass die gegen uns arbeiteten."

„Meinst du? Es hat doch auch viele gute Deutsche in eu… – in unserer Republik gegeben."

„Aber wo. Erinnere dich an die letzten Wahlen vor dem Krieg. Da haben die alle die Nazis gewählt. Alle! Und denk daran, wie sie gejubelt haben, als uns 38 die halbe Republik weggenommen wurde! Die haben sich stets fremd gefühlt in der Tschechoslowakei, die wollten immer nur ‚heim ins Reich'. Und mit Hitler hat das ja dann auch geklappt. Da waren sie dann wieder die Herren im Haus. Mehr sogar als zuvor unter Habsburg. Sie haben uns zu ihren Sklaven gemacht, obwohl wir 90 Prozent der Bevölkerung stellten und sie vielleicht zehn. Wir haben für sie malocht, und sie haben auf unsere Kosten in Saus und Braus gelebt. Das war ja überhaupt das eigentliche Wesen des Faschismus. Ein paar Herrenmenschen unterdrücken die Masse der Untermenschen. Politisch, sprachlich, kulturell, na, und wirtschaftlich sowieso. Die haben beinhart auf ihre Stunde gewartet und diese eiskalt ausgenutzt. Na ja, und die breite Masse hat sich nicht getraut, aufzubegehren, was nur zu verständlich ist, denn in solchen Situationen ist sich irgendwie jeder selbst der Nächste. Es hat die Perspektive gefehlt, meine ich. Jetzt nicht nur wirtschaftlich, auch politisch natürlich."

Bronstein wiegte skeptisch den Kopf.

„Komm schon, Josef, jeder will auf der Seite der Sieger sein. Und dabei wird dann immer wieder vergessen, dass nur die gemeinsame Anstrengung des gesamten Volkes einen wirklichen Sieg garantiert. Schau dir nur die Sowjetunion an. Was die bewegt hat in einem Vierteljahrhundert! Dort wurde alles nachgeholt, wofür England und Frankreich Jahrhunderte gebraucht haben. Und ohne die Sowjetunion hätten die Deutschen wahrscheinlich den Krieg gewonnen, dann säßen wir jetzt nicht hier, sondern wären wahrscheinlich schon tot."

„Ich weiß nicht", meldete Bronstein Zweifel an, „ob die ökonomisch-politischen Erklärungen, die du anbietest, wirklich ausreichen." Zeman wollte sofort seinen Standpunkt neuerlich untermauern, doch Bronstein hob die Hand und gebot ihm Einhalt. „Ich war lange in Wien, weißt du, die Stadt der Psychoanalyse, und deshalb frage ich mich, ob der Mensch nicht doch von Natur aus böse ist."

„Jetzt mach aber einmal einen Punkt, Josef. Das kannst du doch nicht ernsthaft annehmen. Denkst du wirklich, die

Menschheit hätte so viel erreicht, wenn sie von Natur aus darauf aus wäre, sich gegenseitig zu massakrieren?"

„Und was ist mit all den Kriegen? Mit der Sklaverei? Mit all der Unterwerfung? Sagt nicht gerade euer Karl Marx, dass die gesamte Menschheitsgeschichte eine Geschichte von Klassenkämpfen ist?"

„Nun gut", lachte Zeman, „ich habe nicht behauptet, dass alle Menschen gut sind. Es ist immerhin das gesellschaftliche Sein, das das Bewusstsein bestimmt."

„Du meinst also, sobald jemand etwas mehr besitzt als der andere, wird er böse?"

„Na, das ist jetzt vielleicht etwas vereinfacht ausgedrückt, aber ja, die Gier nach Macht, Reichtum und Einfluss ist eine mächtige Triebfeder in Richtung Verderbnis."

Bronstein hob eine Augenbraue.

„Wobei wir doch", fuhr Zeman fort, „ganz genau wissen, wie absurd diese Haltung ist. Das letzte Hemd, so heißt es doch, hat keine Taschen. All die Reichtümer, all die Insignien der Macht, all den Ruhm und was weiß ich noch alles, all das kann man nicht ins Jenseits mitnehmen. Wozu also danach streben? Noch dazu, wo es so viele weit bessere Ziele gäbe, für die es sich einzutreten lohnte. Das Elend zu beseitigen, die Armut abzuschaffen, die Unwissenheit zu besiegen zum Beispiel."

„Und doch", beharrte Bronstein auf seiner Sichtweise, „irgendetwas tief in uns drinnen drängt zum Bösen. Ich weiß nicht, woran es liegt, aber die Versuchung scheint immer da zu sein. Die Menschheit bekommt anscheinend nie genug."

„Die Menschheit wird aus dieser Katastrophe lernen. Sie wird es diesmal wirklich besser machen", zeigte sich Zeman überzeugt.

„Als ich in Frankreich war“, begann Bronstein von neuem, „habe ich von einem Spanier, der aus Francos Diktatur geflohen war, eine merkwürdige Geschichte gehört. Und die stimmt mich selbst heute, nach vielen Jahren, immer noch nachdenklich.“

„Na dann erzähl mal“, ermunterte ihn Zeman, „immerhin ist Zeit im Moment das einzige Gut, von dem wir genug haben.“

„Die Geschichte trug sich irgendwann zur Zeit der Konquistadoren zu. Ich habe vergessen, ob es ein Spanier oder ein Portugiese war, aber einer von diesen Entdeckern umrundete vor beinahe 500 Jahren Afrika und landete in jener Gegend, die heute Moçambique genannt wird. Natürlich war er auf der Suche nach unermesslichen Reichtümern.“

„Ja, ja, die Geschichte von Eldorado“, ergänzte Zeman.

„Genau. Er ging also an Land und traf auf Eingeborene. Die aber fand er mehr als enttäuschend. Sie lebten in Strohhütten, trugen praktisch nichts am Leibe und hatten keine Kultur, die den Namen verdiente. Als er schon enttäuscht auf sein Schiff zurückkehren wollte, sah er zufällig eine wertvolle Goldkette, die der Häuptling des Stammes um den Hals trug. Sofort erwachte seine Gier wieder, und er wollte wissen, woher der Mann diesen Schatz habe. Aus dem Norden, antwortete der, dort gebe es ein großes Reich, dessen Herrscher Gold und anderen Reichtum in Hülle und Fülle habe.“

Zeman runzelte die Stirn. „Ist das nicht der Mythos über den Priesterkönig Johannes?“

Bronstein nickte. „Du sagst es. Genau das dachte unser Konquistador auch. Und so ließ er sich den Weg in den Norden beschreiben, um an den Hof des Priesterkönigs zu kommen. Er dachte sich natürlich, dass diese unermesslichen Reichtümer ihn selbst reich machen sollten, und dass er damit bei seinem König an Einfluss und Macht gewinnen würde. Und so marschierte er mit seinen Männern los, um das sagenhafte Reich zu finden."

Zeman bot Bronstein eine weitere Zigarette an, damit erzähle es sich leichter, meinte er lachend. Bronstein nahm einen tiefen Zug und fuhr dann fort.

„Sie marschierten tage-, ja wochenlang durch den Dschungel. Viele Männer hielten den Strapazen nicht stand und starben unterwegs. Doch jedes Mal, wenn die Überlebenden die Hoffnung schon aufgegeben hatten, trafen sie wieder auf irgendeinen Stamm, und auch dort wurde ihnen bedeutet, dass im Norden ein mächtiges Reich voller Überfluss liege. Und so setzten sie ihre Suche fort."

Die Erzählung Bronsteins hatte mittlerweile auch einige andere neugierig gemacht, und Bronstein kam sich vor wie ein alter Geschichtenerzähler, der am Lagerfeuer von Legenden und Sagen berichtete. Doch er war so in seinem Element, dass ihn die angewachsene Zuhörerschar nur zusätzlich anspornte.

„Jedenfalls starben die Europäer wie die Fliegen. Manchmal wurden sie von feindlichen Eingeborenen angegriffen, andere fielen wilden Tieren zum Opfer, und wiederum andere starben einfach an Erschöpfung. Doch der Wille, dieses sagenhafte Reich in Besitz zu nehmen, ließ sie alle Strapazen vergessen. Kein Einsatz schien zu hoch, der zu erwartende Gewinn rechtfertigte jeden Verlust. Und so kamen sie schließlich an den Rand der großen Wüste."

„Du meinst die Sahara?", fragte einer der Zuhörer. „Na sicher, was denn sonst", fuhr ihm ein anderer in die Parade, der unbedingt wollte, dass Bronsteins Erzählung nicht unterbrochen wurde.

„Zu diesem Zeitpunkt waren die Europäer auf eine Handvoll Männer zusammengeschrumpft. Ihre Waffen taugten nichts mehr, sie selbst waren erschöpft, geschwächt und krank. Bei nüchterner Betrachtung ihrer Lage hätte ihnen klar sein müssen, dass sie nicht einmal mehr einen Negerkral erobern konnten, doch die klare Vorstellung eines unvergleichlichen Triumphs ließ sie alle Zweifel vergessen. Und als sie am Rande der Wüste in einem Dorf aus lauter Lehmhütten auf weiteres Gold und diverse Schmuckstücke stießen, da wähnten sie sich ihrem Ziel schon richtig nahe. Dies umso mehr, als der Dorfälteste ihnen berichtete, dass ein Abgesandter des großen Königs diese Preziosen einst zurückgelassen habe im Tausch gegen die Anerkennung der Herrschaft seines Königs über das Dorf. Daraus schlossen die Europäer, dass die Hauptstadt des Priesterkönigs Johannes nicht mehr weit sein konnte, und so nahmen sie noch einmal alle Kraft zusammen, um weiterzumarschieren."

„Was denn, durch die Wüste?" Bronstein erntete ungläubige Gesichter.

„Na ja, die Gier treibt einen Menschen oft zu unsinnigen Handlungen", lautete ein Kommentar.

„Das ist wahr", mischte sich ein Dritter ein, ehe Zeman mit einem lauten „Schsch!" für Ruhe sorgte. „Jetzt lasst ihn doch weitererzählen, Ježiši Kriste!"

„Die Wüste gab ihnen natürlich den Rest. Einer nach dem anderen brach zusammen und verdurstete auf dem Weg. Nur der Anführer der Konquistadoren, der so sehr von seinem Wunsch beseelt war, Macht und Einfluss zu erringen, hielt durch und durchquerte tatsächlich die Sahara. Dabei hatte er natürlich das Glück, dass er immer wieder auf Oasen stieß und auf Beduinen, die ihm halfen. Und so, als er fast am Ende war, halb tot und beinahe vollkommen wahnsinnig, sah er plötzlich, als er wieder eine Sandkuppe erklommen hatte, ein großes Meer vor sich. Unter Aufbietung seiner allerletzten Kräfte schleppte er sich an den Strand."

Nun hätte man in dem LKW die sprichwörtliche Stecknadel fallen hören. Alle Augen waren auf Bronstein gerichtet, jeder wollte unbedingt wissen, wie die Geschichte endete.

„Der Konquistador war natürlich verwirrt. Ein Meer war in den Schilderungen der Afrikaner nie vorgekommen. Hatte er all die Mühen umsonst auf sich genommen, da er irgendwann vom rechten Weg abgekommen war? Als er schon schier verzweifelte, kam ein Berber des Weges, und der Konquistador hielt ihn an, um ihn nach dem großen Reich zu fragen. Oh ja, entgegnete der, dieses Reich sei kein Mythos. Es existiere wirklich. Und dort herrschten Überfluss, immerwährender Reichtum und Glückseligkeit. Und in dem Konquistador keimte neue Hoffnung auf. Vielleicht würde er am Ende doch noch triumphieren."

„War er also in die Irre gegangen?", fragte einer, dafür sofort strafende Blicke erntend.

„Der Konquistador zerrte am Burnus des Berbers. ‚Eldorado', schrie er fast irre, ‚wo liegt es?' Der Berber aber zeigte über den Ozean und meinte nur, es liege jenseits des Meeres, wo der große König in seiner prächtigen Hauptstadt Madrid lebe."

Bronsteins Erzählung war zu ihrem Ende gekommen, und sie ließ die Zuhörer nachdenklich zurück.

„Da ist der Kerl also die ganze Zeit seinem eigenen König hinterhergejagt", meinte einer.

„Oder sich selbst, wenn du so willst."

„Vanitas vanitatum", statuierte Bronstein.

„So, und was hat das jetzt mit dem Krieg zu tun? Oder mit dessen ökonomischen Hintergründen?" Zeman fixierte Bronstein erwartungsvoll.

„Wahrscheinlich nichts", gab sich Bronstein geschlagen und zündete sich eine weitere Zigarette an.

Wenig später saßen sie wieder auf ihrem Lastwagen und fuhren weiter ostwärts. Die Gegend wirkte direkt lieblich, und alle waren dankbar dafür, dass hier offenbar keine nennenswerten Kriegshandlungen stattgefunden hatten. Doch schon wenige Kilometer weiter, in Freising, holte sie das Grauen des Krieges wieder ein. Die altehrwürdige Stadt war von den amerikanischen Bomben schwer in Mitleidenschaft gezogen worden, zudem hatte die abziehende SS in der Vorwoche die Korbiniansbrücke gesprengt. Die Amerikaner hatten jedoch noch im April eine Pontonbrücke errichtet, sodass der Weiterfahrt nichts entgegenstand. Bronstein fand dies direkt ein wenig schade, denn er hätte sich gern den berühmten Freisinger Dom angesehen. Doch Zeman meinte bloß lapidar, der sei wahrscheinlich ohnehin nur noch eine Brandruine.

Am späten Nachmittag wurden dann die mächtigen Türme einer Klosteranlage sichtbar, und jemand erklärte ihnen, sie seien nun in Moosburg an der Isar. Hier habe sich ein berüchtigtes Kriegsgefangenenlanger, Stalag VII, befunden, in dem nun, Ironie der Geschichte, hochrangige Nazis aus der Umgebung säßen. Da aber die Amerikaner ihre Leute schon abgeholt hatten, sonst dort nur Engländer und ein paar wenige Polen gesessen waren, gab es für den tschechoslowakischen Konvoi keine Veranlassung, einen Stopp einzulegen. Dies umso weniger, als man unbedingt vor Einbruch der Dunkelheit Landshut erreichen wollte.

Tatsächlich schafften sie die knapp zwanzig Kilometer in einer guten Stunde, und als sie, schwer verspannt, aus dem LKW kletterten, schlug irgendwo eine Kirchenglocke gerade 6 Uhr abends.

Die ehemals bedeutende Herzogsstadt war seit einer guten Woche befreit, sodass bereits eine gewisse Ordnung eingekehrt war. Der Tross wurde im Pfarrhof von St. Martin untergebracht, wobei man der Gruppe mitteilte, dass sie sich sorglos bewegen könne, da jeder Widerstand hier bereits endgültig gebrochen sei.

„Was ist das da oben auf dem Berg?", fragte Bronstein und zeigte auf ein Gebäude oberhalb der Altstadt.

„Das ist die Burg Trausnitz. Da saßen einst unsere Herzöge", lautete die Antwort.

„Kann man die besichtigen?", erwachte in Bronstein die Neugier.

„Klar. Der kürzeste Weg ist das Ochsenklavier. Direkt hier von der Altstadt eine Treppe, die zur Burg führt. Aber heute wird das wahrscheinlich nichts mehr. Immerhin wird es bald dunkel."

„Na, dann vielleicht morgen", sagte Bronstein und rieb sich vergnügt die Hände. Und gleich darauf stellte er fest, dass er endlich wieder Hunger hatte. Eilig folgte er also den anderen, die bereits im Speisesaal Platz genommen hatten.

Wien
Immer noch Montag, 16. April 1945

Er erwachte mit starken Schmerzen in der Seite. Das Feuer war längst ausgegangen, und die Kälte hatte ihn buchstäblich kalt erwischt. Er vermied rasche Bewegungen und richtete sich daher nur sehr langsam auf. Dann hustete er ausgiebig ab. Er suchte seine Taschen nach Rauchwerk ab, doch erinnerte er sich schließlich, die letzte Zigarette in der Nacht geraucht zu haben. Und da er nun schon einmal beim Erinnern war, fiel ihm ein, dass er von seiner Zeit bei der Wiener Polizei geträumt hatte. Das erschien ihm nun als Zeichen. Denn in dem Traum war Ferdl Auinger vorgekommen. Der Mann war sogar noch vor ihm bei der Partei gewesen, hatte aber, soweit er wusste, Wien nie verlassen. Und wenn ihn nicht alles trog, dann wohnte der Auinger in der Treustraße. Und die war gar nicht weit weg vom Augarten. Vielleicht konnte er ja dort ein wenig untertauchen. Doch wie sollte er die exakte Adresse ausfindig machen?

Nun, das konnte sich tatsächlich als schwierig erweisen. Denn die Treustraße war kein kleines Gässchen, und es war wohl kaum ratsam, bei jeder einzelnen Hausmeisterin in der Häuserzeile nachzufragen. Zudem war es durchaus möglich, dass dem Auinger selbst die Stadt zu heiß geworden war. Aber immerhin, es war eine Möglichkeit, und etwas Besseres fiel ihm im Augenblick nicht ein. Er stand mühsam auf, klopfte sich ab und trat dann vorsichtig ins Freie. Der Park lag erstaunlich friedlich vor ihm. Kein Gefechtslärm trübte die Stimmung, nur in weiter Ferne hörte man das dumpfe Dröhnen von Geschützen, das auf diese Distanz wie der Donner eines fernen Gewitters klang. Im Osten zeigte sich die Sonne, und er konstatierte die nicht geringe Ironie der Szenerie. Es würde tatsächlich ein schöner Tag werden. Fragte sich nur, ob er das am Abend auch noch würde behaupten können.

Niemand hielt ihn auf, und so erreichte er die Treustraße bereits nach einer knappen Viertelstunde. Er schloss die Augen, konzentrierte sich. Hatte der Auinger nicht immer von dem Wirten in seinem Haus berichtet? Wie hatte der bloß noch geheißen? „Zur Stadt Korneuburg"! Tatsächlich! Schräg gegenüber erkannte er das verblasste Schild über dem vernagelten Eingang. Er überquerte eilig die Straße und sah zu, dass er in den Hausflur kam. Kaum war er aus der Sonne und versuchte, sich an die Dunkelheit im Stiegenhaus zu gewöhnen, als er eine schneidende Stimme vernahm: „Bei uns gibt's nix zum Plündern!" Er brauchte eine Weile, ehe er die Alte erkannte, die ihn so angesprochen hatte. „Keine Angst! Ich such den Auinger Ferdl", entgegnete er.

„San se aa a Kieberer?" Er hielt es für sinnvoll, die Frage der Frau zu bejahen. „Erster Stock, Tür 9", gab sie endlich von sich, ehe sie ihre Wohnungstür wieder schloss.

Er überwand das Mezzanin und fand sich schließlich vor besagter Behausung wieder. Kurz entschlossen klopfte er an.

„Wer is do?", kam es rau von der anderen Seite der Tür.

„Ferdl? Mach auf! I bin's, der Max!"

„Der Max?" Der Tonfall klang skeptisch. Dennoch hörte er, wie an der Kette und an Schlüsseln hantiert wurde. Dann ging die Tür auf. Auinger betrachtete sein Gegenüber. Dann flog der Ansatz eines Lächelns über sein Gesicht. „Der Max! I pack's ned! Wie kommst denn du da her? Warst du ned Aufseher in Auschwitz?"

„Ich war Leiter der dortigen politischen Abteilung", gab er knapp zurück. „Aber das ist lang her. Auschwitz gibt's schon seit Jänner nicht mehr. Und außerdem war ich zuletzt in Breslau. Aber wurscht. Jetzt bin i da. Und ich brauchert a bisserl a Hilfe."

„Ja, komm erst einmal rein da." Auinger winkte ihn zu sich. Max trat ein, sah sich um.

„Da, hock dich her. Anbieten kann ich dir leider nix. Wir haben selber nix mehr. A Wasser könnt ma abkochen. Des is aber aa scho olles."

„Du, danke, ich brauch nix. Aber du hast ned zufällig was zum Rauchen?"

Auinger zog grinsend eine Papyrossa aus der Tasche. „Gestern haben s' da an Iwan daschossen, der hat die Tschik eh nimmer braucht. San gar ned amoi so grauslich."

„Ja eh", grinste Max. „In der Not frisst der Teufel Fliegen." Er drückte den Kartonfilter zweimal platt, dann zündete er die Zigarette an und sog gierig den Rauch ein. Jetzt war ihm wohler.

Nachdem er wieder etwas zu sich gekommen war, sah er Auinger durchdringend an. „Und du sitzt da einfach ganz ruhig in deiner Wohnung und wartest ab? Hast du keine Angst, dass die dich schnappen?"

„Aber woher denn!" Auinger winkte ab. „Ich bin ja nur ein kleiner Kieberer. Was sollen die mir schon tun?"

„Na ja", Max zuckte mit den Schultern, „immerhin bist du nicht nur Kieberer, sondern auch ein Nazi."

„Nazi", Auinger spuckte das Wort mit einer gehörigen Portion Verachtung aus, „aa scho wos! Des war a dreiviertel Million. Die können unmöglich jeden achten Österreicher einkasteln dafür."

Max' Miene blieb skeptisch.

„Schau", sagte Auinger, „klar, jetzt ist einmal alles im Oasch. Des is sicher. Aber das Leben muss ja irgendwie weitergehen, ned wahr? Also, was wird kommen? Natürlich wieder der alte Dreck von davor. Na, und wer is des?"

Max wirkte ratlos. „Die Sozis und die Schwarzen?", mutmaßte er.

„Eben“, nickte Auinger, „und wer is des genau? Der alte Renner vielleicht, und der Kunschak! Na, was soll'n die zwei alten Trottel schon groß anrichten? Der eine hat sich selbst dem Führer angedient – erinnerst dich noch, wie der für ein *Ja* bei der Volksabstimmung geworben hat?“ Max nickte.

„Na eben. Und der andere, der war schon ein Antisemit, da hat der Führer noch in der Meldemannstraße logiert. Also, es wird wie immer sein, nix wird so heiß gegessen, wie's gekocht wird.“

Max kamen Zweifel. „Aber der Iwan ...“

„Ja, das wird jetzt ein bisserl kritisch. Aber wie lang wird der dableiben? Zehn Tag'? Einen Monat? Länger bestimmt ned. Und dann wird Österreich wieder eine Republik sein, so wie nach dem 18er Jahr. Und dann werden S' genau uns brauchen. So schaut's aus ...“

„Aber glaubst ned, dass die ihre eigenen Leut'...“

„Welche eigenen Leut'?“ Auinger tat ernsthaft verwundert. „Wer, bitte, soll das sein? Die paar echten Anti-Nazi, die san in Dachau verreckt, oder irgendwo im Osten, und der Rest war ohnehin auf unserer Seit'n. Weißt noch, Heldenplatz, 38er Jahr! So viel Leut' kriegen die Roten und die Schwarzen ned amoi z'samm, wenn s' ihnen dafür was zahlen!“

Max zog noch einmal gierig an der Zigarette, ehe er sie ausdämpfte. Auinger fuhr derweilen fort: „Und die Ordnung muss ja aufrechterhalten werden. Gerade jetzt, ned wahr?! Ich mein', es gibt nix zum Beißen, nix zum Trinken, nix zum Rauchen. Die Leut' haben kein Dach über dem Kopf, wissen ned, wohin mit sich, das kann ganz leicht in Chaos und Aufruhr enden. Daher braucht, wer immer da jetzt auf Regierung macht, Leute wie uns, damit der Mob ned übermütig wird.“

Erstmals entkam Max ein Grinsen. „Genau. Mit so was kennen wir uns aus."

„Na siehst du's. Wir müssen nur die nächsten paar Tage überstehen, bis der Ami und der Tommy aa da sind, und dann geht alles wieder seinen gewohnten Gang."

„Aber bis dahin brauch ma doch aa was zum Essen. Also, i zumindest", ließ sich Max vernehmen.

Auinger schwieg.

„Wie versorgst du dich?", blieb Max hartnäckig.

„Ah, ich hab da so einen Bauern bei Enzersdorf. Dem hab ich voriges Jahr g'holfen, dass ihm die Wehrmacht ned seine letzte Kuh wegnimmt. Seitdem versorgt er mich ein bisserl. Schmalz und Brot und so."

„Enzersdorf, sagst?" Max rieb sich das Kinn. „Ich glaub mir kommt da eine Idee."

Landshut
Freitag, 4. Mai 1945

Natürlich war keine Zeit geblieben, die Burg in Augenschein zu nehmen. Allen war es nur darum zu tun, so schnell wie möglich in die Heimat zurückzukommen. Und so musste sich Bronstein fügen, als es darum ging, frühmorgens aufzusitzen, um die nächste Etappe nach Landau an der Isar zu überwinden. „Es gibt immer noch vereinzelte Kämpfer", erklärte ihnen der Fahrer, der mit Vertretern der Alliierten gesprochen hatte, „noch hat Deutschland offiziell nicht kapituliert. Wir sollten also danach trachten, so schnell wie es nur geht aus dem Land rauszukommen." Dem wollte sich nun auch Bronstein nicht verschließen.

Sie fuhren immer die Isar entlang, wobei deutlich festzustellen war, dass der Krieg hier erstaunlich wenig Spuren hinterlassen hatte. Die Straße war relativ intakt, sodass die Wagenkolonne recht flott vorankam. Nicht einmal zwei Stunden nach dem Aufbruch tauchte die komplett weiße Ansicht von Landau vor ihren Augen auf. Eine wüste Häufung großer Bauernhäuser, die wie riesige Kästen in der Gegend standen, überragt von einer ebenso weißen Kirche, die von einem Turm mit dem charakteristischen Zwiebeldach bekrönt war. Doch genauer würde man den Ort nicht in Augenschein nehmen können, denn niemandem war nach einer Pause zumute, alle wollten bis Deggendorf weiterfahren, der letzten größeren Siedlung vor der alten Grenze. Bronstein wunderte sich, wie eine Landschaft angesichts all der Katastrophen so lieblich aussehen konnte. Das satte Grün der Wiesen zeugte vom herannahenden Sommer, und beinahe schien es, als bildete die Natur eine Metapher auf die politische Lage: Der Winter war endlich überwunden.

Der unverkennbare Klang von Kirchenglocken ließ Bronstein aus seinen Gedanken aufschrecken. Er blickte durch das schmale Fenster nach vorn und sah die zahlreichen Türme der Stadt vor sich, die davon zeugten, dass Deggendorf eine große Vergangenheit besaß. „Das ist ja schnell gegangen“, murmelte er, ehe er sich Zeman zuwandte: „Da können wir jetzt doch eigentlich gleich bis nach Hause fahren, oder?“

Zeman klopfte an das Verbindungsfenster und trug Bronsteins Gedanken an den Fahrer weiter. Der zuckte nur mit den Schultern. „Wir haben eine feste Übereinkunft mit den Amerikanern. An die müssen wir uns halten.“ Wenig später konnte Zeman die Übrigen ins Einvernehmen setzen. „Er sagt, wir machen im nächsten Ort, der Deggendorf heißt, Station, um noch einmal Proviant zu fassen. Dann geht es noch einmal gut 80 Kilometer weiter an die Grenze. Wir übernachten in Philippsreut, und morgen in der Früh sollten wir dann nach Strážný kommen und damit endlich zu Hause sein."

Zu Hause. Bronstein seufzte. Für die anderen dreißig Männer in dem Wagen war die Tschechoslowakei tatsächlich ihr Zuhause. Für sie war die Gefahr spätestens morgen zu Ende, und sie würden als Helden empfangen werden, die für die Heimat Leib und Leben eingesetzt hatten. Mit etwas Glück würde auf jeden dieser Männer jemand warten, der sie freudig empfing, ihnen Most und Buchteln oder ähnlich schmackhafte Leckereien kredenzte. Er hingegen würde sich erst einmal nach Wien durchschlagen müssen, und dort würde unter Garantie niemand auf ihn warten. Er war alt, verbraucht und unnütz. Wofür hatte er den Krieg überhaupt überlebt? Wie ein Dinosaurier würde er wirken, wenn er erst einmal in seine angestammte Gasse zurückkehrte. Ein Zeuge einer längst versunkenen Epoche. Ohne zu wissen warum, fiel ihm plötzlich Joseph Roth ein. Den hatte im Exil der Lebensmut verlassen, weil er zu der Überzeugung gelangt war, dass diese Welt nicht mehr die seine war. Und er erinnerte sich daran, gehört zu haben, dass Stefan Zweig sogar den Freitod gewählt hatte, um mit seiner Welt von gestern ins Grab zu sinken.

Eigentlich, so sinnierte Bronstein weiter, war das Wien der 20er Jahre schon nicht mehr jenes der Monarchie gewesen. Doch hatte es mit dem Wohnbauprogramm der Sozialdemokraten einen glaubwürdigen Neubeginn gegeben. Der imperiale Glanz war abgelöst worden durch die humanistische

Erhabenheit einer kommenden Welt. Doch was mochte jetzt werden, da sowohl das schwarz-goldene als auch das rote Wien der braunen Flut zum Opfer gefallen war? Vor allem aber: Als man nach dem ersten großen Krieg von vorne hatte beginnen müssen, da war er Mitte dreißig gewesen und hatte noch über genügend Energie verfügt, um sich den neuen Herausforderungen zu stellen. Jetzt hingegen war er über sechzig und innerlich gar nicht bereit, noch einmal an den Anfang zurückgehen zu müssen. Und mit einem Mal ertappte er sich bei der Frage, ob er nicht einfach nur deshalb nach Wien zurückging, um dort wie ein alter Indianerhäuptling seinen vorgesehenen Sterbeplatz aufzusuchen.

In der Zwischenzeit war der Konvoi in die alte Hauptstraße von Deggendorf eingebogen und passierte das gotische Rathaus mit seinem wuchtigen viereckigen Turm. Man hielt auf die Grabkirche zu, deren filigraner Campanile seine barocke Herkunft nicht verleugnen konnte. Die Wagen kamen zu einem Halt, und ein US-Soldat wies die Gruppe ein. „Eine Stunde Pause“, rief der Fahrer, „hier gibt es Suppe und Brot. Um eins fahren wir weiter.“

Mühsam kletterte Bronstein aus dem Gefährt und versuchte, seinen Körper so gut es ging zu dehnen und zu strecken. Mit einem Mal fielen ihm die hageren und finsteren Gestalten auf, die im Schatten des Kircheneingangs standen und die Neuankömmlinge skeptisch musterten. Wahrscheinlich, so dachte er, handelte es sich dabei um Vertreter der Dorfgemeinschaft. Er zögerte einen Moment, dann setzte er sich in Bewegung und hielt auf die Menschen zu. Sich des alpinen Grußes erinnernd, schickte er ein lautes und vernehmliches „Grüß Gott“ voraus, ehe er sich selbst in die Gruppe wagte. Diese blieb abwartend bis feindselig, nur aus ein oder zwei

Mündern kam ein Gemaule, das man mit viel gutem Willen als eine Erwiderung seines Grußes werten konnte.

„Na", bemühte er sich um Optimismus, „ihr seid sicher auch froh, dass der Schrecken endlich ein Ende hat."

„Der Schrecken fangt grad erst an", quetschte ein vierschrötiger Kerl hervor, der Pranken wie Klosettdeckel aufwies.

Bronstein mimte den Erstaunten. „Wie dieses?"

„Hörst, frag nicht so deppert! Verloren haben wir! Schon wieder! Damit wird uns auch weiterhin der uns zustehende Platz an der Sonne verwehrt werden."

Bronstein meinte, sich verhört zu haben. Da lag ganz Deutschland in Trümmern, Millionen von Menschen waren ums Leben gekommen, unzählige mehr fürs Leben gezeichnet, und dieser Provinz-Hermann hatte keine anderen Sorgen als den fehlenden Platz an der Sonne?

„Wir haben tapfer gekämpft", fuhr der inzwischen fort, „aber gegen so eine Übermacht hat niemand eine Chance. Das mussten schon die Nibelungen gegen die Hunnen erkennen."

Ah, der feine Herr Dorfheld war also zumindest ein Hagen von Tronje.

„Na ja", spuckte der nun aus, „jetzt werdet halt ihr Ostler über uns herrschen. Das Schicksal ist mitunter gnadenlos. Aber die Welt wird schon sehen, was sie davon hat, dass anstelle der nordischen Herrenrasse nun die jüdisch-bolschewistischen Horden ihre Zukunft bestimmen." Dabei blickte er Bronstein hasserfüllt in die Augen.

„Nordische Herrenrasse? In Südbayern?" Bronstein konnte sich einen Grinser nicht verkneifen.

Der andere jedoch bezog sofort Kampfstellung. Seine rechte Hand ballte sich zu einer Faust, die er neben seinem

Kopf postierte. „Komm her, du böhmische Drecksau, und ich polier dir dein blödes Maul. Dafür langt's auch in der Niederlage noch."

„Was ist, du Nazi? Willst du eine Tracht Prügel?"

Ohne dass es Bronstein aufgefallen war, hatte sich Zeman auf seine Fersen geheftet. Der hielt nun dagegen und baute sich vor dem Provokateur auf. Dieser begann darauf, wie wild mit dem Mundwinkel zu zucken, während die Augen nervös hin und her flatterten. „Was ist? Lassen wir uns das von denen gefallen?", fragte er mit krächzender Stimme nach hinten.

„Komm, Sepp, lass es gut sein. Das hat doch eh alles keinen Zweck mehr", ließ sich ein anderer vernehmen.

„Was heißt keinen Zweck mehr?! Genau darauf warten die doch nur. Dass sie uns kleinkriegen. Dass wir Duckmäuser sind. Dass wir uns alles gefallen lassen. Doch das geht nicht. Auch wenn der Führer gefallen ist, so müssen wir dennoch weiterkämpfen. Habt ihr unsere alte Losung vergessen? Deutschland muss leben, auch wenn wir sterben müssen!"

Seine betont feurige Ansprache rief nicht den gewünschten Effekt hervor. Die anderen Männer machten keine Anstalten, gleich ihm Kampfposition einzunehmen. „Vergiss es, Sepp", sagte nun ein anderer, „Deutschland ist tot. Das änderst jetzt auch nicht mehr." Tatsächlich begannen einige, den Bereich vor der Kirche zu verlassen. Andere folgten ihnen schlendernd, bis nur noch Sepp dastand. Dessen Kiefer mahlten heftig, während er über eine brauchbare Abschiedsformulierung nachzudenken schien. „Glaubt nicht, dass ihr gewonnen habt", knurrte er schließlich, „wir kommen wieder! Wenn nicht heute, dann morgen. Und beim dritten Mal werden wir gewinnen." Pathetisch streckte er den rechten

Arm aus und brüllte „Sieg Heil!“. Bronstein und Zeman sahen sich an: „Den da heilt keiner mehr!“

Sie wandten sich um und gingen nun endlich auch in den Pfarrhof, wo bereits dampfende Suppe auf sie wartete. Bronstein erspähte in der Ecke des Raumes den Pfarrer, der sich in einem Gespräch mit den Fahrern befand. Er gesellte sich hinzu, um wenig später das Wort an den Priester zu richten. „Hochwürden“, begann er, „ich hatte da eben eine ziemlich befremdliche Begegnung mit einem muskulösen Kerl, der von den anderen Sepp gerufen wurde.“

Der Pfarrer lächelte schmal. „Der Herr Ortsgruppenleiter! Ja, für den geht jetzt eine Welt unter. Zwölf lange Jahre war er hier das Gesetz, hetzte noch vor wenigen Wochen die ganze Dorfjugend in den sicheren Tod, während er selbst immer schön gemütlich zu Hause blieb. Ein unguter Patron.“

„Sie meinen, der ist die Ausnahme?“

„Ich wünschte, es wäre so. Aber glauben Sie nicht, dass nur wenige so denken wie er. Die Botschaft der Menschlichkeit hat hier nur eine sehr leise Stimme. Und das muss auch nicht verwundern. Wir haben hier fast 20.000 Einwohner, doch von denen hat kaum jemand etwas anderes kennengelernt als militärisches Gepränge und markige Worte. Wie sollen die Menschen hier verstehen, dass alles, was sie in den letzten zwanzig Jahren gelernt haben, falsch gewesen ist?“

Bronstein runzelte die Stirn: „Zwanzig Jahre?“

„Sie glauben doch nicht, dass die Nazis vor zwölf Jahren hier einfach so gelandet sind! Das war hier immer eine einfache Landgemeinde. Die hat sich daran erfreut, wenn der Prinzregent einmal vorbeigeschaut hat, war im ersten Krieg mit Feuer und Flamme dabei und sann danach wie überall sonst nur auf Rache. Als in München da dieser Putsch war und deshalb die Partei verboten wurde, da hat das hier niemanden auch nur gekratzt. Die Nazis sind weiter überall offen aufgetreten, und die Gendarmerie hat großzügig darüber hinweggesehen. Warum auch nicht? Wahrscheinlich waren die Spinaterer eh von allem Anfang an mit von der Partie."

Bronstein vermochte dem nichts entgegenzuhalten. Auch in Wien war es bei einer leichten zeitlichen Verzögerung nicht anders gewesen.

„Und auch jetzt wird das nicht viel anders werden", seufzte der Pfarrer. „Kaum jemand im Ort, der nicht den Vater, den Sohn, den Bruder, den Ehemann verloren hat. Für die Menschen hier ist das keine Befreiung, für die ist das eine Niederlage mit anschließender Unterwerfung."

„Aber denen muss doch auch aufgefallen sein, wie grausam diese Diktatur gewütet hat", ereiferte sich Bronstein, „ich meine, Dachau ist keine zwei Tagesreisen von hier."

„Sehen Sie, lieber Herr, genau das ist der Punkt. Für die meisten saßen in Dachau nur ganz gewöhnliche Verbrecher. Und die Amis sind diejenigen, welche die Verbrecher nun freilassen, während sie die anständigen Leute unterjochen."

Bronstein schüttelte den Kopf: „Das meinen sie doch nicht ernst, oder?"

„Leider doch. Was glauben Sie, wie oft mir die Nazis hier im Ort in die Parade gefahren sind, wenn ich in einer Predigt für mehr Milde plädierte. Da hat es gleich geheißen, ich sympathisiere mit dem Feind. Zum Glück ist der Respekt vor der Kirche hierzulande so tief verwurzelt, dass sie nicht wirklich wagten, mich anzutasten, aber offen gestanden habe ich nicht nur einmal um meinen Kopf gezittert."

„Josef, deine Suppe wird kalt." Es war Zeman, der sich um Bronsteins körperliches Wohlbefinden Sorgen machte.

„Außerdem fahren wir schon in zwanzig Minuten weiter. Also trödle nicht länger rum."

„Ich fürchte, Hochwürden, mein Freund dort hat recht. Ich wünsche Ihnen, dass Sie nun wieder bessere Zeiten sehen, und darf mich empfehlen."

„Gottes Segen mit Ihnen, mein böhmischer Bruder", sagte der Priester und machte instinktiv das Kreuzzeichen.

Als Bronstein sich endlich bei Zeman niederließ und zum Löffel griff, schüttelte der missbilligend den Kopf. „Was hast du mit diesen klerikalen Faschisten zu schaffen, Josef? Die haben doch den Nazis geholfen, wo sie konnten."

„Na, jetzt übertreibst du aber ..."

„Ach so? Ich übertreibe? Ich habe nicht nur einmal gesehen, wie diese Kerzenschlucker die Waffen der Nazis gesegnet haben. Egal, ob Offizier, Bankier oder Priester. Reaktion bleibt Reaktion. Und wenn wir frei sein wollen, dann müssen wir nicht nur die preußischen Junker und die Vertreter des Finanzkapitals loswerden, sondern auch deren geistlichen Beistand, der überhaupt erst dafür sorgte, dass das Volk in Unwissenheit blieb und den Nazis auf den Leim gehen konnte."

Bronsteins Reaktion irritierte Zeman. „Was findest du daran so komisch?"

„Ach", winkte Bronstein ab, „ich musste gerade an ein deutsches Sprichwort denken."

Zemans Miene bedeutete ihm, sich zu erklären.

„Ach, die haben uns also die Suppe eingebrockt, und wir müssen sie nun auslöffeln."

Zeman fand den Kalauer nicht witzig. „Man sieht, dass du zu lange in Wien gelebt hast. Nur dort nimmt man gar nichts ernst. Immer ein Gspassettl auf den Lippen, was?! Mich wundert's, dass du nicht klüger geworden bist, Josef."

Bronstein bemühte sich um einen betroffenen Gesichtsausdruck. „Hast eh recht. Entschuldige."

„Na, dann löffel mal", entgegnete Zeman und schickte sich nun auch zu einem Lächeln an.

Eine gute halbe Stunde später saßen sie wieder auf ihrem LKW und fuhren im Schritttempo Richtung Osten. Sie brauchten eine gute Stunde, um den kleinen Weiler Lalling zu erreichen, von dem sie gleichwohl kaum mehr registrierten als den markanten Barockturm einer Kirche, die, wie sie von einem Passanten, der gleich ihnen auf Philippsreut zumarschierte, erfuhren, dem heiligen Stephanus gewidmet war.

„In dem Tempo schaffen wir es bis zum Abend nie an die Grenze", schimpfte Zeman, und wieder einmal klopfte er an die Trennscheibe. „Geht es nicht schneller?"

Der Fahrer unterdrückte einen Fluch. „Hast du die Straße da gesehen? Wenn ich mehr Gas gebe, dann werdet ihr da hinten durchgeschüttelt wie in einer Zentrifuge."

Widerwillig schickte sich Zeman ins Unvermeidliche.

Tatsächlich stand die Sonne schon tief am Horizont, als sie endlich Grafenau passierten, wo sie auf die Straße nach Freyung einbogen. Wieder erklangen in der Ferne Kirchenglocken. Bronstein zählte die Schläge.

„Fünf Uhr. Wie lange ist es noch bis zu unserem Ziel?", erkundigte sich Zeman.

„Zehn Kilometer bis Freyung, von dort noch fünfzehn Kilometer bis Philippsreut."

„Na ja, vor Einbruch der Dunkelheit schaffen wir das wahrscheinlich nicht mehr."

„Müssen wir aber, denn bei Dunkelheit kann er nicht fahren. Das hieße dann, dass wir auf freiem Feld übernachten müssten – und das kann ja wohl keiner wollen!"

Als sie bereits mit dem Schlimmsten rechneten, wurde die Straße endlich ein wenig besser, und gerade zu den Abendglocken erreichten sie den kleinen Weiler, dessen wenige Häuser nicht zum Verweilen einluden. Stattdessen nahm der Konvoi noch einmal Fahrt auf, um das Wettrennen gegen die beginnende Dämmerung zu gewinnen. Die Schatten wurden immer länger, und die lieblichen Wälder links und rechts der Straße bekamen etwas Unheimliches und Bedrohendes. Immer wieder ertappte sich Bronstein dabei, argwöhnisch nach links und nach rechts zu blicken, als ob er fürchtete, dass hinter den Bäumen Heckenschützen versteckt waren, die nur darauf warteten, den Tross unter Feuer zu nehmen. Tatsächlich fuhren sie eine gute halbe Stunde quer durch den Forst, und Bronstein fiel die Geschichte des Varus ein, der auf diese Weise um drei Legionen gebracht worden war. Und er dachte an die Häftlinge von Dachau, welche, bereits befreit, doch noch gestorben waren. Es wäre, so sagte er sich, zu zynisch vom Schicksal, jetzt, so kurz vor dem Ziel, noch einem feigen Anschlag zum Opfer zu fallen. Warum nahm dieser Wald denn gar kein Ende.

Endlich öffnete sich der Tann rechter Hand, und in einiger Entfernung wurde eine Siedlung erkennbar. Einer der Männer atmete auf. „Das ist Herzogsreut. Das kenne ich von früher, als ich hier öfter Waren verkaufte. Das ist nur vier oder fünf Kilometer hinter der Grenze. Wir müssten also bald da sein." Und Bronstein wagte endlich wieder ein wenig freier zu atmen. Einmal noch röhrten die Motoren auf, die Straße wurde breiter, und ein Blick auf die Tachonadel verriet, dass die Wägen nun beinahe 30 Stundenkilometer fahren konnten. Auf diese Weise, so rechnete sich Bronstein aus, konnten sie in guten zehn Minuten ihr Ziel erreicht haben. Und beinahe glich die Fahrt nun der Reise durch den Faschismus. Gerade als die Dunkelheit endgültig den Sieg davonzutragen schien, tauchten die ersten düsteren Lichter auf, die davon kündeten, dass sie doch noch den rettenden Ort erreicht hatten. Eine reichlich lose Ansammlung von vierzig oder fünfzig Häusern, die nicht einmal eine Kirche aufwies. Bronstein fragte sich, wo sie hier übernachten sollten, doch der Fahrer beantwortete Bronsteins Sinnen mit einem leicht hingeworfenen „Dort drüben ist eine gemauerte Tenne, die ist uns als Nachtquartier zugewiesen worden. Außerdem gibt es eine Gulaschkanone und genügend Brot. Wir werden also in unserer letzten Nacht auf fremdem Boden nicht verkommen."

Es war stockdunkel, lediglich ein paar aufgestellte Kerzen tauchten den Raum in ein diffuses Licht. Das Gulasch kannte Fleisch zwar nur vom Hörensagen, doch das Brot war frisch, und wenn man es in den Saft tauchte, dann erwies es sich durchaus als schmackhaft. Dazu hatte jemand in der Nachbarschaft ein wenig Most aufgetrieben, sodass sich die Stimmung der Leute merklich besserte. Und als dann der Fahrer mit einem ganzen Fass Bier antanzte, das er den Amerikanern aus irgendeiner konfiszierten Konterbande abgeschwatzt hatte, da wirkte die Gruppe nicht mehr wie ein Heimkehrer-Treck, sondern wie eine ausgelassene Hochzeitsgesellschaft.

Bronstein vermochte danach nicht zu sagen, wer das Lied als Erster angestimmt hatte, doch plötzlich sang die ganze Gruppe aus voller Brust „Kde domov můj". Bronstein verstand seit langem schon genug Tschechisch, um den Text der alten Hymne von Kajetán Tyl zu verstehen: „Wo ist meine Heimat? Wo durch Wiesen Bäche brausen, wo auf Felsen Wälder sausen, wo ein Eden uns entzückt, wenn der Lenz die Fluren schmückt: Dieses Land, so schön vor allen, Tschechien ist mein Heimatland." Und gleich danach folgte die slowakische Strophe: „Ob der Tatra blitzt es, dröhnt des Donners Krachen. Doch der Stürme Wehen wird gar bald vergehen, Brüder, wir erwachen!"

Nur zu gerne hätte Bronstein mitgesungen. Doch er bewegte nur leise die Lippen. Denn dieses Lied, das wusste er genau, war nicht sein Lied. Wo war seine Heimat? Und wie weit war er noch davon entfernt? Unendlich, wollte ihm scheinen, und verschämt wischte er sich eine Träne aus dem Auge.

Wien
Dienstag, 17. April 1945

Die beiden Männer waren spät schlafen gegangen, und so zeigte die Standuhr schon beinahe Mittag, als Auinger sich auf die Suche nach etwas Trinkbarem machte. Erfreut stellte er fest, dass die Waffen schwiegen, und er überlegte, ob man es wagen konnte, am Nachmittag in die Innenstadt zu gehen. Nebenan schnarchte Max laut und vernehmlich, und Auinger war sich nicht sicher, ob es klug war, einen solchen Menschen bei sich zu beherbergen. Eigentlich sollte er ihn so schnell als möglich loswerden, dachte er sich. Und insofern war die Idee mit Enzersdorf vielleicht wirklich goldrichtig.

Erwartungsgemäß zeitigte seine Suche keinen Erfolg. In der ganzen Wohnung gab es nichts Flüssiges mehr. Er überlegte, wo er Wasser herbekommen mochte. Vielleicht, so spann er seinen Gedanken weiter, konnte die Hausmeisterin einen Rat erteilen. Er warf noch einmal einen Blick auf

Max, der immer noch tief und fest schlief, und verließ dann die Wohnung, um sich ins Erdgeschoß zu begeben. Er sah sich nach links und rechts um, dann klopfte er an die Tür der Concierge. Ein schlurfendes Geräusch zeugte von ihrer Präsenz. „Was ist denn jetzt schon wieder?“, hörte er sie schimpfen.

„Ich bin’s, der Auinger“, sagte er durch die geschlossene Tür.

„Und was wollen S’ um Himmels willen?“

Er räusperte sich: „Haben Sie eine Ahnung, wie man da zu einem Wasser kommen könnt?“

„Na, Sie g’fallen mir“, ätzte die Frau, während sie endlich ihre Pforte öffnete, „da können S’ gleich fragen, ob i waaß, wo das Grab im Busento is. Seit drei Tag nuckel i an aner verschrumpelten Gurken umadum, damit i ned völlig verdurscht. Glauben S’, i warat nu da, wenn i wissert, wo’s a Wasser gibt?“

Auinger unterdrückte einen Fluch. Ohne Wasser waren sie aufgeschmissen.

„Drüben, bei die Großkopferten, da haben s’ sicher jede Menge Wasser“, schickte die Hausmeisterin bitter hinterher.

„Wo?“ Auinger war verwirrt.

„Na im Ersten. Bei die G’stopften. Die lassen ned amoi die Russen verkommen, ned?!“

Auinger seufzte. Die Alte gab offenbar nur den gängigen Klischees nach, ohne konkret etwas zu wissen. Diese Grundhaltung war den Nazis jahrelang sehr zupass gekommen, denn auf diese Weise war es ihnen ein Leichtes gewesen, die eine Gruppe gegen die andere auszuspielen, doch gerade jetzt wäre ihm echtes Wissen wesentlich lieber gewesen. Und doch schien ihm irgendetwas an der Haltung der Frau merkwürdig. Ihr Lächeln hatte etwas Bestimmtes. Ganz so, als wüsste sie tatsächlich etwas. Auch bei Auinger bewegten sich die Mundwinkel nach oben. Er setzte seinen etwas eingerosteten Charme ein. „Sie sind doch Hausmeisterin, Gnädigste. Und Hausmeisterinnen wissen aus Prinzip alles. Also: Wo gibt's a Wasser?"

Das Lächeln der Concierge changierte ins Verschwörerische. „Natürlich waaß i wos. Aber des kost' Ihnen wos!"

„Und was?", fragte er ohne Umschweife.

„Sie bringen mir aa an Liter mit. Oder besser glei zwaa!"

Na bitte, da kam er ja direkt günstig weg. „Kloa! Also: wo?"

Die Hausbesorgerin beugte sich nach vor und senkte die Lautstärke ihrer Stimme auf Flüster-Niveau. „I hab von so einem Krypto-Sozi aus der Othmargassn, der jetzt auf wichtig macht, g'hört, dass s' heute im Rathaus einen neuen Bürgermeister bestellen. Angeblich den alten General da vom Kaiser. Da san sicher viele Wichtigtuer dabei. Und deshalb wird der Iwan mit seine Wasserwägen aa dabei sein. Durt brauchert ma sich nur bedienen."

So wichtig diese Information für Auinger war, so sehr wurde er durch den Nebensatz abgelenkt. Ein kaiserlicher General als Wiener Bürgermeister? Das war doch wohl ein Witz! Gerade jetzt, nach einer militärischen Niederlage ein hochrangiger Offizier? Auf die Idee wäre nicht einmal der selige Hindenburg anno 18 gekommen. Unwillkürlich ertappte er sich dabei, zu überlegen, wen die Frau meinen konnte. Doch nicht etwa Glaise-Horstenau?! Das wäre ja beinahe zu viel des Glücks für seinesgleichen. Nun, zuzutrauen war es dem alten Schlawiner, dass es ihm ein weiteres Mal gelang, erfolgreich die Fronten zu wechseln. Aber warum sollte die

Sowjetarmee ausgerechnet eine solche Figur in Wien installieren?

„Gell, Sie zermartern sich grad das Hirn, wer der General is. Hab ich recht?“

Auinger schmunzelte und nickte.

„Der ane, der nach 18 zu de Sozis gangen is, soll’s sein. Mir fallt jetzt partout der Name ned ein, aber er hat so einen weißen Bart und einen markanten Glatzkopf.“

Auinger rollte mit den Augen, und sein Kopf schnellte nach vorn. „Doch ned der Körner?“

„Körner! Genau! So heißt der.“ Die Hausmeisterin lächelte zufrieden über die so gewonnene Erkenntnis.

Auch Auinger konnte sich ein Schmunzeln nicht verkneifen. Im 34er Jahr hatte er zu jenen Polizisten gehört, die den damaligen Bundesratspräsidenten trotz dessen parlamentarischer Immunität verhaftet hatten. Und eine ganz besondere Ironie der Geschichte hatte dafür gesorgt, dass er, Auinger, auch im Vorjahr an der Arretierung Körners beteiligt gewesen war, der dann nicht mehr von den Schwarzen, sondern von den Braunen in den Kerker gesteckt worden war. Die Szene selbst stand so lebendig vor Auingers Augen, als hätte sie sich erst am Vortag zugetragen. Er war zur Unterstützung der Gestapo in die Mahlerstraße 5 beordert worden, wo im Gefolge des gescheiterten Attentats auf den Führer eine Hausdurchsuchung in Körners Wohnung angeordnet worden war. Trotz der frühen Stunde hatte der General auf das erste Klopfen prompt reagiert und die Polizisten in voller Montur empfangen, was nicht nur ihm, Auinger, einen gewissen Respekt eingeflößt hatte. Obwohl die penibelste Untersuchung der beiden Wohnräume Körners nichts Belastendes ergab, wurde der Militär abgeführt. Auinger erinnerte sich daran, dass er Körner am Oberarm hatte fassen wollen, jedoch plötzlich davor zurückgeschreckt war, als er das schwarze Band sah. „Jemand verstorben?“, war es ihm entfahren, und die Antwort des Generals ließ ihn noch in der Rückschau erschauern. „Ja, Herr Auinger.“ Der hagere Hüne hatte den Namen jenes Polizisten, der ihn elf Jahre zuvor im Namen der Ständestaatler verhaftet hatte, nicht vergessen. Und ausgerechnet dieser Mann sollte nun Wiener Bürgermeister werden. Auinger wusste, Glaise-Horstenau wäre für ihn die bessere Option gewesen.

Doch andererseits erweckte genau diese Perspektive seinen Sportsgeist. Ausgerechnet durch jenen Mann, den er zweimal verhaftet hatte, zu etwas Wasser zu kommen, würde den Gipfelpunkt der Ironie darstellen. Er versicherte also der Hausmeisterin, ihr Wasser mitzubringen, nickte noch kurz und begab sich dann ins Freie. Kurz überlegte er noch, seinen Gast mitzunehmen, doch für den war es wohl besser, sich nicht blicken zu lassen – und für ihn, Auinger, war es zweifellos ebenfalls vernünftiger, nicht in dessen Beisein gesehen zu werden. Also stapfte er allein los und marschierte zum Kai des Donaukanals, der immerhin behelfsmäßig bei der Friedensbrücke überquert werden konnte. Auinger hatte selbst gesehen, wie die Wehrmacht wenige Tage zuvor versucht hatte, die Brücke zu sprengen, doch mehr als ein paar Löcher hatte sie dabei nicht zustande gebracht. Und die waren mittlerweile von den Sowjets so weit ausgebessert worden, dass ein Fußgänger gefahrlos die Seiten wechseln konnte.

Auinger ging immer die Lände entlang, bis er den Ring erreichte. Dort bog er rechts ein und sah bald die Ruine der Universität vor sich. Von dort hatte er es nicht mehr weit bis zum Rathauspark, wo er erstmals seinen Schritt ein wenig verlangsamte. Er musste sich eingestehen, keinen Plan zu haben, wie er sich ohne aufzufallen unter die Leute mischen konnte. Also stellte er sich neben einen Baum und beobachtete die Szene.

Tatsächlich kamen einige Männer vom Burgtheater her und hielten auf das Rathaus zu. Etliche von ihnen trugen weiße Armbinden, auf denen die alte österreichische Fahne aufgepinselt war. Auinger wartete auf den richtigen Augenblick, dann sprang er rasch hinter die Gruppe und schloss sich ihr einfach an deren Ende an.

Wie erhofft winkten die sowjetischen Soldaten die ganze Abteilung durch, und ehe er es sich versah, befand sich Auinger im Innenhof des Rathauses. Tatsächlich erkannte er in der Ferne die markante Erscheinung Körners. Vor Auinger unterhielten sich zwei Männer über den bevorstehenden Akt. „Stell dir vor, der Blagodatow soll gemeint haben, ob wir denn keinen Jüngeren gefunden hätten als den alten Krauterer da. Auf Russisch natürlich. Was aber der Blagodatow nicht gewusst hat, ist, dass unser Körner perfekt Russisch spricht. Na, da ist er an den Richtigen gekommen. Unser Körner hat nur gelächelt und gesagt, man solle nicht vom Alter auf die Fähigkeiten schließen. War der Russe baff. Und deswegen wird unser Körner jetzt Bürgermeister."

Der andere nickte zustimmend, machte aber gleichzeitig eine abwägende Handbewegung. „Aber unser Seitz tät trotzdem besser passen. Also auch so als Signal, verstehst?"

„Na sicher. Aber wer weiß, wo der steckt. Seitdem den im Vorjahr die Nazis abgeholt haben, weiß keiner, was mit ihm passiert ist."

„Hoffentlich lebt er noch. Meine Fini sagt immer, so einen feschen Kampel findest in der ganzen Welt nicht, wie es der Seitz ist."

„Und das lasst du dir gefallen?“

„Aber geh. Wenn sie was will von mir, die Fini, dann sagt sie immer ‚mein Seitz‘ zu mir.“ Dabei lächelte der Mann, und der andere fiel in dieses Lachen ein.

Auinger registrierte die Konversation nur am Rande. Er blickte sich eifrig um. Wo waren die Tankwägen mit dem Wasser? Endlich wurde er fündig. In einer Ecke lagerten einige Soldaten, die ihre Gewehre zu einem Karree zusammengestellt hatten und sich an einem Feuer, das in einem leeren Ölfass loderte, wärmten. Hinter ihnen standen die begehrten LKW. Die Frage war jetzt nur, wie er es bewerkstelligen konnte, an das gewünschte Nass zu gelangen. Er schalt sich innerlich einen Trottel, nicht wenigstens einen Kanister mitgenommen zu haben. Doch anscheinend war ihm das Glück hold. Gleich neben den Soldaten lagen, fein säuberlich gestapelt, einige der benötigten Behälter. Auinger schloss von deren Größe auf ein Fassungsvolumen von fünf bzw. von drei Litern, und unweigerlich fiel ihm die alte Rechenaufgabe wieder ein, wie es denn gelinge, mithilfe zweier solcher Kanister genau vier Liter Wasser herauszufiltern.

Während vorne irgendein offizielles Brimborium über die Bühne ging, versuchte er, sich an die Lösung zu erinnern, und beinahe hätte er „Heureka!“ geschrien, als sie ihm endlich wieder in den Sinn kam: Man musste den Dreiliterkanister zweimal füllen, um so den Fünfliterkanister vollkommen voll zu bekommen. Übrig blieb dann genau ein Liter im ersten Gefäß. Danach leerte man das zweite Gefäß aus, füllte den einen Liter um, und mit einer weiteren vollen Ladung des ersten Gefäßes hatte man das gewünschte Ergebnis.

Nun, er wünschte, er hätte auch schon das von ihm gewünschte Ergebnis. Konnte er es wirklich riskieren, einfach zu den Sowjets zu gehen und sich zu bedienen? Nun, das Schlimmste, was ihm unter den gegebenen Bedingungen passieren konnte, war, dass sie ihn einfach wegschickten, denn in ihren Augen gehörte er zu ihren Verbündeten, eine Verhaftung würden sie also kaum riskieren.

Kurz entschlossen scherte er aus der Gruppe aus, ging zu den Soldaten hinüber, schnappte sich je einen Kanister und trat an den LKW. Einige Rotarmisten sahen ihn skeptisch an. „Voda?“, fragte er und deutete auf den Wagen. Er erntete ein Nicken und keine weitere Aufmerksamkeit. Den Augenblick nützend, öffnete er den Hahn und ließ beide Behältnisse vollaufen. Dann ging er zurück zu den anderen, ließ sich aber langsam zurückfallen, um schließlich abrupt umzudrehen und dem Ausgang zuzustreben. Bereits aus einiger Entfernung hörte er den Applaus, der signalisierte, dass Körners Angelobung nun wohl vollzogen war, und schickte sich an, das Rathaus so schnell als möglich zu verlassen.

Philippsreut
Samstag, 5. Mai 1945

So richtig konnte am nächsten Morgen keiner mehr sagen, wie es gekommen war, dass sie so lange gefeiert hatten. Aber nach der Hymne war es erst so richtig losgegangen. Flotte Partisanenlieder hatten sich mit Trinkliedern abgewechselt, und schließlich waren auch diverse Schmachtfetzen nicht zu kurz gekommen. Bronstein erinnerte sich, seine letzte „Lucky“ ausgerechnet zu „Rosamunde“ geraucht zu haben. Und er war überrascht gewesen, wie gut Zemans Stimme geklungen hatte, als er voller Begeisterung „kam můj milý pojedete, já pojedu s váma“ geschmettert hatte. Er würde weit gehen, selbst durch die tiefsten Gewässer, nur um der schwarzäugigen Liebsten nahe zu sein. Das war der Punkt, wo Bronstein abermals die Tränen in die Augen traten. Es war doch wirklich zum Heulen. Da war er ein gestandenes Mannsbild von über sechzig Jahren und war rührselig wie eine alte Jungfer. Er konnte nur hoffen, dass sich das bis Wien geben würde. Denn sonst konnte er sich dort gleich in den Narrenturm einweisen lassen.

Obwohl kaum jemand aus der Gruppe mehr als einen halben Liter Bier und ein Viertel Most getrunken haben konnte, wiesen dennoch viele einen reichlich schweren Kopf auf. Kein Wunder, nach den Jahren der vielen Entbehrungen waren sie Alkohol nicht mehr gewohnt, und selbst der Fahrer wirkte ein wenig wackelig auf den Beinen, als er den Trupp bald nach 9 Uhr morgens zusammentrommelte, um die Fahrt fortzusetzen. Bronstein wollte sich partout beweisen, dass er noch nicht zum alten Eisen gehörte, und so beschloss er, neben dem LKW, der wieder Schritttempo fuhr, eine Weile herzugehen. Gute zwei Kilometer ging es durch eine verhältnismäßig flache Landschaft, die links und rechts von brachliegenden Feldern, die niemand bestellt hatte, gesäumt war. Dann wies ein verwitterter Grenzstein darauf hin, dass in tausend Metern Bayern ende. „He“, rief er in den Wagen, „tausend Meter noch bis zur Heimat!“ Ein vielfaches „Hurra!“ war die Antwort. Tatsächlich zeigte sich in einiger Entfernung, dort wo der Wald wieder dichter wurde, ein kleines Flüsschen, das die Grenze zwischen den beiden Ländern markierte. Der Fahrer gab noch einmal kurz Gas, sodass Bronstein kurzfristig zurückblieb, doch kaum war der Wagen über die wackelige Holzbrücke gerollt, hielt er an. Der Fahrer hieß alle aussteigen, und die ganze Truppe fiel sich lachend in die Arme, um dann spontan ein kleines Tänzchen zu wagen. In der Zwischenzeit war auch Bronstein über die Brücke gekommen. Nach sechs Jahren und zwei Monaten war er wieder in der Tschechoslowakei.

Doch für ihn, so wusste er, war das nur die halbe Miete. Hier hatte er nichts verloren. Er konnte nicht einmal mit Sicherheit sagen, ob Cerny und vor allem Jelka noch hier lebten, ja, ob sie überhaupt noch lebten. Er erinnerte sich daran, von Jelka Ende 1939 einen Brief bekommen zu haben, der über irgendwelche Emigrantenkanäle doch noch den Weg zu ihm gefunden hatte. Darin war gestanden, dass Cerny zu ihr Kontakt aufgenommen habe. Er wolle sich in die Slowakei durchschlagen, um dort an der Widerstandsbewegung teilzunehmen. Jelka selbst hatte damals vor, sich ihm anzuschließen. Tatsächlich war im Juni 40 eine Ansichtskarte aus dem ostslowakischen Bardejov gekommen, auf der nur die Initialen „P“ und „J“ gestanden waren, was ihn, Bronstein, damals mit großer Erleichterung erfüllt hätte, wenn, ja wenn das nicht genau jener Tag gewesen wäre, an dem er eilig aus Paris hatte flüchten müssen, um den eben einmarschierenden Nazis zu entgehen.

Bronstein setzte sich auf einen Baumstumpf. Ganz plötzlich stand die Erinnerung an jenen Tag wieder vor seinem Auge. Nach Wochen, in denen seitens der Franzosen immer absurdere Durchhalteparolen gekommen waren, standen die Nazis plötzlich vor den Toren von Paris. Via Lautsprecher wurde die Bevölkerung aufgefordert, in ihren Häusern zu bleiben. Bronstein ahnte, dass mit der Wehrmacht auch die Gestapo kommen würde. Und die würde gezielt nach Leuten wie ihm fahnden. Also galt es, sich abzusetzen. So schnell als möglich. Der Süden, so hieß es, sei vorerst noch sicher, da die Italiener nicht wirklich mit ihrer Offensive vorankämen. Also gelte es, am Bahnhof ein Ticket nach Marseille oder Avignon zu ergattern. Bronstein raffte eilig seine Habseligkeiten zusammen und hastete ins Freie. Natürlich war dort kein Taxi zu ergattern, und er musste den Weg zum Gare de Lyon zu Fuß zurücklegen, was ihm einmal mehr drastisch vor Augen führte, wie schlimm es um seine Kondition bestellt war. Als er das Gebäude endlich erreicht hatte, wollte er zusammenbrechen. Und das nicht nur aus Erschöpfung.

Nein, der ganze Bereich war vollkommen überfüllt. Er fühlte sich an den Franz-Josefs-Bahnhof zwei Jahre zuvor erinnert, nur dass diesmal kein Cerny an seiner Seite war, dessen Geistesgegenwart ihn rettete. Mit den allerletzten Kraftreserven kämpfte er sich zu den Schaltern durch, doch die waren sämtlich geschlossen. „Heute gibt es keine Tickets mehr“, statuierte ein sichtlich überforderter Bahnbeamter, der allerdings auch bestätigte, dass der Nachmittagszug nach Marseille wie geplant abfahren werde. Wer also schon ein Billet hatte, der war gerettet. Bronstein aber hatte keines.

Dennoch begab er sich auf den Bahnsteig. Er wusste selbst nicht, was er dort genau erhoffte. Niemand würde ihm sein Ticket abgeben, denn jeder, der eines besaß, wusste, dies war seine Fahrkarte aus der Gefahrenzone. Bronstein sah sich verzweifelt um, setzte sich dann auf seinen Koffer und schlug die Hände vor dem Gesicht zusammen. Zweimal war er den Nazis buchstäblich in letzter Sekunde entkommen, diesmal aber würde sein Glück dazu nicht mehr ausreichen. Zu allem Übel fing es auch noch an zu regnen. Bronsteins Augen quollen über. Doch die kleinen Bäche, die sich über seine Wangen einen Weg abwärts bahnten, waren doch nur wie Tränen im Ozean des Leids, das ihn erneut umgab.

„Bad luck, ain't it?" Eine schnarrende Stimme schlug an sein Ohr, „seems as if we're sitting in the same boat."

Bronstein sah auf. Vor ihm stand ein Mann mit markantem Gesicht, der in einen Trenchcoat gekleidet war und dessen Kopfbedeckung durch den Regen eben zum Schlapphut mutierte. Bronstein registrierte die Zigarette, die locker zwischen den Lippen des Mannes hing, dessen Züge wie von einem Künstler geschnitzt wirkten. Kantige Linien, in denen sich ein abwechslungsreiches und spannendes Leben eingegraben zu haben schien, dazu wache Augen und eine merkwürdig stoische Haltung, die einem unweigerlich Respekt einflößte. Obwohl der Mann kaum sonderlich groß oder stark wirkte, vermittelte er dennoch den Eindruck, ein harter Kerl zu sein, mit dem man sich besser nicht anlegte.

Und, so fiel Bronstein erst jetzt auf, er hatte ihn auf Englisch und nicht etwa auf Französisch angesprochen. Der Mann war also offensichtlich kein Pariser. Und seinem Akzent nach zu urteilen, handelte es sich um einen Amerikaner.

Bronstein nahm seinen Mut zusammen: „Ich bin Jude", sagte er zu seiner eigenen Überraschung, „ich muss dringend hier raus. Doch wie es scheint, gibt es keine Fahrkarten mehr. Also sitze ich jetzt hier fest, während die Gestapo wahrscheinlich schon nach mir sucht."

Der Amerikaner nahm die Zigarette aus dem Mund, pflückte ein Tabakkrümel von seinen Lippen und schlenzte dann ein „Seems to be a tough situation" hin. Bronstein wischte verschämt eine weitere Träne aus seinem Auge und bemühte seine paar Brocken Englisch, die auf ihn gekommen waren. „You can say that so", seufzte er.

„Well, maybe I can be of some assistance to you.“ Zeichnete sich da tatsächlich ein Lächeln im Gesicht des hartgesottenen Yankees ab? „Evidently my lady has decided to leave me. So I can spare one ticket to the free zone.“

„Leave you?“, fragte Bronstein erstaunt. „How come?“

„Well, that's a long story. And I ain't much of a talker.“

Genau so sah er aus. Der harte Kerl, der nicht viele Worte machte. Bronstein fühlte sich an die Kriminalfilme aus Amerika erinnert, an Cagney, Robinson und Muni, doch der Mann, der vor ihm stand, würde diese Akteure alle locker ausstechen, dachte er. „So“, sagte er endlich, „a ticket … for me?“

„If you like. There's no use for me anymore.“

„Na servas! Mehr Glück als Verstand“, fasste Bronstein seine Lage zusammen, was sein Gegenüber eine hochgezogene Augenbraue kostete. „Ich mein', thank you very much. You retten mir das Leben“, bemühte er sich um einen Ausdruck seiner Dankbarkeit. Er war sich sicher, der Amerikaner würde ihn nun endgültig für einen Volltrottel halten, doch der lächelte nur schmal und drückte ihm die Fahrkarte in die Hand.

„Hope it serves its purpose. Fare you well.“ Er nickte kurz und wandte sich ab, bereit, den Zug zu besteigen.

„Einen Moment … a moment, please!“, rief Bronstein ihm nach. Der Amerikaner blieb tatsächlich auf dem Stufenabsatz stehen und drehte seinen Kopf zurück. „Wem habe ich das zu verdanken. Ich meine, … your name? Quoi … comment vous appelez-vous?“

„Names don't mean a thing, my friend“, lächelte der Fremde und stieg endgültig in den Waggon. Dann steckte er doch noch einmal den Kopf aus dem Fenster. „But if it makes you happy – the name is Blaine. Rick Blaine. And now hurry up or else the train leaves without you.“

Tatsächlich registrierte Bronstein, wie sich die Waggons allmählich in Bewegung setzten. Eilig schnappte er seinen Koffer und erklomm die Plattform. Wenige Augenblicke später war Paris nur noch eine ferne Erinnerung.

Eine Erinnerung, aus der ihn nun Zeman riss. „Der Fahrer hat gerade gesagt, wir werden unsere Route ein wenig abändern müssen. Teilweise, so heißt es, wird noch gekämpft. Aber im Süden sollte es weitgehend ruhig sein. Wir wollen morgen über České Budějovice und Třeboň nach Jindřichův Hradec fahren, um dann übermorgen über Telč und Třebič nach Brno zu gelangen. Ich weiß, das sind zwei ziemlich engagierte Vorhaben, in beiden Fällen über 100 Kilometer, aber wenn wir früh losfahren, dann sollten wir das schaffen können. Dann wären wir am Sonntag endlich am Ziel."

Bronstein überlegte. Von Brünn waren es circa 50 Kilometer bis nach Österreich. Er erinnerte sich daran, gehört zu haben, dass der seinerzeitige Bürgermeister Felder diese Strecke regelmäßig zu Fuß gegangen sei – bis Wien. An einem einzigen Tag. Wenn ihm das auch gelänge, dann wäre er am Abend des 8. Mai wieder zu Hause. Er seufzte, und seine Züge umspielte ein Lächeln.

„Ich wusste doch, diese Nachricht wird dich erfreuen." Aufmunternd klopfte ihm Zeman auf die Schulter. „Und jetzt komm, es gibt etwas ganz besonders Leckeres. Es gibt Tee."

Bronstein vermochte nicht zu sagen, wann er zuletzt so viel Ausgelassenheit und Freude erlebt hatte, und nur zu gerne wäre er in die allgemeine Begeisterung eingefallen. Doch er blieb, was er für diese Menschen ureigentlich war: ein Fremder. Der sich die Frage stellen musste, ob es in der eigentlichen Heimat nicht genauso sein würde. Leise und unbemerkt von den anderen erhob er sich und suchte in der zugewiesenen Scheune Schlaf. Doch blieb ihm derselbe verwehrt, und das hatte nichts mit dem lauten Feiern im Freien zu tun. Sein Körper mochte sich endlich wieder in Freiheit befinden, seine Seele lag nach wie vor in Gefangenschaft.

Wien
Mittwoch, 18. April 1945

Der Heimweg war für Auinger alles andere als leicht gewesen. Nicht nur, dass er beständig nach irgendwelchen Personen Ausschau halten musste, die ihm, wenn nicht nach dem Leben, so doch immerhin nach seinem frisch erworbenen Besitz trachten konnten, so galt es auch, den sowjetischen Patrouillen auszuweichen, denn er hatte keine Papiere bei sich, sodass er jederzeit Gefahr lief, doch noch in einem russischen Kotter zu landen. Zudem erwiesen sich die beiden Kanister als durchaus schwer, sodass er sie immer wieder abstellen musste, um durchzuschnaufen. Anscheinend war er keine schwere Arbeit mehr gewohnt, sagte er sich, und er atmete erleichtert auf, als endlich die Friedensbrücke vor seinen Augen auftauchte.

So schnell es ihm möglich war, setzte er über, und kurz vor Einbruch der Dämmerung hatte er endlich wieder sein Wohnhaus erreicht. Er klopfte bei der Hausmeisterin, überreichte ihr den kleinen Kanister und schleppte dann den großen in seine Wohnung.

Als er die Tür öffnete, wurde er von einem Knurren empfangen. „Wo warst du den ganzen Tag? Ich dachte schon, du hättest dich abgesetzt. Und mich einfach hier zurückgelassen."

„Aber wo denkst denn hin! Ich habe was zu trinken organisiert. Oder willst in der Zwischenzeit verdursten?" Demonstrativ hielt er den Kanister in die Höhe.

Der andere musterte ihn skeptisch. „Wasser? Glaubst, ich will inwendig verrosten?"

„Na, Schampus ist es jedenfalls keiner. Woher auch? Wir haben verloren! Schon vergessen?" Der andere murrte nur. Und nach einer kleinen Pause: „Und zu essen hast nichts?"

„Hörst, du g'fallst mir. Sei froh, dass ich wenigstens das organisieren konnte. Was glaubst du eigentlich, wo du bist? Im Ritz? Wir müssen uns alle nach der Decke strecken. Jetzt trinken wir einmal was, dann schau'n wir, dass wir einschlafen können, und morgen überlegen wir dann, wie es weitergeht."

Für Auingers Gast war dies das Stichwort. „Hast du dir schon überlegt, wie wir zu deinem Bauern kommen?"

Auinger grinste breit. Sein Gegenüber hatte dafür jedoch keine Nerven. „Jetzt sag schon! Wie?"

„Nur ein Wort: Fahrräder!"

„Fahrräder?"

„Ja, drüben in der aufgelassenen Werkstatt stehen noch zwei Waffenräder. Die werden wir uns ausborgen."

„Aha! Und wie kommen wir ohne Papiere an den Kontrollposten vorbei?"

„Das lass nur meine Sorge sein."

Tatsächlich nutzten die beiden die herangebrochene Dämmerung, um sich wieder niederzulegen, hoffend, der Schlaf würde den knurrenden Hunger wenigstens kurzfristig bannen. Das Fehlen elektrischen Stroms tat ein Übriges, und bald zeugte in der vollkommenen Dunkelheit nur das monotone Schnarchen davon, dass sich an diesem Ort zwei Menschen aufhielten.

Am nächsten Morgen erwachte Auingers Gast als Erster. Das Bedürfnis nach Essen war nicht länger zu ignorieren. Er weckte seinen Quartiergeber.

„Hörst, Auinger, ich brauch was zum Beißen. So geht das nicht weiter! Ich hab seit zwei Tagen nichts zwischen die Zähne gekriegt!"

Auinger wurde nur langsam wach. „Geh, schlaf weiter. Das ist die beste Nahrung, die du derzeit kriegen kannst."

„Sehr lustig! Jetzt mach was! Jetzt!!"

Der markante Schrei seines Gastes verunmöglichte es Auinger endgültig, weiter in Morpheus' Armen zu weilen. Widerwillig erhob er sich. „Du gibst ja doch keine Ruhe! Also, gemma's an."

Er stand auf und ging zu seinem Kleiderkasten, aus dem er seine Uniform holte.

„Was ziehst denn die jetzt an? Glaubst, das beeindruckt den Iwan, oder was?"

„Den Iwan ned. Oba die Zieglerin in der Wohnung über mir."

„Ah, und die is a Wirtin oder wie?"

„Na, des ned. Oba sie hortet Lebensmittel. Das weiß ich schon lang. Na, und die werden wir jetzt von Staats wegen requirieren." Dabei lachte Auinger breit.

Tatsächlich klopfte er wenig später an die Tür der Frau Ziegler, die ihm ängstlich öffnete. „Ah, Sie sind's, Herr Inspektor", sagte sie erleichtert, nachdem sie Auingers gewahr worden war, „was gibt's denn?"

„Nichts. Und genau das müssen wir ändern. Gnä' Frau, ich hab den Auftrag, alle nicht für den Eigenbedarf benötigten Lebensmittel abzuliefern. So leid es mir tut: Her mit die Konserven!"

In Zieglers Antlitz spiegelte sich das pure Entsetzen. „Aber … aber die sind ja Eigenbedarf. Samt und sonders!“

„Geh’n S’, Frau Ziegler. Kein Mensch braucht so viele eing’legte Gurken. Also rücken S’ halt zwei, drei Rexglasln raus, dann reden wir nimma drüber.“

Die Frau taumelte zurück, musste sich am Türstock anhalten, um nicht umzufallen. „Da können S’ mich ja gleich … totschlagen. Was soll ich denn ohne Essen machen?“

„Wir nehmen ja ned alles“, beruhigte Auinger die Frau. „Geben S’ mir ein Gurkenglasl, eines mit Ihren eing’legten Paradeisern und dazu noch ein paar Scheiben Brot, und i bin scho wieder weg und sag denen, mehr gibt’s ned.“ Dabei zwinkerte er verschwörerisch.

Die Ziegler schöpfte keinen Verdacht und glaubte wirklich, Auinger wolle ihr nur helfen. Sie nickte, verschwand kurz im zweiten Zimmer der Wohnung und kehrte dann mit einem Glas Gewürzgurken, einem Glas Tomaten, einem Tiegel Schmalz und einem dickeren Scherzel Brot zurück. „Mehr kann i echt ned …“, sagte sie sorgenvoll.

„Ah, des passt schon, Frau Ziegler. Und wenn noch jemand kommen sollte, sagen S’ dem ruhig, Sie haben schon beim Auinger, gell!“

Die Frau ließ ihren Blick nicht von Auingers Gesicht und produzierte abermals ein Nicken.

„Alsdern, Gnädigste. Lassen S’ Ihnen den Rest schmecken, gell. Aber pssst.“

Erneut machte Auinger auf Geheimhaltung, und die Ziegler schloss dankbar und leise ihre Tür.

„Wer sagt’s denn“, flötete Auinger, als er sich zurück in seine Wohnung begab. „Unter den Deppen ist sogar der Blöde König.“

Wenig später stöhnten Auinger und sein Gast wohlig beim Kauen eines Schmalzbrotes, das sie sich mit Gurken verfeinert hatten. „Ah, so etwas Gutes hab ich seit Auschwitz nimma gegessen", ließ sich Max vernehmen, und Auinger konnte ihm nicht wirklich widersprechen.

„Weißt, was jetzt noch fehlt? A Tschick! Und a Häferl Kaffee."

„Wie in der guten alten Zeit!"

„Ja. Im 38er Jahr! Da war die Welt halt noch in Ordnung."

Die beiden kamen ins Schwärmen. „Ma, damals. Heldenplatz! Was für a Freid! Wenn wir damals schon g'wusst hätten, wie des ausgeht, i glaub, i hätt des damals nu mehr genossen!"

Max sah Auinger mit flackernden Augen an. „Was meinst du – wie des ausgeht?"

„Na ja", entgegnete dieser in aller Unschuld, „dass des nur sieben Jahr dauert. I hab ja wirklich glaubt, des dauert jetzt tausend Jahr."

„Das wird es auch", knurrte Max, „wirst sehen, der Führer reißt das Steuer noch einmal herum. Wenn erst einmal die V2 zum Einsatz kommt, dann kann sich der Tommy warm anziehen. Und der Iwan ist sowieso zu blöd, um seinen jetzigen Vorteil dauerhaft zu nützen. Alle, die jetzt vorschnell die Seiten wechseln, werden sich noch wundern. Die Geschichte wird einstmals vom Wunder an der Spree sprechen, und kein Mensch wird mehr von dem depperten Stalingrad reden."

Der Blick von Max war missionarisch in die Ferne gerichtet, und so entging ihm die angsterfüllte Reaktion Auingers, der wohl genau in diesem Augenblick zu dem Schluss kam, dass sein Gast endgültig dem Wahnsinn verfallen war. „Ich hol uns noch ein bisserl ein Wasser. Und dabei schau ich, ob ich nicht doch noch irgendwo einen Tabak hab." Auinger sah zu, dass er zwischen sich und Max etwas Abstand brachte.

„Weißt, was mir gerade aufgefallen ist", sagte er, nachdem er mit einem Krug Wasser und einem notdürftig gerollten Stück Zeitungspapier, in dem sich ein paar Tabakkrümel befanden, zurückkehrte, „unsere Reise morgen muss unter einem guten Stern stehen. Immerhin ist morgen Führers Geburtstag. Da kann uns gar nichts passieren."

Max lächelte. Doch auch das gab Auinger keine Sicherheit.

Třeboň
Sonntag, 6. Mai 1945

Bronstein hatte, wenn überhaupt, dann sehr schlecht geschlafen. Immer wieder war er hochgeschreckt, und trotz der Nachtkühle war ihm der Schweiß auf der Stirn gestanden. Die Unsicherheit nagte an ihm, und sosehr er sich auch mühte, die Gedanken wenigstens für die Nachtstunden beiseitezuschieben, so unermüdlich arbeitete sein Geist weiter, bis er jede einzelne Vorstellung, die sich in seinem Gehirn einfand, in ihre kleinstmöglichen Bestandteile aufgelöst hatte. Je mehr sein Körper ermüdete, desto intensiver schien sein Gehirn zu arbeiten. Er wälzte sich hin und her und hätte schließlich einiges darum gegeben, von irgendwo eine Zigarette zu bekommen, um sich so wenigstens kurzfristig ablenken zu können. Und als er sich schon damit abgefunden hatte, in dieser Nacht kein Auge mehr zuzutun, schlief er ebenso plötzlich wie unerwartet ein.

Dementsprechend gerädert fühlte er sich, als Zeman ihn am nächsten Morgen weckte. Er konnte kaum mehr als zwei oder drei Stunden geschlafen haben und kam dabei zu dem Schluss, dass die Behauptung, alte Menschen bräuchten weniger Schlaf, jeder Grundlage entbehrte. Mühsam kämpfte er sich hoch, und erstmals ging ihm Zemans Optimismus ein wenig auf die Nerven. Musste der Mann jeden Tag so fröhlich herumträllern? Doch andererseits, so schalt sich Bronstein im nächsten Moment selbst, wer konnte schon sagen, was Zeman durchgemacht hatte. Insofern hatte er vielleicht jedes Recht, derart enthusiastisch in einen neuen Tag zu gehen. Für Bronstein hingegen reichte es gerade zu einem dankbaren Nicken für den dargereichten Tee, der wohl noch vom Vortag übrig geblieben und einfach noch einmal gekocht worden war, und einem wortlosen Strahlen, als er von Zeman auch noch eine Zigarette geschenkt bekam. Gierig saugte er deren Rauch ein, wobei er sich darum bemühte, den emporsteigenden Husten bestmöglich zu unterdrücken.

Rein gefühlsmäßig hätte er gesagt, zwischen dem Anzünden der Zigarette und der Aufforderung aufzusitzen, wären nur ein paar Augenblicke vergangen, doch ein Blick auf seine Uhr überzeugte ihn davon, dass er eben eine halbe Stunde einfach so aus seinem Gedächtnis verloren hatte. Hundemüde schleppte er sich zum LKW, wo er sich mit seiner allerletzten Kraft auf die Ladefläche hievte. Mit halb geschlossenen Augen registrierte er, wie sie den kleinen Ort verließen und in den Böhmerwald eintauchten, dessen epochale Größe Stifter einst so unvergleichlich geschildert hatte.

Nun, da musste der gute Adalbert aber ordentlich übertrieben haben, dachte Bronstein, denn schon befanden sie sich wieder auf freiem Feld. Das war kein Wald gewesen, das war höchstens eine Baumreihe, die man so nebenbei passierte.

„Na, Kamerad, wieder munter?"

Was hieß da „wieder munter"? Er war schon seit dem Wecken durch Zeman munter! Dementsprechend verständnislos blickte Bronstein sein Gegenüber an.

„Du hast fast eine Stunde geschlafen. Gleich nachdem wir in das Waldstück hineingefahren sind, bist du einfach nach hinten gekippt und hast zu schnarchen begonnen. Wir waren schon in Prachatice, und du hast immer noch geschnarcht. Du hast quasi den ganzen Wald abgeholzt mit deinem Sägen, und so bist du tatsächlich erst jetzt wieder munter geworden. Jetzt, wo wir beinahe in České Budějovice sind."

Bronstein überschlug im Kopf die Distanz zwischen den beiden Orten. „Heißt das, wir sind schon fast 70 Kilometer gefahren?"

„Ja, ich sage dir ja, du hast ewig lang in Morpheus' Armen zugebracht."

Instinktiv sah Bronstein aus der Plane nach oben in den Himmel. Tatsächlich stand die Sonne hoch am Firmament, sodass es tatsächlich beinahe Mittag sein mochte. „Da sind wir aber gut auf dem Weg, was?"

„Ja. Von Budějovice sind es vielleicht 25 Kilometer bis Třeboň, und von dort noch einmal 30 bis an unser heutiges Fahrziel. Die Straße ist gut, was zeigt, dass hier weniger gekämpft wurde als in Bayern. Das ist gut, so kommen wir schneller vorwärts. Ich bin mir jetzt sicher, dass wir morgen Abend in Brno sind."

„Und dann bin ich übermorgen daheim“, fügte Zeman hinzu. „Ah, die Buchteln meiner Mutter! Keiner macht so gute Buchteln wie sie! Ich hoffe, sie hat die nötigen Zutaten, um mir welche zur Feier der Heimkehr zubereiten zu können.“ Zeman schnalzte genießerisch mit der Zunge.

„Buchteln“, echote ein anderer, der sich demonstrativ den Bauch rieb.

„Und Liwanzen mit Powidl“, ließ sich ein Dritter vernehmen.

„Und Powidltaschkerln!“

„Und Mohnnudeln!“

Die Männer redeten sich in eine wahre Ekstase, und Bronstein war sich nicht mehr sicher, ob die Leute noch von gewöhnlichen Süßspeisen sprachen, so verzückt wirkten sie. Und doch kam er nicht umhin, sich von ihrer Begeisterung anstecken zu lassen, und vor seinem geistigen Auge erstand eine dicke, fette Mohnnudel, gepudert mit Staubzucker und kleinen schwarzen Mohnkügelchen. Er spießte sie im Geiste auf, führte sie langsam zum Mund. Er beschnupperte sie, leckte ein kleines bisschen an ihr. Nicht zu intensiv, mehr lockend, verführend. Dann ließ er wieder ab von ihr, ging auf Distanz, freilich ohne sie dabei aus den Augen zu lassen. Was tat sie? Schmollte sie? Fühlte sie sich zurückgewiesen? Umso besser! Sie sollte nicht glauben, dass er leicht zu haben war. Er war kein Mann für eine schnelle Nummer. Ohne Gefühl ging bei ihm gar nichts. Und doch wusste er bereits in diesem Augenblick, er würde ihren Verlockungen nicht widerstehen können. So prall, so drall, so süß, so vollmundig. Ein wohliges Gefühl stellte sich in seinem Magen ein, und ihm wurde warm ums Herz. Er richtete seinen Blick wieder auf sie aus, sah sie an, umwarb sie mit Blicken: Komm, zier dich nicht länger, sei mein.

Sie freilich blieb kühl und distanziert, was ihn nur noch mehr reizte. Ach was, ich brauche deine Zustimmung nicht, ich nehme dich, ob du nun willst oder nicht. Und sein Mund öffnete sich, der Kopf schnellte vor, und seine Zunge liebkoste das weiche, dicke Stück. Und dann, als er sicher war, dass sie ihm rettungslos verfallen war, wollte er seine Zähne in die Nudel schlagen, doch genau dieser Akt führte ihm dramatisch vor Augen, dass er sich all das nur eingebildet hatte. Enttäuschung machte sich in ihm breit. Einmal mehr war seine Hingabe verschmäht worden.

Als er wieder aufsah, erkannte er in der Ferne die Türme von Budweis, dessen Zentrum sie vermieden, um ohne weitere Umschweife nach Třeboň zu kommen, wo sie eine Mittagsrast einlegen wollten. Bronstein war in seiner Jugend mehrmals in der Gegend gewesen, da eine wohlbestallte Tante seiner Mutter in Budweis gelebt hatte, auf deren Erbe die Eltern wohl bis zuletzt einige Hoffnung gesetzt hatten. Sie hatte direkt am Hauptplatz eine Wohnung mit Blick auf den schwarzen Turm besessen – und wie sich bei ihrem Tod kurz vor dem ersten Krieg zeigte, sonst nicht viel. Die meisten Preziosen, die sich in ihrem Nachlass fanden, waren Geschenke von Bronsteins Eltern gewesen. Wohl nicht die einzige Enttäuschung im Leben seiner Mutter, die 1919 in dem Wissen gestorben war, dass mit ihrem Sohn die edle Linie derer zu Bronstein aussterben würde.

Bronstein hatte die Ausflüge ins nahe Wittingau immer mehr genossen, wo die Eltern im alteingesessenen Hotelgasthof „Zum weißen Pferd“ zum Essen einzukehren pflegten. Mit einem Mal erinnerte er sich an die picksüße Limonade, an den mächtigen Rindsbraten, der in einer sämigen Sauce geschwommen war, flankiert von luftigen böhmischen Knödeln. Und wieder kam sein Blut in Wallung.

Er musste auf andere Gedanken kommen, sonst wurde er hier noch zum Kannibalen! Wittingau, Wittingau, was war sonst noch relevant gewesen an diesem Städtchen? Richtig, das Schloss! Er erinnerte sich an den markanten vierschrötigen Turm über dem Eingangsportal, an die großen Fenster der Galerie und an den großen Schlosspark, der ihm damals, als kleiner Junge, wie ein eigener Wald vorgekommen war. Einmal hatte er bei einem dieser Ausflüge auch den alten Fürsten gesehen, der in jenen Tagen schon an die 70 gewesen sein musste. Sein Vater hatte ihm bei dieser Gelegenheit erzählt, dass der alte Mann stets im Schatten seiner Ahnen gestanden sei, denn seine Onkel seien kaiserlicher Ministerpräsident und Prager Erzbischof gewesen, sein Vater immerhin führender Parlamentarier, während er, Adolf, sein ganzes Leben lang darauf habe warten müssen, endlich selbst Fürst zu werden. Und als diese Standeserhöhung endlich eintrat, da sein Vater mit knapp 90 das Zeitliche gesegnet hatte, da war Adolf schon zu alt gewesen, um noch selbst Spuren zu hinterlassen. Der Vater hatte ihn, Bronstein, damals ermahnt, die Zeit nicht mit Warten zu vertrödeln, sondern das Leben aktiv in die eigenen Hände zu nehmen. Und was hatte er getan? Einen Beruf gewählt, der zu 90 Prozent aus Warten bestand. Man mochte das wohl Ironie nennen, dachte Bronstein mit einem Gran Bitterkeit in der Stimmung.

Wenigstens war das Ende der aktuellen Wartezeit absehbar. Wenn die Wagen weiter so gut vorwärtskamen, dann waren sie in einer knappen Stunde in Třeboň. Und mit ein bisschen Glück würde der Tross ausgerechnet im Hotel „Zum weißen Pferd" Station machen, was er, Bronstein, als ausgleichende Gerechtigkeit empfinden mochte.

Tatsächlich entschwand die Silhouette Budějovices bald hinter ihnen, und es ging durch Felder und von kleineren Teichen durchsetzte Wiesen weiter in Richtung Osten. Am Straßenrand bewegten sich nur wenige Menschen, und die paar Leute, die da unterwegs waren, konnten die LKW rasch überholen. Bronstein war überzeugt, dass der Tacho des Automobils selten unter 20 km/h sank. Sie passierten zwei kleinere Weiler, und kaum eine Viertelstunde später tauchten die berühmten Fischteiche auf, aus denen die Wittingauer ihre allseits geschätzten Karpfen und Welse holten, mit denen die Lokale der Stadt die Gaumen ihrer Gäste zu erfreuen beliebt hatten.

Kaum bog die Wagenkolonne in die Hauptstraße ein, hob Musik an. Neugierig streckte Bronstein seinen Kopf aus dem Automobil und erkannte vor dem Hotel eine kleine Abordnung von Musikanten. Nun, das war neu. Auf deutschem Boden hatte außer den Soldaten der alliierten Mächte kaum jemand von ihnen Notiz genommen, hier hingegen war sogar ein Empfangskomitee in Stellung gebracht. Zwei hübsche Mädchen in südböhmischer Tracht hielten ein Transparent hoch. Bronstein versuchte, den Text, der mit den Worten „Vítáme vás" begann, zu entziffern. Schnell erfasste er den Sinn der Worte: Hier wurden die verschleppten Landsleute willkommen geheißen. Bronstein zweifelte ernsthaft daran, dass er so etwas auch in Österreich erleben würde.

Bei dem kleinen Brunnen vor dem Rathaus war eine große Gulaschkanone postiert worden, und kaum hatte die feierliche Musik geendet, trat ein Mann aus der Mitte der Musikanten nach vorne und begrüßte die Angekommenen.

Er stellte sich als Bevollmächtigter des nationalen Volkskomitees vor und erklärte, wie froh er sei, die lieben Landsleute nun wieder zu Hause zu wissen. Er bedaure, ihnen nichts Besseres aufwarten zu können als Gulasch und Brot, doch jeder einzelne der Heimkehrer solle wissen, dies käme von ganzem Herzen. Das tschechische Volk habe insgesamt viel durchmachen müssen in den letzten sechs Jahren, was ganz besonders für die Gäste gelte, doch nun könne man mit gutem Grund nach vorne blicken und zuversichtlich der Zukunft entgegengehen, in der man die Fehler der Vergangenheit nicht wiederholen werde. Man werde jenen, die diese schwarzen Jahre nicht überlebt hätten, stets ein ehrenvolles Gedenken bewahren, und man hoffe darauf, dass die Heimkehrenden den ihnen gebührenden Platz in der neuen tschechoslowakischen Gesellschaft einnehmen würden. Die Republik brauche jeden Mann und jede Frau, man brauche Schlosser, Maurer und Lehrer, Bäcker, Polizisten und Journalisten, und man werde gemeinsam ein neues Heim bauen, in dem die beiden Brüdervölker der Tschechen und Slowaken gemeinsam mit ihren slawischen Brüdern im Süden, im Norden und vor allem im Osten Frieden und Fortschritt erleben würden.

In Košice, so berichtete der Mann, habe sich bereits ein Nationalrat konstituiert, der die Grundlagen für diesen Neubeginn schaffe. Vor allem werde man jene zur Verantwortung ziehen, deren intolerables Verhalten erst zu dieser Katastrophe geführt habe. Für den deutschen Gutsherrn und den ungarischen Großgrundbesitzer werde es in der neuen Republik keinen Platz mehr geben. Das Land werde endlich denen gehören, die es bebauen, und die Fabriken würden in Arbeiterhand übergehen. Niemand werde mehr für fremden Reichtum schuften müssen, diese Zeiten seien vorbei. So unwiederbringlich wie der Faschismus, der nichts als Elend und Tod über das Volk gebracht habe. Und so gebe es nicht nur die Heimkehr der lieben Landsleute zu feiern, sondern auch die schöne Zukunft, die vor ihnen liege, weshalb er auch nicht länger reden wolle, sondern nur noch allseits einen guten Appetit wünsche.

Noch einmal begann die Kapelle ein Lied zu spielen, danach rief jemand „Čest práci“, was allgemein mit „Čest“ beantwortet wurde. Man führte die Heimkehrer zu eigens aufgestellten Tischen, die sich direkt vor dem Hotel „Zum weißen Pferd“ befanden, wie Bronstein registrierte, und bald schon bogen sich diese vor Gulaschtellern und Brotkörben. Wenig später wurde tatsächlich Bier gebracht, und zwar gleich fässerweise, was Bronstein nicht wenig erstaunte. „Wo habt ihr denn das her?“, fragte er.

„Das haben wir im Keller des Fürsten gefunden. Der hatte das dort hektoliterweise gebunkert.“

Düster erinnerte er sich, dass der gegenwärtige Schlossherr Schwager der Großherzogin von Luxemburg war, doch diplomatische Courtoisie stand in Zeiten wie diesen wohl kaum sonderlich hoch im Kurs. Der Fürst residierte zurzeit bestimmt nicht im Schloss, und da mochte es wohl angehen, den so hoch geschätzten Gerstensaft nicht einfach verkommen zu lassen. Bronstein genehmigte sich einen ordentlichen Becher voll, lachte herzhaft und gluckste „Na, dann auf den Fürsten“, ehe er einen kräftigen Zug nahm. Und er war sich sicher, dass ihm kein Rindsbraten im Hotel „Zum weißen Pferd“ je so gut geschmeckt hatte wie das Gulasch, das vor ihm stand.

An jeden einzelnen Tisch gesellten sich ein paar Einwohner von Třeboň, welche die Gäste sofort in ein Gespräch verwickelten. So war es auch bei Zeman und Bronstein, die ausgiebig nach ihren Erlebnissen in der Fremde befragt wurden. „Und was werdet ihr nun machen?“, lautete der Satz, den die Bewohner am Ende der Unterhaltung formulierten. Zeman meinte, er wolle in seine Fabrik zurückkehren und diesmal endlich für das Volk und nicht für einen einzelnen Ausbeuter produzieren. Bronstein hingegen schwieg. „Na, und du, Kamerad? Was wirst du machen?“ Er entkam einer Erklärung also nicht.

„Ach“, sagte er, „ich bin alt, was kann ich schon machen.“

„Nun, du könntest Lehrer sein. Wir brauchen gute Antifaschisten, die unseren Kindern endlich einmal etwas Sinnvolles beibringen!“

Bronstein unterdrückte ein Schmunzeln. Er und Lehrer! Diese Idee hatte tatsächlich noch nie jemand vorgebracht. „Ich bin froh, wenn ich meinen Namen richtig schreiben kann“, sagte er daher nicht ohne Hintersinn.

„Das ist auch nicht so wichtig. Jetzt geht es einmal darum, den Ungeist aus den Köpfen der Menschen zu bekommen – und wer wäre da geeigneter als jemand wie du.“

Ohne es zu wollen, fühlte sich Bronstein geschmeichelt. Ausgerechnet die Tschechoslowakei, deren Gast er nun schon zum zweiten Mal war, hielt so große Stücke auf ihn. In Österreich, so wusste er, war ihm derlei nie passiert. Und es schien nur schwer vorstellbar, dass sich an diesem Umstand zwischenzeitlich etwas geändert haben könnte. Er seufzte.

„Na ja, Kamerad, du hast ja noch Zeit, darüber nachzudenken. Jetzt müsst ihr euch ja erst einmal erholen und wieder zu Kräften kommen. Jedenfalls freuen wir uns alle, dass ihr endlich wieder daheim seid.“

Daheim. Da war es schon wieder, dieses Wort. Es hatte ihn all die Jahre verfolgt und ließ auch jetzt nicht von ihm ab. Er kam sich direkt unehrlich vor. Da wurde er von den Tschechen so liebevoll umsorgt, weil sie ihn für einen der ihren hielten. Würden sie dieselbe Freundlichkeit an den Tag legen, wenn sie wüssten, dass er eigentlich Wiener war? Bronstein wollte es nicht herausfinden. Und doch genierte er sich für seine Lüge diesen braven Menschen gegenüber. „Ich glaube, ich muss mir noch ein wenig die Beine vertreten, bevor wir weiterfahren", meinte er daher und sah zu, dass er ein paar Augenblicke für sich hatte.

Seine Schritte führten ihn zum Schloss. Langsam ging er durch das Eingangsportal und blieb im Innenhof stehen. Er sah den spätbarocken Brunnen, aus dem überraschenderweise Wasser sprudelte, was einen beruhigenden Ton erzeugte. Er näherte sich der steinernen Einfassung und ließ sich darauf nieder. Sodann richtete er sein Gesicht auf die Sonne aus und schloss die Augen. Deren Strahlen wärmten sein Gesicht und hellten auch sein Gemüt ein wenig auf. Die Talsohle war jedenfalls durchschritten, dachte er. Was immer jetzt auch kam, es konnte nur besser sein als die vergangenen Jahre.

Der Drang nach einer Zigarette trieb ihn wieder zu den anderen. Er war kaum am Hauptplatz angelangt, als er erkannte, dass sich Zeman hektisch umblickte. „Ah, Josef, da bist du ja! Ich wollte mich eben auf die Suche nach dir begeben. Wir brechen wieder auf. Angeblich haben die in Jindřichův Hradec auch etwas für uns vorbereitet. Dort sollten wir in einer guten Stunde sein."

Wenig später saß Bronstein glücklich wieder auf dem LKW und genoss jeden einzelnen Zug an der Zigarette, die

Zeman für ihn aufgetrieben hatte. Links und rechts passierten sie weitere Teiche, dann kamen einige Felder, und nach einer guten halben Stunde wurde auch schon der Malý Vajgar sichtbar, an dessen Ufer sich jenes kleine Städtchen befand, in dem sie die kommende Nacht verbringen wollten. Abermals ertönten Trompeten, Posaunen und andere Blechblasinstrumente, erneut wurden Lieder gesungen, und wiederum hielt ein Vertreter des örtlichen Volkskomitees eine Rede. Dann fragte jemand aus der Gruppe, wo sie denn übernachten könnten. „Na im Schloss natürlich. Das ist das Mindeste, was wir euch anbieten können, die ihr so viel durchgemacht habt."

„Ah, und was sagt der Schlossherr dazu?" Bronstein meinte sich daran zu erinnern, dass Jindřichův Hradec in der tschechischen Geschichte durchaus eine nicht unprominente Rolle gespielt hatte, war es doch der Stammsitz jenes Slavata gewesen, den die oppositionellen böhmischen Stände 1618 aus dem Fenster der Prager Burg gestürzt hatten. Doch freilich wusste er nicht, ob dieses Bauwerk immer noch besagter Familie gehörte.

„Der Schlossherr?" Das Wort war vom Antwortenden mit aller möglichen Verachtung ausgesprochen worden, „so weit kommt es noch, dass wir den um seine Meinung fragen. Den haben wir zum Teufel gejagt. Das Schloss gehört jetzt dem Volk. Die werten Grafen haben uns ohnehin viel zu lange bis aufs Blut gequält. Das hört nun ein für alle Mal auf."

„Genau. Und wenn sich der feine Herr Graf hier noch einmal blicken lässt, dann wird er geteert und gefedert", lachte ein Zweiter.

„Es lebe das Volk!"

„Freiheit!"

Bronstein erlebte einen Enthusiasmus, wie er ihn schon sehr lange Zeit nicht mehr gesehen hatte. Irgendwie erinnerte ihn die Szenerie an den November 1918 in Wien. Doch die Menschen hier, die hatten etwas Entschlossenes in ihrem Blick, etwas, das frei von Zweifel war. Hier mochte das große Werk tatsächlich gelingen.

„Wir haben im Schlosshof ein kleines Mahl vorbereitet. Kommt alle mit!"

In der Zwischenzeit hatte sich die Kapelle neu formiert und marschierte voneweg. Das Begrüßungskomitee und die Heimkehrer folgten ihr durch die Burgeinfahrt. Tatsächlich standen dort Tische bereit, auf denen frisch gebackenes Brot lag. Dazu Schüsseln und Löffel. Und in der Mitte stand über einem Feuer ein gusseiserner Kessel, in dem offenbar ein Eintopf vor sich hin köchelte.

„Das Getreide haben wir im Speicher des Grafen gefunden. Endlich konnten wir wieder richtig frisches Brot backen. Und wir freuen uns, dass wir es ausgerechnet mit euch teilen können", sagte einer der Einheimischen und klopfte Bronstein aufmunternd auf die Schulter.

„Ihr seid so … gütig", brachte der hervor und konstatierte glatt eine Träne, die sich verstohlen ihren Weg die Wange entlang bahnte.

Als endlich alle restlos satt waren, spielte die Kapelle zum Tanz auf, und Bronsteins Augen begannen zu leuchten. Hier waren wirklich ausnahmslos alle glücklich, dass der große Schrecken endlich vorbei war, dass endlich eine neue Zeit begann, und wirklich niemand würde den alten Tagen nachweinen. Genau das war ja das Problem mit Österreich gewesen, dass es immer jemanden gegeben hatte, dem das Neue nicht gefiel, der dem Alten nachtrauerte und es wiederhaben wollte, erst die Deutschnationalen, die das alte Römische Reich aufleben lassen wollten, dann die Monarchisten, die Habsburg wieder auf dem Thron zu sehen begehrten, und jetzt wohl die Nazis, für die der verlorene Krieg die Tragödie war und nicht all die Verbrechen, die in ihrem Namen begangen worden waren. Hier blickten höchstens ein paar versnobte österreichische Adelige mit Wehmut zurück, alle anderen sahen mit glanzvollen Augen in die Zukunft, die ihnen endlich Frieden, Freiheit und Fortschritt bringen würde. Vielleicht, so dachte Bronstein an dieser Stelle, sollte er doch in der Tschechoslowakei bleiben. Möglicherweise stieß er in Olmütz auf Cerny, der unter Umständen nun dort Polizist wurde. Dann könnte er Cernys Pokorny werden. Mit einem leisen Lächeln flüsterte er die Namen „Kletzmayr“ und „Berghammer“.

Gleich danach freilich verging ihm das Lächeln. Ein blondes Mädchen mit Zöpfen trat an ihn heran und forderte ihn auf, mit ihm eine Polka zu tanzen. Er versuchte, ihr zu erklären, dass er viel zu alt zum Tanzen sei, doch die Maid ließ keine Ausrede gelten. So fand er sich unversehens auf der Tanzfläche und wurde förmlich durchgeschüttelt. Neben sich erkannte er Zeman, der im Gegensatz zu ihm den Tanz beherrschte. „Na, Josef, da fühlt man sich gleich wieder jung, was?“ Im Gegenteil, dachte Bronstein, man fühlt sich gleich noch älter.

Mit schwindligem Kopf wankte er einige Zeit später in jenen Trakt, der ihnen als Nachtquartier zugewiesen worden war. Er fand ein Zweibettzimmer, in dem Zemans Köfferchen stand, und so ließ er sich ohne Umschweife ins zweite Bett fallen. Noch ehe er dazukam, sein Hemd auszuziehen, war er auch schon eingeschlafen.

Wien
Freitag, 20. April 1945

Der Freitag war angebrochen, und Auinger sah argwöhnisch aus dem Fenster. Seit zwei Tagen schwiegen die Waffen, und alles deutete darauf hin, dass die Lage endgültig geklärt war. Das hieß wohl aber auch, dass die Sowjets nun an den strategischen Punkten Posten aufgestellt haben würden, die es zu umgehen galt, wenn man Schwierigkeiten vermeiden wollte. Im Prinzip war ihre Route einfach. Sie mussten sich zum Handelskai durchschlagen, von dort dann bis zum Alberner Hafen, dann weiter nach Mannswörth, nach Fischamend und schließlich nach Enzersdorf. Aus Erfahrung wusste Auinger, dass es sich dabei um eine Strecke von 25 bis 30 Kilometern handelte, die man mit dem Rad locker in zwei bis drei Stunden bewältigte. Man durfte halt nur nicht auffallen. Der erste Kontrollpunkt, so rechnete Auinger, würde bei Albern sein, wo man sich vielleicht irgendwo an den Hafenanlagen vorbeischmuggeln mochte. Zwischen Mannswörth und Fischamend aber lag freies Feld ohne jede Deckung, dort musste man schnell und vor allem besonders aufmerksam sein. Aber auch in Wien lauerte an jeder Ecke Gefahr. Noch war es früh am Morgen, vielleicht war es das Beste, sofort aufzubrechen.

Er weckte Max und erklärte ihm die Lage. Dieser schnappte seine Joppe und sagte nur, er sei bereit. Keine fünf Minuten später zerrten sie die beiden Waffenräder auf die Straße, saßen auf und begannen, eifrig in die Pedale zu treten. Auinger radelte voraus, und Max folgte ihm so gut er konnte.

Sie querten die Dresdner Straße und hielten auf die Donau zu, von der sie bald nur noch ein paar ausgebombte Industrieruinen trennten. Zwischendurch mussten sie absteigen, um nicht auf ein Hindernis aufzufahren, doch nach einer kleinen Weile standen sie am Ufer des großen Flusses und wandten sich nach Süden.

Die Bauten, auch wenn es sich um ausgebrannte Häuser handelte, boten ihnen ausreichend Schutz, um ungesehen bis zum Hafengelände zu gelangen. Dort allerdings stoppten sie ihre Fahrt, denn schon aus größerer Entfernung konnten sie die Truppenkontingente sehen, die sich dort versammelt hatten.

„Puh, es wird schwer werden, an denen vorbeizukommen.“ Auinger schnalzte mit der Zunge. Auch Max erkannte die sowjetischen Soldaten, die dort in Gruppen zusammenstanden und auf etwas zu warten schienen. Er folgte ihren Blicken und erkannte einen Frachter, der langsam die Donau flussaufwärts tuckerte. Er stupste Auinger an der Schulter an und wies dann mit dem ausgestreckten Arm auf das Schiff. „Die werden das wahrscheinlich entladen. Dann sind sie abgelenkt, und genau das werden wir ausnutzen.“

Sie setzten sich ins Gras und warteten. Tatsächlich legte der Kahn eine Viertelstunde später an, und die Soldaten schickten sich an, an Bord zu gehen. Auinger und Max schnappten im selben Augenblick ihre Räder und schoben sie bedächtig Richtung Süden, sich dabei beständig in alle Richtungen umblickend. Erst als sie die Mannswörther Straße erreicht hatten, wagten sie wieder aufzusitzen. Dann aber traten sie so schnell als irgend möglich in die Pedale und hielten auf den kleinen Ort zu, der ihnen wieder Deckung bieten würde.

Am Ortsende von Mannswörth sahen sie sich einer Reihe von Feldern gegenüber. Diese waren vollkommen kahl, nur die nackte Erde starrte ihnen entgegen. „Das wird der härteste Teil der Übung“, erklärte Auinger, „wenn wir erst einmal in Fischamend sind, haben wir es praktisch geschafft.“

„Ach was, sieh dich um“, zeigte sich Max optimistisch, „hier ist weit und breit niemand. Nach Fischamend sind es höchstens acht oder neun Kilometer. Wenn wir kräftig strampeln, haben wir die in weniger als einer halben Stunde hinter uns gebracht. Also nicht lange gezögert und frisch drauflos.“

Wie um seine Worte zu bestätigen, fuhr er vorneweg, und Auinger blieb nichts anderes übrig, als ihm zu folgen. In Ermangelung eines fahrbaren Weges mussten sie sich durch die Felder und die dazwischen liegenden Wiesen quälen, was ein ziemliches Gerüttel und Gerumpel gab. Immer wieder erhob sich Auinger aus dem Sattel, da ihn bereits sein Hintern schmerzte. Max jedoch schien vollkommen beseelt vom gemeinsamen Ziel zu sein, und so trat er gleichmäßig schnell in die Pedale. Bald schon drohte er Auinger zu entschwinden, doch da er den genauen Weg nicht kannte, hielt er kurz vor Fischamend an und sprang vom Rad. Eine Zigarettenlänge später erreichte auch Auinger das Zwischenziel, keuchend und ausgepumpt. „Na viel hat die Wiener Polizei anscheinend nicht zu tun gehabt bis jetzt. So, wie du aus der Übung bist.“ Dabei strahlte Auinger eine geringschätzige Miene entgegen.

„So ein Blödsinn. Wir haben genug zu tun gehabt. Aber mit einem Automobil, bitte sehr, ned mit so an blöden Fahrradl. Ich bin schließlich Polizist und kein Briefträger.“

Sie ließen die Abzweigung nach Klein-Neusiedl rechts liegen und fuhren direkt in jene Siedlung, die gemeinhin

Fischamend Markt genannt wurde. Max sah auf den markanten weißen Stadtturm, und etwas Merkwürdiges faszinierte ihn. „Sag, ist das da oben wirklich ein Fisch?“

Auinger lachte. „Ja, die Fischamender haben Sinn für Humor.“

Vorbei an der barocken Pfarrkirche nahmen sie den Wasserturm ins Visier. „Wenn wir den erreicht haben“, erläuterte Auinger, müssen wir nach Süden abbiegen. Dann aber sind wir bald da.“

Kurz zuckten sie noch einmal zusammen, damit sie nicht von der Aeronautischen Anstalt aus gesehen werden würden, doch die Luftwaffe war schon längst geflüchtet, und die Gebäude waren leer und kahl. Bald danach begannen wieder offene Feldflächen, während rechter Hand Klein-Neusiedl erkennbar war. „Wo ist er jetzt endlich, dein Bauer“, fragte Max ungeduldig, „dort vorn fangt ja schon Enzersdorf an.“

„Nicht ungeduldig werden, wir sind gleich da. Vielleicht noch zwei-, dreihundert Meter.“ Dabei deutete er in Richtung der Wiesen auf der linken Seite. Max konnte dort nur einen einzigen Hof ausmachen. „Das gelbe Haus da?“ Auinger nickte.

Max betätigte kräftig die Pedalbremse, sodass sein Gefährt augenblicklich zum Stillstand kam.

„Was ist jetzt los?“, fragte Auinger erstaunt.

„Weißt du, es ist besser, wenn niemand weiß, wo ich mich aufhalte. Zumindest niemand, der weiß, wer ich bin.“

Maxens Stimme war so kalt geworden, dass es Auinger unwillkürlich fröstelte. „Was willst jetzt damit sagen?“, fragte er und klang dabei wider Willen panisch.

„Das weißt du genau!“ Max stieg ab und ging auf Auinger zu, der automatisch zurückwich.

„Jetzt lass doch den Blödsinn. Wir sind doch Freunde. Gesinnungsgenossen. Also hör auf mit den Gspassettln."

Doch Max verspürte keinerlei Drang, mit den Gspassettln aufzuhören. Er zog das Küchenmesser, das er aus Auingers Wohnung mitgenommen hatte, aus der Innentasche seiner Jacke und reduzierte den Abstand zwischen sich und Auinger auf nahezu null.

„Hörst, jetzt beruhig dich wieder. Das ist nicht lustig."

„Nein, Auinger, ist es nicht. Aber notwendig."

Noch ehe Auinger ausweichen konnte, hatte Max blitzschnell zugestochen. Mit enormer Wucht traf er den Bereich der linken Brust. Es gab einen merkwürdigen Klang, und mit staunendem Blick verfolgte er, wie ein Teil der Schneide durch die Luft flog. Max hatte eine Rippe getroffen, und das in einem derartigen Winkel, dass das Messer abgebrochen war. Auinger taumelte zurück, und der entsprechende Teil seines Hemds färbte sich rot. Langsam zwar, aber doch. Instinktiv griff er sich an die Brust, fühlte etwas seltsam Feuchtes, hielt sich die eigene Hand vor die Augen und sah das Blut an seinen Fingern. „Bist du deppert", flüsterte er, während er sich Mühe gab, nicht umzufallen. Max aber sah auf den Rest der Schneide, dann auf Auinger und setzte nach. Diesmal setzte er den Stoß tiefer an und führte ihn von unten nach oben. Damit vermied er zwar die Knochen des Polizisten, doch er war sich hinlänglich sicher, dessen Herz erneut verfehlt zu haben. Nun, dann sollte der Kerl wenigstens verbluten, dachte Max und stocherte mit dem Messer in Auingers Körper herum. Der schien ihm dabei interessiert zuzusehen, ehe er schließlich doch die Augen verdrehte und zusammenbrach. „Na endlich", sagte Max und spuckte aus. Er wischte das Messer notdürftig im Gras ab und steckte es wieder ein. Dann ging er zurück zu seinem Fahrrad und hob es hoch, bereit, wieder aufzusteigen.

Ein Husten und Röcheln ließ ihn innehalten. Er drehte sich um. Auinger hielt sich irgendwie den Bauch, und aus seinem Mund quoll ein Schwall dunklen Blutes, das sich spritzend über sein Hemd verteilte, als der Sterbende von einem neuerlichen Hustenanfall geschüttelt wurde.

„Ja bist du immer noch nicht hin, du zache Zeckn", fluchte Max. Er ließ sein Rad wieder fallen und hockte sich neben Auinger, der ihn mit angstgeweiteten Augen anstarrte. „Was mach ich nur mit dir, du sturer Trottel? Kannst du ned einfach sterben, damit ich endlich dort rüberkomm?"

Unter Aufbietung seiner letzten Kräfte hob Auinger den rechten Arm, so als wollte er, was nun zwangsläufig kommen würde, abwehren. Max überlegte, dem Liegenden einfach die Gurgel durchzuschneiden. Doch das war in dessen Lage gar nicht so einfach. Er langte in Auingers Taschen, fand dessen Sacktuch und legte es ihm, nachdem er seinen Arm mit spielerischer Leichtigkeit abgewehrt hatte, auf das Gesicht. Dann presste er seine rechte Handfläche auf Auingers Mund, während die Finger dem Mann die Nase zuhielten. Er sah, wie Auinger seine eigenen Hände zu Fäusten ballte, während er versuchte, seinen Körper gegen die drohende Gefahr aufzubäumen. Max schien es, als würde Auingers Kopf erst rot, dann sogar blau, doch er sagte sich, das könnte auch Einbildung sein. Die Zuckungen seines Kontrahenten wurden krampfartiger und ließen dann nach. Einmal noch ging ein Ruck durch den Körper, dann sackte er förmlich in sich zusammen. Auingers Blick brach aus, seine Augen wurden starr. Max wartete noch eine Minute, dann hielt er Zeige- und Mittelfinger an Auingers Hals. Nun erst war er sich sicher, dass der Polizist tot war. Max stand auf und ging nun abermals zu seinem Rad. Er drehte sich nicht mehr um.

Brno
Montag, 7. Mai 1945

Als Bronstein erwachte, schlief Zeman im anderen Bett noch selig wie ein Baby. Kein Wunder, dachte Bronstein, denn Zeman verstand sich aufs Feiern. Er war sicher als einer der letzten in die Federn gekommen. Aber gut, sie hatten es auch nicht mehr eilig. Die 40 Kilometer bis Telč würden sie locker in zwei Stunden schaffen, und keinesfalls würden sie nach Třebič viel länger brauchen. Von dort waren es dann noch rund 60 Kilometer bis Brno, wo der Konvoi sich auflösen würde. Bronstein rechnete also mit sechs bis sieben Stunden Fahrzeit, unterbrochen durch eine größere Pause in Třebič, sodass es genügen mochte, wenn sie gegen 10 Uhr vormittags aufbrachen, um dennoch gegen 6 Uhr nachmittags das Endziel der gesamten Unternehmung zu erreichen. Und erstmals wurde ihm bewusst, dass ihm Zeman in diesen Tagen sehr ans Herz gewachsen war. Dennoch war es mehr als unwahrscheinlich, dass er ihn nach dieser gemeinsamen Fahrt jemals wiedersehen würde. Und Bronstein gestand sich ein, dass ihn diese Erkenntnis traurig stimmte. Die letzten Tage hätten der Beginn einer wunderbaren Freundschaft sein können, doch Zeman würde sich in das heimatliche Česká Třebova begeben, während er, Bronstein, mit etwas Glück – so man überhaupt davon sprechen konnte – in Wien anlanden würde, wo er nicht zu sagen vermochte, was ihn dort erwartete.

Dabei benötigte er wohl gerade jetzt einen Freund, denn es war mehr als unwahrscheinlich, dass er noch irgendeinen Bekannten in der alten Stadt vorfand. Dies umso mehr, als die Zahl seiner Freunde zu jeder Zeit durchaus überschaubar gewesen war. Bronstein seufzte. Wenn er es genau bedachte, dann war er eigentlich stets ein ziemlicher Eigenbrötler gewesen. Ein alter Hagestolz, dessen amouröse Leistungen ebenso wenig zu unterbieten waren wie jene bei der Bildung eines Freundeskreises.

Wie hatte er es eigentlich all die Jahre allein ausgehalten? Waren ihm ein gutes Buch und ein Glas Wein tatsächlich als die zuverlässigeren Freunde erschienen? All die Jahre? Sosehr sich Bronstein auch anstrengte, ihm fiel nichts ein, was er einmal in einer Gruppe unternommen hätte. Sicher, da waren Pokorny und Cerny gewesen. Doch die waren Kollegen, die man eben auch privat ab und zu einmal traf. Aber echte „Haberer", die man abends zum Kartenspiel oder zum geselligen Zusammensein traf? Fehlanzeige! Und nun, mit 61, war er wohl auch endgültig zu alt, um das diesbezügliche Manko noch beheben zu können. In ihm kroch die Angst hoch. Er würde einsam sterben. Unbemerkt und unbeweint. Und wenn es ihm nicht rechtzeitig gelang, Geld für seine Beerdigung auf die Seite zu legen, dann würde man ihn auch noch in einem namenlosen Grab verscharren, sodass ihn nicht einmal Cerny mehr finden würde. Oder die Medizin bemächtigte sich seiner! Bronstein sah seinen schlaffen und trotzdem noch feisten Leib nackt auf einer Pritsche im Seziersaal liegen. Der aufgedunsene Bauch ließ seinen erbärmlichen Penis sicher noch kleiner erscheinen. Zum Glück wäre er dann schon tot, sodass ihm dieser Umstand wenigstens nicht mehr peinlich sein musste. Und dann würde irgendein gelangweilter Dozent das Skalpell ansetzen, ihn aufschlitzen und seine Gedärme herausholen, um sie den angewiderten Studenten zu zeigen. Die durften dann anschließend an ihm buchstäblich herumdoktern, ihm vielleicht sogar den Kopf vom Halse trennen, um irgendwelche Arterien oder Venen zu untersuchen. Und dann würde man ihm sicher auch noch den Schädel aufsägen, um festzustellen, wie klein das darin befindliche Gehirn war. Bronstein wurde übel. Er sah einen angeekelten Saaldiener, der dann seine Überreste in einen Behälter einsammeln musste. Die Gedärme, das Hirn, die Genitalien, die Arme, die Beine, und obendrauf würde er den traurigen Rumpf werfen. Hoppla, da kullerte der Schädel über den Boden. Ob der Saaldiener heimlich Fußballanhänger war? Oh Gott!

„Aber Josef, was ist dir? Du siehst aus, als hättest du einen Geist gesehen!“ Zeman war erwacht und sah Bronstein besorgt an.

„Ach nichts“, gab der unwillig zurück, „ich hab nur schlecht geträumt.“

„Ach, Josef! Träume sind Schäume. Jetzt gibt es einmal ein nahrhaftes Frühstück, und heute Abend sind wir in Brno. Wirst sehen. Bald lebst du nur noch schöne Träume.“

Wie gerne hätte Bronstein Zeman geglaubt, doch seine trübe Stimmung ließ sich auch nicht durch ein Häferl Zichorienkaffee und eine echte Zigarette vertreiben. Er hielt sich abseits der Gruppe und hing seinen Gedanken nach. Alle, die er in Wien gekannt hatte, waren entweder tot oder vertrieben. Bestenfalls Pokorny und Nechyba, seinen alten Chef, mochte es noch geben. Doch die wären nun beide Mitte 80, und angesichts des Krieges war es mehr als unwahrscheinlich, dass sie noch am Leben waren. Nein, er würde in

Wien ankommen, und niemand würde dort auf ihn warten. Er kämpfte gegen die aufsteigenden Tränen an und ging ins Freie, damit ihn keiner in diesem Zustand sah.

„Wirst sehen, Josef, sechzig ist heutzutage kein Alter mehr. Die Republik braucht dich. Du wirst gar nicht mehr dazu kommen, trübsinnig zu sein, so sehr werden wir dich einsetzen." Zeman, der von hinten an ihn herangetreten war, klopfte ihm auf die Schulter. „Bald werden alle sagen: Seht, da kommt der Tauber. Sechzig Jahre, aber eine Energie wie ein Junger!"

Unwillkürlich musste nun auch Bronstein lächeln.

„Siehst du, so gefällst du mir schon viel besser. Hier, habe ich für dich organisiert." Zeman hielt Bronstein eine weitere Zigarette hin, die dieser dankbar entgegennahm. „In zwanzig Minuten geht's los. Also vertritt dir noch ein wenig die Beine, denn ich habe gehört, wir machen erst in Třebič wieder Pause."

Kaum waren die monotonen Schläge der Kirchturmuhr verklungen, trat der Fahrer in den Innenhof. „Weiter geht's! Los, los, rauf auf die Wagen!"

Einer nach dem anderen saß auf, und schon setzte sich der Tross wieder in Bewegung. Es gelang den Fahrern, eine Geschwindigkeit von gut 30 Kilometern die Stunde zu halten, und so kam Telč in ihren Blick, gerade als die Uhr der örtlichen Kirche elf schlug. Bronstein sah die markanten Türme der Stadt, die sich im Wasser des Teichs spiegelten. Gleich danach bog der Konvoi in die Hauptstraße des Städtchens ein und passierte eine niedliche Reihe einstöckiger Häuser, die allesamt mit schmucken Arkaden ausgestattet waren. Plötzlich hörte er jemanden rufen: „Sie kommen, sie kommen!" Wie aus dem Erdboden geschossen formierte sich vor ihnen eine

Menschentraube, die ein Transparent mit dem Text „Willkommen zu Hause“ entrollte. Ein weiteres Mal wurde den Heimkehrern ein Tusch aufgespielt, und die Dörfler reichten ihnen Brot, Most und sogar Süßwerk in die Wägen, dabei heftig winkend und beste Wünsche aussprechend. Wiederum war Bronstein überwältigt von so viel Anteilnahme, und verstohlen wischte er sich über die feuchten Augen.

Telč lag schon eine kleine Weile hinter ihnen, da wandte sich Zeman wieder an Bronstein. „Jetzt hast du mir auf unserem gemeinsamen Weg fast alles erzählt, von deiner Flucht aus unserer Heimat, von Paris und von deinem Entrinnen dort. Aber was ich noch nicht weiß, ist, wie du die Zeit bis Besançon überstanden hast.“

Bronstein musste lächeln. „Da gibt es nicht viel zu sagen. Die erste Zeit überlebte ich als U-Boot in Marseille. Dann war ich eine Weile Kellner in Sanary-sur-Mer. Ich hoffte, dort meinen alten Freund Egonek zu treffen, von dem ich gehört hatte, er lebe dort. Doch als ich in dem Ort ankam, war er schon nach Amerika übersiedelt. Das galt übrigens für die meisten prominenten Schriftsteller, die dort vor 1940 Quartier genommen hatten. Ich habe also weder Brecht noch Zweig noch einen der Manns dort gesehen.“

Zeman nickte teilnahmsvoll.

„Na, und dann kam Stalingrad. Die Deutschen wurden immer nervöser. Vor allem auch, weil die Alliierten in Nordafrika Sieg um Sieg feierten. Und wenn ich mich richtig erinnere, hörten wir Ende November 42 davon, dass die Nazis nun auch in das unbesetzte Frankreich einmarschieren würden. Zu Weihnachten wurde mir der Boden dann zu heiß, und ich beschloss, mich im Hinterland zu verstecken. Also kam ich an einem eiskalten Jännertag in der Vaucluse an.“

„Wo liegt denn das?“, fragte Zeman interessiert.

„Ein Stückchen nördlich von Marseille. Vielleicht hast du schon von Avignon gehört.“

„Ja, da waren doch einmal die Päpste kaserniert.“

„Genau. Aber der größte Teil der Vaucluse ist total abgeschieden. Menschenleer und ziemlich abweisend. Vaucluse Merdecluse sagen die Franzosen dazu. Jedenfalls hoffte ich, mich dort möglichst sicher verstecken zu können.“

Bronstein atmete tief durch. „Aber von irgendetwas muss man ja leben, nicht. Und in meinem Alter war es auch nicht sinnvoll, mitten in der kalten Jahreszeit im Freien oder so zu übernachten. Also fragte ich den Bauern, der mich eine Zeit lang bei sich aufgenommen hatte, ob er nicht eine Möglichkeit wisse, wo ich ein Auskommen finden könne.“

„Und was hat er geantwortet?“

„Er erzählte mir davon, dass in Roussillon, einem Dorf von rund tausend Einwohnern, ein hagerer Fremder lebe, der, wiewohl kein Franzose, für die Resistance aktiv gewesen sei und sich nun dort verstecke. Der Mann schreibe Bücher und suche einen Hausmeister, der ihm die Alltagsarbeit abnimmt.“

„Also doch noch ein Dichter“, lachte Zeman.

„Ja“, lächelte auch Bronstein. „Irgendwann Ende Jänner 43 stand ich vor seiner Tür und klopfte zögernd an. Der Mann war ziemlich groß, schlank und trug dicke Brillen. Gekleidet war er eher nachlässig, und er hatte, daran erinnere ich mich noch genau, die linke Hand lässig in der Hosentasche vergraben. Neugierig sah er mich an, wobei seine Augen durch die Gläser noch größer und investigativer wirkten. Jedenfalls hatte ich sofort einen ziemlichen Respekt vor ihm.“

„Und weiter?“

„Er hat mich gefragt, was ich wolle. Darauf ich, ich hätte gehört, er suche einen Hausmeister. Darauf er, er erkenne an meiner Aussprache, dass ich kein Franzose sei. Woher ich denn stamme."

„Und was hast du gesagt?"

„Ich weiß auch nicht, warum, aber ich sagte, ich sei aus Wien. Vielleicht hoffte ich, er würde mit der Stadt mehr anfangen können als mit Olmütz, ich weiß es nicht mehr, jedenfalls erklärte ich, ich sei Wiener."

Zeman verzog ein wenig das Gesicht, sagte aber nichts.

„Na ja, jedenfalls, und das hat mich wirklich erstaunt, seine nächste Frage war, ob ich Laxenburg kenne. Das habe ich bejaht, denn ich war ja wirklich oft dort, und ich beschrieb ihm das kaiserliche Lustschloss und die alte Burg und den malerischen Schlosspark. Da lächelte er und sagte, ich sei engagiert."

„Wirklich? Wieso?"

„Nun, es stellte sich heraus, dass der Mann selbst eine Zeit lang in Laxenburg gelebt hatte, da seine Jugendliebe dort die Modeschule besucht hatte. Und genau deswegen fand er mich sympathisch, einfach, weil ich ihn an diese Zeit erinnerte."

Bronstein schwieg eine Weile versonnen, bis es Zeman nicht länger aushielt. „Und – wie war er so? Kennt man ihn?"

„Nein, ich hatte zuvor nie von ihm gehört, und ich glaube, es gibt auch kein Buch von ihm, das man in einem Laden kaufen könnte. Aber er saß jeden Tag oben in seiner Stube und schrieb ganz eifrig an seinen Werken. Einmal konnte ich einen Blick auf eine Manuskriptseite werfen, da sah ich, dass er auf Englisch schrieb. Und bald danach fand ich heraus, dass er Ire war. Im Dorf erzählte man sich, er sei einst der Sekretär von James Joyce gewesen …"

„James …?"

„Joyce. Auch ein Ire. Der hat recht lange in Österreich gelebt. Zuerst in Triest, dann in Pula und schließlich in Feldkirch."

„Woher weißt du denn das?"

„Von Egonek. Den habe ich ja zuerst erwähnt. Der hat selbst viel geschrieben und mir immer von diesem Dubliner vorgeschwärmt."

„Ah, ich verstehe. Und dein Ire, wie hieß der? Vielleicht wird er ja doch noch berühmt, dann kannst du sagen, ihn gekannt zu haben."

„Beckett. Samuel Beckett. Aber ich glaube, der bleibt so wie wir ein Namenloser. Da können wir lange warten, bis der bekannt wird. Jedenfalls war ich bei ihm fast zwei Jahre. Nach der Befreiung der Vaucluse Ende 44 ist er sofort nach Paris zurückgekehrt. Ich habe noch in Avignon überwintert und bin dann Ende Februar, Anfang März zu Fuß Richtung Osten aufgebrochen. Wie du weißt, habe ich es bis Besançon geschafft. Na, und dort haben wir uns dann getroffen."

„Na, in diesem Sinn: Auf deinen Iren", entgegnete Zeman und hob ein imaginäres Glas.

„Wir sind in Třebíč!" hörten sie den Fahrer rufen, „Mittagspause."

Sie kletterten aus dem Wagen und sahen einen ruhigen, kleinen Fluss vor sich, an dessen gegenüberliegendes Ufer sich eine Reihe niedriger und schäbiger Häuser schmiegte. „Als ich vor dem Krieg zuletzt hier war, wohnten da die Juden", sagte einer, „Gott allein weiß, was aus denen geworden ist."

In der Ferne waren die beiden markanten Türme der Prokop-Basilika sichtbar, von der Bronstein gehört hatte, dass sie zu den ältesten Kirchen Böhmens und Mährens gehörte. Tatsächlich führte sie eine Abordnung der Stadt, die auf die Ankommenden gewartet hatte, zur alten Abtei, wo für sie ein Mittagessen vorbereitet worden war. Und wiewohl auch hier wieder Musik aufspielte, fühlte sich Bronstein doch einigermaßen bedrückt, als sie durch die leere Gasse des jüdischen Quartiers schlenderten. So angestrengt er auch auf die einzelnen Fenster der niedrigen Häuser blickte, nirgendwo vermochte er ein Gesicht zu entdecken, und ihm wurde schmerzlich bewusst, dass die Nazis wohl die gesamte Bevölkerung dieses Viertels abgeholt und in die Lager gebracht hatten. Sein Appetit verflüchtigte sich.

Wenig später standen sie vor der Ehrfurcht gebietenden Abtei, deren strenge Formen etwas Erhabenes ausstrahlten. Bronstein wollte Zeman schon sagen, er warte lieber hier, als ihm wohlriechender Duft in die Nase stieg. Noch ehe er ein Wort an Zeman richten konnte, lächelte dieser schon holdselig. „Krautsuppe! Mährische Krautsuppe! Jesus, wie lange habe ich die schon nicht mehr gegessen!“ Sofort setzte er sich in Bewegung, und Bronstein vermochte der Versuchung nicht zu widerstehen. Gegen seinen Willen folgte er dem Freund und saß alsbald an einem Tisch, bewaffnet mit Löffel und einem Stück Brot, und vor ihm dampfte die weltberühmte Köstlichkeit. „Dobrou chut'!“

Wiewohl er sich auch gerne noch die Kirche angesehen hätte, musste er dem Rest der Gruppe folgen, die sich gleich nach dem Mahl wieder zu den Automobilen begab. Die Zeit war bereits weit fortgeschritten und die Fahrer sichtlich begierig, ihre Fracht endlich sicher und wohlbehalten übergeben zu können. Eine knappe Stunde später passierte der Tross das wuchtige Schloss von Náměšť nad Oslavou, das hoch über dem Ort auf einem Berg thronte und dabei so abweisend aussah, als ginge von ihm echte Gefahr aus. Auf Bronstein wirkte das Gebäude weit eher wie eine Kaserne oder, schlimmer noch, wie ein Gefängnis, denn ihm haftete nichts Prunkhaftes an. Doch ihm blieb nicht viel Zeit zu grübeln, da die Straße nun wieder ein bisschen besser wurde und die Wagen Fahrt aufnahmen. „Heute werden wir noch einmal gemeinsam übernachten, habe ich gehört. Und morgen geht dann jeder seiner Wege. Wohin, Kamerad, willst du?"

„Ich habe noch nicht nachgedacht. Wahrscheinlich nach Olmütz", log Bronstein, „dort habe ich vor dem Krieg gewohnt. Mal schauen, wen ich dort noch finde." Sein Gegenüber nickte.

„Und du?" Jetzt war Zeman an der Reihe, der wieder von seiner Fabrik in Česká Třebová berichtete und dabei auch seine Eltern nicht zu erwähnen vergaß, von denen er hoffte, dass sie bei guter Gesundheit seien.

„Vergiss die Buchteln nicht", gluckste Bronstein und stieß ihn neckisch an.

Der Mann, der gefragt hatte, erklärte, er wolle nach Süden, denn er stamme aus Hustopeče, und genau dort wolle er wieder hin. Er sei dort Weinbauer gewesen, bevor ihn die Deutschen vertrieben hätten.

„Vertrieben? Du meinst abgeholt!"

„Nein. Vertrieben. Im Herbst 38. Da haben sie unseren Ort an Niederösterreich angegliedert, und alle Tschechen mussten von heute auf morgen Hustopeče verlassen. Ich weiß es noch wie gestern. Ich hatte endlich alle Trauben gelesen, und wir wollten gerade damit beginnen, sie zu verarbeiten, da sind die Deutschen gekommen und haben mir alles weggenommen. Ich hoffe, sie haben wenigstens den Reben nichts getan."

Bronstein erinnerte sich, dass dieses kleine Städtchen recht nahe der alten österreichischen Grenze lag. Vielleicht sollte er sich dem Mann anschließen. Freilich aber erst, nachdem er sich von Zeman verabschiedet hatte, denn er wollte den treuen Freund nicht unnötig verwirren.

Mittlerweile hatten sie Rosice bei Brünn erreicht und fuhren auf die alte Fernstraße auf, die Brünn mit Prag verband. Diese war vom Krieg nicht in Mitleidenschaft gezogen worden, sodass die Wägen hier ihre größte Geschwindigkeit an den Tag legen konnten. Nach weniger als 30 Minuten wurden die Vororte von Brünn sichtbar. Doch zu ihrer Überraschung bog der Tross nach rechts und begann, die Stadt zu umfahren.

„He, wo geht es denn hin?", rief Zeman dem Fahrer zu.

„Ihr übernachtet heute in Rajhrad", antwortete dieser, „in dem alten Kloster. Das wurde extra für euch vorbereitet. Das heißt, nachdem man die Betbrüder dort an die Luft gesetzt hat." Dabei lachte er, und Zeman lachte mit.

Als der Konvoi sich dem Kloster näherte, sah man schon von weitem Militärfahrzeuge. Auf einigen war der rote Stern aufgemalt, andere trugen die tschechoslowakische Trikolore als Hoheitszeichen. „Na, das ist gescheit. Sie haben eine Kaserne daraus gemacht. Da ist der Bau einmal zu etwas nütze", ließ sich einer vernehmen.

Sie saßen ab und wurden in den Speisesaal geführt, wo sie ihr Abendessen einnahmen. Danach bedeutete man ihnen, dass es im ersten Stock einen alten Schlafsaal gebe. Der sei zwar nicht unbedingt luxuriös, aber für eine Nacht mochte er wohl hingehen. „Und morgen sagen wir euch dann, wie ihr am besten an eure gewünschten Zielorte kommt. Für jetzt aber wünschen wir euch einen guten Appetit und danach gute Nacht."

„Na, da kann uns ja gar nichts passieren", witzelte Zeman, als sie in den Feldbetten lagen und an die Decke starrten, „sieh dir das einmal an, Josef. Die gesamte Schar der Heiligen wacht über uns!"

Bronstein besah sich die üppige Barockmalerei und meinte nur: „Die haben sich verdammt lange Zeit gelassen, um auf uns aufzupassen. Jetzt brauch ich sie auch nicht mehr."

„Recht hast du. Schlaf gut."

Enzersdorf
Samstag, 21. April 1945

Der Stand der Sonne verriet Max, dass es bereits zu spät war, noch zum Bauernhof zu gehen. Ohne Auinger würde der Mann nur Verdacht schöpfen und ihm keineswegs die Tür öffnen. Würde er ihn überhaupt einlassen? Einfach so, auf ein Wort hin? Besser, er brachte etwas mit, das bewies, dass er von Auinger kam. Max ging also zurück zur Leiche des Polizisten und begann diese zu untersuchen. In der Innentasche der Jacke ertastete er einen metallenen Gegenstand, den er hervorholte. Eine silberne Tabatiere. Natürlich war sie leer. Aber sie wies eine Gravur auf. Sicher hatte Auinger beim Bauern einmal geraucht und fraglos dabei dieses Zigarettenetui hervorgeholt. Nun, das mochte angehen. Damit konnte er beweisen, ein Freund Auingers zu sein und auf dessen Rat hin zu kommen. Allerdings war es sinnvoller, die Nacht zuzuwarten. Bauern gingen für gewöhnlich früh schlafen und standen morgens zeitig wieder auf. Max schimpfte. Nicht nur, dass die Nacht sicher eiskalt zu werden versprach, er hatte auch keine einzige Zigarette bei sich, von Nahrung ganz zu schweigen. „Blöder Depp“, fluchte er in Richtung des Toten. „Wegen dir kann ich mir jetzt den Arsch abfrieren! Hätt ma nicht früher da sein können?“

Im Krieg hatte er gelernt, dass man sich mit Laub halbwegs warm halten konnte. Er sah sich um. Nahe der Straße standen ein paar einzelne Bäume, doch deren Blätter waren noch kaum ersprossen. Nein, wenn er nicht so kurz vor dem Ziel noch erfrieren wollte, dann blieb ihm keine andere Wahl. Er musste warten, bis es vollständig dunkel war, um sich dann zum Hof zu schleichen, um dort im Stall zu übernachten. Er sah noch einmal in den Himmel. In zwei Stunden mochte es dunkel sein.

Als er endlich die eigenen Hände nicht mehr sehen konnte, erhob er sich und streckte seine Glieder durch, die von der angebrochenen Kälte ziemlich steif geworden waren. Instinktiv machte er einige Turnübungen, ehe er sein Rad wieder hochhob und dem schmalen Erdstreifen in der Wiese folgte, der ihm den Weg zum Bauernhaus wies. Bald schon sah er ein schwaches Licht, das wohl in der Stube brannte und das ihm half, sich dem Gebäude zu nähern, ohne sich dabei in der Dunkelheit zu verirren. Näher als ein paar hundert Meter wagte er sich aber nicht heran, denn es mochte einen Hund geben, der vielleicht Alarm schlug. Abermals wartete er.

Die Kirche im Dorf schlug 10 Uhr, und so, als wäre dies das Zeichen gewesen, ging im Haus das Licht aus. Max wartete noch eine gefühlte halbe Stunde, dann setzte er wieder behutsam Fuß vor Fuß, bis das Gras endete und stattdessen festgetretene Erde unter ihm war. Tatsächlich konnte er einige Meter von ihm entfernt die Scheune ausmachen, auf die er nun zuschlich. Erleichtert stellte er fest, dass kein Hund anschlug. Und wenn Auinger nicht gelogen hatte, dann durfte sich im Stall auch nicht mehr als nur eine einzige Kuh befinden. So sachte wie möglich öffnete er den Riegel der Tür. Deren Knarren ließ ihn erstarren. Angstvoll blickte er auf das Wohngebäude, doch dort tat sich nichts. Der Bauer schlief anscheinend tief und fest. Max drückte die Tür noch ein klein wenig mehr auf, sodass er endlich mit seinem Rad ins Innere schlüpfen konnte. Dort brauchte er eine gute Weile, bis sich seine Augen an die neue Umgebung gewöhnt hatten. Er erinnerte sich an die Streichhölzer in seiner Hosentasche, und so riss er eines an, um sich umzusehen. Tiere konnte er keine erkennen, dafür aber einen Heuhaufen, der sich gleich rechts neben der Tür befand. Er löschte das Zündholz aus, lehnte sein Rad an die Wand und warf sich ins Stroh. Er hatte zwar schon fürstlicher geruht, doch unter den gegebenen Umständen war dieses Lager mehr, als man sich wünschen konnte. Und er war froh darüber, dass der Hof zwischen Fischamend und Enzersdorf gelegen war, denn bei Enzersdorf selbst befand sich die Stadtgrenze, sodass es durchaus möglich war, dass dort verstärkt Wachen patrouillierten, und das konnte er ganz entschieden nicht gebrauchen.

„He, was machst du da? Schleich dich, du Sandler, aber gaach a no!" Max rieb sich die Augen und blinzelte in Richtung des Stalltors, wobei er von der Sonne geblendet wurde. So benötigte er eine kleine Weile, ehe er die Gestalt des Bauern wirklich erkennen konnte, wobei er den Karabiner in den Händen des Mannes eher beiläufig registrierte. „Mein Gott", murmelte er, „wie spät ist es denn?"

Der Bauer, überrascht von dieser Anrede, antwortete, es sei bald sechs. Dann fasste er sich allerdings wieder. „Was du da machst, hab ich dich gefragt, du Falott!“

„Keine Aufregung! Ich komm vom Auinger.“

„Von der sekanten Zeckn?“

Max hielt inne. Das war kein guter Beginn für die folgenden Verhandlungen. „Na ja“, änderte er daher blitzschnell seine Taktik. „Der Auinger hat mir Geld geschuldet. Das hatte er aber nicht. So hat er mir sein silbernes Etui dafür gegeben.“ Demonstrativ hielt er es in die Höhe, und wie erhofft erkannte der Bauer das Stück. „Das nutzt mir aber nix, weil ich mir darum nix kaufen kann. Und da hat er gemeint, du … also Sie … Sie könnten vielleicht Hilfe am Hof gebrauchen, und so hätten wir beide was davon. Sie könnten doch noch Ihre Felder bestellen, und ich, ich müsste nicht verhungern.“

„Verhungern? Ich hab ja selbst nix mehr zum Fressen“, knurrte der Bauer.

„Jetzt kommen S’. Ich weiß doch genau, dass Sie bis zuletzt Fremdarbeiter am Hof g’habt haben“, bluffte Max, „die sind jetzt sicher alle palessiert. Also brauchen S’ jede Hand, die Sie kriegen können. Sonst liegt da alles brach, und Sie kommen ned über den nächsten Winter.“

Der Bauer schien tatsächlich zu zögern.

„Ich hab mir Ihre Felder ang’schaut. Alles Getreide. Da sind S’ für die Aussaat eh schon zu spät dran, eigentlich. Um mindestens drei Wochen, tät ich sagen. Und ich nehm an, Sie haben keine Viecher mehr für den Pflug. Also allein schaffen Sie das nie.“

Max konnte deutlich sehen, wie die Kiefer des anderen mahlten. „Zahlen kann ich aber nix“, meinte er schließlich, „die Ostler haben schließlich auch nix gekriegt.“

„Ich brauch kein Geld. Regelmäßig was zum Essen und ein brauchbares Bett, das genügt mir schon", entgegnete Max. Das „vorerst zumindest", das folgte, dachte er nur.

Der Bauer schwankte, ließ dann endlich das Gewehr sinken. „Na gut, simma im G'schäft. Komm mit." Er drehte sich um und bedeutete Max, ihm zu folgen. „Wie heißt du überhaupt?"

„Max."

„Servus. Ich bin der Ferdinand."

Er führte Max in die Stube, wo er Most auf den Tisch stellte. Auch ein wenig Brot kredenzte er. Max hatte seit Donnerstag nichts mehr gegessen und verschlang das Brot mit gierigen Bissen. Erst als die gesamte Nahrung in seinem Bauch verstaut war, nahm er einen langen, kräftigen Schluck aus dem Krug. Er wischte sich mit dem Handrücken über den Mund. „Ah, das hab ich gebraucht."

„Das hat man g'sehn." Ferdinand griff hinter sich in eine Lade. „Rauchst?" Max nickte.

Augenblicklich lag etwas vor ihm auf dem Tisch, das entfernt an eine Zigarre erinnerte. „Eigenbau! Ich hab hinterm Haus ein paar Tabakstauden gezogen. Aus denen bastle ich mir ein bisserl ein Rauchwerk."

Max griff nach seinen Streichhölzern und zündete sich das Gerät an. Nach den ersten paar Zügen stellte er zweierlei fest. Es schmeckte grässlich, aber es erfüllte seinen Zweck.

„Und wie geht's dem Auinger, dem alten Lump?"

„Besser als uns. Der hat keine Sorgen." Max lächelte schmal.

„Das kann ich mir gut vorstellen. Wie ich den kenn, hat er es sich wieder einmal gerichtet." Und während Ferdinand damit begann, Max in groben Zügen zu erklären, wie er sich die kommende Feldarbeit vorstellte, meditierte Max, der dem

Bauern kaum zuhörte, über die Worte „richten“, „hin“ und „hinrichten“.

Drasenhofen
Dienstag, 8. Mai 1945

Bronstein wusste, dass die Stunde des Abschieds gekommen war. Die letzten Wochen war ihm Zeman so ans Herz gewachsen wie kaum ein Mensch zuvor. Doch dessen Weg führte nach Norden, der seine nach Süden. Nervös wie vor einer wichtigen Prüfung trippelte er im Hof des Klosters auf und ab, dabei überlegend, welche Worte er wählen sollte. Er ertappte sich dabei, sich eine regelrechte Rede zurechtlegen zu wollen, und natürlich hatte er alles vergessen, als Zeman aus dem Speisesaal ins Freie trat.

„Na, Josef. Schön war's mit dir. Ich hoffe, du kommst gut nach Hause und triffst die deinen dort noch an.“

Bronstein klebte die Zunge am Gaumen. Er überlegte, ob er Zeman wenigstens jetzt die Wahrheit sagen sollte. Doch wem war damit gedient? Er hatte den Freund so lange im Unklaren über seine wahre Identität gelassen, dass es jetzt weitaus mehr Erklärungen bedurft hätte, um die Dinge wieder ins rechte Lot zu bringen. Er kam zu der Überzeugung, dass er Zeman mit der Wahrheit nur enttäuschen würde, also beschloss er, bis zuletzt Josef Tauber zu bleiben. Dies umso mehr, als die Wahrscheinlichkeit, Zeman je wieder zu begegnen, ohnehin bei null lag. „Das wünsche ich dir auch“, sagte er endlich.

„Warte!“ Zeman holte einen Zettel aus seiner Rocktasche, fingerte einen Bleistiftstummel, den er zuvor im Kloster gefunden hatte, aus jener seines Hemds und feuchtete die Mine mit der Zunge an. Dann beugte er sich vor, zog das eine Bein an und nutzte es als Unterlage. In eiligen Lettern kritzelte er einige Zeilen auf das Papier.

„Da hast du meine Adresse in Česká Třebová. Besuch mich doch, wenn du einmal in der Gegend bist. Das würde mich echt freuen." Und, nach einer kleinen Pause: „Ich sorge dafür, dass es frische Buchteln gibt."

Beide lachten, dann standen sie für einen Augenblick verlegen da, ehe sie sich gleichzeitig dazu durchrangen, sich zu umarmen. „Mach's gut, alter Freund! Wirst sehen, ab sofort wird alles besser und damit irgendwann alles gut."

„Dein Wort in Gottes Ohr", antwortete Bronstein.

„Na, auf den würde ich mich im Zweifelsfall nicht verlassen. Der hat in den letzten Jahren viel zu viel Schlechtes durchgehen lassen. Ich baue da lieber auf die Genossen Gottwald und Zápotocký."

„Na dann", Bronstein winkelte den rechten Arm an und ballte eine Faust. „Čest praci!"

„Rotfront, Genosse!"

„Alle, die zum Sonderzug nach Brno, Blansko, Boskovice, Svitavy, Česká Třebová, Ústí nad Orliči und Náchod wollen, der Wagen steht bereit!", rief ein Mann.

„Das ist meiner. Alles, alles Gute!"

Bronstein nickte nur. Sie reichten sich noch einmal die Hand, dann ging Zeman quer über den Platz und stieg in den Gräf & Stift-Bus, der dort schon tuckernd auf ihn wartete. Bronstein folgte ihm zögerlich und blieb in einigen Metern Entfernung stehen. Als sich der Wagen in Bewegung setzte, hob er die Hand und winkte, was Zeman erwiderte. Bronstein blieb an seinem Platz, bis er das lächelnde Gesicht des Freundes auch bei bestem Willen nicht mehr erkennen konnte.

Er schickte sich an, ins Klostergebäude zurückzugehen, als er zu seiner Rechten den Weinbauern aus Hustopeče entdeckte. Entschlossen ging er auf ihn zu. „Sag, Kamerad, wie kommst du denn jetzt in dein Dorf?"

„In einer halben Stunde geht ein Automobil Richtung Süden ab."

„Kann ich da mitfahren?"

„Wenn du dich gleich anmeldest, vielleicht. Wir haben nicht so viele Plätze. Die meisten wollen ja Richtung Osten oder Richtung Norden."

Bronstein eilte zur angegebenen Sammelstelle und ergatterte den allerletzten Sitzplatz für einen Bus, der bis Mikulov fahren sollte. Sie fuhren durch eine Reihe kleiner Dörfer, deren Namen wie Holasice oder Vojkovice in Bronsteins Ohren unfreiwillig komisch klangen. Doch je weiter sie nach Süden kamen, desto unruhiger wurde er. Er achtete nicht mehr auf die Orte, auf die Wiesen und Felder, er registrierte nur noch die in ihm aufsteigende Bangigkeit, und erstmals seit Besançon fragte er sich, ob er wirklich nach Österreich zurückkehren wollte. Gerade, als sie Pohořelice passierten, wäre er am liebsten aufgesprungen, um laut „Zurück, zurück!" zu rufen. Er zwang sich, ruhig zu atmen, und fixierte seinen Blick auf den Starý Rybnik zu seiner Linken, um die Panikattacke auf diese Weise zu bannen.

Sie überquerten zwei weitere Fischteiche, als der Bus plötzlich zu spucken und zu bocken begann. Der Fahrer versuchte, das Gefährt am Laufen zu halten, doch der dichte weiße Rauch, der es alsbald einhüllte, verhieß nichts Gutes. Schließlich rollte der Wagen mitten auf der Landstraße aus.

Der Fahrer fluchte laut und wandte sich dann an die verbliebenen Fahrgäste. „Ich fürchte, hier ist unsere Fahrt zu Ende. Wenigstens haben wir Glück im Unglück. Dort vorne ist Dolní Dunajovice. Vielleicht finden wir dort Hilfe."

Bronstein merkte bei der Nennung des Dorfnamens auf. Irgendetwas sollte ihm diese Bezeichnung sagen. Doch als er auf die trostlose Siedlung sah, die kaum mehr aufwies als ein kleines Barockkirchlein und ein paar ebenerdige Häuser, da bezweifelte er, dass er jemals von diesem Ort gehört haben konnte. Kurz vor Beginn der Dorfzeile freilich löste sich sein Rätsel auf. Im Straßengraben lag ein verwittertes Schild, auf dem er den Namen „Untertannowitz" las. Ach ja, sagte er sich, der Herr Bibliothekar. Mit einem Schmunzeln ging er weiter.

Als der Fahrer mit dem Gastwirt darüber konferierte, wie er sein Fahrzeug wieder flottbekommen könne, verspürte Bronstein mehr und mehr Lust, endlich Fakten zu schaffen. Er mischte sich in die Unterhaltung ein und fragte, wie weit es bis Mikulov sei. Fünf bis sechs Kilometer, beschied man ihm. Er blickte auf die Turmuhr. Wenn er gleichmäßig ging, konnte er um vier in Mikulov sein. Und eine gute Stunde später dann in Drasenhofen und damit wieder in der alten Heimat.

Er verabschiedete sich von der Runde und ging los. Linker Hand Hügel, rechter Hand Felder. Nach etwa zwei Kilometern beschrieb die Landstraße einen Bogen, und als er diesen hinter sich hatte, da erkannte er bereits die markante Burg von Nikolsburg. Gleich dahinter tauchte der Kalvarienberg auf. Na bitte, sagte er sich, jetzt hast du es bald geschafft.

Die Landstraße führte an dem Städtchen vorbei, und da Bronstein keine Müdigkeit verspürte, ging er weiter. Irgendwann erblickte er rechts einen umgestürzten Grenzstein, den er näher in Augenschein nahm. Er stammte sichtlich noch aus der Zeit vor 1938, denn auf der einen Seite war Österreich, auf der anderen Seite ČSR geschrieben. Bronstein nahm Schwung und hüpfte dann wie ein jugendlicher Tor von der einen zur anderen Seite. Nach sieben Jahren, einem Monat und 27 Tagen war er wieder in der Heimat.

Durstig und letztlich doch erschöpft erreichte er eine Stunde später den Kern von Drasenhofen. Er stolperte auf den Dorfbrunnen zu und schöpfte gierig Wasser, ehe er sich auf die steinerne Umfassung setzte, um durchzuatmen. Eine Bäuerin, die seiner ansichtig geworden war, gesellte sich vorsichtig zu ihm.

„Wo wollen denn Sie hin?"

„Nach Poysdorf", antwortete er erstmals seit einer Ewigkeit wieder auf Deutsch.

„Na, das ist aber schon noch ein Stückerl. Sind S' sicher, dass S' das heute noch derpacken wollen?"

„Geld für ein Hotel hab ich keines", entgegnete er mit einem Anflug von Ironie.

„Aber geh'n S'. Wer braucht ein Hotel. Sie können bei mir übernachten. Seit mein Seliger an der Front blieben is', is' mir eh allerweil nur fad."

Bronstein musterte die Frau aufmerksam und kam zu dem Schluss, dass von ihr keine Gefahr ausging. „Na dann sag ich Danke."

„Kommen S', ich wohn gleich da drüben." Sie gingen vom Hauptplatz ein Stück den Hügel hinan und bogen dann nach rechts in eine Gasse ein. „Da simma auch schon."

Die Bauersfrau entschuldigte sich dafür, Bronstein nicht wirklich etwas aufwarten zu können, doch für seine Verhältnisse reichte es völlig. Er bedauerte nur das Fehlen von Rauchwerk.

„Sie kommen sicher von der Ostfront", begann die Frau, während Bronstein noch kaute.

„Offen gesagt aus Bayern."

„Ah, der Endkampf", gab sie sich wissend, „na ja, simma froh, dass das vorbei ist."

„Vorbei?"

„Na haben Sie's nicht g'hört? Wir haben kapituliert. Der Krieg ist zu Ende. Seit heute."

Bronstein starrte für einen Augenblick ins Leere.

„Ja", unterstrich die Frau das Gesagte, „wir haben überlebt. Endlich ist die grausliche Geschichte aus."

Aus? Für ihn fing es gerade erst an.

ZWEITER TEIL
Sommer 1945

Wien
Mittwoch, 30. Mai 1945

Nein. Er erkannte sein Wien nicht wieder. Merkwürdig, sagte er sich, er war doch nur ein paar Jahre weg gewesen. Doch diese Zeit hatte ausgereicht, eine Metropole, die ein Jahrtausend lang das Zentrum der Welt gewesen war, in einen riesigen Schutthaufen zu verwandeln. Man hatte ihn am Westbahnhof abgesetzt, aber da stand kein Bahnhof mehr. Ein paar angekohlte Trümmer wiesen allein noch darauf hin, dass hier einst ein machtvolles Gebäude existiert hatte. Gegenüber begann die innere Mariahilfer Straße, und auch hier reihte sich Ruine an Ruine. Er schulterte seinen Rucksack und machte sich auf den Weg zum Ring. Immer wieder musste er über Schuttberge klettern, die unaufgeräumt auf der Straße herumlagen und an die sich tiefe Krater anschlossen, an deren tiefstem Punkt Bronstein geborstene Rohre erkennen konnte. Und er ertappte sich bei der Frage, ob sein eigenes Haus noch stand.

Endlich durchschritt er das Burgtor, und sofort fiel sein Blick auf die zwei gemauerten Kolosse, die sich linker und rechter Hand befanden. Er brauchte eine Weile, ehe er begriff, dass sich darunter die Denkmäler von Prinz Eugen und Erzherzog Karl befanden, die man offenbar auf diese Weise vor den Bomben hatte schützen wollen. Die Hofburg selbst hatte, wie es auf den ersten Blick schien, keinen Treffer abbekommen, ironischerweise auch nicht jener Balkon, auf dem Hitler sieben Jahre zuvor jene Rede gehalten hatte, die Bronstein in der Olmützer Wochenschau gesehen hatte, als er das erste Mal mit Jelka in seiner neuen Heimat in ein Kino gegangen war. Hatte Hitler nicht gesagt, Wien sei eine Perle, der er die richtige Fassung geben werde? Es war nicht leicht, die Fassung zu bewahren.

Vor dem Durchgang zum Michaelerplatz standen zwei russische Soldaten, locker adjustiert, mit dem Gewehr lässig über der Schulter. Sie rauchten Papyrossi und kümmerten sich nicht um die wenigen Passanten, die der Innenstadt zustrebten. Bronstein bog in die Augustinerstraße ein und sah schon von weitem, dass auch die Albertina weitgehend vernichtet war. Lange schaffte er es, einfach nicht hinzusehen, doch vor dem ehemaligen Café Mozart angekommen, musste er sich doch, Lots Weib gleich, umdrehen. Und was er sah, ließ auch ihn beinahe zur Salzsäule erstarren. Wie zum Hohn war das Reiterdenkmal Alberts vollkommen intakt, während unmittelbar dahinter wie bei einem Potemkin'schen Dorf nur noch die Fassade stand. Selbst die Seitenwand fehlte, sodass Bronstein tief in die Eingeweide des Gebäudes blicken konnte. Unschätzbare Kostbarkeiten waren für immer verloren, lagen in Trümmerbergen begraben. Und rechts davon? Da war doch der Philippshof gestanden! Von dem war überhaupt nichts mehr zu sehen, es wirkte eher wie der Philippsberg, eine tektonische Erhebung, bestehend aus Ziegeln, Mörtel und gebrochenem Stuck. Er stand da wie gelähmt und wagte nicht, um die Ecke zu gehen.

Doch was blieb ihm anderes übrig? Er konnte vielleicht den Zeitpunkt hinausschieben, aber irgendwann musste er sich ja doch der Wahrheit stellen. Also tat er es besser sofort. Bronstein gab sich einen Ruck und hielt auf das Hotel Sacher zu. Er überquerte die Kärntner Straße und wechselte dabei sicherheitshalber die Straßenseite, damit er sein Wohnhaus besser sehen konnte. Seine Befürchtungen schienen sich zu bestätigen, das halbe Haus war weg. Doch dann sah er genauer hin, fasste sein ehemaliges Stockwerk in den Blick. Tatsächlich. Wenn ihn nicht alles täuschte, war just seine eigene Wohnung erhalten geblieben.

Zögernd ging er weiter, vorbei an einem Bretterverhau, hinter dem sich einst, Bronstein wusste es nur zu gut, Dufts Bekleidungsgeschäft befunden hatte. Was wohl aus dem alten Herrn Duft geworden war? Bronstein wagte nicht, es sich auszumalen. Langsam wechselte er die Straßenseite und stand nun vor dem Schutthaufen, der ihm zehn Jahre lang Obdach gewesen war.

Rechter Hand stand etwa mannshoch die Außenmauer des ehemaligen Erdgeschoßes, dessen Fensteröffnungen wie leere Augenhöhlen wirkten. Direkt vor ihm lagen ein paar Holzreste, in denen er das Haustor erkannte, und nur an der linken Seite gingen die Ziegelreihen noch beinahe bis zum Dachfirst. Er musste sich eingestehen, dass es merkwürdig wirkte, seine Wohnungstür aus dieser Perspektive zu sehen. Mit einem Mal erweckte seine ehemalige Bleibe den Eindruck einer Almhütte, die irgendwo auf einer Anhöhe stand. Bronstein besah sich den Schutthaufen und kam zu dem Schluss, dass er, wenn er vorsichtig war, über diesen tatsächlich zu jenem Gangfragment gelangte, das ihm Zutritt zu seinem seinerzeitigen Quartier verschaffte. Ohne zu zögern begann er, auf die einzelnen Ziegel zu klettern. Immer wieder musste er innehalten, um nicht das Gleichgewicht zu verlieren, doch schließlich stand er circa vier, fünf Meter über dem Straßenniveau, und es fehlte nur noch ein kleiner Sprung, um den Korridor zu erreichen. Er atmete durch. Etwas hielt ihn davor zurück, den kleinen Spalt zu überwinden. Nicht dass er sich eine solche Bewegung nicht mehr zugetraut hätte, doch er war sich nicht sicher, ob der Gang nicht unter seinem Gewicht nachgeben und einstürzen würde. „Ach was", sagte er sich schließlich, er hatte in den vergangenen Jahren so viel überlebt, also würde ihn dieser Hüpfer auch nicht umbringen.

Er holte Schwung und setzte über. Instinktiv hielt er sich an der Mauer an, doch der Boden unter ihm gab nicht nach. Sorgsam legte er die paar Schritte zurück, die ihn von seinem Ziel trennten, und schon stand er vor einer Tür, an der immer noch sein Name erkennbar war. Sein Türschild war freilich überklebt worden. Mit braunem Karton. Darauf fanden sich die Namen Schmidt, Schulz und Schneider. Wahrscheinlich war einer von ihnen der Nazi gewesen, der die Wohnung „arisiert" hatte, der zweite vielleicht ein ausgebombter Reichsdeutscher, den man gegen Kriegsende hier einquartiert hatte, und der dritte wahrscheinlich ein Flüchtling aus dem Osten, der noch schnell Unterschlupf fand, ehe er seine Flucht fortsetzen musste. Erneut holte Bronstein tief Luft, dann drückte er die Türschnalle nach unten.

Er wusste selbst nicht, was er hinter der Pforte erwartete. Es war töricht anzunehmen, dass sich in der Wohnung noch irgendwelche Gegenstände finden würden, die einst ihm gehört hatten. Vermutlich waren all die Nazis davon ausgegangen, dass jüdischer Kram ohnehin nichts wert war, und hatten all die kleinen Kostbarkeiten, die Bronstein in einem halben Leben mühsam zusammengetragen hatte, auf den Sperrmüll geworfen. Doch allein schon sich noch einmal in seiner alten Behausung umzusehen, war es wert, die Schwelle zu überschreiten, dachte er sich.

Sein Erstaunen war nicht gering, als er gleich im Vorzimmer seinen alten Schrank stehen sah. „Na klar", lächelte er schmal, der war ja auch „altdeutscher Stil“. Einer spontanen Eingebung folgend, öffnete er dessen Türen und zog die Laden heraus, doch wie nicht anders zu erwarten, fand er darin nichts, was einmal sein Besitz gewesen war. Er schenkte der Küche keine Beachtung und hielt direkt auf das Wohnzimmer zu. Bronstein wollte sich die Augen reiben. Das war doch nicht die Möglichkeit. Praktisch sein gesamtes Mobiliar war hier noch vorhanden. Sein bosnischer Rauchtisch stand gleich neben der alten Chaiselongue, die er noch von den Eltern mitgenommen hatte, und selbst die klobigen Bücherregale befanden sich immer noch zwischen den Fenstern. Allein sein Ohrensessel war nicht zu entdecken, jener Fauteuil, in dem er oft abends bei einem guten Gläschen und einem Buch gesessen war, während er Wagner oder Bruckner oder auch Brahms gehört hatte. Tatsächlich stand auf der Anrichte nach wie vor sein Grammophon, sodass er zuerst darauf zuging, um Nachschau zu halten, ob sich im Regal der Anrichte noch seine Platten finden würden. Seine Verwunderung wurde immer größer. Fein säuberlich waren sie aufgereiht. Schmidt, Schulz und/oder Schneider waren anscheinend keine vollkommenen Banausen gewesen. Nur die Aufnahmen mit Gustav Mahler fehlten, wie er bei einer genaueren Durchsicht feststellte.

Er erhob sich wieder und ging nun zu den Bücherregalen. Hier freilich hatte der deutsche Ungeist doch gewütet. Er fand zentral geschätzte hundert Bände von Karl May, daneben „Reiter in deutscher Nacht“ und „Horst Wessel, ein deutsches Schicksal“ von Hanns Heinz Ewers, „In Stahlgewittern“ von Ernst Jünger, „Das harte Geschlecht“ von Will Vesper und schließlich noch „Schlageter“ von Hanns Johst. Bronstein stieß einen Pfiff aus. Hier war wirklich alles versammelt, was im Nationalsozialismus Rang und Namen gehabt hatte. Der Gröfaz wäre auf die Wohnungsnutzer sicherlich stolz gewesen.

Wirkten diese Bände allesamt ziemlich abgegriffen, so waren die Bücher des zweiten Regals zwar reichlich angestaubt, sonst aber in wesentlich besserem Zustand. Kein Wunder. Da reihte sich Goethe an Goethe und Schiller an Schiller. Bronsteins Blick fiel auf die wunderschöne „Faust"-Ausgabe, die der Insel-Verlag 1909 herausgegeben hatte. Genau eine solche hatte auch er einst besessen. Beinahe ehrfürchtig holte er den Band hervor und schlug ihn auf. Und schon wieder traute er seinen Augen nicht. Links unten auf der zweiten Umschlagseite erkannte er unzweifelhaft sein „Ex libris". In wahrer Hektik durchkämmte er das gesamte Regal und konnte nach einer knappen halben Stunde feststellen, dass sämtliche hier aufgereihten Werke sein Besitz waren. Wäre das Haus nicht in einem derart beklagenswerten Gesamtzustand gewesen, er hätte sofort wieder in seine Wohnung einziehen können und dabei kaum etwas entbehren müssen.

„Hören S', was machen Sie da?", drang eine schrille Stimme von außen an sein Ohr. Er sah sich um und kam dann zu dem Schluss, dass die Laute aus der Mitte der Ruine zu ihm heraufgedrungen waren. Er ging also zurück in sein Vorzimmer und spähte durch die offene Tür.

„Ich hab Ihnen von der Gassen aus g'sehn. Woll'n S' da was fladern oder was?"

Der Ton war unzweifelhaft inquisitorisch, und Bronstein schickte sich an, sich zu rechtfertigen, als die Frau plötzlich die Hände vor dem Gesicht zusammenschlag. „Jössas! Der Herr Bronstein. Na, des gibt's ja ned."

„Doch, das gibt's, Frau Vybiral."

„Und meinen Namen haben S' auch nicht vergessen. Na so was. Das freut mich aber. Sind S' wieder z'ruck?"

„Wie Sie sehen, Frau Vybiral."

„Na, kommen S' doch erst einmal da runter. Das is ja mordsg'fährlich, was Sie da machen. Ich wohn da hinten in der alten Garage. Da kann ich uns einen Tee machen." Die Vybiral unterstrich ihre Worte mit einer entsprechenden Geste ihrer rechten Hand.

Obwohl er wusste, dass es wenig Sinn hatte, schloss Bronstein sachte die Wohnungstür, ehe er zurück auf den Schuttberg sprang, um von dort vorsichtig zu seiner ehemaligen Hausmeisterin hinunterzuklettern.

Während er ihr in ihr Notquartier folgte, fragte sie über die Schulter: „Na, wie war's denn im Ausland?" Um sich gleich selbst die Antwort zu geben. „Sicher schön, gell! Es is scho leiwand, wenn man herumreisen kann. Man sieht so viel Neues, Interessantes. Ich wollt ja auch immer reisen, gell, aber meinereins kann sich das ja ned leisten, ned wahr."

„Ich wäre auch lieber zu Hause geblieben", sagte Bronstein mit galligem Unterton.

„Aber gehen S', da haben S' nix versäumt. Nur Bomben und Todesangst. Das wär nix g'wesen für Sie, Sie war'n ja immer so schreckhaft, gell, Herr Bronstein."

Bronstein blieb der Mund offen. Er war im wahrsten Sinn des Wortes sprachlos.

„Na, und wo waren S' so überall?", fragte die Vybiral leichthin.

Zu seiner eigenen Überraschung hörte er sich „Erst in der Tschechoslowakei und dann in Frankreich" sagen.

Die Vybiral klatschte in die Hände. „Mei, so schön haben S' es g'habt! Ein Wahnsinn. Z'erst die guate böhmische Kuchl und daun a no Urlaub am Meer. Sie sand mir vielleicht ein Glückskind, Herr Bronstein."

Der fühlte Beklemmungen in der Brust, doch die Hausmeisterin schnatterte vergnügt weiter. „So ein böhmischer Rindsbraten, ma, wie lang hab ich den nicht mehr g'habt. Dabei bin ich ja selbst aus der Böhmei. Also so um die Ecke rum, wissen S' eh. Wir sind schon Deutsche, gell. Aber halt aus den Sudeten, ned wahr. Daher a der etwas verwordagelte Namen. Den hab i von mein' Seligen her. Geboren war i ja eine Nemetschek. Da sieht man schon im Namen, streng deutsch, gell. Aber da red i und red i, und Sie wollen Ihren Tee, gell. Also kommen S' rein, ich stell schnell ein Wasser auf."

Bronstein machte eine abwehrende Geste. „Tun S' Ihnen nix an, Frau Vybiral, ich müsste eh weiter ..."

„Aber nix da, Sie bleiben schön da", beschied die Concierge. „Ich weiß schließlich, was sich g'hört. Bitte, Butter und Kipferl, so wie Sie's da drüben beim Franzmann g'habt haben, kann i Ihnen natürlich ned aufwarten, aber dafür kommt's von Herzen, ned wahr. Wir Deutschen sind ja von Natur aus gutmütig und hilfsbereit. Nicht so verlogen wie die Franzosen, die einem schön ins G'sicht tun und einem dann hinterrücks eine Gosch'n anhängen. Na ja, drum kommen wir Deutschen auch nie zu etwas. Wir sind einfach zu gut für diese Welt."

Bronstein kam aus dem Staunen nicht mehr heraus. Doch die Vybiral, die endlich „eine Ansprache" gefunden hatte, ließ sich nicht bremsen. „Sie waren ja immer so eine feine Partei. Ich hab das echt schad g'funden, dass S' auf einmal weggangen sind. Aber recht haben S' g'habt. Direkt den richtigen Riecher, könnt man sagen. Sie glauben ja gar nicht, wie's da zugegangen ist. Ein Martyrium, sag ich Ihnen."

„38?"

„A wos 38! Da war's eh no leiwand. Na, in die letzten zwa Jahr. Jede Nacht die Bomben. Sie können Ihnen gar ned vorstellen, was wir g'litten haben, die ganze Zeit. Zum Glück hat mein Karli des nimma erleben müssen. Jede Nacht in Keller hatschen und dabei zittern müssen, ob ma wieder raufkommt. Na, na, da war's an der Côte d'Azur schon was anderes, gell."

Bronstein atmete tief durch. „Was ist eigentlich aus dem Herrn Duft geworden?", fragte er schließlich.

„Der Itz..., der Hemdentandler? Jo mei, der hat Konkurs g'macht. Glei nachdem Sie weg waren. Kein Wunder, Sie waren ja dem seine einzige Kundschaft. Den seine fadenscheinigen Fetzen, die hätt ja mein Karli ned amoi mit der Kneifzangen ... Sagen S', warum haben S' eigentlich bei dem einkauft? Sie hätten sich doch was Besseres leisten können."

„Ich fand seine Ware exzellent", replizierte Bronstein unter Aufbietung der gesamten Beherrschung, zu der er noch fähig war.

„Na, wenn S' meinen. Ich hab den nie mögen, den Peikeles-Juden. Der hat einfach da ned herpasst, wissen S'! Dabei hat er ja noch ein Glück g'habt, der Duft."

In Bronstein glomm Hoffnung auf, der alte Herr mochte es gleich ihm doch noch geschafft haben.

„Ja, die Partei hat eam des bankrotte G'schäft abg'nommen. Und offenbar haben s' ihm so einen guten Preis g'macht, dass er bald darauf aus Wien wegziehen hat können."

„Echt?“

„Ja, auch in die Tschechoslowakei, was ich g’hört hab. Theresienstadt hat das g’heißen, glaub ich. Ja, da war er mit seine anderen Betbrüder unter sich und ist unsereins nimma auf die Nerven gangen. Das war sicher des Beste für alle.“

Bronstein stürzte das dünne Gebräu, das sie mittlerweile kredenzt hatte, eilig hinunter, hoffend, es würde keine allzu großen Verbrennungen an seinem Gaumen evozieren. „Das Beste für mich ist, dass ich mich jetzt wieder auf den Weg mache, Frau Vybiral. Sie haben ja selbst gesehen, dass ich hier derzeit nicht wohnen kann. Also muss ich mich eilig nach einer anderen Bleibe umsehen. Ich darf mich also empfehlen.“

„Na schad, wo ma grad so nett plaudern. Aber ich versteh schon. Ein feiner Herr hat halt immer was zu tun, gell.“

„Genau“, antwortete Bronstein kurz angebunden und erhob sich.

„Aber wenn wir die Schäden da repariert haben, dann ziehen S’ schon wieder da ein, gell?!“

Bronstein blieb eine Antwort schuldig. Die Vybiral überbrückte das Schweigen: „Ich hab immer g’sagt, über den Herrn Bronstein lass ich nix kommen. Der ist ein echter Herr. Es wär echt eine Freud’, wenn Sie wieder da wären. Vor allem, weil so viele von die anderen Parteien das Gemetzel da nicht überlebt haben.“

Eigentlich wollte er nur noch weg, aber dann obsiegte doch die Neugier. Er erinnerte sich, dass es zehn Wohnungen im Haus gegeben hatte, zwei in jedem Stockwerk, dazu noch die Hausbesorgerwohnung und die Dachkammer. Mit den meisten Mietern hatte er nur wenig zu tun gehabt, aber einige Namen von früher fielen ihm dennoch ein.

„Der Student, der unter dem Dach gewohnt hat, der Frühwi…"

„Hat sich aufg'hängt. Im 39er Jahr noch. Wollt ned an die Front. Na ja, dort wär er eh keine Hilfe g'wesen, nehm ich einmal an."

„Und der Buchhalter aus dem vierten Stock, der We…"

„Von ein paar Dachziegeln erschlagen, die nach einem Bombenangriff verspätet runterg'fallen sind. Kurz nachdem seine Frau g'storben ist. Wissen S' eh, die hat's an der Lunge g'habt, die Ärmste."

„Und gegenüber, die Hu…"

„Auch beide tot. Bei ihm hat das Herz nimmer mitg'macht, und sie hat's ned übertaucht, dass der Sohn an der Ostfront blieben ist."

„Die Obermei…"

„Die san zu ihre Verwandten ins Bayrische palessiert. Hab nie wieder was g'hört von ihnen. Und dem Rest hat der Beschuss im April das Licht ausgeknipst."

„Meinem Nachbarn auch? Dem Fel…

„Dem ganz besonders. Auf den sind ja alle anderen Wohnungen draufg'fallen. Den haben s' erst nach drei Wochen da rauszaht. Grausliche G'schicht! Ich sag Ihnen ja, wenn ich damals ned zufällig bei meinem Neffen auf B'such g'wesen war, warat i jetzt aa hin. Sie haben echt ein Glück g'habt, dass S' ned da waren."

„Ja, sieht ganz so aus. Ich darf mich empfehlen." Bronstein deutete eine Verbeugung an und sah zu, dass er wieder auf die Straße kam.

Die Vybiral sah ihm versonnen nach. „So geht's zu auf dera Welt. Die Besten beißen ins Gras, und der feine Herr Jud macht sich's daweil im Ausland bequem. Na ja, Unkraut vergeht eben ned." Doch das hörte Bronstein schon nicht mehr.

Er stand an der Ecke Walfischgasse und Kärntner Straße und fragte sich, wo er nun hinsollte. Eigentlich musste er sich selbst rügen. Da hatte er drei Wochen Zeit gehabt, sich zu überlegen, wie er in Wien reagieren sollte, falls ihm keine Wohnung mehr zur Verfügung stand, und dann war er doch vollkommen ratlos. Nachdem er eine Weile sinnlos herumgestanden war, beschloss er, auf gut Glück ins Präsidium zu gehen, um dort Nachschau zu halten, ob es noch jemanden gab, den er kannte. Vor allem aber, so sagte er sich, würde er dort erfahren können, wo ein Obdachloser ein Nachtquartier bekam.

Er ging am Hotel Sacher vorbei, das wie durch ein Wunder von Beschädigungen verschont geblieben war, nun allerdings, wie er sah, der Roten Armee als Stützpunkt diente, und hielt wieder auf die Albertina und die Oper zu, um über den Ring die Schaltzentrale der heimischen Polizei zu erreichen.

„Das ist er doch", hörte er plötzlich eine Stimme neben sich.

„Aber sicher! Na klar ist er das!"

Bronstein drehte sich um. Er entdeckte ein ihm völlig unbekanntes Gesicht. Der Mann mochte ein wenig jünger sein als er selbst, doch Bronstein fiel beim besten Willen nicht ein, woher er ihn kennen sollte.

„Na, Herr Kommissar? Wissen S' nimmer, wer ich bin, gelt?"

Unweigerlich setzte Bronstein eine schuldbewusste Miene auf.

„Der Podlaha Fritz. Na, klingelt's?"

Es klingelte nicht. Der Mann setzte nach. „Die Demand-G'schicht'. Im 34er Jahr. Sie war'n damals bei mir in der Krongassen …"

Bronsteins Gesicht erhellte sich. „Ah, der Betriebsrat. Richtig! Jetzt weiß ich's wieder. Die Welt ist doch ein Dorf."

„Gelt. Ich sag stets, man begegnet sich immer zweimal im Leben. Und in Ihrem Fall muss ich sagen, das freut mich. Sie waren damals einer der wenigen, die korrekt waren uns gegenüber. Das hab ich nicht vergessen."

„Danke", erwiderte Bronstein. Podlaha stand einfach nur da und sah ihn erwartungsvoll an. Bronstein wusste nicht, was er von ihm erwartete. „Und?", begann er vorsichtig, „wie ist es Ihnen ergangen?"

Gleich darauf bereute er die Frage, denn Podlaha drehte sich leicht nach rechts, worauf der leere Ärmel an der linken Seite sichtbar wurde. Bronstein biss sich auf die Lippen.

„Na ja. Überlebt hamma, oder? Das ist die Hauptsache! Und jetzt geht's endlich wieder aufwärts."

Bronstein bekam seinen Blick nicht von dem leeren Ärmel weg. Podlaha folgte diesem und sah nun selbst auf seine linke Schulter.

„Ach das! Ein Andenken an den Volkssturm. Die haben mich echt mit 50 noch eingezogen. Bis ins Burgenland simma kommen. Dort hat's dann ratsch g'macht, und weg war er, der Arm. Na ja, bei andere hat's auch ratsch g'macht, da war dann aber der Kopf weg. So gesehen hab ich a Glück g'habt."

„Aber das ist doch furchtbar!", entfuhr es Bronstein.

„Schon, irgendwie. Aber andererseits haben sie mir dafür eine Trafik zugeteilt. Sogar die im Rathaus, stellen S' Ihnen vor, Herr Kommissar! Jetzt werden die Meinigen nie mehr hungern, weil rauchen werden die Leut' immer. Das haben ned amal die Nazis verboten!" Podlaha lachte. „Insofern ist ein Arm ein geringes Opfer."

Bronstein bemühte sich um ein optimistisches Lächeln. Doch anscheinend wirkte es nicht sonderlich überzeugend.

„Und was ist mit Ihnen, Herr Kommissar? Sie schau'n so bedrückt."

Bronstein rang mit sich, ob er einem praktisch Fremden von seinen Problemen erzählen sollte. „Ich war grad in meiner Wohnung. Die steht zwar noch, aber der Rest vom Haus fehlt komplett. Da kann also derzeit niemand wohnen."

„Sie steh'n auf der Straßn, Herr Kommissar?"

Bronstein nickte.

„Na, das geht einmal überhaupt nicht, gell. Da mach' ma gleich einmal was. Kommen S' mit."

Podlaha hakte Bronstein unter und schleifte ihn an der Oper vorbei auf die Albertina zu. Dort mussten sie gewaltige Schuttmengen überwinden, die dort links und rechts aufgetürmt waren. Nicht nur, dass die halbe Albertina fehlte, auch der Philippshof war zur Gänze zerstört worden und wirkte wie eine in sich zusammengestürzte Trutzburg, nur noch einige Seitenmauern ragten traurig in den Himmel. Podlaha entging Bronsteins Entsetzen nicht. „Sehen S', Herr Kommissar, das da war eine wirklich grausliche G'schicht. Ist im März passiert. Da haben die Amis Bomben auf das Wohnhaus g'schmissen, weil die Trottel die Oper mit einem Bahnhof verwechselt haben. 300 Leut' waren im Keller, von denen ist keiner mehr rausgekommen. Und das Arge dran ist, die liegen immer noch da unten, weil wir keine Maschinen haben, mit denen wir sie bergen könnten. Ma, ich mag gar nicht daran denken!" Podlaha schüttelte sich. Dann fuhr er abrupt herum: „Sie waren aber ned bei die Amerikaner, oder?“

„Wieso kommen S’ jetzt auf das?“, war Bronstein ehrlich verwundert.

„Na ja, sei’n S’ mir ned bös’, Herr Kommissar, aber in Wien werden S’ ned blieben sein, im 38er Jahr. Ned bei Ihrem Nachnamen. Und im KZ waren S’ aber auch ned, weil sonst schauerten S’, mit Verlaub, anders aus. Also waren S’ irgendwo im Exil. Logisch, ned? Außerdem hätten S’ sonst jetzt keine Zores wegen einer Wohnung.“

Die beiden bewegten sich durch die Augustinerstraße auf den Michaelerplatz zu, und Bronstein berichtete in groben Zügen, was ihm in den letzten sieben Jahren widerfahren war.

Podlaha nickte. „Na ja, das ist natürlich schon eine arge G’schicht’. Ich mein’, ned, dass es bei uns da so rosig g’wesen wär’, aber wenigstens ist uns das Lager und all das erspart geblieben. Wenn ich so denk, was meinen Genossen und Ihren … na, Sie wissen schon, Herr Kommissar, Ihren halt, ned, passiert ist, da muss ich ehrlich sagen, da hatten wir es ja noch Gold dagegen.“

Podlaha räusperte sich, während sie versuchten, an den Schuttbergen beim Bundeskanzleramt vorbeizukommen. Im Volksgarten staken einige Holzkreuze, sichtbares Zeichen dafür, dass hier Menschen notdürftig beerdigt worden waren. Podlaha fiel Bronsteins Miene auf. „Ja, da müssen wir auch noch was organisieren. Aber bis vor ein paar Wochen sind da sogar noch Pferdekadaver und unbestattete Menschen herumgelegen. Sie machen sich keine Vorstellung, wie das da alles ausg’schaut hat. Insofern haben wir echte Fortschritte gemacht seit Anfang des Monats.“

„Wir?“

„Na, das neue Österreich halt. Jetzt gehen wir's richtig an. Ned so hatschert wie im 18er Jahr. Sie werden sehen, Herr Kommissar, wir haben unsere Lektion g'lernt. Der Genosse Scharf, der unser Parteisekretär ist, der hat schon g'sagt, er macht ein Plakat, auf dem draufsteht, dass alle Nazis nach Sibirien sollen."

Unweigerlich musste Bronstein an die letzten Tage im Wien des 38er Jahres denken und die panischen Ängste, die er damals ausgestanden hatte. „Sie wollen Wien zur Geisterstadt werden lassen?", fragte er trocken.

Podlaha sah ihn von der Seite an. „Jetzt sind S' aber ein bissi ungerecht, Herr Kommissar. Es waren ned alle dabei. Ich zum Beispiel sicher ned. Und der Genosse Körner, der, wie Sie vielleicht wissen, unser neuer Bürgermeister ist, aa ned. Der Genosse Scharf war sogar bei den Tito-Partisanen. Der hat mit den jugoslawischen Genossen geholfen, Österreich zu befreien. Also!"

„Es ist aber schon so, dass der Renner Kanzler ist, oder? *Der* Renner!"

„Na ja, der hat wenigstens aus der Geschichte g'lernt, der Herr Hofrat. Schau'n S' nur, was für einen schönen Brief der dem Genossen Stalin geschrieben hat, ned wahr! Jetzt werden wir unsere kleinlichen Auffassungsunterschiede mit den Kommunisten überwinden, ganz so, wie der Genosse Bauer das wollen hat vor dem Krieg, und dann wird die Arbeiterschaft endlich den Platz einnehmen, der ihr vor der Geschichte gebührt."

Bronstein war nicht nach einem politischen Privatissimum. „Na, wenn S' meinen, Herr Podlaha."

„Ja, genau das mein ich", strahlte der Betriebsrat. „Und wissen S' was, Herr Kommissar, jetzt mach ma gleich Nägel mit Köpf! Wir gehen nicht zum Schmiedl, wir gehen gleich zum Schmied. Ich hab eh grad einen Termin beim Genossen Bürgermeister, da werden wir gleich auch was in Ihrer Angelegenheit machen."

Bronstein hob eine Augenbraue. „Zum Herrn General?"

„Zum Genossen General", erwiderte Podlaha mit erhobenem Zeigefinger und einem Schmunzeln auf den Lippen.

Sie querten den menschenleeren Ring und marschierten durch den Rathauspark auf das Rathaus zu. Dort schien Podlaha wohlbekannt zu sein, denn er wurde schon von weitem begrüßt. Niemand verlangte einen Passierschein oder wollte von ihm Näheres wissen. Bronstein folgte ihm über die breite Treppe nach oben, wo sie einen langen Gang durchquerten, ehe sie nach rechts in eine Zimmerflucht einbogen.

„Ah, Sie sind's, Genosse Podlaha", ließ sich eine Sekretärin im zweiten Raum vernehmen, „gehen S' nur weiter."

Podlaha klopfte, die beiden hörten ein deutliches „Herein!", und Podlaha öffnete die Tür.

Ein weiteres Mal an diesem Tag traute Bronstein seinen Augen nicht. Direkt der Tür gegenüber stand die große Figur Theodor Körners hinter einem Bügelbrett und glättete mit dem dafür vorgesehenen Eisen ein Hemd. Quer durch den Raum war eine Wäscheleine gespannt, auf der diverse Kleidungsstücke zum Trocknen hingen, während am anderen Ende des Zimmers ein Kanonenofen stand, auf dem hörbar Wasser in einem Topf vor sich hin köchelte. Unmittelbar daneben befand sich ein Feldbett, wie Bronstein es aus dem ersten Krieg kannte. Das Bettzeug war auf das Penibelste zusammengefaltet und lag makellos auf dem eisernen Gestell. Auch der Schreibtisch, der hinter dem General sichtbar wurde, wies eine peinliche Ordnung auf. Körner sah nur kurz auf, grüßte vernehmlich und bügelte dann weiter.

„Sie müssen schon entschuldigen, lieber Herr“, wandte er sich dann, während er das Hemd faltete, an Bronstein, „aber so viel Personal hat die Gemeinde dann auch wieder nicht, als dass ich das Recht hätte, derlei Arbeiten zu delegieren.“ Er legte das Hemd feinsäuberlich auf einen Stapel und trat dann an seine Gäste heran. Er reichte Bronstein die Hand. „Gestatten, Körner. Ich mach da derzeit den Bürgermeister, wenn's recht ist.“

„Bronstein“, stammelte Bronstein, „David Bronstein.“

„Der Kollege Bronstein war Polizeioberst in der alten Republik. Dann musste er fliehen. Du kannst dir denken, warum, Genosse.“

Körner zog seine buschigen weißen Augenbrauen hoch und kraulte sich den nicht minder weißen Vollbart. „Ein Heimkehrer. Wie schön. Wir brauchen hier jeden vernünftigen Mann. Sie machen sich keine Vorstellung, mit welchen Leuten wir es teilweise zu tun haben. Haben Sie schon Fühlung mit Ihrer alten Wirkungsstätte aufgenommen?“

„Offen gestanden, nein, Herr Bürgermeister. Ich bin gerade heute erst nach Wien zurückgekommen.“

„Genosse, wir kommen gerade von seiner alten Wohnung. Das Haus ist ausgebombt. Da steht fast gar nix mehr. Der Kollege brauchert also dringend eine Bleibe.“

Körners Augen lächelten schalkhaft. „Na, da kann ich doch helfen.“ Mit federndem Schritt, der ob seiner 72 Lebensjahre mehr als bemerkenswert war, eilte er zu seinem Schreibtisch, suchte kurz ein Formular, fand es, und schrieb einige Zeilen darauf. Dann kehrte er zu den beiden zurück. „Das ist ein Zuweisungsschein für eine Dienstwohnung. Soweit ich weiß, sind auf der Mölker Bastei noch ein paar Wohnungen frei, weil wir dort ein paar hochrangige Nazis ausquartiert haben. Ich denke, das müsste fürs Erste reichen. Haben Sie schon etwas gegessen?“

Bronstein verneinte. Körner riskierte einen Blick auf den Topf. Dann nahm er eine Gabel und stach damit ins Wasser. „Ja, die sind fertig“, stellte er zufrieden fest. Er holte einige Kartoffeln aus dem Kochbehälter und legte sie sorgsam auf einen Teller. Danach griff er nach einem kleinen Kännchen, dessen Inhalt er vorsichtig über die Kartoffeln goss. Bronstein erkannte, dass es sich um Speiseöl handelte. Körner stellte den Teller auf das leere Bügelbrett und drückte Bronstein und Podlaha je eine Gabel in die Hand. „Mahlzeit, die Herren. Lassen Sie es sich schmecken.“

Bronstein wehrte ab. „Aber Herr Bürgermeister, das ist doch Ihr Essen. Da kann ich doch nicht …“

„Ach was, papperlapapp. Wo's für einen reicht, reicht's auch für drei. Sozialismus, lieber Freund, heißt zuallererst einmal Solidarität.“

„Na ja, aber wenn Sie das alleine essen, dann sind wenigstens Sie satt. So sind wir alle drei hungrig“, entfuhr es Bronstein.

„Hungrig vielleicht. Aber nicht verhungert. Und das ist doch schon was! Also, wohl bekomm's!“

Bronstein sah, dass jeder weitere Widerstand zwecklos war, und so gönnte er sich eine Kartoffel, die ihm in diesem Augenblick besser mundete als jeder böhmische Rindsbraten südlich der Thaya.

„Kennen S' den Pamer?“, fragte Körner schließlich, nachdem auch die letzte Kartoffel verspeist war. Bronstein reagierte überrascht. „Pamer? … Doch nicht der Ignaz Pamer, der seinerzeit Zentralinspektor bei der Sicherheitswache war? Der muss doch mindestens 80 sein."

„78, um genau zu sein", präzisierte Körner. „Ja, genau der. Den haben wir zum Polizeipräsidenten ernannt. Weil er schon seit dem 23er Jahr in Pension war, ist er über jeden Zweifel erhaben und genau deshalb der richtige Mann zur richtigen Zeit am richtigen Ort." Der Bürgermeister lächelte. „Ich geb Ihnen ein Schreiben mit für ihn. Der soll Ihnen einen Posten geben, der Ihren Fähigkeiten entspricht." Körner nahm Haltung an und reichte Bronstein die Hand: „Vergessen Sie nicht: Wien braucht Sie." Noch ehe Bronstein etwas erwidern konnte, hatte sich der General an seinen Schreibtisch gesetzt und verfasste das versprochene Schreiben.

Podlahas Gesicht umspielte ein holdseliges Lächeln. „Sie sehen, Herr Bronstein, wir packen es an. Sie werden erstaunt sein, wie schnell wir Wien wieder nach oben bringen werden. Übers Jahr sind wir wieder dort, wo wir 1934 aufhören mussten."

Irgendwie vermochte Bronstein den Enthusiasmus Podlahas nicht zu teilen. Wie sollte auch der Enthusiasmus für einen Neubeginn angesichts all der Zerstörung entstehen? 1918 hatte man zwar auch einen Krieg verloren, doch damals war die Stadt wenigstens intakt geblieben. Sicher, es hatte unendlicher Hunger geherrscht, doch wenigstens hatten die Leute ein Dach über dem Kopf gehabt, und Fenster, um die Kälte abzuhalten. Jetzt war da nichts mehr. Die Stadt blutete aus tausend Wunden, und die Wiener waren buchstäblich in die Steinzeit zurückkatapultiert worden. „Na, ein bisserl länger wird's schon dauern", schränkte er daher ein.

„Ach was, mit uns zieht die neue Zeit. Diesmal wirklich." Podlahas Optimismus war unerschütterlich.

In der Zwischenzeit hatte Körner seinen Brief beendet, steckte ihn in ein Kuvert und reichte dieses Bronstein. „Ich wünsch Ihnen alles Glück. Und wenn S' was brauchen, wissen S' ja, wo Sie mich finden. Kommen S' einfach. Jederzeit. Die Aufgaben, die vor uns liegen, sind gewaltig. Die schaffen wir nur, wenn wir zusammenhalten und uns gegenseitig aufeinander verlassen können. In diesem Sinn, lieber Kollege: Freundschaft."

Beinahe war es Bronstein, als wäre er durch diese Begegnung um sieben Jahre jünger geworden. Mit überraschender Leichtigkeit eilte er die Stufen abwärts und verließ das Rathaus in östlicher Richtung. Bald stand er wieder am Ring und atmete tief ein. Vielleicht war ja alles doch nicht so schlimm. Er zog seinen Mantel zusammen und wandte sich nach links.

Mangels Alternative machte er sich zu Fuß auf den Weg zum Polizeipräsidium. Doch der Weg über den Ring nahm ihm seinen eben erst erstandenen Enthusiasmus. Er fühlte sich mit jedem Schritt älter. Er war 61, doch seiner Überzeugung nach langten seine Erfahrungen für mehr als 100 Jahre. Und obwohl die Sonne mild durch die Wolken stach, fröstelte ihn. Irgendwie fiel ihm Goethe ein, und er hielt inne. „Alles, was entsteht, ist wert, dass es zugrunde geht", murmelte er und schickte sich an, seinen Gang fortzusetzen, als er versehentlich einen weiteren Passanten, den er ob seiner Honneurs in Richtung des Weimarers nicht gesehen hatte, anrempelte.

„Öha!", rief dieser.

„Ma, Entschuldigung der Herr, ich hab Sie jetzt gar nicht gesehen", entkam es Bronstein.

„Na, is ja nix passiert", kalmierte der andere, „und das will in Zeiten wie diesen schon was heißen."

„Na ja, das Schlimmste haben wir ja zum Glück hinter uns“, übte sich Bronstein in Optimismus.

„Meinen S’? I glaub des ned!“

„Ah nicht?“

„Aber woher denn! Schau’n S’ Ihnen des doch nur alles einmal an. Überall nur Tod und Verwesung. Das is ja ärger als seinerzeit unter der Pest.“

Bronstein legte einen fragenden Ausdruck auf sein Gesicht.

„Na schau’n S’! Da, gleich hinten im Volksgarten, da liegt a ganze Batterie hinicher Gigerer. Der anzige, den des g’freit, is der Schlapota in der Liechensteinstraßen.“

„Der Rossfleischhauer?“

„Ebenjener!“

„Ah, den gibt’s noch?“

„Den wird’s immer geben, der Herr. Wenn der Schlapota amoi nimma is, dann is’s ganz aus mit der Weanastadt.“ Unwillkürlich musste Bronstein schmunzeln. Tatsächlich war Schlapota seit einem halben Jahrhundert so etwas wie eine Institution und sein Pferdeleberkäse weit und breit unübertroffen. Doch von den Tierkadavern im Volksgarten würde er kaum kosten wollen, auch wenn ihn immer noch der Hunger plagte.

„Lachen S’ ned, der Herr, des is ned lustig. Wir schau’n direkt in den Abgrund. Direkt und ung’spitzt.“

„Aber lieber Herr, wenigstens ist der Krieg aus. Und mit der Tyrannei hat’s auch ein End’.“

„Aber was! Mit der wird’s nie ein End’ haben.“

Bronstein hob die Augenbrauen. Ein merkwürdiger Zeitgenosse war ihm da über den Weg gelaufen. Ein Nazi konnte es nicht sein, sonst hätte er trotz allem dem Wort Tyrannei widersprochen. Aber um einen Demokraten schien es sich auch nicht gerade zu handeln. „Sie werden doch zugeben“, fuhr Bronstein vorsichtig fort, „dass jetzt endlich wieder der Wind der Freiheit weht. Für einen Satz wie jenen, den Sie da eben ausgesprochen haben, wären S’ vor ein paar Wochen noch erschossen worden.“

„Na, a scho wos! Daun hätt i des wenigstens alles hinter mir. Allerweil, i warat tot!“

„Aber ich bitte Sie, so etwas dürfen S’ nicht einmal denken. Ab jetzt geht’s doch wieder aufwärts!“

„Ja, ja, des haben s’ 1918 a g’sagt. Und was is passiert? Nix. Z’erst hat die Inflation alles aufg’fressen, dann der Bankenkrach und am End die Wirtschaftskrise. Hackenstad war i, und nix zum Beißen hab i g’habt. Na, dann is der Hitler kommen, und wieder hat’s g’heißen, jetzt geht’s aufwärts! Und was is g’scheh’n? Der Krieg is kommen. I hab meine beiden Buam irgendwo in Russland verloren, und am End hat mir der Ami a no mei Weiberl g’nommen. Mit so aner Fliegerbomben, so aner depperten. Jetzt bin i 57 und gaunz allan. Und hob ned amoi a Wohnung, weil da jetzt nur noch ein Haufen Trümmer herumliegt. Also erzählen S’ mir nix von aufwärts gehen.“

Bronsteins mit Mühe aufrechterhaltener Optimismus brach jetzt endgültig in sich zusammen. „Es tut mir leid, das zu hören“, flüsterte er.

„So oder so, wir san im Oasch daham!“, fuhr der andere fort.

„Wie meinen?“

„Na, können S’ mir irgendeine Zeit sagen, in der wir klanen Leit’ ned im Oasch g’wesen waratn? Da überlebst mit Ach und Krach den Krieg, und was passiert? Nix! Alles is hin, und statt die Nazis rennen jetzt die Russen da umadum. Bei denen musst genauso die Goschn haltn wie vorher bei die Marmeladinger. Geh bitte, des is doch ollas a schlechter Witz. Du plagst di wie nur was, und du kommst dei ganzes Leben auf kan grünen Zweig. Immer, waunst da denkst, jetzt host es endlich g'schafft, kummt wieda aner und haut da ollas zamm! Na, na, da anzige grüne Zweig, auf denst kummst, ist der, der amoi auf dei'm Grob liegt. So schaut's aus."

Dabei schnaufte er in einer Weise, die irgendwo zwischen Verachtung und Resignation lag.

Sie hatten in der Zwischenzeit die Ecke zur Schottengasse erreicht, und Bronstein trachtete danach, dem Ungeist, den dieser Mann ausstrahlte, zu entkommen. „Ich kann Ihnen nur wünschen, dass es doch wieder aufwärts für Sie geht. Sie wissen ja, wir sind in Wien, da geht's immer irgendwie weiter. Viel Glück also!"

Er wusste selbst nicht, warum er versucht hatte, den Mann zu trösten. Eigentlich brauchte er selbst Trost. Doch wahrscheinlich schlug hier die Erziehung durch seine Eltern durch. Sei immer höflich und versuche, nie jemanden zu verletzen, hatten sie ihm immer wieder erklärt. Er vermochte nicht zu sagen, warum er sich immer noch daran zu halten trachtete, nach all den Verletzungen, die ihm widerfahren waren, doch er sagte sich, dieser Mann hatte ihm nichts getan, also gab es auch keinen Grund, ihm gegenüber grob zu sein.

Wenige Minuten später stand er am Deutschmeisterplatz, wo provisorisch die Abteilungen der Wiener Polizei untergebracht waren, wie er im Rathaus erfahren hatte. Wehmütig blickte er auf die traurigen Reste der alten Polizeidirektion am Schottenring, die, einst ein stolzes Hotel, das aus Anlass der Weltausstellung errichtet worden war, sieben Jahrzehnte lang Hauptquartier der Wiener Polizei gewesen war, ehe amerikanische Bomben daraus ein Trümmerfeld gemacht hatten. Er seufzte laut und betrat dann das angewiesene Gebäude durch die Wachstube.

„Guten Tag. Ich habe ein Empfehlungsschreiben vom Herrn Bürgermeister an den Herrn Polizeipräsidenten. Ich soll mich bei ihm melden“, begann er.

„Ujegerl, da sind S' aber bei uns ganz falsch“, replizierte der Uniformierte hinter der Schranke. „Wir sind da nur ein ganz einfaches Kommissariat, ned wahr. Das Präsidium, das ist am Parkring untergebracht. Im Erzherzog Wilhelm.“

Bronstein erstarrte. „Das ist jetzt aber nicht wahr …“

„Ich fürchte doch“, beschied ihm der Wachtmeister. „Ich weiß, das ist jetzt eine halbe Weltreise, so ganz ohne öffentlichen Verkehr. Vor allem, von da aus ist es eigentlich fast wurscht, in welche Richtung Sie gehen – es ist auf beide Varianten fast gleich lang. Aber wenn ich Sie wäre, ich tät trotzdem über den Kai gehen, ich glaub, da geht's ein kleines bisserl g'schwinder.“

Bronstein unterdrückte einen Fluch, nickte knapp und empfahl sich. Mit schweren Schritten ging er Richtung Kanal, ehe er nach rechts abbog. Auch hier Ruinen, wohin auch immer das Auge blickte. Das altehrwürdige Hotel „Metropol“, einst der Treffpunkt der Reichen und Schönen, lag in Trümmern, selbst die Treppe, die zur Ruprechtskirche führte, war nicht mehr da. Und die Brücken über den Donaukanal sahen nicht danach aus, als könnte man sie gefahrlos benützen. In der Ferne tauchte die Urania auf, der die charakteristische Kuppel fehlte, und bald danach konnte sich Bronstein davon überzeugen, dass der Krieg auch dem nach ihm benannten Ministerium schwere Wunden geschlagen hatte. Ein Wunder, dass das Palais Erzherzog Wilhelm, das einst Theophil Hansen erbaut hatte, unversehrt geblieben war. Bronstein suchte irgendeine offizielle Kennzeichnung, vermochte jedoch keine zu finden. Er wandte sich an einen Passanten. „Wo find ich denn da die Polizeidirektion?"

„Gleich da im ersten Stock. Nicht zum Verfehlen, die haben einfach die Büros der SS-Zentrale übernommen – samt dem Mobiliar. Nur des Bildl haben s', glaub ich, austauscht. Wenn überhaupt." Dabei grinste der Mann schmal, ehe er sich wieder seinen Geschäften zuwandte. Bronstein wurde mulmig.

Er stieg die breite Treppe hinauf und öffnete eine schwere Eichentür, an der sich ein Pappschild befand, das auf die entsprechende Dienststelle verwies. Er schloss für einen Moment die Augen, aus Angst, er würde wirklich in ein Hitler-Porträt schauen müssen, doch als er dann doch einen Blick riskierte, sah er nur einen hellen Fleck an der Wand, den ein grauer Strich umgab. Er versuchte, diesen Eindruck zu ignorieren, und wandte sich an das blonde Fräulein, das unter dem leeren Viereck eifrig Typen einer Schreibmaschine malträtierte. „Entschuldigung, ich soll mich beim Herrn Präsidenten melden", begann er vorsichtig.

„Ujegerl. Da kommen S' aber zur Unzeit, der Herr. Der Herr Präsident hält gerade sein Mittagsschlaferl."

Bronstein blickte auf die Uhr. Es war drei Uhr nachmittags. „Aha, und wann kommt er wieder?"

„Heute gar nicht mehr. Das Mittagsschlaferl ist gleichzeitig Dienstschluss für den Herrn Präsidenten", merkte die Sekretärin an, „er ist halt immer so müde, müssen Sie wissen. Kein Wunder, er ist ja auch schon fast achtzig, gell. Und in solchen

Zeiten, das geht einem schon aufs Gemüt, ned wahr. Aber dafür ist er am Morgen immer schon um 7 Uhr da. Da erreichen S' ihn auch am besten, weil da ist noch verhältnismäßig wenig Betrieb. Wollen S' einen Termin haben?"

„Wenn das etwas nützt?"

„Aber sicher nützt das was. Wen darf ich notieren?"

„Oberst David Bronstein", erklärte er.

Die Sekretärin hielt inne und blickte ihn mit starrem Blick an. „Sagen S' bloß …", entfuhr es ihr.

„Wie meinen?"

„Sie sind der Bronstein? Der leibhaftige?"

„Nein, der Leibhaftige bin ich nicht", erwiderte Bronstein leichthin, „das ist der Beelzebub, soweit ich weiß, und der hat sich vor einem Monat von dieser Welt verabschiedet. Ich bin der David Bronstein, einstmals Oberst der Mordkommission."

„Ja, ja", stammelte die Frau, „das mein' ich ja. Jössas, der Oberst Bronstein. Das wird mir der Onkel nie glauben."

Anscheinend kannte ihn die Frau tatsächlich aus Erzählungen.

„Gestatten, dass ich mich vorstelle, Pauline Pokorny. Mein Onkel war …"

Jetzt war es an Bronstein, „Jössas!" zu rufen. „Das ist jetzt aber nicht wahr, oder?"

„Doch, doch. Durch ihn habe ich ja den Posten da bekommen. Er war so lieb und hat sich für mich verwendet. Er kennt ja den Herrn Präsidenten von früher, nicht wahr, und da hat er bei ihm interveniert."

Bronstein achtete auf die Wortwahl der jungen Dame, und sein Gesichtsausdruck erhellte sich. „Das heißt, der Herr Onkel lebt noch?"

„Aber sicher! Der vergeht ned. Demnächst wird er 85, müssen S' Ihnen vorstellen. Dabei sagt er seit sieben Jahren jeden Tag, dass er den nächsten Morgen nimma erleben wird."

Die Frau lächelte. Und Bronstein mit ihr. „Ja, das klingt ganz nach dem alten Pokorny!"

Ganz plötzlich ergriff Pauline Bronsteins Hand. „Sie müssen ihn unbedingt besuchen! Das wird ihn so freuen, das kann ich Ihnen gar nicht sagen. Er redet immer so voller Hochachtung von Ihnen, und wenn er jetzt erfährt, dass Sie wieder da sind, da lebt er schon aus lauter Freud noch einmal zehn Jahre länger."

„Wo wohnt er denn?"

„Bei der Mama, im Reumannhof. Der ist in …"

„Margareten. Am Gürtel. Ich weiß. Ich kenn mich dort ganz gut aus", winkte Bronstein ab.

„Na, dann werd ich schau'n, dass ich dort am Wochenende irgendwie hinkomme."

„Jö, das wär so nett von Ihnen. Und seien S' bitte ein bisserl nachsichtig mit ihm. Er redet gar ein bisserl viel in letzter Zeit."

„Im Gegensatz zu früher", bemerkte Bronstein nicht ohne Ironie.

Die Frau überging die Spitze. „Meistens so Fälle von früher. Von irgendeinem Berghammer und einem …"

„Kletzmayr?"

„Woher wissen S' denn das?"

„Ach, nur so ein Schuss ins Blaue."

Erneut empfahl sich Bronstein ergebnislos und schickte sich an, nun den Ring zur Gänze zu umrunden, um auf diese Weise zur Mölker Bastei zu kommen. Irgendwann hatte er gelesen, dass die Ringstraße insgesamt keine fünf Kilometer lang war, doch ihm kam diese Distanz wie eine Unendlichkeit vor, und er fühlte sich wie Pheidippides kurz vor dem Areopag. Immer wieder musste er kurz innehalten, und mehrmals meinte er, vor Erschöpfung einfach zusammenzubrechen. Endlich erreichte er wieder das Burgtheater und hielt halbrechts auf sein Ziel zu.

Die letzten Meter ging es auch noch steil bergauf, und Bronstein schnaufte wie eine entgleisende Dampflok, als er endlich vor dem ersten Haus auf der Bastei stand. Sobald er einigermaßen wieder zu Atem gekommen war, rief er laut „Hallo? Ich bräuchte den oder die Hausmeisterin da." Die grammatikalische Unschärfe verzieh er sich angesichts der Umstände großzügig.

Tatsächlich ging ebenerdig ein Fenster auf. „Was wollen S' denn?"

Bronstein zeigte seinen Zuweisungsschein vor.

„Vom Herrn Bürgermeister persönlich", konstatierte die Frau, „na, dann warten S' ein Momenterl."

Das besagte Momenterl später stand die Frau direkt vor Bronstein und hielt eine nicht geringe Zahl an Schlüsseln in ihrer Hand. „Derzeit kann ich Ihnen drei verschiedene Objekte anbieten. Wollen S' es vorher sehen?"

„Wenn sich das einrichten ließe."

„Einrichten müssen Sie's schon selber. Ich kann Ihnen nur die Objekte zeigen. Wenn S' das wollen."

Im zweiten Versuch beschränkte sich Bronstein auf ein schlichtes „Ja".

Die Dame verdrehte die Augen, blieb aber dann doch sachlich. „Na gut, dann gemma's an. Im Pasqualatihaus hätt ich was. Hausnummer 8."

Bronstein merkte auf. „Wo der Beethoven …?“

Die Frau drehte sich um. „Der Hoven? Der junge Hupfer? Woher denn!“

„Wie belieben?“

„Na Sie haben doch was vom Hoven g’sagt. Der Schauspieler, ned? Rühmann. Quax in Fahrt. Lustiger Film. Aber der wohnt doch ned da …“ Bronstein biss sich auf die Zunge.

Sie erreichten das betreffende Haus, gingen durch den schmalen Einlass und wandten sich sofort nach rechts. „Doda warat’s“, erklärte die Frau. Bronstein war nicht entgangen, dass die Fenster vergittert waren. Dafür aber waren die Scheiben ganz, was nach seiner bisherigen Erfahrung ein nicht gering zu veranschlagender Vorteil war.

Als die Wohnungstür geöffnet war, blickte Bronstein auf zwei gleich große Räume, die wohl als Lager oder Büro gedient hatten. Beide schienen etwa fünfzehn Quadratmeter groß zu sein und wiesen nur das eine Fenster als Lichtquelle auf. In beiden Räumen befanden sich mehrere Feldbetten, dazu ein metallener Spind. Verbindungstür gab es keine. Auch fand Bronstein weder eine Wasch- noch eine Kochgelegenheit vor. Auch sonstige Einrichtungsgegenstände waren keine zu entdecken.

„Klo is dort drüben“, deutete die Frau vage Richtung Innenhof. „Und zum Waschen müssen S’ halt ins Tröpferlbad. Aber dafür hab’n S’ a nobliche Adress.“

Bronstein war zu müde, um noch groß zu verhandeln. „Gut, ich nehme es“, sagte er gottergeben.

„Welches?“

„Was welches?“

„Na, das vordere oder das hintere?“

„Ah, das gehört nicht zusammen?“

„Wo denken S' denn hin. Das sind zwei von die drei Objekte. Das dritte warat dann im Ephrussi die seinerzeitige Portierloge."

Bronstein versuchte festzustellen, ob die Frau ihn eben auf den Arm nahm. Doch ihr Gesichtsausdruck verriet ihm, dass sie es ernst meinte. „Na ja, wenn das so ist, dann das hintere", statuierte er resigniert.

„Gute Entscheidung, da sind S' nur zu dritt. Vorn waratn's mit Ihnen viere."

Bronstein glaubte seinen Ohren nicht zu trauen. „Zu dritt?"

„Na, was glauben S', warum da so viel Betten stehen? Weil's so lustig is, oder was?"

Instinktiv musste Bronstein sich anhalten. Er war einer Ohnmacht nahe. Da konnte er sich ja gleich im Einserlandl einkasteln lassen. Dort gab es wenigstens drei Mahlzeiten täglich.

„Na gut, geben S' her den Schlüssel."

„Schlüssel gibt's keinen. Den hab nur ich. Sonst kommt da nur ein Pallawatsch raus." Bronstein wandte sich ab, um die aufsteigenden Tränen zu verbergen, und schlurfte in quälender Langsamkeit in das hintere Zimmer. Ohne die Frau weiter zu beachten, ließ er sich auf ein Bett fallen und schloss die Augen. Bald enthob ihn gnädiger Schlaf jeder weiteren Betrachtung über seine triste Lage.

Er vermochte nicht zu sagen, wie lange er geschlafen hatte, als ihn polternde Geräusche weckten. Es fiel ihm nicht leicht, sich in der Dunkelheit zu orientieren, doch nach einer kleinen Weile erkannte er zwei hagere Männer, die sich anschickten, die beiden anderen Betten zu besteigen. Sollte er sich zu erkennen geben? Dazu war am kommenden Morgen auch noch Zeit, befand er und stellte sich schlafend.

„Schau, da liegt no ana", ließ sich der eine vernehmen.

„Mecht gar ned wissen, was des für ana is", kam es vom anderen.

„A so a oame Sau wia mia."

„Mir is des wurscht. Mir is überhaupt ollas wurscht. Und waun i morgen ned aufsteh, daun bin i hin."

„Ja, hättst gern."

„Du mi aa."

Bald überzeugte Bronstein lautes Schnarchen davon, dass seine Mitbewohner eingeschlafen waren. Er erwog ernsthaft, am kommenden Tag in die Walfischgasse zurückzukehren. Besser mit seiner alten Wohnung einzustürzen, als hier unter solchen Bedingungen zu hausen. Er kratzte sich an der Schulter, dann am Kopf. Ihm kam ein schrecklicher Verdacht. Wie von der Tarantel gestochen sprang er auf. Mit zittrigen Fingern zündete er die Kerze an, die im Fenster gestanden war, und hielt sie an den Bettrand.

„Wanzen. Auch das noch!", stöhnte er.

In unendlicher Langsamkeit griff er nach seinem Mantel, breitete ihn am Fußboden aus und ging umständlich in die Knie. Unter Ächzen und Seufzen kam er schließlich auf den harten Steinfliesen zu liegen. Da schlaf ich sicher nie ein, sagte er sich noch, ehe das Zimmer einen dritten Schnarcher aufwies.

Wien
Donnerstag, 31. Mai 1945

Als Bronstein erwachte, fühlte er nichts als bleierne Müdigkeit. Er kratzte sich am Kopf und wollte sich aufrichten. Eine

Schmerzwelle durchzuckte jede einzelne Faser seines Körpers, sodass er den Versuch sofort abbrach. Vorsichtig sah er sich um. Kein Wunder, er lag auf dem Boden. Und das in seinem Alter. Die Kälte des Steins hatte seinen ganzen Leib durchdrungen, sodass seine Muskulatur möglicherweise noch härter war als die Unterlage, auf welcher er lag. Sein Blick fiel auf die beiden Betten nahe der Tür. Diese waren leer. Die Schnarcher waren also offenbar schon aufgebrochen. Unter Aufbietung all seiner Kräfte drehte er sich auf die Seite und bemühte sich dann darum, wenigstens den Oberkörper aufzurichten. Nach einer guten Weile, die er mit merkwürdig komischen Bewegungen ausgefüllt hatte, konnte er sich wenigstens in eine sitzende Position bringen. Doch das größte Stück Arbeit, das wusste er, lag noch vor ihm.

Er robbte auf seinem Allerwertesten Richtung Bett. Endlich dort angekommen, hielt er sich an dessen Gestänge fest, um sich daran irgendwie hochzuziehen. Er nahm so viel Schwung, wie es sein völlig verspannter Körper zuließ, und wuchtete sich hoch. Das Bettgestell begann bedenklich zu wackeln, sein vorderer Teil ging in die Höhe, und für einen Augenblick fürchtete Bronstein, es würde einen Salto schlagen und ihn sodann unter sich begraben. Eilig bewegte er sein rechtes Bein nach hinten, sodass es zwischen seinem Hintern und dem Boden Halt finden konnte. Er belastete den Fuß und streckte sich dann so gut es ging durch. Dadurch kam er irgendwie in die Hocke, in der er verharrte, bis das Bett wieder normal auf den Steinfliesen stand und zur Ruhe kam. Dann konzentrierte er sich noch einmal, wie ein Gewichtheber beim Stoßen, und stemmte schließlich sein ganzes Gewicht in die Höhe. Für einen Augenblick wankte er ein wenig, dann konnte er endlich befriedigt feststellen, dass er sich wieder in der gewünschten aufrechten Position befand.

„Na, na“, sagte er zu sich selbst, „so wird das nichts. Das muss sich ändern, und zwar schnell. Noch eine Nacht halte ich es hier nicht aus.“

Er wartete, bis er wieder normal atmete, dann verließ er das Zimmer und wandte sich im Flur nach links, um aus dem Haus zu gehen. Unwillkürlich seufzte er. Schon wieder drei Kilometer den Ring entlang. Auf diese Weise wurde er auf seine alten Tage noch zur Sportskanone. Er passierte das Burgtheater, den Volksgarten und schließlich die Staatsoper, dann kam er zum Schwarzenbergplatz, den er überquerte, um endlich, nach einer knappen Stunde, vor dem Präsidium zu stehen. Instinktiv blickte er auf die Uhr. Es war wenige Minuten nach 8 Uhr morgens. Innig hoffte er, dass die kleine Pokorny ihm die Verspätung nachsehen würde. Er nahm seinen Mut zusammen und trat ein.

„Ah, der Herr Bronstein. Sehr schön! Der Herr Präsident wartet eh schon auf Sie“, flötete sie fröhlich, „gehen S’ nur weiter.“ Und Bronstein tat wie ihm geheißen.

Er klopfte kurz und öffnete dann sorgsam die Tür. Am gegenüberliegenden Ende des Zimmers befand sich ein wuchtiger Schreibtisch, hinter dem Ignaz Pamer, nun, nicht thronte, aber immerhin den Schlaf des Gerechten schlief. Bronstein ballte noch einmal seine Hand zur Faust und hämmerte in voller Lautstärke auf die Tür. Tatsächlich schreckte der alte Mann hoch und sagte unwillkürlich „Herein“, ehe er erkannte, dass Bronstein ohnehin bereits im Raum war. „Ah, bist eh schon da. Ich war grad … in Gedanken versunken, ned wahr?! Aber nimm doch …“

„Platz?“

„Genau. Platz nehmen. Bitte." Dabei machte Pamer eine ausladende Geste mit der Rechten. Bronstein griff sich einen der beiden Stühle vor dem Schreibtisch, zog ihn zu sich und setzte sich.

„Schön, dass d' wieder da bist", ließ sich Pamer vernehmen, während Bronstein fieberhaft überlegte, ob sie sich irgendwie von früher her kannten. Dass er ihn duzte, war dafür kein Indiz, denn in der Polizei sagten sich eigentlich alle „Du", das gehörte zum Korpsgeist. Zwar war Pamer zwei Jahre lang sein oberster Vorgesetzter gewesen, ehe er 1913 zu Nechybas Abteilung gekommen war, doch bezweifelte er, dass der Präsident je einen Überblick über alle 4.000 Mann gehabt hatte, die formal unter seinem Kommando gestanden waren.

„Ich kann mich noch gut erinnern", fuhr Pamer fort, „wie der Nechyba damals um dich eingekommen ist. Und der ... Ritter ..., ja genau, der Ritter war das ..., der hat auch für dich interveniert. Lustige G'schicht' damals. Du hast dich dann ja gleich wichtig g'macht mit der Redl-Sache, ned wahr?! Ich mein', da hast dich schon ziemlich lausbubenhaft verhalten damals, da hätt ma dich ja eigentlich gleich wieder versetzen müssen. Aber der Besanez hat damals seine schützende Hand über dich g'halten."

Bronstein war nun gleich in mehrfacher Hinsicht sprachlos. Erstens, dass sich Pamer überhaupt an ihn erinnerte, zweitens, dass er sich so genau an seine Anfänge erinnerte, und drittens, dass der seinerzeitige Polizeipräsident ihm gewogen gewesen war. Pamer lächelte altersmilde. „Ich mein', jeder hat damals g'wusst, dass du dem Kisch die G'schicht g'steckt hast. Aber meiner Seel', irgendwann wär's ja sowieso aufg'flogen, und mit dem Umweg über Prag war's vielleicht eh am elegantesten."

Bronstein schwieg betreten, während Pamer anscheinend ins Sinnieren kam. „Ja, ja, auf Dauer kannst nix verheimlichen. Das hat grad der Besanez g'wusst. Der is ja mit der Vetsera-G'schicht damals auch nicht durchkommen, ned?! Vielleicht hat er dich deswegen so mögen, der Ferdinand."

„Die Vetsera-G'schicht?"

„Sag bloß, das weißt du gar ned. Der Besanez hat doch damals im Auftrag vom Kaiser persönlich die Leich von dem Mädel heimlich aus Mayerling wegbracht, damit der Skandal ned gar so groß is. Und was hat's g'nutzt? Nix. A jeder hat's g'wusst. Aber wirklich a jeder. ... Na ja, außer dir anscheinend."

„Ich war damals sechs Jahre alt", replizierte Bronstein lakonisch.

„Der Besanez ...", Pamers Blick ging ins Unbestimmte, während er seine Hände unter dem Kinn faltete, „das hätt er sich sicher auch nicht denkt, dass ich einmal sein Nachfolger als Präsident werd. ... Apropos Präsident", wurde Pamer förmlich, „was kann ich für dich tun?"

„Na ja, Herr Präsident. Ich bin wieder da und würde gerne etwas arbeiten", begann Bronstein unbestimmt.

„Bei uns?" Pamers Erstaunen war unverkennbar.

„Ja, sicher. Immerhin war ich einunddreißig Jahre lang im Polizeidienst, bevor ... na ja, bevor das alles passiert ist."

Pamer bewegte seinen Oberkörper nach vorn und beugte sich über den Schreibtisch. „Na eben, einunddreißig Jahre. Das ist eine lange Zeit. Da hast du dir den Ruhestand doch redlich verdient. Über sechzig bist auch schon, wie ich mir grad ausg'rechnet hab, also was willst denn um Himmels willen dann noch arbeiten?"

Bronstein fand Pamers Argumentation einigermaßen befremdlich, wenn man bedachte, dass der Präsident siebzehn Jahre älter war. Aber das war vielleicht ein Umstand, auf den dieser nicht unbedingt hingewiesen werden wollte. „Der Herr Bürgermeister hat gemeint, die Polizei braucht derzeit jeden Mann", sagte er daher vorsichtig.

„Na ja, das vielleicht schon. Aber glaubst nicht auch, dass du für so etwas schon zu alt bist? Ich mein', das Fangerl-Spielen ist doch eher was für junge Hüpfer, meinst nicht auch?"

„Aber mit meiner Erfahrung, da könnte ich doch …"

„… in der Akademie aushelfen. Ja, das wär eine Möglichkeit. So stundenweise ein paar Vorträge halten. Das wär vielleicht gar keine schlechte Idee", vollendete Pamer Bronsteins Satz auf eine Weise, die dieser keineswegs intendiert hatte.

„Nein, alles, bloß das nicht. Ich bin ein Kieberer, kein Lehrer", erklärte Bronstein bestimmt. „Ich will nichts anderes, als dort weiterzumachen, wo ich vor sieben Jahren unfreiwilligerweise aufhören musste." Er war selbst erstaunt, wie nachdrücklich diese Worte aus seinem Mund gekommen waren. Pamer hielt inne und riskierte eine skeptische Augenbraue.

„Also bitte schön, die Hälfte der Exekutive ist doch ohnehin weg. Der eine Polizeipräsident sitzt in Nürnberg, der andere in Stuttgart", verwies Bronstein auf Pamers unmittelbare Vorgänger Kaltenbrunner und Gotzmann, die beide als Nazis verhaftet worden waren, „also müsste es doch an allen Ecken und Enden an Personal mangeln."

„Ja eh, irgendwie. Aber weißt …, ich mein' … grad du … also ehrlich, ich weiß nicht, ob man das den Leuten … schon zumuten … also … na, du weißt schon, wie ich's mein' …"

Pamer verdrehte die Augen und machte eine hilflose Geste mit den Händen. „Ich mein', das bin jetzt ja nicht ich, weißt eh, … von mir aus … jederzeit, gell. … Ich mein' …, ich hab nie etwas g'habt … gegen … also gegen deine Leute, gell … aber die öffentliche Meinung … du, das ist heikel, da müssen wir schon … Rücksicht, weißt, das ist jetzt ganz wichtig … ich mein' …, wir müssen die Leut ja erst … also, erziehen, mein' ich … weißt …" Pamer sah Bronstein hilfesuchend an.

Der aber spürte, wie eine unglaubliche Wut in ihm hochstieg. „Ja, ich weiß schon", entgegnete er bitter, „einmal Jud, immer Jud!"

Seine Finger krallten sich in die Armlehnen des Sessels, und mit einem Ruck erhob er sich. „Ich danke für dieses Gespräch, es war sehr … lehrreich."

„Nein, nein, so darfst das jetzt aber nicht sehen. … Ich mein', das geht doch ganz und gar nicht gegen dich. Das darfst keinesfalls persönlich sehen. … Oder höchstens so, dass das ja zu deinem eigenen Schutz ist …"

Bronstein ertappte sich dabei, wie er die Beherrschung verlor. Er war vollkommen überrascht davon, sich dabei zu beobachten, wie er mit der Faust auf den Tisch des Präsidenten schlug. „Im 38er Jahr haben mich die Nazi aus meinem Amt vertrieben, weil ich in ihren Augen ein Jud war. Ich habe nur durch reines Glück überlebt. Ich hätte allen Grund, diesem Land zu grollen. Und trotzdem stell ich mich da her und bin bereit, diesem Land wieder zu dienen. Und dann sagst grad du mir, dass das ned geht, weil ich … ein Jude bin? Ja, sag einmal, Herr Präsident, geht's noch?"

Bronstein war über seine Brandrede wohl mehr überrascht als Pamer, der vielmehr peinlich verlegen nach einem Ausweg suchte. „Du hast das jetzt, bitte schön, völlig in die falsche Kehle … ich mein', so war das jetzt ja überhaupt nicht g'meint … ich mein' ja nur, … vielleicht solltest … ich mein', zumindest nicht gleich am Anfang … weißt?"

„Gar nix weiß ich. Ich weiß nur, dass ich sieben Jahre lang täglich Angst um mein Leben haben musste, während hier in Wien wahrscheinlich jeder zweite ‚Sieg Heil' g'schrien hat. Ich weiß nur, dass alle ehrlichen und aufrichtigen Österreicher jetzt in Amerika, Palästina oder unter der Erde sind. Und da willst du mir was von heikel erzählen? … Wo warst du eigentlich am 15. März? … Am Heldenplatz?"

Bronsteins Ton hatte eine Lautstärke angenommen, welche die Pokorny veranlasste, besorgt die Verbindungstür zu öffnen und zu fragen, ob alles in Ordnung sei. Pamer schickte sie mit einer flüchtigen Handbewegung und einer sichtlich angewiderten Miene weg, ehe er sich wieder Bronstein zuwandte. „Das war jetzt aber echt nicht passend", sagte er dann.

„Kann sein", konzedierte Bronstein, „aber der Sermon davor auch nicht."

„Ich seh schon", lenkte Pamer ein, während er alibihalber in den Papieren vor sich blätterte, „so kommen wir nicht weiter. Aber eine Lösung müssen wir finden, das steht nun einmal fest."

Er pfiff leise vor sich hin und klopfte dabei mit den Fingern der rechten Hand auf die Tischplatte. „Wie machen wir das?", sagte er mehr zu sich selbst als zu Bronstein, der ihn aufmerksam beobachtete. Plötzlich erhellte sich seine Miene. „Der Dürmayer!"

„Wie meinen?"

„Der Dürmayer! Heinrich Dürmayer. Der baut grad die Staatspolizei auf. Ist direkt vom Innenminister eing'setzt worden. Der soll die Nazis jagen und ausheben. Das wär doch grad das Richtige für dich. Was meinst?"

Unwillkürlich musste Bronstein lächeln. „Ich als Stapo-Mann, der Jagd auf Gestapo-Männer macht?" Der Gedanke belustigte ihn wider Willen.

„Red einmal mit ihm. Ich bin sicher, ihr passt gut z'sammen. Der hat Ähnliches hinter sich wie du, der war im KZ."

Pamers Taktgefühl schien kaum noch überbietbar. Bronstein kaute an seiner Unterlippe, dann fragte er so beherrscht wie möglich. „Und wo find ich den? Diesen Dürmayer?"

„Um die Zeit wahrscheinlich in der Zentrale der KPÖ", antwortete Pamer leichthin.

„Der Dürmayer ist ein Kommunist?"

„Na was denkst du denn? Sonst wär der ja ned g'sessen … also, na ja, du weißt schon, wie ich's …"

„… meine", beendete diesmal Bronstein den Satz. „Ja, ja, ich kenn mich aus. Schönen Tag noch."

Er schloss die Tür etwas lauter, als es nötig gewesen wäre, schenkte der verschreckten Pokorny ein flüchtiges Nicken und sah zu, dass er auf die Straße kam. Dort atmete er tief ein und widerstand dann der Versuchung, mit aller Gewalt auf das nächstbeste Ziel einzutreten.

Gleich darauf schalt er sich einen Idioten. Woher um Himmels willen sollte er wissen, wo sich die Zentrale der KPÖ befand! Und noch einmal ins Präsidentenbüro zu gehen, um dort nachzufragen, schien ihm unmöglich zu sein. Gleichzeitig konnte er sich aber auch nicht hier auf der Straße nach der KPÖ erkundigen, denn er würde fraglos nur auf ablehnendes Schweigen stoßen. Aber immerhin saßen Kommunisten im Rathaus. Die mussten ja wohl wissen, wo sich ihr Hauptquartier befand. Und es gab kommunistische

Mitglieder der provisorischen Regierung. Den Innenminister zum Beispiel. Der residierte in der Herrengasse, die noch näher war als das Rathaus. Also ging er am besten dorthin. Da konnte man ihm sicher weiterhelfen. Bronstein wandte sich also nach rechts und marschierte mit großen Schritten auf den Schwarzenbergplatz zu. Bei der Sirk-Ecke angekommen, drehte er nach halbrechts ab, um über die Augustinerstraße den Michaelerplatz anzusteuern. Von dort war es dann nicht mehr weit zum Ministerium.

Zu seiner Verwunderung stand die Pforte offen, während weit und breit kein Stehposten auszumachen war. Zu seiner Zeit wäre das undenkbar gewesen. Er zuckte mit den Schultern und betrat den Hausflur. Rechter Hand befand sich die Portierloge, aus der Stimmen drangen.

„Ich sag dir, den Sozis darf man nicht trauen. Sieh dir nur an, was für Revisionisten die in die erste Reihe gestellt haben. Schärf, Helmer, Schneidmadl sage man nur, von diesem üblen Renner ganz zu schweigen."

Bronstein war in der Zwischenzeit in der Tür zum Stehen gekommen. Er erblickte einen schmalen Mann, der mit seinem dünnen Schnurrbart wie ein englischer Frontoffizier wirkte, und einen vierschrötigen Kerl mit fleischigem Gesicht, der sein graues Haar streng zurückgekämmt hatte. Auch er trug einen Schnurrbart, der sich jedoch viel wuchtiger ausnahm als der des zweiten Portiers.

Bronstein wusste aus langjähriger Erfahrung, dass man von solchen Bediensteten oftmals weit mehr erfuhr als von den zuständigen Stellen, vor allem, wenn man den Eindruck erweckte, selbst eine subalterne Erscheinung zu sein. Und der aufgeschnappte Satz ließ es naheliegend erscheinen, dass die beiden ohnehin mit den Kommunisten liebäugelten, wenn sie nicht gar selbst welche waren. Wozu also den Umweg über das Ministerbüro, wenn man gleich hier Antworten bekommen konnte. Er räusperte sich. Die beiden hielten in ihrem Gespräch inne und musterten ihn neugierig.

„Und?", ließ sich der Fleischige vernehmen.

„Ich bräuchte eine Auskunft. Wisst ihr zufällig, wo ich da einen Kommunisten finden kann?"

Der Graue baute sich vor ihm auf. „Du stehst grad zweien gegenüber. Was willst du? Dich der Partei anschließen vielleicht?" Die Tonlage war während der letzten Worte deutlich konzilianter geworden.

Bronstein lächelte. „Das nun nicht gerade. Aber ich würde ein bestimmtes ZK-Mitglied suchen. Man hat mir empfohlen, mich bei ihm zu melden."

„So? Und wer soll das sein?"

„Dürmayer. Heinrich Dürmayer", wiederholte Bronstein den Namen, der ihm von Pamer genannt worden war. Der Vierschröter begann zu lachen, während sich der Tommy vom Schreibtisch abstieß. „Das wäre dann nachher ich", ließ er sich vernehmen. „Worum geht's?"

Bronstein brauchte eine Weile, bis er sich von der Überraschung erholt hatte. „Mein Name ist David Bronstein. Ich war von 1907 bis 1938 bei der Wiener Polizei, zuerst bis 1913 bei der Sicherheitswache, danach 25 Jahre lang bei der Kriminalpolizei. Die letzten sieben Jahre war ich auf der Flucht vor den Nazis, und jetzt bin ich wieder da. Ich würde gerne wieder polizeilich tätig sein, und der Polizeipräsident Pamer hat mich an Sie verwiesen", rapportierte er in knappen Worten.

„Bronstein", echote Dürmayer. „Etwa am End gar verwandt mit dem …"

„Weder verwandt noch verschwägert“, statuierte Bronstein. „Der Name ist sehr häufig drüben in Galizien. Meine Familie kam im vorigen Jahrhundert aus Lemberg nach Wien.“

„Versteh mich jetzt bitte nicht falsch, aber ich muss dich das fragen: Wo stehst du politisch?“

„Wie bitte?“ Was ging den Mann seine politische Einstellung an!

„In einer Demokratie hat selbstverständlich jeder ein Recht auf seine politische Einstellung, und mir persönlich ist es gleichgültig, ob du Konservativer, Liberaler oder Sozialdemokrat bist. Ich will nur wissen, mit wem ich es zu tun habe, das ist alles.“

„Ich war noch nie bei einer politischen Partei. Aber ich habe keinerlei Berührungsängste gegenüber Kommunisten, falls Sie das meinen“, hielt Bronstein fest.

„Na, das ist ja immerhin ein Anfang. Wir können jeden brauchen, der bereit ist, Österreich vom Nazi-Dreck zu säubern. Ich denke, wir besprechen das bei einem Glaserl genauer. Fürs Erste aber: Willkommen an Bord.“ Dabei hielt er Bronstein die Hand hin, die dieser wie automatisch ergriff.

„Aber muss so etwas nicht von oben genehmigt werden?“, äußerte der Oberst seine Skepsis.

„Ach so, ja, das Formale, gelt. Ja, ich tät sagen, da schreibt uns der Herr Minister eine Zuweisung an unsere Abteilung, und die Geschichte hat sich.“

„Na, wenn das so leicht ist, dann danke ich recht schön.“

„Sicher. Geh, Franz, machst mir schnell eine Kraxn da her, ich formulier dann den entsprechenden Schrieb in unserem Sinn.“ Er schob dem Dritten im Raum ein leeres Blatt

Papier hin. Der griff sich einen Stift und malte rechts unten seine Unterschrift hin. Bronstein erbleichte.

„Sie sind der …“

Sein Gegenüber freute sich sichtlich über die gelungene Scharade und hielt nun gleichfalls seine Hand in Bronsteins Richtung. „Gestatten, Franz Honner, zuständig für innere Angelegenheiten.“

„Sehr erfreut, Herr Minister“, stammelte Bronstein.

„Genosse genügt völlig“, meinte der leichthin, „Minister kommen und gehen, aber die politische Überzeugung, die sollte von Dauer sein.“

„Franz, wir reden dann später weiter. Jetzt schau ich mir einmal an, was der Genosse da zu erzählen weiß.“ Honner nickte nur, während Dürmayer Bronstein aus dem Raum führte, um mit ihm in der provisorischen Kantine des Ministeriums zu verschwinden. Dort stand ein von der Roten Armee gespendeter Samowar, aus dem Dürmayer zwei Gläser Tee abfüllte, ehe er sich an einen Tisch setzte und Bronstein aufforderte, es ihm gleichzutun.

Nach einer guten Stunde wusste Bronstein ziemlich viel aus der Vita seines neuen Chefs. Dürmayer hatte im Spanischen Bürgerkrieg auf Seiten der Republikaner gekämpft, war dann von den Franzosen interniert und 1940 an die Nazis ausgeliefert worden. Nach einem Jahr in Gestapohaft war er erst ins KZ Dachau, danach ins KZ Flossenbürg verbracht worden, wo er im Steinbruch hatte arbeiten müssen, ehe ihn die Nazis 1944 nach Auschwitz schickten. Dort entging er dem Tod nur, weil sich die Front näherte und das Lager evakuiert wurde. Er kam ins KZ Mauthausen, wo er vor einem Monat erst befreit worden war. Nun war er, gerade vierzig geworden, begierig, die zuständigen Leute zur Verantwortung zu ziehen.

„Wir haben einige Namen von Nazis, die sich in Sachen Brutalität besonders hervorgetan haben. Die wollen wir schnappen, ehe es ihnen gelingt, irgendwo unterzutauchen."

„Haben die nicht eh die Alliierten einkassiert?", fragte Bronstein ehrlich überrascht.

„Die haben bislang höchstens die Spitze des Eisbergs erwischt. Schau dir den Göring an, der war noch volle zwei Wochen nach Kriegsende unbehelligt im Pinzgau unterwegs. Und bis vor acht Tagen durften hochrangige Nazis in Flensburg noch Regierung spielen."

Bronstein erinnerte sich daran, in einem Wirtshaus in Gaweinstal gehört zu haben, dass „Reichspräsident Dönitz" samt seinen Ministern erst volle zwei Wochen nach der bedingungslosen Kapitulation von den Amerikanern in Gewahrsam genommen worden waren. Bis dahin hatte der Admiral noch Erlässe unterzeichnet und Anweisungen im Namen des Deutschen Reiches erteilt.

„Ja, am 22. haben die noch eine Kabinettssitzung abgehalten", ergänzte Dürmayer. „Und wenn die ganz hohen Herren schon mit solchen Samthandschuhen angepackt werden, dann kann man sich vorstellen, wie unbehelligt der ganz normale Schläger bleibt. Wenn wir den nicht ins Visier nehmen, versteht sich."

„Ja, ich gebe zu, das klingt sehr überzeugend. An diesem Werk würde ich gerne mitwirken." Bronstein bemühte sich um ein Lächeln.

„Jetzt habe ich dir eine ganze Menge von mir und meinen Plänen erzählt, jetzt wird es aber auch Zeit, dass du mir ein wenig von dir erzählst. Wo warst *du* während des Krieges?"

Bronstein berichtete von seiner Flucht in die Tschechoslowakei, erwähnte dabei auch Cerny und Jelka, wobei er dabei auch darauf einging, dass diese sich den Partisanen angeschlossen hatten, ehe er auf Frankreich und sein glückliches Überstehen der ärgsten Drangphase zu sprechen kam. Schließlich erzählte er noch, dass ihn tschechoslowakische Antifaschisten nach Brünn mitgenommen hätten, von wo er sich zu Fuß nach Wien durchgeschlagen habe.

Dürmayer schmunzelte. „Ja, die Genossen von der KPČ. Klar. Hätte mich auch gewundert, wenn sich die österreichischen Stellen schon um unsere Vertriebenen gekümmert hätten."

Bronstein wusste nicht, was er darauf entgegnen sollte, und auch Dürmayer ging nicht näher auf seinen letzten Satz ein.

„Nun, es ist spät geworden. Und ich habe die Unterlagen ohnehin nicht bei mir. Wie wäre es, wenn wir uns morgen so gegen 9 Uhr in meinem Büro treffen?" Dürmayer nannte Bronstein die entsprechende Adresse. Bronstein nickte. Die beiden standen auf und reichten sich die Hände. „Ich bin überzeugt", sagte Dürmayer, „wir werden sehr gut miteinander auskommen. Morgen weihe ich dich dann in die konkreten Fälle ein, die wir derzeit verfolgen." Abermals bewegte Bronstein seinen Kopf auf und ab.

Dürmayer entschuldigte sich unter Verweis auf eine Sitzung, zu der er noch müsse, und Bronstein schlenderte wieder auf die Straße hinaus. Er war schon fast beim Tor, als ihn Dürmayer laufend einholte. „Jetzt hab ich ganz vergessen, dich zu fragen, ob du schon versorgt bist. Hast du Lebensmittelkarten? Brauchst du etwas?"

Bronstein strahlte. Erstmals erkundigte sich jemand aktiv nach seinen Bedürfnissen. „Offen gesagt, ich hab noch gar nix. Ich bin erst seit gestern wieder in Wien."

„Warte, ich gebe dir ein paar Bezugsscheine. Mit denen kannst du dich heute mit dem Nötigsten eindecken. Und morgen gebe ich dir dann eine normale Lebensmittelkarte."

„Danke", entfuhr es Bronstein.

„Nichts zu danken. Das ist das Mindeste, was wir tun können."

Als Bronstein die Straße betrat, fühlte er sich merkwürdig beschwingt. Für einen Tag, so fand er, hatte er viel erreicht. Nach sieben Jahren und drei Monaten war er wieder in Amt und Würden. Und er musste sich eingestehen, dass er sich gleich viel jünger fühlte. Die Verspannungen waren vergessen, und federleicht eilte er durch die Herrengasse Richtung Schottengasse. Allein die Aussicht auf sein Quartier dämpfte seine Stimmung ein wenig.

Als er auf der Mölker Bastei ankam, war es noch nicht einmal 4 Uhr nachmittags, und zwei Dinge beschäftigten ihn nachhaltig. Erstens: Er hatte den ganzen Tag noch nichts gegessen, und zweitens: Was fing man in diesem Loch mit so viel Zeit an? Wien war einstmals weltberühmt für seine Kaffeehäuser gewesen. Und jetzt? Alle geschlossen – wenn sie überhaupt noch existierten. Bei seinen Gewaltmärschen über den Ring hatte er beispielsweise den zerstörten Heinrichshof gesehen. Vom einst darin untergebrachten Etablissement war nicht einmal mehr das Schild übriggeblieben. Aber wozu sollten Lokale auch öffnen? Es gab ja nichts. Keinen Kaffee, keine Kuchen, keine Würstel. Das Wenige, das Wien zur Verfügung stand, musste natürlich streng rationiert werden. Das kannte Bronstein schon aus dem ersten Krieg. Doch damals hatte er zu jenen Glücklichen gezählt, die Sondermarken bekommen hatten, sodass er außer bei Kaffee und Zucker eigentlich keine Einschränkungen hatte hinnehmen müssen. Jetzt freilich sah die Sache anders aus, und ihm wurde bewusst, dass er den ganzen Mai über eigentlich in einer glücklichen Lage gewesen war. Zuerst hatten sich die Tschechen rührend seiner angenommen, und dann hatte sich im Weinviertel doch immer wieder irgendwo etwas Brauchbares auftreiben lassen. Hier in Wien sah es in dieser Hinsicht eher düster aus. Bronstein betrachtete das schmale Streifchen, das ihm Dürmayer in die Hand gedrückt hatte. Dafür sollte er 100 Gramm Brot und 10 Gramm Fett bekommen. Der zweite Zettel berechtigte ihn zur Behebung von zehn Zigaretten. Er gestand sich ein, sich über das zweite Papier mehr zu freuen als über das erste. Er war seit beinahe zehn Stunden wach und hatte noch keine einzige Zigarette geraucht. Jetzt erst merkte er, wie sehr ihm der Nikotingenuss abging.

Er klopfte an das Fenster der Hauswartin. Nach einer kleinen Weile öffnete es sich, und das griesgrämige Gesicht der Frau wurde sichtbar. „Was is jetzt schon wieder?"

„Entschuldigung, aber wo kann ich das denn eintauschen?" Er hielt ihr seine Marken unter die Nase.

„Um die Zeit gar nimmer. … Warten S', die Zigaretten kriegen S' bis sechs drüben in der Trafik. Schottengasse, Ecke Teinfaltstraße. … Aber Lebensmittel … immer nur zeitig in der Früh. Merken S' Ihnen das."

„Und was mach ich jetzt? Ich hab ja einen Hunger", nuschelte Bronstein betrübt.

Die Frau wirkte noch ärgerlicher und blickte demonstrativ in den Himmel, um dergestalt zu unterstreichen, wie sehr ihr die Einfalt dieses Mannes gegen den Strich ging. Doch die traurige Miene Bronsteins schien sie dann doch irgendwie zu erweichen. „Was haben S' denn da überhaupt?" Sie besah sich die Marken genauer. „A Brot und a Schmalz können

S' von mir haben. Aber Sie werden verstehen, ned die volle Ration, irgendwie muss ich ja auch was davon haben, ned wahr? … Sagen wir drei Schmalzbrote?"

Bronstein stand der Sinn nicht nach Verhandeln. „Einverstanden", sagte er gottergeben.

Zehn Minuten später saß er auf der alten Brüstung der einstigen Bastei und vertilgte in erschreckender Geschwindigkeit jene Brote, die er noch vor sieben Jahren nicht einmal angesehen hätte. Auch das von der Frau draufgepackte Wasser trank er, ohne nähere Gedanken darüber anzustellen, ob es halbwegs rein war. Er leckte sich die Finger ab und sah dann zu, dass er zur Tabak-Abgabestelle kam. Erst nachdem er mehrere Züge gemacht hatte, fühlte er sich wieder halbwegs im Lot.

Zurück in seiner Bleibe, packte ihn die Tristesse. Eigentlich war es unmöglich, hier eine weitere Nacht auszuhalten. Vorsichtig setzte er sich an den äußersten Rand seines Bettes, nachdem er zuvor penibel nach allfälligem Gekrabbel Ausschau gehalten hatte, und ging seine Optionen durch.

Die Nächte waren zwar schon einigermaßen mild, doch eine Nacht im Freien war keineswegs ratsam. Das schied also aus. Auch schien es nicht geboten, sich heimlich in der Votivkirche einschließen zu lassen, um dort auf einer Kirchenbank zu nächtigen. Eine Pension war gleichfalls keine Option, denn er hätte nicht zu sagen vermocht, wo er eine solche würde finden können – ganz abgesehen davon, dass er kein Geld besaß, sie zu bezahlen. Doch noch eine Nacht auf dem Boden würde er nicht durchstehen, davon war er überzeugt. Er seufzte. Was also tun?

Sein Blick fiel auf das Lavoir, das am Fenster stand. Darin befand sich noch abgestandenes Wasser, das wohl einer der Mieter für eine oberflächliche Reinigung benutzt haben musste. In Bronsteins Gehirn begann es zu arbeiten. Irgendwo hatte er doch ein paar Trinkbecher gesehen! Wo war das bloß gewesen? Er versuchte, sich an den Ort zu erinnern. Schließlich klatschte er sich mit der flachen Hand auf die Stirn. Am Gang draußen. Auf dem Weg zur Toilette. Er sprang auf, eilte nach draußen und hielt Nachschau. Tatsächlich. Dort waren sie. Vier Stück. Genau so viele, wie er brauchte. Er griff nach ihnen, trug sie zum Fenster seines Zimmers und füllte sie dort mit Wasser. Dann stellte er sie neben seinem Bett ab. Er zog die Matratze vom Rost und schüttelte sie, so gut er es vermochte, durch. Danach hob er das Bettgerüst hoch und stellte den rechten hinteren Bettpfosten in den ersten Trinkbecher. Was noch eine leichte Übung war. Beim zweiten brauchte er schon etwas mehr Geschicklichkeit. Während er das Bett ein weiteres Mal anhob, musste er den zweiten Becher vorsichtig mit dem Fuß zu sich heranziehen, ohne dass dieser umfiel. Endlich wähnte er ihn am richtigen Platz. Sorgsam ließ er das Bett wieder nieder, ehe er sich erschöpft den Schweiß von der Stirn wischte. „So“, sagte er zu sich, „und nun noch die anderen zwei.“

Er wiederholte die Prozedur und stellte nach beachtlichen Mühen zufrieden fest, dass sich sein Bett nun weit genug von der Wand entfernt befand und zudem im Wasser stand. Von wo auch immer die lästigen Tierchen kommen mochten, sie würden an seinem solcherart errichteten Burggraben scheitern. Beim Versuch, auf die Bettpfosten zu gelangen, würden sie unweigerlich ins Wasser fallen und ertrinken.

Bronstein war mit sich zufrieden. Er rauchte noch eine Zigarette und legte sich dann trotz der frühen Stunde hoffnungsfroh ins Bett.

Er vermochte nicht zu sagen, wie lange er geschlafen hatte. Doch die beiden rauen Gesellen, die ihn schon am Vortag geweckt hatten, taten selbiges erneut. Laut polternd kamen sie herein, lachten belustigt und erzählten sich in voller Lautstärke zotige Witze. Diesmal konnte Bronstein nicht an sich halten. „Geht das nicht ein bisschen leiser?“, fragte er.

Einer der beiden musterte ihn feindselig. „Wen hamma denn da? An gaunz an Wichtigen.“ Gleich danach fing der Mann zu schreien an. „Heast, waun da wos ned passt, daun schleich di. Oba gach aa no!“

Der Mann wankte auf Bronstein zu und knöpfte sich dabei demonstrativ die Hemdsärmel auf. Bronstein musste sich eingestehen, dass er die Situation als bedrohlich empfand. „Heast, Schurl, loss den Pleampl, der hot si jo eh scho aug’schiss’n, so wia’s do stinkt.“

Doch Schurl suchte sichtlich Streit. „Der wird bald ausg’schiss’n hom, die Oaschsau, die elendige.“

„Bitte, das war jetzt grammatikalisch etwas unkorrekt“, merkte Bronstein an, „Oaschsau ist bekanntlich weiblich, was auch für bezügliche Fürwörter gilt. Richtig muss es also heißen, *die* wird bald ausg’schiss’n hom, die Oaschsau, die elendige.“

Wenn er gehofft hatte, Schurl durch diese Lektion in Sachen Sprachkunde von seinem Vorhaben abzubringen, so sah er sich getäuscht. Schurl sah sich nach seinem Kompagnon um. „Jetzt veroascht mi der a no. I maan, I tram, heast. Sog amoi, bist du gaunz deppat wurn?“ Die letzten Worte hatte der Mann so geschrien, dass man sie wohl auch noch hinter der Universität gehört hatte. Bronstein wog seine Chancen ab. Die einzig erfolgversprechende war jene, sein Heil in der Flucht zu suchen. Der „Schurl“ wirkte zwar kräftig, aber nicht sehr wendig. Außerdem schien er betrunken zu sein. Und da der andere, ohne weiter auf die Szene zu achten, ins Bett gefallen war, bestand eine reale Möglichkeit, dem „Schurl" durch ein blitzschnelles Manöver nach draußen zu entwischen. Tatsächlich sprang Bronstein so schnell er es vermochte aus dem Bett, tauchte unter den Pratzen des Schlägers hinweg und sah zu, dass er in den Nebenraum und von dort ins Freie kam. Er rannte auf die Toilette und sperrte diese von innen ab. Erst als er auf deren Sitz saß, wagte er wieder durchzuatmen.

Einige Augenblicke später hörte er Schurl fluchend nach ihm suchen. Das ging noch eine gute Weile so, ehe der Mann endlich die Lust an ihm verlor und sich wieder in das Zimmer trollte. Bronstein steckte sich zitternd eine Zigarette an und rauchte diese ganz langsam, ehe er es wagte, die Klotür einen Spalt zu öffnen, um sich vorsichtig umzusehen.

Niemand war mehr zu sehen. Auf Zehenspitzen schlich er in das erste Zimmer, in dem das Schnarchen aus dem Nebenraum schon deutlich zu hören war. Er riskierte einen Blick und stellte fest, dass beide tief und fest schliefen. Erleichtert begab er sich zu seinem Schlafplatz und legte sich leise auf sein Bett. Inständig hoffte er, der Zorn des Schurl mochte über Nacht verfliegen.

Dennoch, hier konnte er nicht bleiben. So viel stand fest. Warum sollte er hier ein schäbiges Zimmer mit zwei Raufbolden teilen, wenn seine Wohnung in der Walfischgasse ziemlich intakt aussah. Sicher, das Haus war in einem katastrophalen Zustand. Aber seine Wohnung war es nicht. Er sollte es riskieren. Was hatte er zu verlieren? Sein Bett stand direkt an der Außenmauer. Das würde schon nicht durchbrechen. Während ihn allmählich doch wieder der Schlaf übermannte, beschloss er, am nächsten Tag nicht mehr hierher zurückzukehren. Nein, er würde es riskieren, endlich wieder in den eigenen vier Wänden zu nächtigen.

Wien
Freitag, 1. Juni 1945

Sein Schlaf war mehr als unruhig gewesen. Immer wieder war er aufgewacht und hatte panisch in die Richtung der beiden Männer gelinst, aus Angst, diese könnten erwachen und ihn doch noch verprügeln. Irgendwann vermochte er erstmals das Zifferblatt seiner Uhr zu lesen. Es war kurz nach 4 Uhr morgens. Bald würde die Dämmerung einsetzen, und ab da war er besser gewappnet. Er nickte noch einmal kurz ein, doch das unruhiger werdende Schnaufen der Rivalen ließ ihn sofort wieder hellwach sein. Er lag noch eine kleine Weile mit verschränkten Armen auf dem Bett, dann erhob er sich leise, packte seine Habseligkeiten zusammen und schlich sich gegen 6 Uhr früh aus dem Zimmer.

Draußen schlug ihm ein kühler Wind entgegen, sodass er instinktiv den Kragen seines Jacketts hochschlug. Er ging noch einmal zurück in den Hausflur und zündete sich in einer windgeschützten Ecke eine Zigarette an. Er warf einen Blick auf den Restbestand und konstatierte, dass ihm noch fünf Zigaretten blieben. Mit denen gedachte er, für diesen Tag das Auslangen zu finden, denn er wusste nicht, wann er wieder welche beziehen können würde. Langsam schlenderte er den steilen Abstieg zur Teinfaltstraße hinunter und fragte sich, wie er nun die drei Stunden bis zu seinem Termin bei Dürmayer überbrücken sollte. Dabei fiel ihm ein, dass er am Vortag am Café Herrenhof, seinem seinerzeitigen Stammcafé, vorbeigegangen war, ohne Nachschau zu halten, in welchem Zustand es sich befand. Nun, das konnte er jetzt nachholen, und so lenkte er seine Schritte in der Teinfaltstraße nach links, um dann nach rechts in die Herrengasse abzubiegen. Je näher er dem Gebäude kam, desto unruhiger wurde er. Mit diesem Café verbanden sich so viele Erinnerungen, dass er fast schon verwandtschaftliche Gefühle für das Etablissement hegte.

Schließlich erreichte er den Bau. Er war unversehrt geblieben, obwohl die gesamte Gasse von Bombentreffern nachgerade perforiert war. Das Café war mit Brettern vernagelt, doch immerhin entdeckte er einen kleinen Zettel, der dort an einem der Holzteile angebracht war. Er trat näher heran, um ihn lesen zu können. „Vorübergehend geschlossen“, stand da lapidar geschrieben.

„Des steht da scho a halbe Ewigkeit. Und i denk mir, des wird si so schnell a ned ändern.“ Ohne dass er es bemerkt hätte, war ein Mann mittleren Alters an ihn herangetreten und so gleich ihm an das Kaffeehaus.

Bronstein runzelte die Stirn. „Ist dem Herrn Waldmann der Kaffee ausgegangen?“, fragte er.

Der Mann musterte ihn erstaunt. „Sie warn aber lang nimma da, was?“

„So circa sieben Jahre“, antwortete Bronstein lakonisch.

„Des merkt man. Der Herr Bela hat gleich im 38er Jahr verkaufen müssen. Wissen S’ eh, der war ein Jud. Na ja, sie haben ihm grad so viel gegeben, dass seine Kinder emigrieren haben können. Er selbst hat’s, glaub ich, nicht g’schafft. Theresienstadt oder so …“ Für einen Moment grübelte der Mann, dann fuhr er fort. „Na ja, jedenfalls war’s danach nimma desselbe. Kein Kisch, kein Werfel, kein Perutz mehr. Nur mehr Sturmbannführer, Reichsredner und Blockwart. Der Kaffee war das Einzige, was da drinnen ned braun war." Bronstein schluckte. „Und der Herr Albert?"

„Der Oberkellner? Der ist auch gleich weggangen. Keine Ahnung, was aus dem worden ist."

„Er hat mir immer schon die Zeitung parat g'legt. Und der Kaffee war schon da, bevor ich noch richtig g'sessen bin", wurde Bronstein sentimental.

„Ja, die gute alte Zeit. An die hab ich in der letzten Zeit oft denken müssen. Damals war ich noch jung und hab noch a Zukunft g'habt. Jetzt hab i ned amal was zum Beißen."

„Da sind wir schon zwei", ließ sich Bronstein vernehmen.

„Ah, haben S' auch noch nix g'essen heut?"

Bronstein schüttelte den Kopf.

„Na, dann kommen S' am besten mit mit mir. Wir geh'n jetzt ins Grand Hotel auf ein großes Frühstück."

„Wirklich?" Bronstein blieb der Mund offen.

„Na, natürlich ned. Aber wenn wir uns tummeln, dann schaffen wir's bis 7 in die Salvatorgassen. Dort gibt's im Kloster täglich a Ausspeisung."

So weit war es also schon, dachte sich Bronstein. Er stellte sich also wie ein Griasler um eine Klostersuppe an.

Sie bogen in den Kohlmarkt ein und gingen bis zum Graben, den sie überquerten, um ihren Weg über die Tuchlauben fortzusetzen. So kamen sie zum Hohen Markt, und gleich danach bogen sie in die Salvatorgasse ein, wo sie schon aus einiger Entfernung eine Menschenschlange sahen, die offenbar darauf wartete, von den Redemptoristen bewirtet zu werden. Bronstein und sein Begleiter reihten sich unter die Wartenden ein.

Die Kirchturmuhr schlug erst vier, dann sieben Mal, und kaum war ihr Ton verklungen, öffnete sich die Klosterpforte, und ein feister Mönch ließ die Menschen eintreten. Die meisten waren sichtlich nicht zum ersten Mal da, denn sie kannten den Weg zum Refektorium bereits ganz genau. Bronstein setzte sich an die Ecke eines Tisches und beobachtete aufmerksam das Geschehen im Raum.

Zwei jüngere Mönche, offenbar noch Novizen, denn sie trugen nicht das schwarze Gewand mit dem weißen Kragen, schoben ein Wägelchen in den Raum, auf dem sich zwei große Töpfe und ein großer Korb befanden. Doch weder machten sie Anstalten, auf die Wartenden zuzugehen, noch schickten sich diese an, sich irgendwie vom bereitstehenden Essen zu bedienen. Es dauerte nicht lange, da wusste Bronstein den Grund für dieses Verhalten. Der feiste Mönch kam nun auch in den Raum und faltete die Hände. Alle im Saal erhoben sich. „Vater unser, der du bist im Himmel“, begann der Ordensmann in monotonem Singsang, und die anderen fielen in seinen Sermon ein. Bronstein war versucht, hysterisch aufzulachen. Doch er verkniff sich eine solche Reaktion, denn er war entschieden zu hungrig, um sich wegen unbotmäßigen Verhaltens aus dem Raum weisen zu lassen.

Erst als das laute Gebet zu einem Ende gekommen war, durften sich alle wieder setzen. Die beiden jungen Männer schütteten nun mit einer Kelle eine undefinierbare Brühe in die vorbereiteten Teller, dazu gab es ein Scherzel Brot und eine undurchsichtige Flüssigkeit, von der Bronstein nicht zu sagen vermochte, ob sie Tee oder Kaffee darstellen sollte. Er untersuchte den Tellerinhalt und entdeckte ein welkes Blatt, das möglicherweise einmal zu einem Krauthappel gehört hatte. „Na ja, besser als nix“, sagte er sich und griff zum Löffel. Wenigstens wärmte es den Magen, dachte er, und fuhr mit dem Essbesteck erneut in den Teller.

„Du musst das Brot eintunken. Sonst kannst weder das eine noch das andere essen“, erläuterte ihm der Sitznachbar, und Bronstein tat, wie ihm geheißen. Tatsächlich erreichte er so ein gewisses Gefühl der Sättigung. Er trank den Rest des Getränks und verspürte ein dringendes Bedürfnis nach einer Zigarette. Allerdings war er sich nicht sicher, ob es klug war, sich hier eine anzuzünden, denn sonst würde er sicher eine Menge Anfragen nach Rauchwerk bekommen. Also unterdrückte er seinen Wunsch vorerst. Es war knapp vor 8 Uhr, als er das Kloster wieder verließ. Endlich hatte er Zeit für etwas Nikotingenuss. Wiewohl es immer noch viel zu früh war, beschloss er, Dürmayers Büro aufzusuchen, denn etwas Besseres konnte er mit seiner Zeit ja ohnehin nicht anfangen.

Obwohl er so langsam als nur irgend möglich gegangen war, fand er sich 30 Minuten vor der vereinbarten Zeit am genannten Ort. Er nahm seine viertletzte Zigarette und rauchte sie in aller Bedächtigkeit, ehe er beschloss, das Gebäude zu betreten. Er rechnete mit einer Sekretärin, bei der er sich anmelden musste, doch zu seiner nicht geringen Überraschung saß Dürmayer selbst an einem Schreibtisch und sortierte eifrig irgendwelche Papiere.

„Ah“, blickte der auf, „schön, dass du schon da bist. Ich bereite eh gerade die Unterlagen für dich vor.“

Bronstein fühlte sich geschmeichelt.

Dürmayer ordnete noch die vor ihm liegenden Stapel, dann sah er Bronstein direkt an. „Konkret geht es mir um zwei echte Massenmörder, von denen ich vermute, dass sie sich hier in Wien oder zumindest in der näheren Umgebung aufhalten." Er tippte mit dem Finger auf den rechten Papierstoß. „Der eine ist der Siegfried Seidl, Doktor. Eine besonders faule Frucht."

Bronstein war ganz Ohr. „Ja?"

„Der ist 1911 in Wien geboren worden und hat sich schon 1930 der NSDAP angeschlossen. Wenig später auch der SS. Illegal natürlich. Gleich nach der Okkupation Österreichs wurde er in die Wiener Polizei aufgenommen, wo er ein paar mittelwichtige Ränge bekleidet hat. Ab Anfang 40 aber war er Adolf Eichmann persönlich zugeteilt und verantwortlich für die Deportation polnischer Juden."

„Ein wahrer Menschenfreund also", warf Bronstein bitter ein.

„Warte, es kommt noch schlimmer. Viel schlimmer." Dürmayer räusperte sich. „Nachdem er an der Aussiedlung der Slowenen beteiligt war – das war nach dem Überfall der Nazis auf Jugoslawien –, wurde er von Eichmann zum Kommandanten im Lager Theresienstadt ernannt."

Unweigerlich musste Bronstein an den Herrn Duft und an den Herrn Waldmann denken, und er fühlte, wie es ihm eng in der Brust wurde.

„Laut den zur Verfügung stehenden Unterlagen starben in den zwei Jahren, die Seidl in Theresienstadt Kommandant war, fast 25.000 Häftlinge. Nicht wenige davon wurden von ihm persönlich ermordet. Außerdem hat er rund 44.000 Häftlinge nach Auschwitz deportieren lassen, von denen keine 300 überlebt haben."

Bronstein konstatierte nun endgültig eine ernstzunehmende Atemnot. Er sprang auf, öffnete eilig das Fenster und versuchte, sich wieder zu beruhigen.

„Alles in Ordnung?“, fragte Dürmayer besorgt.

„Ja, ja, geht schon wieder“, antwortete Bronstein lapidar.

„Na, wie auch immer. Jedenfalls wurde Seidl 1944 nach Ungarn geschickt, um dort an der Liquidierung der ungarischen Juden mitzuwirken. In Debrezin lebten zum Zeitpunkt von Seidls Eintreffen neuntausend Juden. Als Seidl seinen Auftrag beendet hatte, waren es zwei.“

Bronstein schnappte erneut nach Luft.

„Anfang dieses Jahres kam er dann durch das Vordringen der Roten Armee nach Wien. Noch im März hat er Juden und andere Häftlinge in den Osten deportieren lassen, was noch in den letzten Kriegstagen unzählige Menschen das Leben kostete. In Kottes in Niederösterreich hat er noch zwei Menschen erschießen lassen, als Hitler schon tot war. Danach verliert sich seine Spur, doch ich bin überzeugt, der ist nicht weit gekommen. Der lebt hier irgendwo in der Stadt, denn am Land würde er viel eher auffallen. Nein, der hat sich hier in Wien verkrochen, und unsere Aufgabe wird es sein, ihn aufzuspüren.“

Bronstein nickte.

Dürmayer blickte irritiert auf sein Gegenüber. „Sag einmal, was hast denn du in dem Koffer da?“

„Das? Das ist mein gesamter Besitz“, statuierte Bronstein.

„Wieso schleppst denn den mit dir herum? Hast du kein Quartier zugewiesen bekommen?“

Und Bronstein erzählte, was er auf der Mölker Bastei mitgemacht hatte, weshalb er nun das Risiko eingehen wolle, in seiner alten Wohnung zu nächtigen. „Das Haus ist zwar schwer mitgenommen, auch der Schutt müsste dringend weggeräumt und die noch stehenden Teile abgesichert werden, aber mit ein wenig Glück bleibt mein Trakt stehen.

Wenn er bis jetzt nicht zusammengefallen ist, wird er das hoffentlich auch in Zukunft nicht tun."

Dürmayer wiegte skeptisch den Kopf hin und her. „Na, ich weiß nicht. Ob das g'scheit ist? Lass dir doch lieber etwas Ordentliches zuweisen. In deiner Position hier hast du Anspruch auf einen Wohnraum für dich allein."

„Ah, das geht schon. Glauben Sie mir, ich komme zurecht."

„Und hör endlich mit dem ‚Sie' auf. In der Kieberei ist man per Du. Das solltest doch wissen. Ich bin der Heinz."

„Danke. Servus. Ich bin der David", erwiderte Bronstein.

„So, jetzt zum zweiten Falotten."

Dürmayer wandte sich dem anderen Stapel zu.

„Max Burger", begann Dürmayer.

Durch Bronsteins Körper ging ein Zucken, als hätte er einen Stromschlag erhalten. „Max Burger?", wiederholte er. Dürmayer nickte. „Doch nicht der Wiener Kieberer?"

„Genau der."

„Den kenne ich noch aus meiner aktiven Zeit. Der war seit 1930 bei der Kriminalpolizei. Ein übler Bursche. Jeder hat gewusst, dass der ein Nazi ist."

Dürmayer signalisierte Zustimmung. „Das passt gut ins Bild. Der wurde 1940 nach Auschwitz abkommandiert, wo ihn Überlebende als besonders brutal und unberechenbar beschrieben haben. Er galt alsbald als der ‚Herrgott von Auschwitz', weil er ohne jede Vorwarnung Häftlinge entweder selbst erschoss oder erschießen ließ. Manche wurden auf seine Weisung hin ohne konkreten Grund zu Tode gefoltert, andere im Zuge sogenannter ‚Entleerungen' nur deshalb ermordert, um Platz für neue Häftlinge zu schaffen."

„Das passt zu diesem verkommenen Subjekt", merkte Bronstein an.

„Seine Brutalität, musst du dir vorstellen, war schließlich sogar den Nazis selbst zu viel."

„Ist nicht wahr!"

„Doch. Ein SS-Richter hat Anklage gegen ihn erhoben und ihm die willkürliche Ermordung von zweitausend Häftlingen vorgeworfen. Ich meine, das muss man sich erst einmal vorstellen. Wenn jemand sogar der SS zu viel wird, dann heißt das wirklich etwas."

„Und was ist passiert?"

„Na ja, natürlich gingen die Nazis nicht so weit, den Schweinekerl wirklich zu verurteilen. Aber immerhin wurde er seines Postens als Leiter der politischen Abteilung in Auschwitz enthoben und nach Kattowitz zur dortigen Gendarmerie strafversetzt."

„Und weiter?"

„Im Jänner dieses Jahres wurde er nach Breslau versetzt, und dort verliert sich seine Spur vorerst. Es gibt aber Aussagen, wonach er sich in den letzten Kriegstagen nach Wien abgesetzt hat. Angeblich wurde er vor etwa sechs Wochen in der Währinger Straße gesehen."

So, als wäre er keinen Tag vom Polizeidienst abwesend gewesen, begann Bronsteins Gehirn zu arbeiten. „Wie glaubwürdig ist der Zeuge? Und was hat er genau zu Protokoll gegeben?"

Dürmayer blickte in seine Unterlagen.

„Er ist – oder vielmehr war – Kellner im Hotel Regina. Deshalb hat er auch ein Zimmer im Nebenhaus, wo die Geschäftsführung die Bediensteten untergebracht hat. Dort will er Burger gesehen haben. Mitte April, um genau zu sein."

„Das Hotel Regina … war das irgendwie braun?"

„Und wie! Wir können davon ausgehen, dass die nur Parteigenossen als Personal beschäftigt haben.“

„Na ja, dann würde ich sagen, wir haben einen Punkt, wo wir ansetzen können. Wir schauen einfach einmal dorthin und sehen nach, welcher Nazi sich noch nicht abgesetzt hat. Und dem fühlen wir dann in altbewährter Tradition auf den Zahn.“ Bronstein lächelte schmal.

Auch Dürmayers Mundwinkel bewegten sich nach oben. „Eine gute Idee“, sagte er nur.

Bronstein fühlte sich ein wenig flau im Magen. Die geschilderten Gräueltaten waren ihm ziemlich an die Nieren gegangen, und genau deshalb war er sich nicht sicher, ob er einen so langen Marsch durchhalten würde. Doch er durfte sich gegenüber dem neuen Chef keine Schwäche erlauben, also biss er die Zähne zusammen und schickte sich an, das Gebäude zu verlassen.

„Wo willst denn hin?“

„Na auf den Alsergrund!“

„Zu Fuß?“

„Ja wie denn sonst?“

„Vielleicht mit dem Dienstwagen?“ Dürmayer grinste schelmisch und zwinkerte mit dem rechten Auge. „Wenn nicht einmal mehr die Exekutive Fahrzeuge hat, dann kannst du einen Staat endgültig zusperren“, fügte er hinzu.

Sie erreichten bald die Kreuzung zwischen Ring und Schottengasse und bogen nach links ein. Schon nach wenigen Metern sah Bronstein die Ruine des Hotels, die ihm bislang nicht aufgefallen war, obwohl er nicht weit davon entfernt zwei Nächte logiert hatte. Das Nebenhaus sah zwar auch nicht völlig intakt aus, war aber immerhin noch bewohnbar.

Dürmayer ließ den Fahrer anhalten, und gemeinsam mit Bronstein betrat er das Gebäude. Gleich ebenerdig gab es eine Tür, an die sie klopften. Beinahe umgehend wurde ihnen geöffnet. Ein verlebter Mann mit Stoppelglatze sah sie neugierig an, ehe sich sein Gesicht angewidert verzog.

„Na, das gibt's jetzt aber ned. Hören S', es heißt, man trifft sich immer zweimal im Leben. Zweimal, verstehen S', ned dreimal."

„Na ja", replizierte Bronstein, „dann sind wir halt jetzt die Ausnahme von der Regel, gell, Holzer."

„Ah, die Herren kennen sich", gluckste Dürmayer, während er Holzer seinen Ausweis unter die Nase hielt.

„Was heißt kennen", erläuterte Bronstein, „der Galgenvogel da war in fast jeden Kriminalfall der Republik involviert. Ein Nazi der ersten Stunde. Vielleicht auch der letzten?" Dabei sah Bronstein sein Gegenüber herausfordernd an.

Holzer winkte müde ab. „Die letzte Stunde ist schon lang vorbei. Das ist alles nur noch ein eing'frorener Posthornton."

Bronstein bleckte die Zähne. „Na, das passt ja. Dann sing uns einmal eine Melodie."

„Von mir aus. Welche soll's denn sein? Die Internationale?"

„Max Burger. Was fällt dir zu dem ein?"

„Der Max? Ja, der war da. Vor ungefähr sechs Wochen. Hat bei mir übernachtet. Warum?"

„Das geht dich gar nix an. Erzähl uns lieber, was er dir gesagt hat in jener Nacht. Wo wollte er hin?"

„Na ja, vor allem erst einmal raus aus Wien. Aber das war gar nicht so einfach, ned! Vor allem damals ned, da ist ja noch gekämpft worden."

„Und weiter?"

„Nix weiter. Er hat so ziemlich alles z'sammg'futtert, was ich noch g'habt hab, und am nächsten Morgen ist er abpascht. Was ich weiß, wollt er zum Kanal."

„Zum Donaukanal?"

„Ja. Ich glaub, er hat dort irgendeinen Haberer g'sucht, der auf der Mazzesinsel wohnt."

„Fallt dir sonst noch was ein?"

„Mir fallt schon lang nix mehr ein, Herr Inspektor. Mi gibt's eigentlich gar nimma. Also wenn nix vorliegt gegen mi, dann geh i jetzt wieder schlafen. Des is des Einzige, was ma machen kann in solchane Zeiten. Alsdern, habe die Ehre."

Holzer schloss die Tür. Dürmayer sah Bronstein fragend an. „Sollen wir uns das g'fallen lassen?"

Bronstein aber winkte ab. „Ich kenn den Kerl seit einer halben Ewigkeit. Ein bemerkenswerter Ungustl, aber auf seine Art recht berechenbar. Ich sag Ihn... dir, der weiß wirklich nicht mehr."

„Dann lassen wir es gut sein."

„Würde ich auch meinen."

Die beiden kehrten zum Wagen zurück. Bronstein dachte dabei laut. „Er hat also einen Freund im zweiten oder im zwanzigsten Bezirk. Ich glaube, wir sollten uns seine Akte noch einmal genauer ansehen. Vielleicht fällt uns da etwas auf, was Schlüsse auf diesen Freund zulässt."

Dürmayer pflichtete ihm bei. „Ja, das wird das Beste sein. Sonst können wir gleich die Stecknadel im Heuhaufen suchen."

Zurück im Büro, ging Dürmayer alle Unterlagen noch einmal durch, während Bronstein die gesammelten Polizeiberichte der vergangenen sechs Wochen durchkämmte. „Ich hab da vielleicht etwas Interessantes", ließ er sich nach einer

Weile vernehmen. Dürmayer sah auf. „Ein Wirt aus der Herminengasse. Der ist in der fraglichen Zeit zu Tode gekommen. Und ganz offensichtlich gewaltsam."

„Und was hat das mit uns zu tun?"

„Na ja, vielleicht war das der Freund vom Burger. Er hat ihn um Hilfe ersucht, und weil der Wirt sich geweigert hat, musste er sterben. ... Damit er ihn nicht verraten kann, meine ich."

„Sei mir nicht bös, David, aber das ist eine gewagte Theorie. ... Nein, ich fürchte, wir müssen an die ganze Sache anders herangehen."

„Und zwar wie?"

Dürmayer trommelte mit den Fingern auf die Tischplatte. „Burger war viele Jahre nicht in Wien", resümierte er, „also muss es sich zwangsläufig um eine Person handeln, die er von früher kannte. Also: Wo kann Burger Bekanntschaften geschlossen haben?"

Bronstein griff sich den Personalakt und blätterte ihn durch. „Nun ja, eigentlich nur bei der Polizei. Er war zunächst als Holzfäller in Niederösterreich tätig, kam 1930 nach Wien zurück und trat unmittelbar danach in den Polizeidienst ein. Also bleiben nur die Spinaterer", schloss er.

„Oder jemand von der Partei", ergänzte Dürmayer.

„Das ist ja leider, wie wir wissen, kein Widerspruch. Aber Burger hat auf der anderen Seite von Wien gewohnt. Es wäre also unlogisch, dass er ausgerechnet am anderen Ende Parteikontakte gehabt hätte. Nein, ich denke, viel wahrscheinlicher ist es, dass irgendein Polizist, der halt auch Nazi war, auf der Insel wohnt."

Dürmayer stöhnte. „Das würde ja bedeuten, dass wir rund viertausend Personalakte durchstöbern müssten, um festzustellen, wer aller dort wohnhaft ist. Das dauert eine Ewigkeit. Ganz abgesehen von der Frage, ob überhaupt noch alle Akten vorhanden sind. Immerhin ist das Präsidium eingeäschert worden."

„Ja, das stimmt", räumte Bronstein ein, um gleich danach demonstrativ Luft auszublasen. Er blickte auf die Uhr. Es war nahezu 12 Uhr mittags. „Ich weiß, das klingt blöd. Aber ich hab einen Hunger", sagte er leise.

„Das klingt gar nicht blöd. Ich nämlich auch. … Warte", Dürmayer schnippte mit den Fingern, „ich hab ja was für dich." Er kramte in seiner Tasche und zog eine volle Ration Lebensmittelmarken für den Monat Juni hervor. „Ich weiß, das ist lächerlich wenig. Aber mehr haben wir im Moment eben nicht. Und die Regierung hat sich eh bemüht, den Werktätigen mehr zukommen zu lassen."

„Mehr Marken?"

„Nein. Mehr Kalorien."

Bronstein verstand nicht.

„Schau. Es gibt verschiedene Kategorien, die auch farblich unterschiedlich gestaltet sind. Es gibt Karten für Jugendliche, Pensionisten, Hausfrauen, Angestellte, Arbeiter und Schwerarbeiter. Dementsprechend bewegt sich das Anrecht auf Nahrungsmittel irgendwo zwischen 600 und 1.500 Kalorien pro Tag. Wir Polizisten sind natürlich Schwerarbeiter, daher bekommen wir die höchstzulässige Ration. Und mit der Karte da kannst du folgende Lebensmittel beziehen: Brot, Fett, Fleisch, Kaffeeersatz, Zucker, weiters Erdäpfel, Salz und echten Tee. Alles in limitierten Maßen natürlich. … Und, ach ja, da ist die Extrakarte für Zigaretten. Dir stehen täglich zehn Stück zu. Ich hoffe, damit kommst du aus. Sonst musst dich halt mit jemandem arrangieren, der Nichtraucher ist."

Bronstein sah den Vorgesetzten dankbar an. „Das ist wirklich nett von dir. Vielen, vielen Dank.“

„Ach, nicht der Rede wert.“

„Also, wollen wir uns etwas zu essen organisieren und dann weitermachen?“

Dürmayer wiegte wieder einmal seinen Kopf. „Also ehrlich gesagt hab ich um 14 Uhr eine Sitzung beim ZK. Außerdem ist ohnehin Freitag. Vielleicht sollten wir hier vorerst einmal einen Punkt machen und die Sache am Montag weiterverfolgen. Ich meine, die letzte Sichtung ist sechs Wochen her. Entweder er ist ohnehin schon längst über alle Berge, oder er wird sich auch am Montag noch in Wien aufhalten. Also kehren wir zu einer der großen Errungenschaften der Republik zurück und halten wir Wochenende.“ Dabei blitzten Dürmayers Augen schalkhaft auf.

„Du bist der Chef“, fiel Bronstein gut gelaunt mit ein.

„Gut, dann sehen wir uns am Montag um neun Uhr wieder hier.“ Bronstein nickte und packte seine Sachen zusammen.

„Und du willst wirklich in der Bruchbude dort übernachten? Was, wenn die unter dir endgültig zusammenfällt?“

„Ums Wollen geht’s nicht. Ich muss, ich halte das in dem Notquartier keine Stunde mehr aus. Und schlimmer als dort kann es in der Walfischgasse auch nicht sein. Wird schon gut gehen“, übte sich Bronstein in Optimismus.

„Na ja, vielleicht eine Nacht. Aber da sollten wir uns echt etwas überlegen.“

Bronstein signalisierte Zustimmung und schickte sich dann an, das Büro zu verlassen. „Was wirst du jetzt über das Wochenende machen?“, fragte Dürmayer noch.

„Na ja, ich denke, ich werde versuchen, mich mit Wien wieder halbwegs anzufreunden. Schauen, was ich noch von früher erkenne. … Und herausfinden, ob es das Grab meiner Eltern noch gibt."

„Wo ist denn das?"

„In Dornbach."

„So weit draußen? Da kommst ja nie hin."

„Tja, muss ich wohl. Wird ein harter Weg, ich weiß."

„Sag, warum machst du das nicht gleich nach dem Essen? Ich brauch den Wagen heute ohnehin nicht mehr. Nimm ihn dir ruhig und fahr heute noch raus. Der Fahrer bringt dich dann hierher zurück, dann hab ich das Auto morgen in der Früh wieder."

„Darf ich was sagen, Chef?"

„Was denn?"

„Du hast mir seit gestern mehr Wohltaten erwiesen als die ganze Polizeidirektion zwischen 1913 und 1938 zusammengenommen."

„Jetzt übertreibst aber! Trotzdem danke. Lob höre ich immer gerne. Bis Montag also."

„Ja, bis Montag."

Bronstein ging in den Bereitschaftsraum und vereinbarte mit dem Fahrer, dass sie in einer guten Stunde nach Hernals fahren würden. Sodann erkundigte er sich nach der nächsten Lebensmittelabgabestelle und begab sich im Anschluss ohne Umwege dorthin, um sich mit Nahrung einzudecken.

Solcherart gestärkt nahm er zur festgesetzten Zeit im Fond des Wagens Platz und ließ sich in seinen ehemaligen Wohnbezirk bringen. Auch dort überwogen allerorten Zerstörung und Verfall. Den Gürtel hatte es ganz besonders erwischt, doch auch Richtung Dornbach klafften immer wieder gewaltige Lücken in den Häuserzeilen. Es würde Jahre dauern, war Bronstein überzeugt, bis die entstandenen Schäden auch nur annähernd wieder behoben waren.

Überraschenderweise war der Sportclub-Platz fast unversehrt. Er ließ den Fahrer direkt vor dem Stadion anhalten und ging dann zu Fuß weiter zur Alszeile, die er querte, um wenige Meter weiter das Friedhofsareal zu betreten. Während er sich auf den Ort der Grabstätte zubewegte, umkreisten ihn düstere Gedanken. Wie sollte er reagieren, wenn das Grab seiner Eltern nicht mehr da war? Würde er bei der Friedhofsverwaltung Auskunft bekommen? Und wo war die überhaupt? Er zwang sich, ruhig zu bleiben, und bog in die entsprechende Reihe ein. Gleich würde er mehr wissen.

Der Baum. Er war nicht mehr da. Bronstein erinnerte sich deutlich daran, dass direkt hinter dem Grabstein ein Schatten spendender Baum gestanden war. Bedeutete das, dass auch die Grabstätte entfernt worden war? Mit vorsichtigen Schritten näherte er sich, richtete seinen Blick auf die Namensschilder. Doch er vermochte beim besten Willen nicht mehr zu sagen, ob diese vor Jahren genauso gelautet hatten. Dann stand er vor dem schwarzmetalligen Kreuz der Familie Birkenauer. Ja, die waren schon immer hier gelegen, das wusste er noch. Und gleich daneben war … „Bronstein". Er atmete auf. Wenigstens die Eltern hatte man nicht vertrieben. Alles war noch genau so, wie er es bei seinem letzten Besuch gesehen hatte. Gut, die Schrift war ein wenig verwittert, auch wuchs Unkraut aus den Ritzen, aber im Wesentlichen konnte er sich über den Zustand der Ruhestätte nicht beklagen. Er lächelte dankbar.

„Na, wie geht's euch so?", flüsterte er, „ich bin wieder da."

Für eine kleine Weile überlegte er, ob er ein Gebet sprechen sollte, doch schließlich kam es ihm unpassend vor. Sein

Vater hatte sich zeitlebens nie viel aus Religion gemacht, und seine Mutter war innerlich ohnehin nie zum Protestantismus konvertiert. Sie hatte sich nur dem Vater zuliebe von ihrem jüdischen Glauben losgesagt, und bis zuletzt waren für sie Thora und Talmud weit eher Richtschnur ihres Handelns gewesen als die Bibel. Also konnte er sich, befand er, ein weiteres „Vater unser" ersparen.

„Ab jetzt komm ich wieder öfter. Versprochen", sagte er. Bronstein dachte darüber nach, welche Geste er setzen konnte, um den Eltern doch noch gerecht zu werden. Da fiel ihm ein, dass er beim Eingang einige ungebrauchte Grabkerzen gesehen hatte. Er marschierte also zurück und kam wenig später mit einer solchen wieder zurück. Er zündete sie an und stellte sie auf die steinerne Umfassung. Und da er ahnte, dass es seiner Mutter gefallen würde, wenn er sich an die alten Väter erinnerte, legte er auch noch einen Kiesel auf den Grabstein. Er nickte noch kurz und sah dann zu, dass er schleunigst wieder zum Automobil kam.

Für Bronstein war es noch viel zu früh, um wirklich an einen Dienstschluss zu denken. Ihm ging immer noch der ermordete Wirt durch den Kopf. Wenn er jetzt schon einen Wagen hatte, dann konnte er sich doch in die Herminengasse fahren lassen. Von dort käme er dann schon zu Fuß nach Hause, das wäre auch nicht viel weiter als von Dürmayers Büro aus. Also wandte er sich an den Fahrer und fragte diesen, ob eine solche Vorgangsweise für ihn in Ordnung wäre. „Von mir aus", raunte der nur, und so kam es, dass sie wenig später auf den Ring zuhielten, um von dort aus an die von Bronstein genannte Adresse zu kommen.

Erwartungsgemäß fand er das Gasthaus vernagelt vor. Das war in doppelter Hinsicht kein Wunder, denn selbst wenn der Wirt nicht ermordet worden wäre, hätte es wenig Aussicht gegeben, ein Lokal in diesen Tagen geöffnet zu erleben. Nun galt es herauszufinden, wo der Wirt gewohnt hatte, um in dessen näherer Umgebung nach Zeugen zu suchen. Kurz entschlossen klopfte er an das nächstbeste ebenerdige Fenster. Eine unwirsch dreinblickende Alte starrte ihn an. „Ich hätte nur eine Frage“, rief er ihr entgegen, um ihr sowohl Aggressivität als auch möglicherweise Angst zu nehmen.

Die Alte blieb abwartend.

„Wissen Sie, wo der Wirt da gewohnt hat?“

Stumm deutete sie nach oben und zeigte dann mit dem Daumen die Zahl 1 an. Unmittelbar darauf war sie auch schon wieder verschwunden. Bronstein schloss daraus, dass der Wirt die Wohnung direkt über dem Lokal bewohnt hatte. Das schien ihm plausibel zu sein, denn so, wie die Auffindung seiner Leiche im Bericht geschildert worden war, sprach einiges dafür, dass der Mann irgendetwas in seinem Etablissement gehört und Nachschau gehalten hatte, sodass er wohl seinem späteren Mörder in die Arme gelaufen war. Bronstein ging also in den Hausflur und stieg in den ersten Stock hinauf. Er orientierte sich kurz und klopfte dann an jene Tür, von der er meinte, sie führe genau in die oberhalb des Gasthauses liegenden Räumlichkeiten. Vielleicht, so dachte er sich, gab es ja auch eine Frau Wirtin.

Er lag richtig. Eine verhärmte Mittvierzigerin öffnete und sah ihn erstaunt an.

„Sind Sie die … Witwe nach dem verewigten Gastwirt …“

„Ja, bin ich“, unterbrach sie ihn.

„Ich bin von der Kriminalpolizei und untersuche den Mord an Ihrem Gatten“, begann er.

„Jetzt? Nach sechs Wochen?"

„Nun ja, wie Sie sich vorstellen können, war in letzter Zeit so einiges los. Daher hinken wir ein wenig mit der Aufklärung von Verbrechen hinterher. Aber wie heißt es so schön? Die Mühlen der Gerechtigkeit mahlen langsam, aber sie mahlen."

Die Frau schwieg und blieb abwartend.

„Wenn es Ihnen nicht allzu viele Umstände macht, würde ich gerne mit Ihren Worten noch einmal hören, was damals vorgefallen ist."

Eine wegwerfende Geste der rechten Hand war die erste Reaktion der Witwe. „Was gibt's da groß zu sagen. Irgendein Schuft hat sich Zutritt zu unserem Gasthaus verschafft. Hat wohl geglaubt, da gibt's was zu holen. Jedenfalls ist mein Mann munter worden, weil er da unten was pumpern g'hört hat. Er ist runtergegangen und nicht mehr raufgekommen." Beinahe war es Bronstein, als liefe eine einzelne Träne über die Wange der Frau.

„Das heißt, was Genaueres haben Sie nicht mitbekommen?"

„Genaueres, Genaueres. Was soll das schon ändern! Ich hab ihm noch g'sagt, bleib da. Aber er hat ja nicht hören wollen auf mich! Ich hab gleich g'wusst, das geht ned gut aus. Wissen S' ja eh, in den Tagen ist leichter g'storben worden als dass man am Leben blieben wär."

„Und wann haben Sie sich dann Gewissheit verschafft?"

„Das weiß ich nimmer. Eine halbe Stunde später vielleicht. Oder eine Stunde. Keine Ahnung mehr. Ich weiß nur mehr, dass er dag'legen is und sich nimma g'rührt hat. Und dass alles voller Blut war. Und ich bin so richtig heißg'rennt. Ang'schrien hab ich ihn, was er für ein Trottel ist.

Da hamma glücklich und endlich alles überstanden, und dann lasst er sich einfach abstechen wie eine Sau, der Depp, der!"

Jetzt brauchte Bronstein keine Mutmaßungen mehr anzustellen. Die Frau heulte wie der sprichwörtliche Schlosshund. „Drei Jahr' Todesangst. Nacht für Nacht. Dann plötzlich Frieden. Und ausgerechnet dann lasst der sich abkrageln! Was wird jetzt aus mir, ha? Was?"

Bronstein schwieg betreten.

„Am liebsten tät ich mir einen Strick nehmen. Aber es muss ja weitergehen. Irgendwie."

„Ist Ihnen, als Sie am Tatort eingetroffen sind, irgendetwas aufgefallen?", versuchte Bronstein die Frau wieder auf den eigentlichen Grund seines Besuchs zurückzuführen.

„Na ja, eine mordstrum Unordnung war da unten. Die dürften gekämpft haben oder so. Das passert auch zum Meinigen, weil der hätt sich sicher ned einfach so die Schleifen geben lassen."

„War vielleicht irgendetwas da, das nicht Ihnen gehörte? Etwas, das möglicherweise der Mörder verloren hat?" Bronstein hatte zwar wenig Hoffnung auf ein solches Glück, aber er war es sich schuldig, wenigstens den Versuch unternommen zu haben.

„Jetzt, wo Sie's sagen. Ja, ich hab mich damals noch g'wundert, wie das da herkommt, aber ich wär nie auf die Idee kommen, dass das was mit dem Mörder zu tun hat. Ich hab mich noch g'fragt, ob der Meinige vielleicht irgendwann einmal ohne mich dort war …"

„Wo?" Bronstein verspürte brennende Ungeduld in sich.

„Da war so ein Etikett, wie man es auf Rexgläser oder Konserven oder so tut."

Bronstein bemühte sich, seine Enttäuschung zu verbergen. Da hatte er gehofft, einen entscheidenden Hinweis auf den Mörder zu bekommen, wobei es ihm besonders lieb gewesen wäre, hätte er aus diesem Hinweis eine Verbindung zu Burger herstellen können, und dann redete diese Frau von der Aufschrift „Marillen“ oder „Gurken“.

Doch noch ehe die Witwe weitersprechen konnte, korrigierte sich Bronsteins Gehirn selbst. Nein, davon konnte gar nicht die Rede sein, denn dann hätte sie sich nicht gefragt, ob der Ermordete einmal ohne sie „dort“ gewesen war. Es musste also doch ein Hinweis auf eine Örtlichkeit gewesen sein.

„Und was stand auf dem Etikett?“

„Eingelegte Gurken.“

Nein!

„Und darunter befand sich die Stampiglie vom Hotel Regina.“

Ja!

„Haben Sie die noch?“

Die Frau nickte und verschwand im Inneren der Wohnung. Nach einigen Augenblicken kam sie mit dem gummierten Papier zurück. Bronstein unterdrückte ein feistes Grinsen, um die Gefühle der Witwe nicht unnötig zu irritieren. Gleichzeitig aber durchströmte ihn ein wahres Glücksgefühl. Das Etikett war zwar kein Beweis, dass Burger der Mörder oder auch nur, dass er überhaupt in dem Haus gewesen war, aber es handelte sich dabei doch um ein ziemlich starkes Indiz. Dürmayer würde zugeben müssen, dass sich dadurch eine Verbindung von Burgers Besuch bei Holzer und dessen weiterem Fluchtweg rekonstruieren ließ. Nun konnte man sich tatsächlich auf etwaige Polizeibeamte im zwanzigsten Bezirk konzentrieren, denn die Route legte nahe, dass Burger, auf der Suche nach einem bestimmten Bekannten, hier eine Zwischenstation eingelegt hatte, in der er eben vom Wirten überrascht worden war. Bronstein freute sich, er hatte sein Metier anscheinend nicht verlernt.

Er dankte der Frau und versprach ihr, sie auf dem Laufenden zu halten. Sie habe ihm sehr geholfen, versicherte er ihr noch, ehe er sich empfahl. Er überquerte den Kanal über die Behelfsbrücke und ging dann ein weiteres Mal den halben Ring entlang, um schließlich erschöpft die Oper zu erreichen. Dort setzte er sich auf einen steinernen Poller, rauchte eine Zigarette und verschnaufte eine Weile, um wieder zu Kräften zu kommen. Dann sah er auf die Uhr.

Er hätte nicht gedacht, dass ein Leben in der Großstadt so langweilig sein konnte. Es war gerade einmal 18 Uhr, und er wusste absolut nichts mehr mit sich anzufangen. Wohin sollte er auch gehen? Es gab keine Kinos, keine Theater, keine Lokale. Er beneidete jene Menschen, die wenigstens Gesellschaft hatten. Er aber war vollkommen allein, und alles, was ihm blieb, war, in seiner alten Wohnung zu einem Buch zu greifen und dabei zu hoffen, dass es ihm auf angenehme Weise die Zeit vertreiben würde. Er schlenderte also mit seinem Köfferchen zurück zur Walfischgasse, kletterte über den Schuttberg und setzte dann ein weiteres Mal zu dem Sprung über den mannshohen Abgrund an. Wieder kam er wohlbehalten auf der anderen Seite an und öffnete dann seine Wohnungstür, die er hinter sich gleich wieder schloss. Einen Augenblick wartete er ab, dann trat er mitten in seinem Vorzimmer fest auf, so, als könnte er dadurch die Stabilität des Raumes überprüfen. Gleich danach schalt er sein eigenes Verhalten lächerlich. Der Krieg war hier seit sechs Wochen vorbei. Seitdem war der Flügel nicht eingestürzt. Warum also sollte er es gerade jetzt tun? Sein Körpergewicht würde da keinen entscheidenden Unterschied darstellen.

Er ging in sein ehemaliges Schlafzimmer und fand dort tatsächlich noch sein eigenes altes Bettgestell vor. Durch die vorangegangenen Nächte klüger geworden, hielt er sofort Ausschau nach allfälligem Getier, doch nach einer ausgiebigen Inspektion konnte er feststellen, dass es Wanzen oder Schaben in diesem Gemäuer anscheinend zu ungemütlich war. Wenigstens in dieser Hinsicht würde er unbesorgt schlafen können. Dennoch schüttelte er die Matratze, so gut er es vermochte, aus und durchsuchte anschließend die Kästen im Vorzimmer nach brauchbarem Bettzeug. Tatsächlich fand er sowohl ein Leintuch als auch einen Polsterüberzug. Beide sahen zwar so aus, als wären sie in diesem Jahrzehnt nicht mehr gewaschen worden, aber in solchen Zeiten waren übertriebene Erwartungen fehl am Platz. Nachdem er so sein Bett notdürftig bezogen hatte, begab er sich in das Wohnzimmer und stellte sich vor den Bücherschrank. Sein Blick fiel auf Schillers „Die Räuber“. Das schien wahrlich die passende Lektüre zu sein für den ersten Abend, an dem man das Geraubte wieder in Besitz genommen hatte.

Als er endlich bei der Zeile „Deine Weisheit sei die Weisheit der grauen Haare“ angekommen war, machte ihm die hereingebrochene Dämmerung das Lesen endgültig unmöglich. Er erhob sich aus seinem Stuhl, streckte sich und griff dann zu seinen Zigaretten. Ihm fiel auf, dass es sich um den ersten Span handelte, den er wieder in seinen eigenen vier Wänden rauchte, und ein merkwürdiges Gefühl der Sentimentalität beschlich ihn. „Jetzt bist du wirklich zu Hause angekommen“, sagte er zu sich, und ein Lächeln, das einen Anflug von Glückseligkeit andeutete, umspielte seine Lippen.

Für seine Verhältnisse viel zu früh begab er sich in seine Bettstatt. Aber es gebrach ihm an jeder anderen Möglichkeit. Vielleicht, so sagte er sich, sollte er über das Wochenende von irgendwo ein paar Kerzen organisieren, dann war er nicht gezwungen, schon um 9 Uhr abends Schlaf zu suchen. Er schlug die Bettdecke zurück, zog seine Hose und sein Hemd aus und legte sich, nur mit Unterhose und -leibchen bekleidet, auf die Matratze. Kurz wähnte er ein Schwanken wahrgenommen zu haben, doch dann sagte er sich, es bestehe kein Grund zur Besorgnis. Er verschränkte die Arme hinter dem Kopf und starrte in die Dunkelheit. Mit der Zeit gewöhnten sich seine Augen an die Finsternis, und er nahm die Konturen des Zimmers wahr. Immer noch wollte ein Teil in ihm den Umstand nicht wahrhaben, dass er wieder zu Hause war, und so schloss er die Augen und öffnete sie wieder. Kein Zweifel möglich. Er war heimgekommen. Und das um drei Jahre früher als Odysseus. Gut, dafür hatte er keine Zeit mit Kirke oder Kalypso verbracht, aber andererseits musste er sich auch nicht, wie der Laertide, den Weg in sein eigenes Schlafzimmer freischießen, denn seine Antinoose und Eurymachose waren getürmt, noch bevor er wieder seinen Fuß auf das heimatliche Ithaka gesetzt hatte. Ja, die Odyssee, die sollte er auch wieder einmal lesen, dachte er sich und schloss neuerlich die Augen, diesmal aber, weil ihn die Müdigkeit doch übermannte. Und während sein Körper endlich Ruhe fand, träumte sich sein Geist in antike Gestade fort, wo er mit seinem Hund Argos spielte und Eumaios die Schweine hütete.

Wien
Samstag, 2. Juni 1945

„Hallo? Hallo, Genosse! Bist du da?“

Bronstein wähnte sich in einem Traum. Er öffnete die Augen und erkannte, er lag in seinem alten Schlafzimmer, das über Nacht nicht zusammengebrochen war. Ob der frühsommerlichen Hitze hatte er das Fenster offen gelassen, und genau dadurch hörte er jetzt zweifellos jene Stimmen, die nach einem Genossen hier im Hause riefen. Hatte sich über Nacht vielleicht noch jemand hier in dieser Ruine einquartiert? Er stand auf und sah neugierig aus dem Fenster.

Sofort erntete er eifriges Winken. „Da ist er ja!“, rief einer. „Guten Morgen, Genosse. Wir wären jetzt da!“

„Jetzt da?“, echote Bronstein. Was hatte das zu bedeuten? „Tut mir leid, ich versteh überhaupt nicht, worum es da geht“, erklärte er.

„Der Genosse Dürmayer hat uns g'sagt, dass du da in einer Ruine leben musst. Und da haben wir uns zusammengetan, damit wir da ein wengerl aufräumen.“ Jetzt erst fiel Bronstein auf, dass am Rand der Gruppe, die aus gut und gern 20 Menschen bestand, zwei Jungen mit einem Transparent standen, auf dem die Worte „Die KPÖ befreit Wien vom Schutt des Faschismus“ gemalt waren.

„Schaufeln hamma da, Scheibtruhen auch, und genug Leut simma aa. Von uns aus kann's losgehen“, lächelte der Partieführer. Er trug ein weißes Hemd mit kurzen Ärmeln und eine Lederhose, wie sie im Salzkammergut üblich war, was Bronstein nicht wenig amüsierte. Aber in Zeiten wie diesen durfte man hinsichtlich seiner Gewandung wohl nicht wählerisch sein. Sein eigener Anzug war schließlich auch schon zweimal gewendet. „Na, ich gebe zu, ich bin baff", entfuhr es Bronstein.

„Na dann, auf geht's, Genossen." Einige Männer schoben ihre Scheibtruhen ins Innere des zerbombten Gebäudes, eng gefolgt von ein paar Frauen, die sofort begannen, Ziegelsteine vom Boden aufzulesen und in die Truhen zu werfen. Tuckernd und schnaufend näherte sich zwischenzeitlich ein Lastwagen, auf dem der Schutt offenbar abtransportiert werden sollte. Bronstein verließ seine Wohnung und schickte sich eben an, wieder über den bedrohlichen Spalt zu springen, als ihm der Partieführer zurief, er solle warten. Ein Junge eilte zum LKW und holte eine Leiter von der Ladefläche, die an den noch stehenden Trakt angelehnt wurde. „So geht's leichter, was Genosse?!" Bronstein konnte nur nicken.

Während sich das Gros der Gruppe daranmachte, zerbrochene Ziegel, angekohlte Holzstücke und diverse Stuckreste zu entfernen, besah sich der Leiter des Trupps, was von dem Haus noch stand. Er wiegte den Kopf hin und her. „Einfach wird es nicht", meinte er dann, „aber unmöglich ist es auch nicht."

Bronstein wurde neugierig: „Was?"

Der Kommunist sah ihn direkt an: „Na, das Haus wieder aufzubauen." Er erntete ein fragendes Gesicht, das er als Aufforderung nahm, seine Gedanken näher zu erläutern.

„Bei Beschädigungen dieses Ausmaßes ist es normalerweise vernünftiger, alles abzureißen und von Grund auf neu zu beginnen." In Bronstein kroch Panik hoch. Sollte er seine Wohnung nun doch gleich wieder verlieren? „Aber hier haben wir es mit einem Grenzfall zu tun. Immerhin steht der eine

Trakt noch fast zur Gänze. Darauf sollte man aufbauen können." Der Mann dachte schweigend eine Weile nach, dabei immer wieder die bereits bekannte Kopfbewegung machend. Schließlich deutete er nach rechts. „Zuerst müssten wir hier das ehemalige Erdgeschoß vollkommen neu machen, nicht? Ich meine, wir können die Außenmauer verwenden, aber alles andere müsste von Grund auf neu gebaut werden. Darauf setzen wir dann den Plafond fürs Erdgeschoß, und den müssen wir dann irgendwie mit jenem, der noch auf deiner Seite vorhanden ist, verbinden. Das wird der schwierigste Teil der Übung. Aber wenn wir das schaffen, dann schaffen wir auch den Rest." Bronstein schöpfte wieder neue Hoffnung. „Baumaterialien brauchen wir halt. Aber die kriegen wir vielleicht von den Genossen der Roten Armee. Ich werde gleich morgen mit ihnen reden." Dabei lächelte er Bronstein abermals an.

Der war immer noch fassungslos: „Warum macht ihr das?"

„Ganz einfach. Der Genosse Dürmayer hat uns erzählt, was du hinter dir hast, Genosse. Da muss man ganz einfach helfen. Außerdem braucht Wien dringend Wohnungen. Du machst dir ja keine Vorstellung, unter welchen Bedingungen viele Wienerinnen und Wiener derzeit hausen müssen. Da ist es unsere Pflicht, so schnell als möglich Wohnraum wieder verfügbar zu machen. Und daher packen wir's einfach an."

Sprach's und gesellte sich zu den anderen. „Achtet darauf, jene Ziegel, die wir noch gebrauchen können, extra aufzustapeln. Haut nur weg, was wirklich unbrauchbar ist."

Bronstein sah fasziniert auf die Szene. Beinahe hätte er sich gekniffen, um sicherzugehen, dass er all das nicht doch träumte.

Noch mehr aber erstaunte ihn die Geschwindigkeit, mit der die jungen Leute arbeiteten. Er ertappte sich bei der Frage, ob die Fortschritte bei der Schuttbeseitigung nicht schon viel deutlicher erkennbar sein konnten, wenn die Regierung auch so einen Elan an den Tag legte. Noch ehe es Mittag wurde, war der Schuttberg, auf den er zweimal geklettert war, um von dort zu seiner Wohnung zu springen, verschwunden. Auf der Straße türmten sich diverse Möbelstücke, die aus dem Müll ausgesondert worden waren, da sie noch halbwegs brauchbar schienen.

Bronstein hatte den Jungen eine kleine Weile staunend zugesehen, dann aber war er zu der Überzeugung gekommen, dass er nicht abseits stehen durfte, wenn die so eifrig waren. Also packte er auch mit an und kam bald ziemlich ins Schwitzen.

Das Auftauchen der Vybiral war eine willkommene Abwechslung. „Was ist denn da los?", trompetete sie schon aus einiger Entfernung.

„Das sehen S' ja", antwortete Bronstein, der die Gelegenheit nutzte, sein Kreuz durchzustrecken, „wir bauen auf."

„Ja gibt's denn dafür eine Genehmigung?"

„Gute Frau, wenn man in dem Land auf eine Genehmigung wartet, damit man etwas Sinnvolles tun darf, dann passiert nie etwas. Wissen S' eh, dieses Land hat es nicht so mit den Lebenden. Das kümmert sich immer nur um die Toten."

Deutlich war der Vybiral anzusehen, dass sie protestieren wollte. Doch ganz offensichtlich fiel ihr nicht ein einziger Grund ein, der gegen das Vorgehen der versammelten Gruppe sprechen wollte. Sie verzog ihr Gesicht zu einer angewiderten Miene und stemmte die Hände in die Hüften. „Herr

Bronstein! So geht das aber nicht. Ich muss sagen, meine Wiedersehensfreude haben Sie sich aber jetzt gründlich vermiest. ... Ihretwegen muss ich mir da jetzt den Buckel krumm hackeln."

„Aber wieso denn das?"

„Na glauben S', ich will mir eine Goschen anhängen lassen von den anderen Hausmeisterinnen? Mein lieber Schwan, da könnt ich mir was anhören, wenn ich jetzt nicht mithelf, wenn's um mein eigenes Haus geht. ... Also, was soll ich machen?"

„Nun", sagte Bronstein mit einem belustigten Ausdruck im Antlitz, „ich tät sagen, das Gleiche wie ich. Ziegel von da nach dort tragen. Die, die man noch brauchen kann, zu dem Stapel da drüben, die anderen in die Scheibtruhen."

Die Vybiral fluchte undeutlich und machte sich dann ebenfalls an die Arbeit.

Die allgemeine Freude war kaum zu übersehen, als ein Wasserwagen vor der Ruine hielt, aus dem zwei Genossinnen kletterten, die Brot und Äpfel in Körben für die Arbeitenden brachten. Bronstein ließ sich erschöpft auf ein ausrangiertes Nachtkästchen sinken und nahm die Atzung dankbar entgegen. Der Partieführer setzte sich ihm gegenüber.

„Na, was sagst, Genosse. Keine drei Stunden Arbeit, und wir haben da schon ein ganz schön großes Stück, das schuttfrei ist. Wenn wir so weitermachen, schaffen wir heute die Hälfte des ganzen Areals. Dann können wir nächsten Samstag den Rest machen, und schon können wir uns darum kümmern, dass man das Haus wieder aufbaut."

Trotz der allgemeinen Begeisterung blieb Bronstein skeptisch. „Na ja, soo schnell wird's dann auch wieder nicht geh'n."

„Sicher, wir werden viele Materialien brauchen. Ziegel, Mörtel, ein Gerüst. Aber eines sag ich dir, Genosse: Bis Weihnachten steht die Hütte da wieder."

„Dein Wort in Gottes Ohr", entfuhr es Bronstein beinahe automatisch.

„Der hat damit eher nix zu tun. Obwohl, seinen Sohn könnten wir schon brauchen. Der war immerhin Zimmermann", lachte der Jüngling.

Nach der Pause wurde weitergearbeitet, und Bronstein, der sich irgendwann einmal eingestehen musste, dass er nicht mehr zwanzig war, setzte sich erneut auf einen Ziegelhaufen und wischte sich den Schweiß aus dem Nacken. Er wusste, dass er einen mörderischen Muskelkater haben würde, aber wenigstens, so dachte er, hätte er eine ruhige Nacht vor sich, denn Probleme mit dem Einschlafen konnte es nach einer solchen Anstrengung wohl kaum geben. In der Zwischenzeit war bereits der ganze ehemalige Innenhof weitgehend gesäubert, sodass man an manchen Stellen sogar wieder den ursprünglichen Boden sehen konnte. Selbst die Vybiral war beeindruckt und ließ die jungen Helfer wissen, dass sie nun zum ersten Mal seit drei Monaten direkt von ihrer Bleibe auf die Straße werde gehen können, ohne dass sie dafür die Ausrüstung von Luis Trenker brauche.

Als der Lastwagen ein weiteres Mal mit einer vollen Ladung Schutt davontuckerte, nahmen die Jungen vor Bronstein Aufstellung. „Ich denke, für heute haben wir eine ganze Menge geschafft. Wir müssen jetzt aber leider wieder gehen. Wir haben noch eine Versammlung drüben in Favoriten. Der Genosse Fischer spricht dort zu uns. Da wollen wir natürlich dabei sein. Und weißt eh, Genosse, bis Favoriten ist es ein weiter Weg von da."

Bronstein stand die Rührung deutlich ins Gesicht geschrieben. „Ich weiß gar nicht, wie ich euch danken soll. Ihr … habt mir … den Glauben an dieses Land zurückgegeben. Ich hoffe, ich kann mich irgendwann bei euch für diese großzügige Tat revanchieren."

Der Partieführer lachte breit. „Sicher. Früher oder später wird es wieder Wahlen geben. Und dann, so hoffe ich, erinnerst du dich an den heutigen Tag. Und an den kommenden Samstag."

Bronstein musste in die Heiterkeit des jungen Mannes einfallen. „Nicht an ihren Worten, an ihren Taten werdet ihr sie erkennen", meinte er augenzwinkernd.

„Hörst, das ist gar kein schlechter Spruch, den sollten wir uns merken für den Wahlkampf."

Bronstein war sich nicht sicher, ob sein Helfer das ernst gemeint oder nur so dahingesagt hatte, aber er beschloss, sich geschmeichelt zu fühlen. Er gab den Leuten die Hand und wünschte ihnen eine schöne Versammlung. Als sie gegangen waren, besah er sich den Platz und konstatierte erstmals das Gefühl, die Dinge könnten tatsächlich eine Wendung zum Guten nehmen.

Nachdem er sich noch eine Weile die Beine vertreten und dabei ein paar Lebensmittel erworben hatte, kehrte er in sein kleines Reich zurück. Er stellte fest, dass es gar nicht so leicht war, mit etwas Gepäck in der Hand eine Leiter zu besteigen, doch schließlich bewerkstelligte er den Aufstieg, ohne Schaden zu nehmen. Er überlegte, ob er die Leiter einziehen sollte, damit er des Nachts keine ungebetenen Besucher bekam. „Ich bin ja kein Burgherr, der belagert wird", sagte er sich und ließ sie stehen. Allerdings stieg gleich danach die Angst in ihm hoch, die Leiter könnte über Nacht umfallen. Dann wäre er in seiner Wohnung gefangen. Also begab er sich auf die Suche nach etwas, womit er sie fixieren konnte, und fand schließlich eine alte Paketschnur, die ihm reißfest genug erschien. Er stellte einen seiner Küchensessel auf den Gang, beschwerte ihn mit einem Stapel Bücher und wickelte dann das Seil um dessen Beine sowie um die oberste Sprosse der Leiter. Auf diese Weise würde er auch vorgewarnt, wenn sich tatsächlich jemand seinem Domizil nähern sollte, fand er. Solcherart mit seinem Tun zufrieden, zog er sich nun endlich in seine Wohnung zurück, wo ihm das Lesen zunehmend schwerer fiel. Wie von ihm vorausgesehen, übermannte ihn alsbald die Müdigkeit, und lange vor Mitternacht befand sich Bronstein bereits in tiefem Schlaf.

Wien
Sonntag, 3. Juni 1945

Was machte man an einem wunderschönen Sonntag, wenn es rein gar nichts gab, das der Zerstreuung dienen konnte? Nun, er konnte eine alte Tradition aufgreifen und sich in den Prater begeben. Natürlich würde er dort nirgendwo einkehren können, aber wenigstens ein kleiner Spaziergang war doch möglich, und der würde ihm vielleicht kurzfristig ein Gefühl von wiedergewonnener Normalität bieten. Er packte also etwas Brot und zwei Äpfel, die noch vom Vortag übriggeblieben waren, ein, füllte seinen alten Flachmann mit Wasser und machte sich auf den Weg. Er ging einfach die Kärntner Straße Richtung Kai und begab sich von dort in die Leopoldstadt. Eigentlich war er schon müde, als er den Prater erreichte. Gleich am Beginn ließ er sich unter einem

Baum nieder und hielt seine erste Brotzeit, nach der er sich noch eine Zigarette gönnte. Dann erst setzte er seinen Spaziergang fort, wobei es ihn nicht wenig amüsierte, dass er „Im Prater blühn wieder die Bäume“ von Robert Stolz vor sich hin summte, denn Blüten vermochte er weit und breit keine zu entdecken. Aber er hätte ja auch nicht zu sagen vermocht, ob in Sievering bereits der Wein grünte. Egal, er war wieder hier, und auch wenn nicht daran zu denken war, sich im Lusthaus mit einem Kaffee zu belohnen, so war allein schon der Weg durch die Allee ein beruhigender Moment, der ein wenig dazu beitrug, die Schrecken der letzten Jahre zumindest teilweise zu vergessen. Rechter Hand tauchte der Konstantinhügel auf, wenigstens der hatte sich nicht verändert.

Bronstein spürte die aufkommende Wärme und zog sein Jackett aus. Als er entdeckte, dass es tatsächlich noch ein paar Parkbänke gab, die den Krieg unbeschadet überstanden hatten, steuerte er auf eine davon zu und setzte sich. Nachdem er eine weitere Zigarette geraucht hatte, knüllte er seine Jacke zusammen, nutzte sie als Polster und legte sich kurzerhand nieder. Er faltete die Hände auf dem Bauch und sah zufrieden in den blauen Himmel. Ja, so fühlte sich der Frieden an, dachte er sich.

Dennoch, es gab noch genügend Dinge, die er vermisste. Kaffee vor allem, aber auch die Geselligkeit von Lokalen, die Kinos, die Kabaretts und die Theater. Und vor allem Zeitungen! All die Jahre hatte er kaum welche gelesen, da er ja ohnehin kaum Französisch gesprochen hatte. Nun träumte er davon, endlich wieder in einem Wiener Kaffeehaus zu sitzen, eine Schale Gold zu trinken, dazu eine „Donau“ zu paffen und eine Tageszeitung zu studieren. Dann, und erst dann, würde endlich alles wieder so sein wie früher.

Der Nachmittag war bereits weit fortgeschritten, und eine kühle Brise machte Bronstein frösteln. Er wusste, dass er ohnehin gut zwei Stunden brauchen würde, bis er sein Heim wieder erreicht hatte, und so erhob er sich und machte sich an den Rückweg, wobei er sich vornahm, unterwegs seine Vorräte ein wenig aufzustocken, um den Abend nicht mit knurrendem Magen verbringen zu müssen. Am Praterstern, so nahm er an, musste es eine Tauschstelle für die Reisenden geben, und dort gedachte er, ein paar seiner Lebensmittelmarken gegen Essbares einzutauschen. Er war bereits fast am Ende des Praters angelangt, als ihm einige Jugendliche auffielen, die auf der Wiese vor dem Wurstelprater mit einer Stoffkugel Fußball spielten. Bronstein blieb stehen und beobachtete das Match eine kleine Weile. Einige der Ballesterer waren, fand er, gar nicht so untalentiert. Vielleicht würde er ihre Namen dereinst in den Aufstellungen der großen Mannschaften wiederfinden, wenn, ja wenn es endlich wieder eine Liga gab. Doch auf die musste er wohl noch ebenso lange warten wie auf ein ordentliches Abendessen. Melancholisch seufzte er und setzte seinen Weg fort.

Es war entschieden zu früh, um wieder nach Hause zurückzukehren. Vielleicht, so dachte er, konnte er sich nach Margareten durchschlagen, um dem alten Pokorny einen Überraschungsbesuch abzustatten. Eine solche Strecke war zwar eine wahre Herkulesarbeit, aber vielleicht stimmte es ja, dass der Mensch mit seinen Aufgaben wuchs. Doch erstmals seit seiner Rückkehr aus dem Exil musste sich Bronstein eingestehen, dass er seine Kräfte überschätzt hatte. Schon der Weg durch die Praterstraße erwies sich als überaus anstrengend. Er fühlte einen nagenden Durst, die Beine wurden ihm immer schwerer, und er sehnte sich nach einer Sitzgelegenheit, auf der er wenigstens eine kleine Weile rasten konnte. Was aber überraschte ihn an dieser Situation? Er war 61, lebte von knapp mehr als 1.000 Kalorien, mithin einem Drittel dessen, was er in seinen guten Tagen konsumiert hatte, er rannte Tag für Tag Wegstrecken von mehreren Kilometern und hatte tags zuvor kiloweise Schutt weggeräumt. Da würde wohl selbst ein Jüngerer, als er es war, straucheln.

Außerdem, so befand er, war es ohnehin eine Schnapsidee, beim alten Pokorny auf gut Glück vorbeizuschauen. Allein schon die Vorstellung, dieser wäre nicht zu Hause! Das würde bedeuten, dass er gut zehn Kilometer umsonst zurückgelegt hatte. Völlig erschöpft erreichte er den Donaukanal und beschloss, mit der kleinen Pokorny eine Verabredung mit dem alten Pokorny zu erzielen, am besten für den kommenden Sonntag, dann würde die Route sich auf etwa drei Kilometer beschränken, wobei sichergestellt war, dass er den ehemaligen Mitarbeiter dann auch antraf.

Nahe dem Lueger-Platz wähnte er sich einem Wanderer durch die Wüste gleich, der taumelnd nur noch „Wasser, Wasser“ zu murmeln in der Lage war. Wenn wenigstens das Prückel geöffnet hätte, doch natürlich wurde ihm dieser Wunsch nicht erfüllt. Am liebsten hätte er sich vor dem Lueger-Denkmal ins Gras sinken lassen, wenn er die Garantie gehabt hätte, danach wieder auf die Beine zu kommen. Als er schon ernsthaft erwog, einfach in Ohnmacht zu fallen, kam ein Mann mit einem Kübel Wasser an ihm vorbei. Nachdem Bronstein sich davon überzeugt hatte, keiner Fata Morgana erlegen zu sein, fragte er den Passanten, woher er denn das Wasser habe. Dieser erklärte ihm, dass es im Stadtpark eine öffentliche Wasserentnahmestelle gebe, mit der die Anrainer versorgt würden. Unter Aufbietung seiner letzten

Kräfte wechselte er die Straßenseite und torkelte durch den Park. Schon von weitem sah er die Menschentraube, die sich vor dem Brunnen angestellt hatte. Er stellte sich hinten an und hoffte, diese Wartezeit auch noch zu überstehen. Als er endlich an der Reihe war, formte er mit seinen Händen eine Schale und trank erst drei-, viermal, ehe er seinen Flachmann neu auffüllte. Derart gestärkt setzte er sich auf die steinerne Umfassung dessen, was wohl einmal ein Blumenbeet gewesen war, und versuchte, seine Atmung wieder zu normalisieren. Schließlich marschierte er in die Johannesgasse, bog dort in die Schellinggasse und erreichte so endlich sein Haus. Mit zitternden Knien kletterte er die Leiter hoch und war heilfroh, sich in sein Bett fallen lassen zu können. Für eine gute Weile lag er einfach so da, und erst als der Hunger übermächtig wurde, stand er wieder auf, um etwas Essbares zu sich zu nehmen. „Ich kann nur hoffen, dass sich die Dinge bald wieder normalisieren, denn lange halte ich diese Anstrengungen nicht mehr aus", sagte er halblaut zu sich. Um gleich danach mit einiger Besorgnis zu registrieren, dass er nun schon mit sich selbst sprach. Es war dringend nötig, dass er irgendwo Freunde fand. Der Mensch ist schließlich ein soziales Wesen, es tut ihm nicht gut, allzu lange allein zu sein.

Fürs Erste aber beschloss er, einen Brief an Jelka und Cerny zu schreiben. Vielleicht konnte Dürmayer mit seinen Verbindungen es ja bewerkstelligen, dass der Brief expediert wurde. Er würde einfach die letzte ihm bekannte Adresse Cernys in Olmütz auf den Briefumschlag schreiben, und mit etwas Glück erreichten seine Zeilen den Freund auf diese Weise.

Bronstein war erstaunt, wie viel ihm einfiel, das er berichten konnte. Zeile um Zeile schrieb er mit engem Abstand auf den Bogen, und ehe er es sich versah, waren alle vier Seiten gefüllt, ohne dass er Platz für ein paar Worte an Jelka gelassen hätte. So krakelte er noch die Frage, ob er, Cerny, wisse, wo sich Jelka befinde, an die Seite, verbunden mit der Bitte, ihm gegebenenfalls ihre Adresse zu übermitteln. Er steckte den Brief in das vorbereitete Kuvert und beides zusammen dann in seine Jackentasche. Gleich am nächsten Tag würde er Dürmayer fragen, ob er ihm beim Versenden des Briefes würde behilflich sein können. Jetzt erst wandte er sich der Frage zu, welche Lektüre ihm den bevorstehenden Abend verkürzen könnte, und so begab er sich mit Goethes „Götz von Berlichingen“ zu Bett und verbot sich, weiter grüblerischen Gedanken nachzuhängen. „Auch der Aufschub hat seine Freuden.“ Eine halbe Stunde später, draußen war eben erst die Dämmerung über die Stadt gesunken, war auch die weitere Lektüre aufgeschoben, und Bronstein schlief tief und fest.

Wien
Montag, 4. Juni 1945

Es war kein Wunder, dass Bronstein praktisch noch vor dem ersten Hahnenschrei erwachte. Wer so früh zu Bett ging, der erwachte auch entsprechend früh. Aus alter Gewohnheit marschierte er in die Küche, um Kaffee zuzustellen, und schalt sich gleich darauf einen alten Idioten. Es gab keinen Kaffee, ja noch nicht einmal Wasser. Dabei störte es Bronstein fast noch mehr, dass er sich nicht einmal waschen konnte. Er musste mittlerweile wie ein Iltis stinken, dachte er sich, und hoffte dabei inständig, dass Dürmayer in seinem Büro wenigstens ein paar Annehmlichkeiten aus der Zivilisation aufweisen würde. Kaum zu glauben, für wie selbstverständlich man Dinge wie fließendes Wasser oder Körperhygiene nahm. Ihre Besonderheit merkte man erst, wenn sie nicht mehr zur Verfügung standen. Nun, wenigstens hatte er im Vorzimmerschrank ein paar Hemden gefunden, die ihm passten. Sie rochen zwar einigermaßen streng nach Mottenkugeln, doch das war ihm immer noch lieber als sein eigener Gestank nach altem Schweiß. Er zog sich rasch an, und noch ehe seine Uhr 6 Uhr morgens zeigte, verließ er seine Wohnung.

Auf dem Flur angekommen, überblickte er den Bauplatz zu seinen Füßen. Der Bursche konnte recht behalten. Noch so ein Einsatz, und alle Trümmer wären beseitigt. Dennoch würde es wohl noch Jahre dauern, bis er wieder sein gewohntes Haus vor sich haben würde. Umständlich kletterte er auf die Leiter, wobei er ein mulmiges Gefühl im Magen nicht völlig leugnen konnte, und so war er rechtschaffen froh, als er wieder festen Boden unter sich spürte. Er ging die Walfischgasse abwärts, vorbei an dem vernagelten Bau, der einstmals das „Moulin Rouge" beherbergt hatte, und traf schließlich auf den Ring, wo er nach links einbog. Schlag sieben betrat er Dürmayers Büro.

Es wunderte ihn wenig, dass noch niemand da war. Doch dann fiel sein Blick auf etwas, das gleich hinter der Eingangstür auf dem Boden lag. „Neues Österreich" stand in Balkenlettern auf dem Stück Papier, und Bronstein erkannte mit klopfendem Herzen, dass er eine Zeitung vor sich hatte. Er konnte sein Glück kaum fassen. Endlich wieder eine Zeitung. Das war ja fast wie in den guten alten Zeiten. Er hatte Zigaretten, und nun hatte er eine Zeitung. Wäre auch noch Kaffee vorhanden gewesen, er hätte sich im Paradies gewähnt.

Er holte den Aschenbecher hervor, zündete sich eine Zigarette an und setzte sich mit der Zeitung in der Hand an den Tisch. Der Leitartikel trug den wenig reißerischen Titel „Arbeiter und Bauern". Doch Bronstein war so ausgehungert nach Lektüre, dass ihn nicht einmal diese Agit-Prop-Sprache davon abhielt, den Artikel zu lesen.

„Arbeiter und Bauern! als eine Mahnung zur Einigkeit. In allen Zeiten haben Arbeiter und Bauern gemeinsam gelitten und wurden gemeinsam unterdrückt." Bronstein fragte sich, ob er eine Orthographie-Reform versäumt oder ob die Zeitung einen schleißigen Lektor hatte. Zu seiner Zeit war es jedenfalls noch nicht statthaft gewesen, einen Satz mit einem Kleinbuchstaben zu beginnen. Aber darum ging es wohl nicht. „Nur allzuoft marschierten Arbeiter und Bauern getrennt und wurden getrennt geschlagen." Ja genau, darum ging es. Nicht umsonst wurde die Sowjetunion auch der „Arbeiter- und Bauernstaat" genannt, und selbigen wollte der Autor dieser Zeilen nun auch in Österreich verwirklicht sehen. „In Österreich erklingt jetzt, nach den bitteren Erfahrungen der letzten Jahre, recht laut die Mahnung zur Einigung. Zur Einigung aller, und nicht zuletzt der Arbeiter und Bauern. Der deutsche Faschismus hat mit Hilfe der DAF die Arbeiter zu recht- und hilflosen Sklaven gemacht und die Bauern mit Hilfe des berüchtigten Dorfdreiecks niedergehalten und terrorisiert."

Nun, so dachte Bronstein, daran mochte noch nicht allzu viel falsch sein. Auch nicht an den Ausführungen der nächsten beiden Absätze, wonach die Nazis versucht hätten, beide Gruppen gegeneinander auszuspielen. Dabei gehörten Arbeiter und Bauern zusammen, lautete die zentrale Botschaft des nächsten Paragraphen: „Schon im Frieden waren

Arbeiter und Bauern aufeinander angewiesen. Der Arbeiter kann nicht leben und arbeiten ohne das Brot, das der Bauer schafft, der Bauer kann nicht bestehen ohne Geräte und Werkzeuge, ohne Kleider und Schuhe, die er aus Arbeiterhänden erhält. Die Arbeiter und die Bauern haben auch immer gewußt, daß sie zueinander gehören.“ Es seien nur die Mächtigen, die aus reiner Profitgier zwischen Arbeiter und Bauer eine Kluft schaffen wollten, hieß es weiter. „Jetzt aber ist es höchste Zeit und größte Notwendigkeit, daß diese Kluft, wenn sie überhaupt noch besteht, beseitigt wird wie der Kriegsschutt auf Straßen und Feldern. Die Städter können ihre Häuser nicht aufbauen und nicht leben und arbeiten ohne die tatkräftige Hilfe der Landwirtschaft, die Bauern können die Felder nicht bestellen und nicht ernten und die Landwirtschaft nicht aufbauen ohne die Unterstützung der Arbeiter. Aus der gemeinsamen Not und Sorge ist der alte Ruf: Arbeiter und Bauern, seid einig! entstanden. Dem Ruf muß die Tat, muß das gemeinsame Werk des Wiederaufbaues in Stadt und Land folgen.“

Bronstein musste sich eingestehen, er hatte mit einem etwas feurigeren Ende gerechnet. Doch dann las er den Namen des Autors. Laurenz Genner. Der war, so weit Bronstein sich erinnerte, ein sozialdemokratischer Parlamentsabgeordneter gewesen, und so schien es Bronstein nicht verwunderlich, dass der Mann nicht nach einer sofortigen Revolution rief. Er blätterte um und musste feststellen, dass auch auf der nächsten Seite der charakteristische Politduktus vorherrschte. Der ihn recht rasch ermüdete. Bald schon las er nicht mehr Wort für Wort, sondern überflog mehr und mehr erst Zeilen, dann ganze Absätze, und er kam nicht umhin, sich eingestehen zu müssen, dass er die Lektüre ziemlich enttäuschend fand. Da hatte er sieben Jahre auf eine Zeitung gewartet, und dann bekam er ausgerechnet ein politisches Manifest aufgetischt. Aber gut, worüber sollte eine Zeitung in diesen Tagen auch groß berichten? Es gab keine Sportereignisse, keine Kulturveranstaltungen, und so, wie er die Lage einschätzte, würden in nächster Zeit wohl auch keine Bücher gedruckt werden, die in einer Zeitung besprochen werden könnten. Außer Appellen zum Wiederaufbau, zur Einigkeit oder zur Erneuerung Österreichs war in der Tat wenig zu schreiben in solchen Tagen. Bronstein beschloss, sich also trotzdem über die gefundene Zeitung zu freuen. Dies umso mehr, als es beim nächsten Mal eigentlich nur besser werden konnte.

Gerade als er die Zeitung weglegen wollte, kam Dürmayer herein. Dessen Blick fiel auf das Papier in Bronsteins Händen. „Ah, hast schon den Leitartikel vom Genossen Genner g'lesen? Seit er bei uns ist, schreibt er gleich viel feuriger, gell."

Bronstein dachte an seine vorherigen Gedanken und verkniff sich eine Replik. „Ich glaube, ich habe Neuigkeiten", sagte er stattdessen, „ich bin der Wirtsgeschichte doch nachgegangen."

„Am Wochenende?" Dürmayer zeigte sich erstaunt.

„Weißt eh, ein echter Kieberer ist immer im Dienst." Dabei zwinkerte er.

„Wenn du so weitermachst, wirst du noch ein zweiter Dzierzynski!"

„Ein polnischer Polizeipräsident aus der Zwischenkriegszeit?"

„So ähnlich. Also, was hast du herausgefunden?"

Bronstein berichtete von seiner Unterredung mit der Witwe und präsentierte dann das am Tatort gefundene Beweisstück. „Für mich ist jetzt völlig klar, dass der Burger damals im April dort vorbeigekommen und mit dem Wirten aneinandergeraten ist. Jetzt müssen wir nur noch herausfinden, was er in diesem Teil der Stadt gewollt hat."

„Nun ja, darüber sind wir uns ja ohnehin schon einig gewesen. Er suchte einen Fluchthelfer. Die Frage ist also nur, wie wir an dessen Namen kommen."

„Ich sage immer noch, es muss sich um einen ehemaligen Kollegen bei der Wiener Polizei handeln."

Dürmayer nickte bedächtig. „Ja, das glaube ich mittlerweile auch. Was wir aber nicht wissen, ist, ob es sich um einen Kollegen handelt, der im zwanzigsten Bezirk Dienst tat, oder um jemanden, der dort wohnt."

„Also ich glaube nicht, dass dort in jenen Tagen noch jemand Dienst tat. Da war der Endkampf um Wien, soweit ich weiß, voll im Gange. Da ist sicher niemand am Morgen in sein Kommissariat gegangen und hat darauf gewartet, dass die Oma von gegenüber ihren Hund als vermisst meldet", merkte Bronstein an.

„Gut, nehmen wir an, du hast recht …" Dürmayer legte nachdenklich seinen Zeigefinger auf die Lippen. „… Dann müssen wir irgendwie aus unseren Unterlagen herausfiltern, welche Polizisten in dieser Gegend gemeldet sind. … Das wird eine Sisyphos-Arbeit, das kann ich dir jetzt schon sagen."

„Ja, ein paar Tage wird das schon dauern …"

„Was heißt ein paar Tage!" Dürmayer schnaufte. „Wir wissen ja nicht einmal, wo wir überhaupt suchen können. Die Archive der Polizeidirektion sind entweder verbrannt oder unter Bergen von Schutt begraben. Und meines Wissens sieht es im Innenministerium nicht besser aus."

Beide schwiegen eine Weile und hingen ihren Gedanken nach.

„Die Gauakten!“, rief Bronstein plötzlich.

Dürmayer sah auf. „Wie bitte?“

„Die Gauakten. Wir können doch davon ausgehen, dass der Spezi vom Burger auch ein Nazi war. Also wird er in den Unterlagen der NSDAP aufscheinen. Und wenn wir Glück haben, ist es den Nazis nicht gelungen, die vor ihrer Flucht zu verbrennen.“

„Du, das könnte stimmen. Wir müssen im Parlament Nachschau halten. ... Obwohl ...“, Dürmayers Enthusiasmus klang wieder ab, „ich habe gehört, dass die Nazis dort in den letzten Kriegstagen jede Menge Unterlagen verbrannt haben. Und wer weiß, wo jene Akten hingekommen sind, die man damals vor der Vernichtung bewahrt hat.“

„Aber es wird doch bestimmt jemanden geben, der uns da Auskunft geben kann. Irgendjemand von der Parlamentsverwaltung. Die müssen da ja auch so etwas wie einen Hausbesorger oder so haben. Der wird das wohl wissen“, hielt Bronstein dem neu aufgekeimten Pessimismus entgegen. „Und was ist mit der Gemeinde Wien, die müsste das ja auch wissen. Zumindestens ungefähr.“

„Gut, in der Hinsicht können wir den Genossen Lauscher bitten, dass er das für uns herausfindet. Und wir beide begeben uns jetzt einmal ins Parlament. Mal schauen, was wir dort finden.“

Unterwegs sagte Bronstein zu Dürmayer, wenn er für jedes Mal, wo er in den letzten Tagen den Ring abgegangen sei, einen Schilling bekommen hätte, wäre er schon ein reicher Mann. Dürmayer erwiderte, ja, so könne es einem in diesen Tagen ergehen. Was Bronstein wiederum dazu veranlasste, daran zu erinnern, dass man sich zudem auch alles erst einmal erstehen müsse. Nur der Versuchung, der könne man derzeit mangels Versuchung nicht erliegen. Dürmayer hielt daraufhin fest, Bronstein solle sich beim „Neuen Österreich" als Redakteur für die Witz-Ecke bewerben. Bronstein aber winkte ab, die ganze Zeitung sei an sich ein Witz, also bedürfe man seiner dort nicht. Dürmayer reagierte mit einem tadelnden Blick.

„Na ja, aussprechen, was ist. Das hat euer Lassalle gesagt."

„Das war nicht unser Lassalle. Der gehört den Sozis. Und zwar geschenkt."

„Na, wenn du es sagst."

„Eben."

Den Rest des Weges legten sie schweigend zurück. Über die Rampe ging es in das obere Vestibül. Dort saß behelfsmäßig ein Portier, der sie sogleich nach ihrem Begehr befragte. Dürmayer hielt ihm seinen Ausweis hin und erklärte, er suche nach Auskünften bezüglich der Gauakten.

„Der Krempel, der von die Nazis überblieben is? I glaub, den hamma wegg'haut."

Dürmayer blieb die Luft weg. „Ja seid ihr denn wahnsinnig geworden? Das ist doch lauter Beweismaterial!"

„Wofür?"

„Dafür, wer aller bei der NSDAP war zum Beispiel", fauchte Dürmayer.

„Und wen soll das jetzt noch interessieren?"

„Die Bundesregierung. Die Behörden. Die Gerichte", ließ sich Bronstein vernehmen.

Der Portier blickte ihn halb herablassend, halb feindselig an. „Wozu soll das die Gerichte interessieren? Da könnt man ja gleich ganz Österreich verhaften. Und bei den Richtern könnte man anfangen."

„Vielleicht fangen wir bei dir an, du Christkindl!", schrie Bronstein und ließ dabei seine Faust auf den Tisch des Portiers sausen.

Unwillkürlich zuckte der Mann zusammen. „Fragen S' den Wagner, der ist der Chef von der Haustechnik. Ich glaub, der weiß mehr", kam es kleinlaut.

„Na bitte, geht doch", sagte Bronstein, mehr zu Dürmayer als zu dem Bediensteten. Eine halbe Stunde später verließen sie das Gebäude mit der Information, dass man alle geretteten Schriftstücke auf Geheiß von Vizekanzler Schärf der Polizeidirektion am Parkring übergeben habe. Dort müsse alles lagern, weil eine eigene Gruppe die Dokumente für die Justiz auswerte. Bronstein gab es auf, die Kilometer zu zählen, und versuchte, den Muskelkater in den Beinen zu ignorieren.

Im Präsidium angelangt, erklärten sie ihr Anliegen, worauf sie an die entsprechende Gruppe verwiesen wurden. Dort betrachtete sie ein Jüngling von kaum mehr als 20 Jahren mit dicker Brille überaus neugierig.

„Wir kämen wegen der Gauakten, die euch vom Parlament zugeschickt wurden."

„Ja, was ist damit?"

„Sind da zufällig auch die Mitgliederverzeichnisse der NSDAP dabei?"

„Die wurden leider größtenteils ein Raub der Flammen. Wir haben nur ein paar tausend Namen sicherstellen können", dämpfte der junge Mann den Optimismus seiner Besucher.

„Und die Personalverzeichnisse der Wiener Polizei?", versuchte es Bronstein, „gibt es die?"

Der Junge nickte. „Ja, die haben wir. In Form von Personalakten. Etwa viertausend Stück von A wie Adler bis Z wie Zwilling. Was brauchen S' denn genau?"

„Wir suchen nach Polizisten, die entweder im zwanzigsten Bezirk wohnhaft waren bzw. sind, oder solchen, die dort Dienst versahen."

„Na, das könnte in den Akten schon drinnen stehen. Allerdings gibt es da kein gesondertes Verzeichnis. Sie müssen sich schon jeden Akt einzeln anschauen."

„Viertausend Stück. Wie lange kann so etwas dauern?"

„Na ja, sagen wir, du brauchst für einen Akt fünf Minuten, dann sind das eine knappe Stunde für zehn Akten, zehn Stunden für hundert Akten, hundert Stunden für tausend Akten ..., also 400 Stunden. Also acht Wochen ..."

„Oder vier Wochen, wenn wir es gemeinsam machen."

„Na servus!"

Beide stöhnten, schickten sich dann aber ins Unvermeidliche.

„Und, weißt schon, was du heute am Abend machst?", fragte Dürmayer, nachdem sie schon zwei Stunden lang diverse Bündel durchgepflügt hatten.

Bronstein musste lachen. „Was werde ich schon machen? Dasselbe wie jeden Tag. Lesen, solange es die Lichtsituation zulässt, und dann versuchen, irgendwie einzuschlafen. Was sollte ich auch sonst tun?"

Dürmayers geheimnisvoller Grinser irritierte ihn.

„Na los, spann mich nicht auf die Folter", schnarrte Bronstein, „was weißt du, was ich nicht weiß?"

„Och", sagte sein Gegenüber so beiläufig wie möglich, „wir könnten in die Oper gehen." Das Grinsen in Dürmayers Gesicht wurde breiter.

„In die Oper, haha, der Witz ist gut. An der gehe ich jeden Tag vorbei. Ich weiß, wie die ausschaut."

„Na ja, sie spielen auch nicht in *der* Oper, sie spielen in der Hofburg. Und ich habe zwei Freikarten bekommen. Und da dachte ich, wer verdient sich ein bisschen Abwechslung mehr als mein bester Mitarbeiter?" Wie zum Beweis für seine Aussage zauberte Dürmayer zwei dünne Zettel aus seiner Jackentasche, auf denen Bronstein deutlich das Wort „Regiekarte" lesen konnte.

„Das ist jetzt aber nicht wahr, oder?", entfuhr es ihm.

„Doch, doch! Langsam kommt das Leben hier in dieser verwundeten Stadt wieder in die Gänge. Das Akademietheater hat auch schon eine Aufführung hinter sich gebracht. Und jetzt tritt heute das Staatsopernensemble in den Redoutensälen auf. Wirst sehen, bald haben wir wieder einen echten Kulturbetrieb. Wie es sich für Wien gehört."

Bronsteins Neugier war nicht mehr zu zügeln. „Was wird denn gegeben?"

„Wiener Blut, soweit ich weiß."

Na, das war ja durchaus passend, fand Bronstein. Einerseits war in Wien in den letzten Jahren eindeutig genug geblutet worden, und andererseits gab es für die Wiener Seele wohl keinen passenderen Satz als das berühmt-berüchtigte „Glücklich ist, wer vergisst, was doch nicht zu ändern ist".

Nach der Vorstellung verabschiedete sich Bronstein herzlich von seinem Chef und dankte ihm innig für den wunderbaren Abend. Zum ersten Mal seit vielen Jahren war ihm wieder alles so vorgekommen, wie es sein sollte. Zwar hätte er sich in der „guten alten Zeit" niemals eine Operette angehört, doch an diesem Tag war ihm der Genuss der leichten Muse so angenehm, als wäre er höchsteigen bei einer Mozart-Premiere zugegen gewesen. Und es störte ihn nicht einmal, dass das „Glücklich ist, wer vergisst“ nicht gespielt worden war, weil es, wie er im Laufe der Aufführung erkannt hatte, aus der „Fledermaus“ stammte. So gesehen war das Stück dann ja doch richtig gewählt worden, strahlte es doch in Summe nicht wenig Optimismus aus. Und Bronstein ertappte sich dabei, wie er, allein durch die Augustinerstraße schlendernd, noch einmal das Titellied vor sich hinsummte: „Wiener Blut, Wiener Blut, eig'ner Saft voller Kraft, voller Glut! Wiener Blut, selt'nes Gut, du belebst, du erhebst unsern Mut.“

Ja, etwas Mut konnte man schon gebrauchen in diesen Tagen. Und mit etwas Glück saß er vielleicht tatsächlich noch einmal gemütlich in seinem elektrisch beleuchteten Wohnzimmer bei einem Glas Erlauer, einer guten Zigarre und musikaler Untermalung. Es musste ja nicht wieder Wagner sein, ein netter Wiener Walzer, der die Leichtigkeit des Seins postulierte, konnte gerade für einen Mann im vorgerückten Alter eine ganz brauchbare Alternative sein. Spontan drehte Bron stein vor der Ruine der Albertina ein paar Walzerschritte. Humtata, humtata! Erst der tadelne Blick eines sowjetischen Wachpostens ließ ihn wieder zur normalen Fortbewegungsart zurückkehren. „Nix für ungut, Herr Soldat“, murmelte er, „und Druschba auch.“

Obwohl er keinen einzigen Tropfen Alkohol getrunken hatte, fühlte er sich merkwürdig beschwingt. In riskanter Lässigkeit turnte er die Leiter hinauf, öffnete schwungvoll seine Wohnungstür und ließ sich dann, bekleidet wie er war, ins Bett fallen. Ein Besuch beim Heurigen, so wie in der Operette, hach, das wäre was! Ein Staubiger und ein saftiges G'selchtes. Ein Bratlfettnbrot! Mit frischen Zwiebeln und viel Salz. Ein knackfrisches Brezl, und dazu eine Regie-Virginier!

Bronstein träumte sich in einen lukullischen Olymp, der ihn den nagenden Hunger vergessen half. Und ehe sein Magen allzu laut knurren konnte, war Bronstein auch schon eingeschlafen.

Wien
Dienstag, 5. Juni 1945

Mittlerweile war das Klettern über die Leiter für ihn bereits zur Routine geworden, und er fand, für sein Alter machte er das recht elegant. Zufrieden mit seiner Leistung schritt er flott aus und erreichte frühzeitig den Parkring, wo er sich wieder an seinen provisorischen Arbeitsplatz begab. Kaum saß er dem Aktenstapel gegenüber, erhielt er eine Notiz überreicht, die er neugierig las. Dürmayer teilte ihm darin mit, dass er den ganzen Tag über an Sitzungen teilnehmen müsse, ergo keine Zeit für die Personalbögen habe. Er werde sich aber baldmöglichst wieder Bronstein anschließen.

Der blies ärgerlich Luft aus und sah auf die Berge, die ihn umgaben. Als besonders mühsam empfand er dabei den Umstand, dass die Akten in keiner Weise geordnet waren. Nicht einmal alphabetisch. Auf einen „Hugo Bauer“ folgte ein „Heinrich Pachner“, auf diesen wieder ein „Gerhard Wimmer“. Bronstein gestand sich ein, diese Tatsache ziemlich demotivierend zu finden. Als er rund zehn Akten abgearbeitet hatte, wurde ihm langweilig und er begann, die Deckblätter nach bekannten Namen zu durchforsten. Vielleicht, so sagte er sich, machte es mehr Spaß, die langweiligen Einträge zu studieren, wenn man die Person, über die da geschrieben wurde, kannte.

Er ging also einen der Stöße von oben nach unten durch – und erstarb. Schnell hatte er die in blauer Tinte geschriebene Kurrentzeile entziffert. „Bronstein, David“ stand da. Seine Finger zitterten, als er den Personalakt an sich zog und langsam öffnete. Wie gewohnt lag als Erstes eine Art Übersichtsblatt darin, aus dem hervorging, dass besagter Bronstein David seit 1913 der Kriminalpolizei angehörte. Unter Vordienstzeiten stand zu lesen: 1907 bis 1913 Sicherheitswache. Auch das entsprechende Kommissariat war angegeben. Unter „letzte Beförderung“ befand sich sein „Oberst“ aus 1933. Die letzten Zeilen allerdings ließen sein Blut beinahe gefrieren. „Freiwillig aus dem Dienst ausgeschieden – 13. März 1938“. Gleich darunter hatte jemand mit dicker schwarzer Tinte hinzugefügt: „Jude!“ Lange blickte Bronstein auf das Rufzeichen. Dann befand er, er brauchte eine Zigarette. Erst als er ein paar Züge gemacht hatte, wagte er sich wieder an seinen Akt. Die Seite 2 war eine Einschätzung seiner Persönlichkeit. „Einzelgänger. Nicht sehr kontaktfreudig. Neigt zu Jähzorn. Unorthodoxe Ermittlungsmethoden, mitunter mangelnder Respekt gegenüber dem Dienstweg. Loyal den Untergebenen gegenüber, aber aufsässig gegenüber den Vorgesetzten. Grüblerisch. Genußsüchtig.“ Bronstein verschwammen die einzelnen Begriffe vor den Augen. Wer, um Himmels willen, hatte ein solches Dossier über ihn erstellt? Er selbst erkannte sich in diesen Zeilen als Person nicht unbedingt wieder. Er griff nach dem nächstbesten Personalbogen und warf einen Blick auf die dortige Beschreibung. „Loyal, strebsam, dienstbeflissen.“ Na, das klang schon wesentlich eher nach Lob. Doch dann waren ein paar Zeilen durchgestrichen. Bronstein mühte sich redlich ab, sie zu entziffern. „Geistig eingeschränkt, unflexibel“ lautete seine Lesart. Darunter dann allerdings, zweimal unterstrichen: „Parteimitglied, SS-Mann". Nun ja, zumindest in politischer Hinsicht hatte sich der Mann durchaus als flexibel erwiesen. Bronstein kehrte wieder zu seinem eigenen Akt zurück. Erstmals in seinem Leben sah er auch die Bewertungen, welche seine Vorgesetzten wie vorgesehen Jahr für Jahr über ihn abgegeben hatten. Die ersten stammten noch von Josef Maria Nechyba, der mit penibler, gestochen scharfer Schreibschrift seinen Untergebenen charakterisiert hatte. Bronstein konnte sich noch gut an den alten Griesgram erinnern, ein Genussmensch gleich ihm, der aber auch schnell rabiat werden konnte, wenn ihm etwas nicht passte. Hatte man in seinen Augen einen Fehler begangen, dann war man besser weit weg, denn Nechybas dröhnendes Organ entwickelte in solchen Momenten stets eine neue Dimension in Sachen Lautstärke. Doch offenbar hatte der alte Brummbär Bronstein doch sehr geschätzt, obwohl er ihn nicht nur einmal einen Idioten gescholten hatte. Die Beschreibungen von Bronstein als Kriminalist waren durchwegs positiv, und als er las, dass Nechyba ihn als einen seiner fähigsten Mitarbeiter charakterisiert hatte, da kam ihm beinahe eine Träne der Rührung aus.

Auch Nechybas Nachfolger Franz Brandl hatte Bronsteins Arbeit durchaus gewürdigt. Doch schon bei Eugen Seydel überwog die Kritik an Bronsteins Person. Und dass die Ausführungen Michael Skubls voller gehässiger Kommentare waren, verwunderte Bronstein nicht im Geringsten. Der Opportunist aus Kärnten hatte sich zuerst in den Reihen der Austrofaschisten nach oben intrigiert, um dann bei der erstbesten Gelegenheit zu den Nazis überzulaufen. Wahrscheinlich, so mutmaßte Bronstein, stammte auch das despektierlich gemeinte „Jude" auf dem Deckblatt von Skubl.

Danach folgten unzählige Blätter, die Bronstein unfreiwillig amüsierten. Es war beachtlich, was eine Personalabteilung alles für wichtig genug erachtete, in einen Personalakt aufgenommen zu werden. Akribische Auflistungen seiner Urlaube, seiner Krankenstände, ja selbst seiner Einsätze außerhalb des Dienstortes. Nur die Personalisten mochten wissen, wozu derartige Informationen für die Zukunft aufbewahrt werden sollten. Am Ende des Papierkonvoluts fand sich schließlich eine lapidare Aktennotiz vom 14. März 1938, wonach Bronstein unentschuldigt dem Dienst ferngeblieben sei. Er lächelte bitter. Hätte Cerny ihn nicht im letzten Moment aus Wien hinausgebracht, auf jenem Stück Papier stünde wohl „außerhalb des Dienstortes in Schutzhaft genommen".

Bronstein schloss seinen eigenen Akt und stöhnte. Auf diese Weise würde man wohl nie die gesuchte Verbindung zu Burger finden. Doch genauso absurd wäre es, befand er, einfach in der Brigittenau von Wohnung zu Wohnung zu gehen und dort zu fragen, ob zufällig jemand der Bewohner Polizist sei und einen Max Burger kenne. Wie man es auch drehte und wendete, eine Lösung des Falles schien nicht in Sicht. Und das war kaum verwunderlich, denn anders als sonst konnte man hier keine der üblichen Ermittlungsmethoden einsetzen. Also blieb ihm weiter nichts übrig, als sich durch diese Aktenberge zu wühlen, bis er wenigstens einen Polizisten gefunden hatte, der mit Burger in Verbindung zu bringen war. Bronstein fand, ein weiteres Stöhnen konnte nicht verfehlt sein.

Mit Fortdauer des Tages konstatierte Bronstein zunehmende Konzentrationsmängel an sich. Immer wieder musste er eine bereits begonnene Zeile von Neuem lesen, da er ihren Sinn geistig nicht aufgenommen hatte. Die ständig sich wiederholenden Formulierungen ermüdeten Geist und Körper, und Bronstein sehnte sich nach einer Möglichkeit, die Prozedur abzukürzen. Als ihm endgültig die Worte vor den Augen verschwammen, beschloss er, sich selbst in den Dienstschluss zu entlassen.

Zurück in seiner Wohnung grübelte er eine gute Weile darüber nach, welche Alternativen er zur gewählten Vorgangsweise entwickeln konnte. Er könnte sich in die Brigittenau begeben, dort die Kommissariate abklappern und die diensttuenden Beamten fragen, ob einer von ihnen Max Burger kenne oder zumindest jemanden, der mit diesem in Verbindung gestanden war. Gleichzeitig war es eine Möglichkeit, sich im Umfeld des Lokals in der Herminengasse umzuhören, ob sich vielleicht noch jemand daran erinnerte, wohin sich Burger im Anschluss an die Tat gewandt hatte. Dieser Variante räumte er jedoch wenig Erfolgschancen ein, denn die Menschen hatten in jenen Tagen wohl ganz entschieden anderes zu tun, als einen einzelnen Mann zu beobachten, der wahrscheinlich eilig aus einem Gasthaus lief. Aus alter Erfahrung wusste er, dass eine Spur immer noch die ersten paar Tage lang heiß war. Die Leute erinnerten sich bestenfalls noch daran, was sie am Vortag erlebt hatten. Alles, was weiter zurücklag, verschwamm schon vor dem geistigen Auge, um dann gänzlich zu verschwinden. Es war naiv anzunehmen, dass jemand, der auf eine Frage wie „Wo waren Sie vor zwei Wochen um diese und jene Zeit?" eine prompte Antwort geben konnte, die Wahrheit sagte. Um wie viel naiver war es da, darauf zu hoffen, dass sich eine erschöpfte und ausgehungerte Bevölkerung an eine Begebenheit zu erinnern vermochte, die in keinerlei Beziehung zu ihrem eigenen Dasein gestanden war.

Genau bedacht war es wohl aber auch zu optimistisch zu glauben, in den Kommissariaten des 20. Bezirks Antworten zu finden. Dort würde kaum noch jemand Dienst tun, der zu offensichtlich an die Nazis angestreift war, und schon gar nicht würde jemand zugeben, einen Mann zu kennen, nach dem wegen besonderer Verbrechen gegen die Menschlichkeit gefahndet wurde. Bronstein kam daher zu dem Schluss, sich den neuerlichen Fußmarsch in die Brigittenau sparen zu können. Wie er es auch drehte und wendete, die Akten waren wohl die einzige vage Hoffnung, die ihnen blieb.

Er versuchte, die Götz-Lektüre wieder aufzunehmen, doch vermochte er sich nicht auf den Text zu konzentrieren. Immer wieder schweiften seine Gedanken ab. Vielleicht gab es ja irgendwelche Widerstandskämpfer, die mit den Polizisten im 20. Bezirk in Berührung gekommen waren. Möglicherweise konnte man von dieser Seite einen Hinweis bekommen, denn es war anzunehmen, dass die neu formierten Parteiorganisationen der Sozialdemokraten und Kommunisten solche Widerständler in ihren Reihen hatten. Bronstein stand auf und machte sich eine Notiz. Vielleicht konnte er ja Dürmayer dazu bringen, seine Fühler auch in diese Richtung auszustrecken, schließlich durfte man nichts unversucht lassen.

Immer wieder begann er, dieselbe Seite zu lesen, und immer wieder streifte ein neuer Gedanke seine Gehirnwindungen. Vielleicht sollte man sich auch mit dem Meldeamt in Verbindung setzen, wo sich Burgers letzte Wiener Adresse befunden hatte. Möglicherweise hatte er auch dort noch Bekannte. Und schließlich, wer vermochte es zu sagen, vielleicht war Burger sogar selbst Brigittenauer, und er hatte auf der Insel gar niemanden gesucht, sondern sich lediglich zu seiner eigenen Bleibe durchgeschlagen. In dem Fall freilich würden sie zurück an den Start gehen müssen, denn dann waren alle bisherigen Überlegungen hinfällig. Bronstein nahm den Bleistift und kritzelte unter die „Widerständler"-Notiz das Wort „Meldeamt".

Nach zwei Zeilen des „Götz" die nächste Überlegung. Burger war gerade einmal 40 Jahre alt. In dem Alter war es durchaus nicht ungewöhnlich, liiert zu sein. Möglicherweise hatte er hier in Wien ein Gspusi, und sie waren mit der Suche nach einem Kollegen auf der falschen Fährte, weil sie stattdessen eine Frau ausfindig machen sollten.

Bronstein begann der Kopf zu schwirren. Zu viel strömte gleichzeitig auf ihn ein. Auf die Lektüre konnte er sich ohnehin nicht mehr konzentrieren, zudem war es bereits ziemlich dunkel, also war es möglicherweise besser, sich zu Bett zu begeben. Er bedauerte, dass er keinen Schlummertrunk zur Verfügung hatte, denn er befürchtete, recht lange nicht einschlafen zu können, weil sein Gehirn einfach weiterarbeiten würde. Ein paar Gläschen Wein würden ihn beruhigen. Doch so musste er einen anderen Weg finden, um sich müde zu machen. Er versuchte es mit Schäfchen, was naturgemäß nicht funktionierte. Auch das Herunterleiern der Primzahlen zeigte keine Wirkung, weil er ab 43 ins Schlingern geriet, sodass er erst recht heftig nachdachte, anstatt dem Hirn eine Pause zu gönnen. Erst als er an seinen alten Geographielehrer Paschinger dachte, konnte er sich entspannen. Vor seinem geistigen Auge lief dessen monotones Gemurmel über den Viehbestand im oberen Mühlviertel ab, und endlich fiel er in traumlosen Schlaf.

Wien
Donnerstag, 7. Juni 1945

Es war, so fand er, wieder einmal an der Zeit, laut auszublasen. Da saß er seit drei Tagen und wälzte Akten. Ganz allein. Denn Dürmayer hatte sich natürlich auch am Mittwoch entschuldigen lassen. Aber gut, das war eigentlich zu verstehen. Der Mann war schließlich nicht irgendwer, sondern er spielte eine zentrale Rolle im Sicherheitsapparat der neuen Republik. Da konnte man kaum erwarten, dass er sich in ein Hinterzimmer setzte und staubige Papiere durchlas, deren Wert mehr als zweifelhaft war. Dadurch aber wurde die Aufgabe natürlich nicht leichter. Kaum ein Zehntel der Personalbögen hatte er durchgeackert, und natürlich war kein einziger Brigittenauer oder auch nur Leopoldstädter darunter gewesen. Allmählich kam ihm die Idee, sich einfach vom Kanal bis zur Donau durchzufragen, beinahe wieder attraktiv vor.

Als er eben daranging, einen neuen Stapel auf seinen Schreibtisch zu wuchten, ging plötzlich die Tür auf, und Dürmayer stand darin. „Na, das ist aber eine Überraschung. Ich hätte nicht mit dir gerechnet."

„Ehrlich gesagt, ich kann dir auch heute wieder nicht helfen. Aber ich dachte, ich bringe dir etwas, das dich bei deiner Arbeit ein klein wenig unterstützt." Dürmayer hob die Hand hoch, und Bronstein erkannte ein Radio. Einfach und simpel, in der Art der Volksempfänger.

„Das ist ja nett gemeint, aber was soll ich damit? Platten kann man damit nicht abspielen, und Sender gibt's ja keine."

„Aber doch!"

Bronstein zog die Augenbrauen hoch. „Doch?"

„Na ja, wie du ja weißt, habe ich so meine Quellen, und daher weiß ich, dass ab heute die RAVAG wieder ihren Sendebetrieb aufnehmen wird. Vermutlich kurz vor Mittag. Mit einer ‚russischen Stunde', wie ich höre. Und daher dachte ich, bringst du dem armen David wenigstens ein Radio, damit ihm über all dem Papierkram ned allzu langweilig wird." Bronstein ging auf Dürmayer zu und nahm von ihm den Apparat entgegen. Er beäugte ihn interessiert und drehte dann am Regler. Ein Knacksen war zu hören. „Siehst du, es funktioniert. Probier's halt einmal um 11, und wenn sich da nix tut, dann noch einmal um 12. Aber gesendet wird heute. Das steht fest."

„Na ja, dann dank ich dir recht schön. Ich hoffe nur, die russische Stunde ist kein Sprachkurs." Dabei zwinkerte er mit dem rechten Auge. Dürmayer lächelte höflich und entschuldigte sich dann. Bronstein wiederum machte mit den Akten weiter, behielt aber gleichzeitig auch die Uhr im Auge. Pünktlich um elf drehte er erneut am Knopf, doch außer dem bekannten Knistern tat sich nichts. Als er schon wieder abdrehen wollte, kamen plötzlich befremdliche Geräusche aus dem Gerät, die sich allmählich zu einer menschlichen Stimme mauserten. Bronstein spürte eine innere Aufregung, wie er sie auch am Montag in der Hofburg empfunden hatte. All diese kleinen Signale, Zeitung, Theater, Radio, sie zeugten von einer langsamen Rückkehr der Normalität. Und nichts wünschte er sich zu diesem Zeitpunkt mehr als ein normales Leben, wie er es vor dem Krieg gewohnt gewesen war. Dafür war er auch bereit, die folgenden 60 Minuten mit russischen Kniebeugentänzen oder martialisch-pathetischer Marschmusik berieselt zu werden. Doch zu seiner eigenen Überraschung begann das Programm mit Schostakowitschs 7. Symphonie „Leningrad“, gefolgt von Tschaikowskis „1812“, um danach Exzerpte aus Rimski-Korsakows erster Symphonie zu bringen. Bronstein war regelrecht verzückt und konnte sich nicht einmal mehr vordergründig auf seine Arbeit konzentrieren. Er lehnte sich einfach nur zurück und genoss die Musik, die ihn weit forttrug, in eine andere Welt, in eine andere Zeit.

Bronstein brauchte eine ganze Weile, seine Enttäuschung zu verarbeiten, nachdem das Programm tatsächlich nach einer Stunde wieder beendet worden war. Streng genommen sogar nach weniger als einer Stunde, denn zum Schluss waren noch diverse Verlautbarungen zu hören gewesen, auf die er gar nicht mehr geachtet hatte. Er verließ den Raum, um sich ein wenig die Beine zu vertreten. Am Ring stehend rauchte er eine Zigarette, schloss dabei die Augen und versuchte, die Musik in sich nachklingen zu lassen. Erst nach einer guten Weile kehrte er in sein Zimmer zurück und widmete sich, wenn auch nur halbherzig, wieder seinen Akten.

Später am Abend kam Bronstein endgültig zu dem Schluss, dass diese Strategie absolut keinen Erfolg versprach. Auf diese Weise würde er noch wochenlang alte Papiere wälzen, während sie Burger keinen Schritt näher kamen. Selbst wenn er dazu überging, auf gut Glück stichprobenartig einzelne Akten hervorzuholen, war die Chance, einen Treffer zu landen, gleich null. Bei der nächsten sich bietenden Gelegenheit würde er mit Dürmayer noch einmal über die Sache reden, denn es war ganz offensichtlich, dass sie einen anderen Weg suchen mussten. Er fand, er hatte für einen Tag genug getan, verabschiedete sich von den Kollegen und machte sich sodann auf den Heimweg, der, sehr zu seiner Erleichterung, nicht allzu lang war. Als er auf die Leiter stieg, spürte er einen leichten Schwindel, den er aber zu ignorieren wusste. Wahrscheinlich, so sagte er sich, war er die Hitze nicht mehr gewohnt. In seiner Wohnung angekommen, nahm er noch einen Schluck Wasser, wobei er bedauerte, dass dieses schal und abgestanden schmeckte. Leider gab es weit und breit keinen Brunnen, sodass er es nicht durch frischeres ersetzen konnte. Auch das Brot, das ihm als Nachtmahl diente, schmeckte hart und rau, sodass er Mühe hatte, die einzelnen Bissen hinunterzubekommen. Es war wirklich hoch an der Zeit, dass die Versorgung der Stadt mit Lebensmitteln ein wenig besser wurde. Warum schafften die Österreicher nicht, was die Tschechen geschafft hatten? Es konnte doch nicht so schwer sein, ein wenig Abwechslung in den Speisezettel der Wienerinnen und Wiener zu bringen. Angewidert legte er den Rest des Brotes beiseite und beschloss, lieber hungrig zu Bett zu gehen, als weiter auf diesem harten Scherzel herumzukauen. Diesmal träumte er nicht von saftigem Fleisch mit üppigen Beilagen. Simples Obst und Gemüse erstand vor seinem geistigen Auge, ehe er endlich in unruhigen Schlummer sank.

Wien
Sonntag, 10. Juni 1945

Eigentlich hatte den Freitag nur zweierlei ausgezeichnet. Die zunehmende Hitze und der Umstand, dass Bronstein nach wie vor keinen einzigen Polizisten gefunden hatte, der irgendwie mit Burger oder mit der Brigittenau in Verbindung zu bringen gewesen wäre. Diese Tatsache hatte Bronstein dazu veranlasst, sich am folgenden Tag besonders aktiv in die Schuttbeseitigungsaktion einzubringen. Der junge Mann von der Vorwoche war diesmal mit einer Truppe angerückt, die sich der „Freien Österreichischen Jugend“ zugehörig fühlte, und die Jugendlichen staunten nicht schlecht, wie viele Ziegel der Alte stemmen konnte. Selbst während der Pause hatte Bronstein weitergearbeitet, trotz der Warnung des Mannes, er solle auf sich achten. Tatsächlich erlebte Bronstein diese körperliche Tätigkeit nach einer Woche fruchtlosen Sitzens wie eine Art Befreiung. Deutlich konnte er sehen, wie immer weitere Teile des Areals völlig aufgeräumt waren. Nun, deutlich war vielleicht nicht der richtige Ausdruck. Er nahm es eher verschwommen wahr, konstatierte er. Möglicherweise war ihm Schweiß ins Auge gedrungen. Er wischte sich mit dem Handrücken über die Stirn und schüttelte leicht den Kopf. Dann bückte er sich, um wieder ein paar Steine aufzuheben. Wie schon zwei Tage zuvor befiel ihn leichter Schwindel, als er sich wieder aufrichtete. Das musste die Sonne sein, sagte er sich, der er schutzlos ausgeliefert war. Er sollte sich eine Kopfbedeckung suchen und etwas trinken. Er warf die Ziegel in die Scheibtruhe, obwohl sie noch brauchbar gewesen wären. Ein Versehen. Er betrachtete sie, um festzustellen, ob sie seinen Fehler unbeschadet überstanden hatten, doch irgendwie bekam er die Konturen nicht zu fassen. Er rieb sich die Augen, doch das Bild blieb unklar. So, als sähe er durch eine gesprungene Linse. Er wollte den Anführer der FÖJ-Gruppe zu sich rufen und drehte sich zu diesem um. Aber die Drehung endete nicht an der gewünschten Stelle. Sie ging weiter. Einmal um die eigene Achse. Er nahm eine Art Blitzen wahr, dann wurde es schwarz, und er sah gar nichts mehr. Sein Unterbewusstsein funkte noch die Nachricht über einen Aufprall an sein Gehirn, doch dieses vermochte die Information nicht mehr zu verarbeiten. Auch mit den Stimmen, die wie von weiter Ferne an sein Ohr drangen, wusste es nichts mehr anzufangen. Daher hatte Bronstein auch keine Ahnung davon, dass er bewusstlos zu Boden gegangen war, und auch den Auflauf um ihn bekam er nicht mit. Für die nächsten 24 Stunden war der Organismus „David Bronstein" außer Betrieb.

Als er endlich wieder zu sich kam, ging im Fenster gerade die Sonne unter. Wie ein roter Ball rollte sie langsam hinter die Hügelkette und verschwand so aus Bronsteins Blickfeld. Dafür wurde er Dürmayers gewahr, der neben ihm auf einem Sessel saß.

„Na endlich!", hörte er ihn sagen, „du machst Sachen, hörst. Ich hab mir ja solche Sorgen gemacht! Zum Glück bist jetzt wieder da."

„Wo bin ich?", stellte Bronstein just jene Frage, die man gemeinhin allen unterstellt, die nach einer Bewusstlosigkeit wieder zu sich kommen.

„Im Allgemeinen Krankenhaus ..."

„Aber warum denn das?"

Noch ehe Dürmayer antworten konnte, betrat ein Arzt das Zimmer. „Ah, Sie sind wieder auferstanden von den Toten. Fein. Sehr fein. Das ist ja ... beruhigend ... ned wahr?!"

„Er hat gerade gefragt, warum er hier ist", erklärte Dürmayer.

„Na ja", wandte sich der Arzt Bronstein zu, „z'sammklappt simma, ned wahr?! Wie ein Kartenhaus sozusagen. Was aber auch kein Wunder ist, ned wahr?! ... Ich mein', die Zeiten ... ned ..., heiß is', zu essen gibt's nix, zu trinken auch nicht, ned wahr ... und simma uns ehrlich, lieber Herr, ich mein', der Jüngste, ned wahr, simma auch nicht mehr. … Da dürf ma nicht glauben, dass wir so einfach … ned wahr?! Da müss ma uns schon ein bisserl … weil sonst … na ja, das haben S' ja eh g'merkt. … Bum!"

Bronstein war zwar gefesselt von der blumigen Ausdrucksweise des Mediziners, doch er hätte nicht behaupten können, nach dieser Ansprache wesentlich klüger gewesen zu sein. „Und was heißt das jetzt bitte konkret?"

„Na ja, der Kreislauf, ned wahr. Ich mein', was z'viel ist, ist z'viel. Da brauch ma halt viel Ruhe und ein bisserl eine Erholung, ned wahr. Aber keine Sorge, so schlimm is es auch wieder nicht. Wir papperln uns da schon wieder auf, gelt!"

Bronstein wollte aufbegehren. „Aber das geht doch nicht. Wir müssen doch … der Burger, der geht uns doch sonst durch die Lappen, wenn wir nicht …"

Dürmayer legte begütigend die Hand auf Bronsteins Arm. „Gar nix müssen wir im Augenblick. Die Gesundheit hat immer Vorrang, merk dir das." Bronstein machte ein enttäuschtes Gesicht. „Aber geh, der rennt uns nicht davon. Jetzt schaust, dass du wieder auf die Beine kommst, und dann geht's mit neuer Energie wieder los."

Als Bronstein immer noch keine Anstalten machte, sich mit dieser Perspektive abzufinden, legte Dürmayer nach. „Ich beneid dich direkt. Ehrlich. Du musst jetzt gar nix organisieren, die Ärzte und das Personal kümmern sich um dich. Das ist wie ein Hotel mit Vollpension. Da bekommst ein gutes Supperl, einen feinen Tee, und wann immer du was willst, brauchst einfach nur zu klingeln. Also besser könnt's ja gar nicht sein, weißt!"

„Aber die Akten, die muss ich doch …"

„Ach was, mach dir da einmal keine Gedanken. Ich borg mir einfach vom Pamer das Fräulein Pokorny aus, die soll dich ein paar Tage lang vertreten, bis du wieder auf dem Damm bist. Die wird eh auch ganz froh sein, wenn sie einmal von dem alten Tatterich wegkommt." Dürmayer bemühte sich um ein optimistisches Lächeln.

„Na, wennst meinst", gab sich Bronstein geschlagen, „ich fühl mich tatsächlich noch ein wengerl matt. Vielleicht ein, zwei Tage …, aber dann komm ich wieder."

„Sicher. Das machen wir schon. Aber jetzt sieh einmal zu, dass d' wieder zu Kräften kommst, gell. Ich schau dann wieder vorbei."

Während des kurzen Gesprächs hatte der Arzt den Puls gemessen, irgendetwas auf einen Zettel notiert und selbigen am Fuß des Bettes angebracht. Mit einem kurzen Nicken war er wieder entschwunden, wurde aber von Dürmayer, der sich zwischenzeitlich von Bronstein verabschiedet hatte, eingeholt.

„Herr Doktor, eine Frage noch. Wie lange wird es dauern, bis der Kollege wieder einsatzfähig ist?"

„Na ja … bei uns kriegt er jetzt einmal vernünftige Ernährung, und mit der … nötigen Ruhe … na ja, sagen wir eine Woche. Also … bei optimalem Verlauf, ned wahr?! Ich mein' … Komplikationen … können immer, ned wahr?! Sind aber … in dem Fall eher … unwahrscheinlich, ned …"

„… wahr", sagte Dürmayer, dessen Geduld sichtlich an ein Ende gekommen war. „Gut, wenn sich irgendetwas Besonderes ereignet, dann geben Sie mir bitte Bescheid. Und kümmern Sie sich wirklich gut um ihn. Er wird noch gebraucht."

„Wir kümmern uns um alle … gut. Wofür halten Sie uns …"

„Nein, nein, ich wollt nix insinuieren. Nix für ungut, Herr Doktor. Vielen Dank für die Auskunft und schönen Tag noch."

„Aber, ned wahr", fuhr der Arzt dessen ungeachtet unbeirrt fort, „Sie dürfen nicht vergessen, dass … also, … was Ihrem Kollegen widerfahren ist, ned wahr, … das erleben wir derzeit laufend. Unser Spital ist voll von Menschen, die … der allgemeine Mangel … Sie verstehen? Ich mein' …, das halt ja der stärkste Ochs ned aus, wenn … aber wem sag ich das, ned wahr?"

Dürmayer blieb keine andere Wahl als zu nicken.

„Wenn wir wenigstens ausreichend Nahrungsmittel hätten …", seufzte der Arzt und rieb sich die Nasenwurzel, „aber so … ich mein', wie's im Moment ausschaut … sparen wir vom Personal uns Teile unserer Rationen vom Mund ab … damit die Patienten … versorgt werden, ned wahr? Ich mein', so kann man doch nicht … hippokratischer Eid schön und gut … aber das hier … das gleicht ja purer Fahrlässigkeit … sagen S' das Ihrer Regierung, die soll was tun … und das schnell! Sonst haben wir bald nur noch Fälle wie Ihren Kollegen."

Dürmayer wusste, dass der Mann recht hatte. Aber wie sollte die Regierung an Nahrungsmittel kommen, wenn nicht einmal die Befreier genug zu essen hatten? „Daran ist nur der verdammte Krieg schuld", knurrte er, „die Nazis haben alles vernichtet, was wir jetzt so dringend brauchen würden. Selbst wenn es irgendwo am Land noch Getreide oder Feldfrüchte gäbe, wir haben keine Transportmöglichkeiten. Das Schienennetz ist weitgehend unterbrochen, und LKW haben wir auch nicht genug. Wenn nicht bald die Rote Armee aushilft, dann werden jene, die die Kämpfe überlebt haben, nun am Hunger sterben."

„Und sehen S', da ist auch der beste Arzt hilflos. Aber wenigstens haben wir … noch ein wenig Gemüse, mit dem wir … Suppen kochen können. Mehr können wir … für die Leute … einfach nicht tun."

„Na ja, hoffen wir, dass die Lage bald besser wird. Vielleicht können die umliegenden Bauern doch so etwas wie eine Ernte einfahren, dann entspannt sich die Situation vielleicht. Fürs Erste aber noch einmal vielen Dank. Ich muss jetzt leider weiter."

Sie reichten sich die Hände, und Dürmayer ging nun endgültig seiner Wege. Der Mediziner aber wies eine der Krankenschwestern an, auf Bronstein ein besonderes Auge zu haben. Tatsächlich bekam der wenig später eine Schale Früchtetee mit Zucker, die er mit größtem Genuss austrank, ehe er wieder einschlief.

Wien
Montag, 18. Juni 1945

Nach einer Woche im Krankensaal war Bronstein schon ziemlich langweilig geworden. Er hielt es kaum noch im Bett aus und begab sich bei jeder sich bietenden Gelegenheit auf den Gang, wo er genüsslich eine Zigarette rauchte. Dürmayer hatte ihn nach einigen Tagen wieder besucht und ihm zwei Packungen „Belomorkanal" offeriert, die sich Bronstein, so gut es eben ging, einteilte. Die letzte Papyrossa rauchte er unmittelbar vor der morgendlichen Visite, bei der ihm vom diensthabenden Arzt ein guter Gesamtzustand attestiert wurde.

„Wann kann ich denn dann wieder heim?"

„Wissen S' was, wenn Sie versprechen, sich nicht wieder so zu überanstrengen, dann tät ich sagen, morgen. Ist Ihnen das recht?"

„Und ob!"

„Na, dann lass ich Ihre Papiere fertig machen. Heute kriegen S' noch einmal ein gutes Papperl, und morgen dürfen S' dann wieder die Wienerstadt unsicher machen." Dabei zwinkerte der Arzt mit dem rechten Auge, während Bronstein erleichtert aufatmete. Schon allein diese Ankündigung bewirkte, dass er sich wieder besser fühlte. Da verschmerzte er sogar den Mangel an Rauchwaren. Unmittelbar nach der Visite verließ er den Saal und ging die winkelige Treppe hinab in den Innenhof. Unter dem Denkmal Kaiser Josephs II. sah er einen Pfleger stehen, der an einer Zigarette zog. Sofort erwachte seine Lust, doch eine zu paffen. Allerdings schien es mehr als ungehobelt, den Mann um einen Span anzugehen. Er wandte sich also ab und schlenderte in den ersten Hof, wo er sich auf eine Parkbank setzte, auf der er die Pfarrkirche der Alservorstadt direkt im Blick hatte.

Merkwürdig, dachte er. An dieser Stelle war er vor etwas mehr als sieben Jahren oft vorbeigelaufen. Nicht weit von hier hatte die hübsche Johanna Raczek gewohnt. Was wohl aus ihr geworden war? Sie wollte nach Polen zurückkehren, daran konnte er sich noch erinnern. Um den Nazis auszuweichen. Nun, eineinhalb Jahre später waren die Nazis auch in Polen eingefallen. Dieses Land hatte vielleicht noch mehr gelitten als seine Heimat. Er hoffte inständig, dass die Furie des Krieges wenigstens die Raczek verschont hatte. Und auch die Kvitek, die wohl in Prag ihre letzten Prüfungen absolviert hatte, als die Deutschen dort einmarschiert waren. So viele Namen, so viel Unklarheit. Er durfte sich gar nicht länger auf derlei Gedanken einlassen, sonst konnte er sich gleich wieder ins Krankenbett legen.

Er bemühte sich stattdessen, sich an dem wunderschönen Tag zu erfreuen. Am Himmel war keine einzige Wolke zu sehen, und der laue Sommerwind rauschte milde in den Bäumen, deren Kronen sich sanft unter seinem Hauch bogen.

Es war schon bemerkenswert, dass die Dinge gleich viel einfacher aussahen, wenn das Wetter freundlich war. Sie schienen dann nicht mehr unmöglich, sondern bewältigbar. Und ewig konnten die Engpässe schließlich nicht weitergehen. Irgendwann würde es wieder normales Essen geben, und dann auch einmal ein normales Leben. Er war erst 61, die Chancen, dass er wieder in Lokalen verkehren und Zeitungen lesen konnte, standen also gar nicht einmal so schlecht. Und dank seiner Arbeit würde er sich auch nicht überflüssig vorkommen. Er hatte eine Aufgabe, und an der würde er wachsen. Sie würde ihm Kraft geben. Zuerst einmal jene, endlich wieder nach Hause zurückzukehren.

Bronstein erhob sich von der Bank und wanderte noch eine gute Weile durch den Innenhof, ehe er sich langsam wieder in sein Zimmer zurückbegab, wo ihm wenig später ein weiterer Teller Suppe kredenzt wurde. Danach lauschte er noch eine kleine Weile den Gesprächen der anderen Patienten, ehe er irgendwann doch einschlief.

Am nächsten Morgen wurde er früh geweckt. Man reichte ihm seinen Entlassungsschein und bedeutete ihm, er könne nach dem Frühstückstee das Spital verlassen. Und so stand er wenige Minuten nach 7 Uhr morgens auf der Alser Straße und schlenderte in gebotener Langsamkeit auf den Ring zu. Dabei kam er zu dem Schluss, dass Dürmayer es ihm nicht verübeln würde, wenn er noch auf einen Sprung in seiner

Wohnung vorbeischaute. Immerhin war er über eine Woche nicht dort gewesen, da war es schon gut, nach dem Rechten zu sehen. Die Stippvisite nutzte er zudem dazu, sich die letzten zwei Zigaretten, über die er noch verfügte, mit ins Büro zu nehmen, hoffend, Dürmayer würde in der Zwischenzeit neue aufgetrieben haben. Als er seine Wohnung wieder verließ, sah er den Platz unter seinen Füßen feinsäuberlich aufgeräumt. Nirgendwo lag mehr Schutt oder Müll herum, lediglich die verschütteten Keller im anderen Trakt galt es noch freizuschaufeln. Sonst sprach nichts mehr dagegen, mit dem Neubau der zerstörten Teile zu beginnen. Vielleicht hatte der Jungkommunist ja doch recht mit seiner Prognose.

Nachdem er ein klein wenig verschnauft hatte, begab er sich zu Dürmayers Büro, wo er bald nach 9 Uhr morgens eintraf. Dürmayer sah auf, als Bronstein den Raum betrat, und ein zufriedenes Lächeln umspielte seine Lippen: „Na, wie geht's dir? Gut schaust aus. Hast dich erholt?"

Bronstein nickte. „Was gibt's Neues?"

Dürmayer lachte. „Du hältst dich wohl nicht lange mit Formalitäten auf, was? Ran wie Blücher, täten die Preußen sagen."

Bronstein ging nicht näher auf diese Aussage ein und sah stattdessen Dürmayer unverwandt in die Augen. Dieser machte schließlich eine enttäuschte Miene. „Eigentlich nichts Gutes. Vom Burger nach wie vor keine Spur. Ich glaub auch nicht, dass wir den noch irgendwo in der Brigittenau suchen brauchen. Ich mein', das ist jetzt über zwei Monate her. Da ist jede Spur kälter als der Südpol. Und das Fräulein Pokorny hat in deiner Abwesenheit die Akten durchgestöbert, und da gab es eigentlich nur zwei Polizisten, auf die unsere Vermutung gepasst hätte. Ein Norbert Wiedler, der von 1939 bis 1944 in der Brigittenau Dienst getan hat und zuletzt in der Othmargasse wohnte, der sich aber am 2. Mai dieses Jahres aufgehängt hat. Und ein Ferdinand Auinger aus der Treustraße. Den haben wir aber nicht aufgefunden."

„Ihr wart schon dort? Ohne mich?"

Dürmayer blickte schuldbewusst drein. „Ja, am Freitag. Gleich wie wir diese Verbindung gefunden haben. Aber der war, wie gesagt, nicht da, und die Hausmeisterin hat erzählt, er sei schon im April aus Wien geflüchtet, wohin wisse sie nicht."

Bronstein hatte Mühe, seine Enttäuschung zu verbergen. Dürmayer versuchte dennoch, sie zu ignorieren. „Das heißt, selbst wenn unsere Theorie stimmen sollte, endet die Spur vorerst ohnehin im zwanzigsten. Bezirk. Der Auinger dürfte es nicht g'wesen sein, den er g'sucht hat, weil der wahrscheinlich gar nicht mehr da war, und wenn er sich mit dem Wiedler abgegeben hat, dann kriegen wir aus dem auch nix mehr raus."

Bronstein unterdrückte einen Fluch.

„Damit nicht genug der schlechten Nachrichten", fuhr Dürmayer fort. „Wir haben von den Kollegen aus Klagenfurt einen Bericht erhalten, wonach der Seidl – du erinnerst dich, das ist der zweite, hinter dem ich her bin – bei ihnen gesehen worden ist. … Ich meine, es ist bis jetzt noch nicht bestätigt, aber wenn er wirklich in Kärnten ist, dann haben wir ein Problem, weil dann haben ihn die Briten, und wir schauen durch die Finger."

„Ich hab im Spital g'hört, die sollen jetzt auch nach Wien kommen?"

„Ja, das wird unter den Alliierten verhandelt. Die Rote Armee soll Wien nicht allein verwalten müssen. Das ist ja auch, wie du selbst gemerkt hast, ein ziemliches Problem hinsichtlich der Ernährung der Bevölkerung. Und seien wir ehrlich, die Amis und die Tommys, die haben da einfach mehr Ressourcen."

„Du meinst, da kriegen wir dann jeden Tag Roastbeef."

„Na wenigstens hast deinen Humor wieder."

„Tja, das ist das Einzige, was man sich derzeit leisten kann."

Dürmayer lächelte schmal.

Bronstein aber konzentrierte sich sogleich wieder auf den Fall. „Habt ihr die Hausmeisterin auch nach Burger befragt?"

„Warum hätten wir sollen? Wir wollten ja wissen, ob sie weiß, wo der Auinger ist."

„Vielleicht war der Burger aber beim Auinger und ist mit dem gemeinsam getürmt."

Dürmayer schnippte mit den Fingern. „Recht hast. Siehst, das hamma vergessen!"

„Ich meine, welchen Grund sollte die Frau haben, uns zu sagen, mit wem der geflüchtet ist, wenn wir nur fragen, ob er geflüchtet ist?"

„Tja, siehst, das ist genau der Grund, warum ich dich in unserer Abteilung haben wollte. Du bist ein alter Haudegen, der sich auskennt und genau weiß, was man in so einem Moment fragen muss."

„Das heißt, wir gehen noch einmal zu der Frau hin?"

„Ja, machen wir. Und zwar gleich."

Bronsteins Oberkörper sank in sich zusammen. „Da komm ich grad erst aus dem Spital, und dann soll ich schon wieder quer durch Wien marschieren?"

„Wer redet denn von marschieren? Für einen solchen Fall haben wir natürlich unser Dienstfahrzeug. Ich lass gleich einmal den Fahrer kommen."

Zwanzig Minuten später parkte der Wagen vor Auingers Haus in der Treustraße. Dürmayer und Bronstein siegen aus, gingen zum Tor, öffneten es und betraten sodann den Flur. Am Ende des Ganges klopften sie an die Tür der Hausmeisterin.

„Sie schon wieder? Ich hab Ihnen doch eh schon g'sagt, dass der palessiert ist."

„Durchaus, gnä' Frau, durchaus. Was wir aber jetzt wissen wollen: Ist er allein palessiert?"

„Und woher soll ich das wissen?"

„Kommen S', Gnädigste", mengte sich Bronstein in das Gespräch, „Hausmeisterinnen wissen immer alles."

„A so? Und woher wollen *Sie* das wissen?"

„Langjährige Berufserfahrung."

„Na gut, es kann sein, dass ich alles weiß. Aber das weiß ich nicht."

„Na, haben S' den Herrn Auinger einmal in Begleitung von einem anderen Herrn g'sehen? Vierzig Jahre, Glatze, gedrungene Statur?"

„Ned, dass ich wissert. Aber fragen S' die Trappl im zweiten Stock. Die hat öfter mit dem Auinger zu tun g'habt. Vielleicht kann Ihnen ja die weiterhelfen."

„Zweiter Stock?"

„Genau."

Die beiden bedankten sich und begaben sich in die angegebene Etage. Sie pochten an die genannte Tür, und eine herbe Enddreißigerin mit blondierten Haaren öffnete ihnen, wobei sie demonstrativ ihren Hausmantel zuzog. „Und wer sind Sie, wenn ich fragen darf?"

Dürmayer stellte sich und Bronstein vor. „Wir sind auf der Suche nach Herrn Auinger …"

„Jössas, den Ferdl. Den hab i seit einer Ewigkeit nimma g'sehen. Woher soll ich wissen, wo der ist."

„Die Hausmei..."

„...sterin, die alte Tratschen! Ja, ich kann mir schon denken, was die Ihnen erzählt hat. ... Na und, ich bin 37, ich hab halt auch noch Bedürfnisse. Und seit mein Mann in Russland blieben ist ... ich mein', soll ich vielleicht den Kochlöffel nehmen oder was?" Dabei sah die Trappl die beiden Ermittler herausfordernd an.

„Ähm, Frau Trappl, deswegen sind wir nicht da ..."

„Ja, warum denn dann?"

„Wir wollen nur wissen, wann Sie den Herrn Auinger zuletzt gesehen haben ..."

„Hören S', was weiß denn ich! Da war ein Krieg, falls Ihnen das nicht aufg'fallen ist. Da hab ich andere Sorgen g'habt als mir zu merken, wann der abpascht ist."

„Am 19. April war's. ... Oder war's der 20.? ... An einem von den beiden Tagen jedenfalls."

Dürmayer, Bronstein, aber auch die Trappl sahen neugierig auf die Seite, von der die Stimme gekommen war. Dort war die Tür der Nachbarwohnung geöffnet worden, und eine alte Dame stand auf der Schwelle. „Ich weiß das deshalb, weil sich der Herr Inspektor bei mir noch mit Lebensmitteln eingedeckt hat."

Die Trappl machte eine Kopfbewegung in Richtung der Frau. „Das ist die Frau Ziegler, meine Nachbarin."

„Mit Lebensmitteln?"

„Ja, stellen S' Ihnen vor. Und mir gegenüber hat er noch so getan, als tät er mir eine Freud' damit. Reiner Amtsmissbrauch war das, das kann ich Ihnen sagen. Wegen dem sauberen Herrn Inspektor wär ich fast verhungert."

„Sie werden schon ned vom Fleisch fallen, Frau Ziegler“, ätzte die Trappl.

„Sie, pudeln S’ Ihna jetzt aber ned auf, gell, Frau Trappl. Ein jeder im Haus waaß, dass Sie da unten immer offen san wie a Scheunentor. Also seien S’ besser stad, sonst fallt mir ein, wie man solchane Menscher wie Ihna nennt.“

Die Trappl fuhr wie von der Tarantel gestochen auf. „Na aber hallo! Halt di aber gach z’ruck, du alte Funsn, du! Weil sonst vergiss i mi, und dann mach i aus dir a Gulasch, du deppate Urschl, du.“ Sie wandte sich an die beiden Polizisten und deutete mit dem Zeigefinger auf die Ziegler. „Die hat Lebensmittel g’hortet. Den ganzen Krieg über. Und Feindsender hat s’ auch g’hört …“

Dürmayers Blick wurde stählern und durchbohrte die Trappl förmlich.

Diese biss sich auf die Lippen und sah betreten zu Boden. „Ich hab das jetzt ned so g’meint …“, stammelte sie nur.

Bronstein war in der Zwischenzeit auf die Ziegler zugegangen. „Was hat er Ihnen denn abgeluchst, der Herr Auinger?“

„Ein Glaserl Gurken, ein Glaserl Paradeiser, Brot und Schmalz.“

„Wie lange wären Sie damit ausgekommen?“

„So mengenmäßig sicher eine Woche. Ich bin gut im Einteilen.“

Bronstein überlegte. Wenn Auinger – ob nun mit Burger oder ohne ihn – zu den Amerikanern flüchten hatte wollen, so hätte er in jenen Tagen drei bis vier Tage gebraucht. Die Ration hätte also für zwei reichen können.

„Wissen S’ vielleicht, Frau Ziegler, ob der Herr Auinger Besuch g’habt hat? Ich mein’, kurz bevor er so überhastet aufgebrochen ist.“

Die Ziegler schien zu überlegen. „Also möglich wär's schon, gell. Weil ich weiß noch, ein paar Tage vorher hat er von irgendwoher Wasser organisiert, und wie er wiedergekommen ist, da hat er einfach seine Tür aufgemacht. Das hab ich g'hört, weil ich grad am Weg zum … na, Sie wissen schon, war. Und, ich mein', wenn er allein g'wesen wär, dann hätt er ja sicherlich die Tür abg'sperrt g'habt. Aber ich hab keine Schlüssel g'hört."

Bronstein war beeindruckt. Die Beobachtungsgabe der alten Dame war bemerkenswert. Selbst den meisten Polizisten wäre ein solches Detail entgangen. Er drehte sich zu Dürmayer um: „Siehst, was hab ich dir g'sagt. Der Burger war da."

„Na ja, jetzt ziehen wir einmal keine voreiligen Schlüsse. Es deutet einiges darauf hin", dabei verbeugte sich Dürmayer in Richtung der Ziegler, „dass er nicht allein war. Aber das heißt noch nicht, dass es auch tatsächlich der Burger war, der bei ihm war."

Bronstein wollte umgehend antworten, hielt es dann aber für geboten, die Sache nicht vor den beiden Frauen auszudiskutieren. Stattdessen richtete er noch eine Frage an die Ziegler. „Wissen Sie, ob der Herr Auinger für gewöhnlich zu Fuß unterwegs war, oder hatte er ein Fortbewegungsmittel, ein Rad zum Beispiel?"

„Ich glaub nicht. Aber lustig, dass Sie das erwähnen. Weil ein paar Tage später, irgendwann Anfang Mai war das, hat einer da drüben bei der alten Fabrik ein Fahrradl mitgehen lassen. Und da sind s' dann draufkommen, dass da schon ein ganzes Schippel von die Räder g'fehlt hat. Also, vielleicht hat sich der Herr Inspektor auch bedient."

An der Ziegler war eine Ermittlerin verloren gegangen, befand Bronstein. Er dankte ihr für die Informationen und sah dann Dürmayer forschend an. Nachdem diesem keine weitere Frage mehr einfiel, verabschiedeten sich die beiden und begaben sich wieder auf die Straße. Im Fond des Autos sitzend, argumentierte Bronstein abermals, warum er überzeugt war, dass Auinger und Burger gemeinsam geflohen waren. „Und mit Rädern können die beiden ganz schön weit gekommen sein. Vielleicht ist der Seidl auf dieselbe Art bis nach Kärnten kommen."

„Also das wär jetzt schon hart, wenn mir die beiden entschlüpft wären. Der eine zu den Tommys, der andere zu den Yankees."

„Na ja", gab Bronstein seinem Chef neue Hoffnung, „im Westen kannst nicht so leicht durch die Büsche schlüpfen wie über den Semmering. Vielleicht hat's der Burger ja nicht durch die russischen Linien geschafft."

„Vielleicht." Doch Bronstein merkte dem Ausdruck Dürmayers an, dass dieser nicht an einen derart glücklichen Zufall zu glauben vermochte. Dadurch fühlte er sich allerdings erst richtig angespornt. „Hast du eigentlich daran gedacht, an alle Dienststellen im Osten Österreichs Fahndungsfotos zu schicken?"

Dürmayer blickte ihn überrascht an. „Was meinst du? Fahndungsfotos?"

„Na ja, den guten alten Steckbrief. Bilder von Burger und Auinger, versehen mit dem Hinweis, wenn man eine dieser Personen sieht, soll man sich melden und so weiter." An der Reaktion seines Chefs konnte er deutlich erkennen, dass diesem eine solche Idee noch nicht gekommen war.

„Aber das ist ein ziemlicher Aufwand", wandte der denn auch ein, „ich meine, ich wüsste nicht, wie wir das bewerkstelligen könnten."

„Das müsstest du drucken lassen. Und du bräuchtest jemanden, der die Verteilung veranlassen kann, wozu im Augenblick wohl nur die Rote Armee imstande wäre." Bronstein zeigte seine Zähne, um damit zu unterstreichen, wem er die entsprechenden Kontakte zur sowjetischen Verwaltung zutraute.

„Gut, das bleibt dann wohl an mir hängen", knurrte Dürmayer.

„Nun, du könntest auch den Herrn Minister darauf ansetzen."

„Der hat wohl Besseres zu tun. ... Gut, ich werde mir morgen einen Termin im Büro von General Blagodatow geben lassen. Ich hoffe, er ist nicht wieder mit seinen Flaschen beschäftigt!"

„Flaschen? Trifft er sich mit unserer Regierung?"

Bronstein erntete einen giftigen Blick von Dürmayer. „Mit genau der Haltung wurde seinerzeit die Demokratie untergraben, David. Man kann nicht den Staat und seine Symbole herabwürdigen und sich dann wundern, warum plötzlich ein demokratisches Staatswesen durch eine faschistische Diktatur ersetzt wird. Ich gebe dir gerne zu, dass nicht alle Mitglieder der aktuellen Regierung ein vollkommen makelloses Vorleben haben, aber sie sind gegenwärtig unsere Repräsentanten, und das Volk wird in Bälde darüber zu befinden haben, ob diese Personen auch einer künftigen Regierung angehören sollen. Genau das macht den Unterschied aus."

Bronstein fühlte sich ertappt und wollte daher eilig das Thema wechseln. „Was meinst du dann?"

„Der Genosse General hatte eine nachgerade geniale Idee. Du weißt, dass durch die Kämpfe und die amerikanischen Bomben unglaublich viele Fensterscheiben zu Bruch gegangen sind. Jetzt haben wir derzeit kaum funktionierende Glasereien. Doch General Blagodatow kam zu Ohren, dass es eine intakte Flaschenfabrik gibt. Mit ein wenig Hilfe durch seinen Stab konnte die auf eine Fensterglasproduktion umgerüstet werden. Auf diese Weise sollten bald die meisten Häuser wieder Fenster haben, ein weiterer Schritt zur Normalisierung. Allerdings wäre es begrüßenswert, wenn der Genosse nicht jede freie Minute in der Fabrik verbrächte, dann könnte man nämlich auch andere Themen mit ihm besprechen."

„Na, dann versuch einfach einmal dein Glück. Nimm zwei Fotos mit. Das vom Auinger findest du im Personalakt, nehme ich an, und das vom Burger haben wir ohnehin. Vielleicht sagen die Sowjets ja ‚Charascho' und drucken uns die Steckbriefe gleich selbst."

„Gut, einen Versuch ist es immerhin wert. Zumal wir ohnehin nicht viele andere Alternativen haben, wie es scheint."

Der Wagen hatte in der Zwischenzeit wieder den Ring erreicht, und beide schwiegen eine Weile. Schließlich fragte Dürmayer, was Bronstein denn für den Abend noch so vorhabe. Dieser hoffte sofort auf einen Theaterabend und entgegnete prompt „Nichts. Wie immer." Tatsächlich zeigte sich ein Lächeln auf Dürmayers Gesicht. „Magst mitkommen? Wir haben heute auf der Gumpendorfer Straße eine öffentliche Diskussion zum Thema ‚Wie die KPÖ für Frieden, Fortschritt und Wiederaufbau sorgt'. Das wäre doch was."

Bronstein bemühte sich, seine Enttäuschung zu verbergen. „Na ja, du weißt ja, Politik ist nicht so wirklich meins."

„Genau deshalb solltest du dir das anhören. Dann könnten wir an deiner demokratischen Festigkeit arbeiten." Bronstein riss die Augenbrauen hoch. Er konnte nicht umhin, sich einzugestehen, dass er sich mehr als unwohl fühlte.

„Ich denke“, blieb Dürmayer hartnäckig, „es gibt gute Gründe, dich dieser Schulung zu unterziehen. Wie ich aus guter Quelle weiß, wird es Frankfurter geben. Echte, frische Frankfurter. Das sollte doch ein wenig politische Bildung auch für dich attraktiv machen.“

Nun hellte sich Bronsteins Miene schlagartig auf. „Ich wollte immer schon wissen, wie die KPÖ für Frieden, Fortschritt und Wiederaufbau sorgt.“

„Wusste ich es doch, dass du ein hochpolitischer Mensch bist, David.“

Sie fuhren am Büro vorbei und nahmen direkt den 6. Bezirk ins Visier. Beim betreffenden Lokal angekommen, konnte sich Bronstein von Dürmayers Popularität in den kommunistischen Reihen überzeugen. Er wurde überschwänglich begrüßt, und auch Bronstein erbot man den nötigen Respekt, da er an der Seite des Staatspolizisten erschienen war. Man bot beiden einen Sitz in der ersten Reihe an, und nur wenig später konnte sich Bronstein ein lebhaftes Bild von Vizebürgermeister Karl Steinhardt machen, der den Hauptredner des Abends, Friedl Fürnberg, ankündigte.

Was folgte, war eine etwa einstündige Rede, von der Bronstein das meiste gar nicht erst verstand. Er musste aber zumindest einräumen, dass das alles sehr überzeugend klang, und so brauchte er am Ende keine Aufforderung, dem Redner Beifall zu zollen, er klatschte wie alle anderen im Saale auch.

„Und, wie hast du die Rede gefunden?“, fragte Dürmayer, während sie auf das Essen warteten.

„Ich muss ehrlich zugeben, ich habe nicht alles im Gesamtzusammenhang verstanden, aber ich würde dennoch sagen, ich fand den Vortrag insgesamt recht überzeugend.“

„Immerhin bist du höflich. Ich denke, damit hast du dir die Würstel wirklich verdient."

Wie aufs Stichwort wurden die Lebensmittel nun serviert, und für geraume Zeit erstarb jede Unterhaltung, da alle im Saal sich ausnahmslos darauf konzentrierten, den ungewohnten Leckerbissen zu konsumieren.

„Sag einmal, David", begann Dürmayer, nachdem die Teller wieder abgeräumt worden waren, „spielst du eigentlich Schach?"

„Im Prinzip ja, obwohl die meisten meiner Spielpartner das immer strikt in Abrede stellen. Aber ein Verwandter von mir soll ganz gut sein, habe ich gehört. Zumindest hat mein Freund Cerny von ihm geschwärmt, weil der kurz vor Kriegsende ukrainischer Meister wurde. Der heißt übrigens auch David und ist irgendwie mein Neffe – um die Ecke rum."

„Na gut, aber der ist grade nicht anwesend. Bleibst nur du. Würdest du es aufnehmen gegen mich?"

„Was? Du meinst jetzt? Eine Partie?"

Dürmayer nickte.

„Na gut, warum nicht", meinte Bronstein.

Dürmayer rieb sich vergnügt die Hände. Sofort wurde ein Brett aufgebaut. Bronstein erhielt Weiß. Er begann eher konventionell, indem er seinen Bauern auf der d-Linie um zwei Felder vorgehen ließ. Dürmayer führte den von Bronstein aus rechts stehenden Springer Richtung Zentrum. Dies beantwortete Bronstein, indem er auch mit seinem c-Bauern einen Doppelschritt machte, was Dürmayer offenbar ein wenig irritierte. Er hatte wohl damit gerechnet, dass Bronstein selbigen nur um ein Feld nach vor ziehen würde, um so den d-Bauern zu stützen, aber anscheinend war es Bronstein wichtig, die dritte Reihe für seine Offiziere freizuhalten. Jedenfalls zog nun

Dürmayer seinen e-Bauern um ein Feld vorwärts, während Bronstein seinen linken Springer direkt hinter dem c-Bauern postierte. Dürmayer fesselte diesen jedoch umgehend, indem er seinen Läufer auf b4 postierte. Und erstmals ertappte sich Bronstein dabei, unbändige Lust auf eine Zigarette zu haben.

„Ob ihr wohl irgendwo noch ein paar Papyrossy habt?"

Dürmayer gab die Bitte an einen der Kiebitze weiter, der auch prompt mit einer Zigarette zurückkam. Bronstein rauchte sie umständlich an und ging dabei seine Optionen durch. Schließlich zog er den a-Bauern ein Feld vor, womit er Dürmayers Läufer bedrohte und diesen zwang, sich zu erklären. Dürmayer schien kein Mann von Kompromissen zu sein. Ohne zu zögern schlug er den Springer, worauf Bronstein den Läufer mit dem b-Bauern eliminierte. Dürmayer nutzte nun die Gelegenheit zur Rochade. Bronstein zog seinen f-Bauern ein Feld vor mit dem Plan, mit seinem e-Bauern das Zentrum zu besetzen. Dürmayer vereitelte dies, indem er sich mit seinem d-Bauern auf d5 dagegenstemmte. Bronstein entledigte sich nun seines Doppelbauern auf der c-Linie, indem er auf d5 tauschte, worauf Dürmayer mit seinem e-Bauern zurückschlug. Um seinen weißfeldrigen Läufer ins Spiel zu bringen, musste Bronstein nun doch seinen e-Bauern ziehen, allerdings nur ein Feld. Schwarz entwickelte nun seinerseits seinen weißfeldrigen Läufer auf f5 in der Absicht, den früher oder später auf d3 auftauchenden Läufer zu neutralisieren oder abzutauschen. Bronstein zog nun zuerst seinen verbleibenen Springer nach e2 und verschob die Entscheidung über den Einsatz seines Läufers auf später. Dürmayer entwickelte seinen zweiten Springer nach d7, woraufhin Bronstein mit seinem nach f4 vorwärtsstrebte. Schwarz entschloss sich nun, mit dem c-Bauern das Zentrum anzugreifen und damit gleichzeitig den Weg für seine Dame freizumachen. Bronstein entschied sich schließlich doch für den Läuferzug nach d3, worauf nach dem Abtausch seine Dame auf demselben Feld erschien. Dürmayer zog seinen Turm auf die Zentrallinie, worauf Bronstein rasch rochierte. Es folgte ein weiterer Entwicklungszug mit dem anderen schwarzen Turm auf die c-Linie. Nun zog Bronstein seinen Damenturm auf die offene b-Linie und bedrohte damit den schwarzen Bauern auf b7. Zur Überraschung der Kiebitze ignorierte Dürmayer diese Drohung und spielte nach kurzem Nachdenken seine Dame nach a5, und erstmals während der Partie entkam ihm ein Lächeln.

Bronstein schwankte. Sollte er diesen Bauern einfach schlagen? War das eine Falle? Immerhin könnte Schwarz ihm vorerst einmal mit dem Springer den Rückzug abschneiden. Ach was, wischte er seine eigenen Bedenken vom Tisch, eine unmittelbare Bedrohung war nicht zu erkennen, und wer weiß, vielleicht konnte der Turm auf der 7. Reihe noch Unruhe stiften. Und so schlug er zu. Getuschel erhob sich. Dürmayer verstellte dem vorwitzigen Turm nun tatsächlich mit dem Springerzug nach b6 den Rückweg. Das Getuschel wurde lauter. Bronstein, der im Augenblick keine Einsatzmöglichkeit für seinen noch schlummernden schwarzfeldrigen Läufer sah, entschied sich für einen riskanten Sturmlauf. Er zog seinen g-Bauern zwei Felder vor, mit der klaren Absicht, den schwarzen Springer zu belästigen. Dürmayer begegnete dem mit dem Aufzug seines h-Bauern um ein Feld. Immer vorwärts, dachte sich Bronstein und setzte mit seinem eigenen h-Bauern nach, wodurch er freilich seinen König ziemlich entblößte. Dürmayer hielt im Zentrum dagegen, indem er mit seinem c-Bauern Bronsteins Bauern auf d4 schlug. Vorwärts, durchzuckte es Bronstein, und er zog mit seinem g-Bauern weiter. Nun begann die Partie unübersichtlich zu werden. Dürmayer rechnete ein paar Minuten, um dann seinen Springer einfach stehen zu lassen und mit seinem Bauern auch den weißen Bauern auf e3 zu schlagen, was dazu führte, dass Umstehende in Zweiergruppen ein paar Schritte auf die Seite traten, um heftig darüber zu diskutieren, was beide Parteien wohl im Schilde führten. Ohne viel nachzudenken bediente Bronstein sich beim Springer f6. Nun drang Dürmayer mit seinem Turm, den nächsten Bauern schlagend, bis c3 vor und brachte damit die weiße Dame in Bedrängnis. Es war verzwickt. Bronstein ging jedes einzelne Feld durch, das seine Dame betreten konnte. Alles unerfreulich. Entweder würde sie gleich geschlagen werden oder er käme wegen des vorgerückten schwarzen e-Bauern und der offenen Königsstellung in Schwierigkeiten. Da – konnte das wahr sein? Er begann innerlich zu zittern. Sollte …? g6. Das würde unmittelbar Matt auf g7 drohen. Zwar konnte die Dame einfach genommen werden, doch offenbar war der vorgedrungene Turm auf b7 jetzt doch zu etwas nütze. Was hatte er einmal im Café Central aufgeschnappt? Turm, Springer und Bauer setzen einen einsamen König am Brettrand immer matt. Also die Dame nach g6. Man hörte jemanden kurz durch die Zähne pfeifen.

Sowie er die Dame geschlagen hatte und Bronstein sich anschickte, mit dem Turm auf g7 Schach zu bieten, dämmerte es Dürmayer, dass dann das Matt durch den Springer unausweichlich war. Er bemühte sich um ein faires Lächeln, als er seinen König umlegte. „Gratuliere. Du hast gewonnen, und schön auch noch“, sagte er knapp zu Bronstein, der seinen Sieg nicht zu fassen vermochte.

„Wahnsinn! Ich glaub, das letzte Mal hab ich eine Partie gewonnen, da war noch der Capablanca Weltmeister.“

„Na, dann hast du allen Grund, heute vergnügt schlafen zu gehen. … Und damit du auch so etwas wie einen Siegespreis mit nach Hause nehmen kannst, hier, eine halbe Packung Belomorkanal. Damit solltest du bis zur nächsten Lieferung über die Runden kommen."

Genussvoll zündete Bronstein sich eine an, nachdem er sich von den noch verbliebenen Anwesenden verabschiedet hatte, und schlenderte durch die laue Abendluft hinunter zur Zweierlinie, die ihn recht bald zur Secession führte. Dort bog er links über den Karlsplatz ab, und nach wenigen Minuten konnte er die Leiter aufwärts zu seiner Wohnung klettern. Vergnügt fiel er in sein Bett, wo er sich zur Feier des Tages eine weitere Papyrossa genehmigte. Er war aus dem Spital entlassen worden, hatte wieder gearbeitet, gut gegessen und auch noch eine Partie Schach gewonnen. Mehr konnte man von einem Tag wie diesem nicht verlangen.

Wien
Dienstag, 19. Juni 1945

Bronstein wurde bereits ungeduldig von Dürmayer erwartet. „Stell dir vor", sagte der Chef, noch ehe Bronstein die Chance gehabt hatte, sich zu setzen, „die Russen haben mir sofort einen Termin gegeben. Wir sollen um 9 Uhr in der Kommandantur sein." Bronstein sah auf die Uhr. Es war kurz nach halb. Dann erst sickerte der letzte Satz voll in seine grauen Zellen ein. „Wir?"

„Na sicher. Du kommst mit. Schließlich ist das unser Fall."

Bronstein bezweifelte, ob er wirklich ins Zentrum der Roten Armee vordringen wollte, doch Dürmayers Verhalten schien ein „Nein" seinerseits nicht vorzusehen. Er verzichtete also darauf, sich einen Stuhl zu nehmen, und meinte stattdessen nur: „Na, dann gehen wir's an."

Um eine mögliche Verspätung zu vermeiden, fuhren sie mit dem Dienstwagen, der sie in wenigen Minuten zum Palais Epstein neben dem Parlament brachte, wo die Sowjets ihr Quartier aufgeschlagen hatten. Dort war einst der Wiener Stadtschulrat gesessen, der versucht hatte, das verzopfte österreichische Schulsystem zu reformieren, ehe die Faschisten das Haus für ihre Zwecke in Beschlag nahmen. Nun war also die Rote Armee hier beherbergt, was Bronstein die Gelegenheit bot, das Gebäude erstmals von innen in Augenschein zu nehmen. Einem schmalen Hausflur, der in einen Innenhof mündete, folgte linker Hand der Aufgang, der zum Stiegenhaus führte. Im ersten Stock angekommen, nahm man ihnen den Passierschein ab, der ihnen vor dem Eingang ausgehändigt worden war, und führte sie zum Büro des Kommandanten. Dort hieß man sie einen Augenblick warten.

Bronstein übte sich darin, den Text eines dort aufgehängten Plakats zu entziffern, doch er kam über die erste Zeile nicht hinaus, als sie auch schon hineingebeten wurden. Der Generalleutnant saß an seinem Schreibtisch, neben ihm stand ein Major, der Dürmayer herzlich begrüßte. Dürmayer wiederum stellte seinen Mitarbeiter vor, wobei diesem das leichte Zucken um Blagodatows Mundwinkel nicht entging, als dieser den Namen Bronstein hörte. „Sein Neffe ist ukrainischer Schachmeister", flocht Dürmayer entspannend ein, was Blagodatow tatsächlich ein wenig zu beruhigen schien. „Also, was können wir für euch tun?", fragte der Major auf Deutsch. Dürmayer erklärte die Lage und brachte dann seine Bitte vor, die der Major dem General übersetzte.

Blagodatow erwiderte etwas auf Russisch, das der Major wiederum auf Deutsch wiedergab. „Ihr wollt also, dass wir für euch Flugblätter drucken, auf denen um Hinweise nach diesen beiden Naziverbrechern ersucht wird?“

Beide Polizisten nickten.

„Charascho“, sagte Blagodatow. „Wie viel braucht ihr?“

„Hundert Stück“, entgegnete Dürmayer aufs Geratewohl. Er erntete dafür ein weiteres „Charascho“. Am Nachmittag des nächsten Tages könnten sie sie abholen. Dürmayer dankte respektvoll und räusperte sich dann.

„Ja?“, fragte der Major.

„Da wäre noch etwas. Wir haben nicht die Kapazitäten, die Steckbriefe an die Dienststellen in Niederösterreich zu verteilen. Ließe sich das eventuell durch den sowjetischen Kurierdienst bewerkstelligen?“

Nach kurzer interner Beratung nickte Blagodatow. Der Major übersetzte „Charascho ... pardon, ... ja, gut.“

„Hervorragend. Dann brauchen wir uns die Blätter eigentlich gar nicht abzuholen. Es genügt, wenn ihr uns zwei oder drei Stück für das Präsidium und für die Akten zurücklasst.“

„Wir werden mehr drucken. Für unsere eigenen Leute. Wenn wir einen faschistischen Mörder aufspüren können, dann wird uns das eine große Freude sein.“

Nun war es an Dürmayer und Bronstein, „Charascho“ zu sagen.

Nachdem sie das Gebäude wieder verlassen hatten, zeigte sich Dürmayer mehr als zufrieden. „Das lief ja besser, als man erwarten konnte. Jetzt können wir eigentlich nur noch warten.“

„Ja, das ist wahr. Das wird mühsam.“

Bronsteins Vorgesetzter sah ihn fragend an.

„Na ja, das Warten. Das war immer der härteste Teil dieses Berufs. Man würde so gerne aktiv werden, doch man kann es nicht, weil man die Möglichkeit dazu nicht hat. Glaub mir, das macht einen regelrecht verrückt."

„Na, uns wird es nicht verrückt machen, denn ich gehe davon aus, dass diese Woche so oder so nichts mehr passieren wird. Und da ich finde, dass du dich schon wieder viel zu wenig schonst, habe ich so nebenbei meine Verbindungen spielen lassen. Du wirst den Rest der Woche in Baden verbringen. Der Fahrer bringt dich anschließend hin. Wir haben da eine kleine Pension im Grünen requiriert, die dir hoffentlich dabei hilft, dich weiter zu erholen."

Bronstein wehrte ab. „Aber wir müssen doch an dem Fall dranbleiben."

„Tun wir ja auch. Falls sich wider Erwarten etwas tut, schicke ich dir sofort den Fahrer vorbei, der dich wieder nach Wien bringt. Aber jetzt denk selbst einmal rein logisch. Die Flugblätter werden frühestens am Donnerstag verteilt. Das heißt, die einzelnen Kommandanturen und Posten sehen sie am Freitag. Und glaub mir, gleich am ersten Tag reagiert niemand. Vor Montag brauchen wir also nicht mit einer Rückmeldung zu rechnen. Daher kannst du dich getrost ausruhen. Das Haus wird von der Roten Armee verwaltet, das heißt, du bekommst jedenfalls Tee so viel du willst, und ich denke, eine Soljanka oder ein Borschtsch wird auch für dich abfallen. Also nutze die Gelegenheit, denn niemand kann sagen, wann es in Wien wieder einmal etwas Vernünftiges zu essen geben wird."

Trotz der überzeugenden Argumente brauchte Dürmayer noch eine ganze Weile, ehe er Bronstein dazu gebracht hatte, in den Plan einzuwilligen.

Nachdem der Wagen Dürmayer im Büro abgesetzt hatte, wurde Bronstein zu seiner Wohnung gefahren, wo er ein kleines Köfferchen mit Kleidung vollpackte, ehe der Fahrer den Wagen über die Wiedner Hauptstraße zur Triester Straße lenkte. Diese fuhren sie bis Guntramsdorf, wo bald darauf die Wiener Stadtgrenze auftauchte. Ein Rotarmist kontrollierte kurz und nachlässig die Papiere des Fahrers, dann ließ er das Duo passieren. In Traiskirchen nahmen sie die Pfaffstättner Straße, von dort ging es über die Dammgasse direkt nach Baden. Sie hielten vor dem ehemaligen Hotel „Herzoghof", wo Bronstein, wie sich zeigte, bereits erwartet wurde. Man nahm ihm seinen Koffer ab und geleitete ihn in den ersten Stock, wo man ihm eine Suite anwies, deren Schlafzimmer einen Balkon zum Kurpark aufwies, während das Wohnzimmer in den Innenhof ging. Ja, dachte er, so lässt es sich leben. Und als er am folgenden Tag durch den Kurpark hinauf in Richtung Helenental wanderte, stellte er fest, dass sich hier rein gar nichts verändert hatte. Die Wälder hatten den Krieg unbeschadet überstanden, und wenn er von einer Anhöhe aus auf Baden blickte, dann war kein Unterschied zu 1913, 1927 oder wohl auch 1938 zu erkennen. Ja, mutmaßlich hätte auch Beethoven, wäre er von den Toten auferstanden und hierhergekommen, keine Veränderung bemerkt. Und als Bronstein zu seinem Quartier zurückkehrte, da spielte sogar eine kleine Gruppe von Musikern im Pavillon ein paar Takte. Er begab sich auf seinen Balkon, trank eine Tasse Tee, rauchte eine „Belomorkanal" und lauschte der Musik. Und als er die Augen schloss, da war er endgültig nicht länger im Jahr 1945, da war er irgendwo in der Monarchie, als Österreich noch eine Großmacht war und niemand ernsthaft annehmen konnte, welche Katastrophen dieser Planet in den folgenden Jahrzehnten würde durchmachen müssen.

Wien
Freitag, 29. Juni 1945

Das Jahr 1945 hatte ihn freilich früh genug wieder. Die ganze letzte Juni-Woche saßen Dürmayer und Bronstein wie auf Nadeln in ihrem Büro und warteten auf irgendeine Rückmeldung. Bronstein ertappte sich bei der Frage, ob die Sowjets die Steckbriefe überhaupt ausgeliefert hatten, doch weitaus wahrscheinlicher war die Annahme, dass sich einfach niemand an die beiden erinnern konnte. Und wie auch? Damals waren so viele Menschen auf der Flucht gewesen, da konnte man sich unmöglich an ein einzelnes Gesicht erinnern. Noch dazu nach über zwei Monaten. Ihm selbst konnte man wahrscheinlich das Bild des Hotelpagen aus Baden zeigen, und er würde ihn nicht wiedererkennen. Realistisch würde man den Fall auf Frist legen müssen, auch wenn Dürmayer sich das wohl bis zum bitteren Ende niemals eingestehen würde. Sein einziger Grund zur Freude war das Mittagessen gewesen, denn es hatte Kartoffelpüree mit Erbsen gegeben, was eine angenehme Abwechslung zu dem üblichen Brot dargestellt hatte. Tatsächlich hatten die Sowjets waggonweise Erbsen abgeladen, die sie den Wienern zur Verfügung stellten. Dennoch gab es nicht wenige, die sich danach sehnten, dass auch die Amerikaner in Wien einzogen, denn dann, so waren diese Leute überzeugt, würde es auch in Wien Kaugummis und Schokolade geben. Man erfuhr allenthalben, dass die Alliierten über eine Neuorganisation der Verwaltung verhandelten, doch wann eine solche in Kraft treten sollte, wusste niemand.

Es war bereits später Nachmittag, und keiner von beiden rechnete damit, dass sich an diesem Tag noch etwas ereignen würde. Weshalb auch? Die ganze Woche hatte sich nichts getan! Gerade als Bronstein aufstehen und sich verabschieden wollte, klingelte doch noch das Telefon. Er sah Dürmayer an, dann hob er ab.

„Inspektor Hausner hier. Ich ruf aus Fischamend an", klang es verzerrt und undeutlich aus dem Apparat.

„Aha! Und?" Bronstein versuchte sich kurz zu fassen, um schnell hören zu können, was der Polizist ihm mitteilen wollte.

„Ich glaube, wir haben einen von Ihren Gesuchten hier."

Er war sofort hellwach. „Welchen? Den Glatzköpfigen?"

„Nein. Den anderen."

Bronstein war ein wenig enttäuscht. Objektiv war Auinger uninteressant. Aber vielleicht konnte er ihnen sagen, wohin sich Burger gewandt hatte. „Gut. Wo können wir ihn vernehmen? Könnt ihr ihn zu uns schicken oder müssen wir an den Stadtrand fahren?" Bronstein war gerade noch rechtzeitig eingefallen, dass Fischamend ja mittlerweile auch zu Wien gehörte.

„Vernehmen? Ich fürchte, das ist ein Missverständnis …"

„Inwiefern?"

„Der Mann ist tot. Seit über zwei Monaten. Er liegt hier in einem bislang namenlosen Grab."

Auch das noch!

„Aber wir sind uns ziemlich sicher, dass er es ist. Wir haben damals alles sehr genau aufgenommen, daher haben wir selbst auch Fotos. Und die Ähnlichkeit ist zu groß, als dass es sich um einen Zufall handeln könnte."

Wieso hatten die damals alles aufgenommen? War Auinger gewaltsam zu Tode gebracht worden?

„Warum haben Sie ein Protokoll erstellt? Bestand Grund zu der Annahme, dass ein Gewaltverbrechen vorlag?"

„Also wenn das ein Selbstmord war, dann war dieser Auinger der mutigste Mann, den ich kenne. Wer, bitte schön, rammt sich schon ein Messer in die Brust? Noch dazu von unten, damit es ja unterhalb der Rippen ins Herz gelangen kann. Und stochert anschließend ordentlich darin herum, um größtmöglichen Schaden anzurichten?"

„Sie sind also überzeugt, dass Auinger ermordet wurde?"

„Genau!"

Bronstein berichtete Dürmayer in knappen Worten, was er eben erfahren hatte.

Der sah instinktiv auf die Uhr und meinte dann zu Bronstein: „Frag sie, ob wir gleich vorbeikommen können."

Sie konnten. Eine halbe Stunde später durchquerten sie Simmering und hielten auf die Polizeistelle zu, die sie kontaktiert hatte.

„Ich sage dir, wie bei dem Wirten heißt auch in diesem Fall der Mörder Max Burger."

„Aber warum sollte er das tun?", zeigte sich Dürmayer skeptisch.

„Wahrscheinlich war Auinger ein Mitwisser, den er loswerden wollte. Wer weiß, vielleicht hat ihm Auinger einen Platz gezeigt, wo er Unterschlupf finden kann. Damit freilich wäre Auinger derjenige gewesen, der ihn jederzeit hätte auffliegen lassen können. War der jedoch tot, dann war Burger für alle Welt unauffindbar."

„Das würde aber nur dann einen Sinn ergeben, wenn es sich bei dem Versteck um einen Platz handelt, wo er es mit niemand anderem zu tun bekommt. Sonst wüssten in jedem Fall mehrere Personen, wo er sich aufhält."

„Es sei denn“, schränkte Bronstein ein, „die anderen wissen nicht, um wen es sich bei Burger handelt. Dann wäre Auinger wirklich der Einzige gewesen, der ihn hätte verraten können.“

„Ich seh schon, du verbeißt dich richtig in deine Theorie. Aber warten wir erst einmal ab, was der Bericht der Kollegen in Fischamend hergibt.“

Dort angekommen, musste Bronstein anerkennend feststellen, dass die Gendarmen ganze Arbeit geleistet hatten. Nicht nur, dass es sehr aussagekräftige Fotos gab, auch die Art, wie Auinger getötet worden sein musste, war penibel dargelegt. Offenbar war der Angreifer beim ersten Versuch nicht wirklich durchgekommen, denn eine Rippe war beschädigt gewesen. Im zweiten Anlauf hatte es dann geklappt.

„Der Arzt hat aber g'meint, dass der Mann für die Wunde, die er empfangen hat, wohl zu schnell gestorben ist, was ihn zu der Vermutung führte, dass er eigentlich erstickt wurde.“

„Erstickt?“, klang es aus zwei Kehlen gleichzeitig.

„Ja, das Verbluten hätte viel länger gedauert, sagte der Arzt damals. Seiner Meinung nach hat man dem schwerst Verwundeten irgendein Tuch über Nase und Mund gelegt, einen Mantel oder etwas dergleichen, und ihn erstickt, um ganz sicherzugehen, dass der Mann nicht mehr mit dem Leben davonkommt.“

„Haben Sie sonst noch etwas herausgefunden?“

„Na ja, auf der Straße von Fischamend nach Enzersdorf, wo auch der Mord passierte, fanden wir Reifenspuren. Die variierten aber, weshalb wir zu dem Schluss kamen, dass es sich um zwei Männer handeln musste.“

„Das heißt, Auinger war mit seinem Mörder unterwegs", fasste Bronstein zusammen und blickte herausfordernd auf Dürmayer.

„Wann wurde der Tote entdeckt?", lenkte Dürmayer ab.

Der Gendarm konsultierte seine Unterlagen. „Am Sonntag, dem 22. April. Der Kofler Ferry ist von Neusiedl nach Fischamend unterwegs g'wesen, weil er da Verwandte hat, denen er ein paar Eier bringen wollt. Und da ist er über ein Fahrrad gestolpert. Gleich danach hat er dann auch die Leiche gesehen."

„Wie spät war es da?"

„Er hat in Neusiedl noch die Messe gehört, dann ist er nach Hause, um die Eier zu holen. Von dem her müsste er den Toten rund um 12 Uhr mittags gefunden haben. Gemeldet hat er ihn jedenfalls um 13 Uhr 30, wobei's von Neusiedl daher sicher drei bis vier Kilometer sind. Das muss man mitberechnen."

Bronstein stellte sich insgeheim die Frage, weshalb er den Toten überhaupt gemeldet hatte. Damals lagen sicher alle paar Meter Leichen herum. Das war fraglos nichts Besonderes in jenen Tagen.

„Wir wollten ja ursprünglich gar nichts groß unternehmen. Entschuldigen schon, aber in jenen Tagen sind die Leute gestorben wie die Fliegen, da war so etwas eigentlich nicht der Rede wert. Aber der Kofler hat uns überzeugt, dass der Tote kein Opfer des Krieges war, sondern kaltblütig ermordet wurde. Er hat bei der Leiche sogar noch einen Teil der Klinge gefunden, mit welcher die Tat ausgeführt worden sein musste."

Dürmayer und Bronstein beschränkten sich auf ein Nicken.

„Jedenfalls haben wir dann den Gemeindearzt aufgesucht und sind mit ihm zu dem von Kofler beschriebenen Platz gegangen. Der Doktor hat g'meint, die Tat müsse schon etwas länger her sein, sei also sicher nicht am Sonntag oder am Samstag begangen worden." Der Gendarm räusperte sich. „Und an dieser Stelle hat der Kofler dann angemerkt, viel früher habe es aber auch nicht sein können, weil am Freitag sei er um die Mittagszeit ebenfalls an dieser Stelle vorbeigekommen, und da sei dort noch niemand gelegen."

„Das würde die Tatzeit auf Freitag, den 20. April, nachmittags bis Samstag, den 21. April, vormittags einschränken."

„Und das wiederum würde perfekt zu der Aussage der Ziegler passen", ergänzte Bronstein die Feststellung Dürmayers, „dass Auinger am 20. losgefahren ist. Von der Brigittenau braucht man sicherlich mehrere Stunden bis nach Fischamend, insbesondere unter den damaligen Bedingungen."

Dürmayer lächelte schmal. „Ja, ja, ich geb's ja zu. Das stützt deine Theorie."

„Und zwar nicht unwesentlich."

„Wir haben jedenfalls dann noch ein paar Leute in Fischamend und Neusiedl befragt, ob ihnen etwas aufgefallen ist, doch der allgemeine Tenor war, dass niemandem irgendetwas aufgefallen ist. Daher haben wir die Sache dann zu den Akten gelegt, denn in jenen Tagen hatten wir, tut mir leid, aber so war es nun einmal, wirklich genug anderes zu tun."

„Und was haben Sie mit dem Opfer gemacht?"

„Wir hatten damals eine ganze Menge Leichen in der näheren Umgebung, von denen wir nicht wussten, wer sie waren. Die haben wir dann alle Ende April in einem Massengrab verscharrt."

„Obwohl es sich erwiesenermaßen um ein Mordopfer handelte?" Dürmayer verhehlte seine Missbilligung dieser Vorgangsweise nicht.

„Ich weiß, wir hätten die Leiche in die Gerichtsmedizin bringen sollen. Aber wie, bitte schön? In diesen Tagen hatte der Posten genau zwei Fahrräder und ein altersschwaches Auto, für das es seit Weihnachten kein Benzin mehr gab. Und das Telefon funktionierte auch nicht mehr. Schließlich gab es seit 13. April keinen Strom, sodass wir die Leiche nicht einmal im Kühlhaus der Fleischerei unterbringen konnten. Was also hätten wir sonst machen sollen?"

Bronstein musste zugeben, dass sich gegen die Argumentation des Gendarmen kaum etwas einwenden ließ.

„Und die Befragungen der Bevölkerung ergaben nichts, sagen Sie. Würden Sie glauben, es änderte sich daran etwas, wenn wir es mit dem Steckbrief noch einmal versuchen?"

„Schau'n Sie. Das ist jetzt über zwei Monate her! Wer soll sich da noch an so etwas erinnern? Die Menschen litten kurz zuvor noch Todesangst, als der Iwan hier durchgekommen ist. Und danach hat jeder für sich eine Bestandsaufnahme gemacht, um festzustellen, was ihm noch geblieben ist. Da hatte keiner Zeit, sich mit irgendwelchen Durchreisenden zu befassen." Auch diese Aussage leuchtete ein.

Bronstein trat an die Wandkarte heran, die dem Fenster gegenüber angebracht war. Im Norden floss die Donau, dann kam Fischamend, etwas weiter südlich entdeckte er Klein-Neusiedl. Warum, so fragte er sich, hatte sich Burger nach Süden gewandt? Das ergab doch keinen Sinn! Der Norden der Steiermark und das Burgenland waren gleichfalls von den Sowjets befreit worden. Wenn er sich also zu den Amerikanern hatte durchschlagen wollen, hätte er sich nach Westen, in den Wienerwald, wenden müssen. Die logische Antwort konnte also nur sein, dass er tatsächlich irgendein Versteck aufgesucht hatte. Ein weiterer Puzzlestein, der seine Theorie bestätigte.

„Ich sage dir, Heinz, der steckt da irgendwo und wartet ab.“

„Da hast du wahrscheinlich recht. Aber deswegen können wir jetzt auch nicht eine Hundertschaft anfordern und das ganze Gebiet hier durchkämmen.“

„Wichtig ist jetzt vor allem, dass wir alle Grenzposten der Roten Armee verständigen, dass sie erhöhte Aufmerksamkeit an den Tag legen. Der Kerl darf Wien und Niederösterreich auf keinen Fall verlassen.“

Bronstein wandte sich wieder an den Gendarmen. „Gibt es hier in der Gegend irgendwelche natürlichen Gegebenheiten, in denen sich jemand verstecken könnte? Höhlen oder verlassene Hütten irgendwo im Wald?“

Der Gendarm verkniff sich ein Lachen. „Sie kennen sich nicht sehr gut aus, oder? Das ist das Donautal da. Flach wie ein Brett. Und Wälder gibt's da seit den Römern keine mehr. Gut, in zwanzig, dreißig Kilometern von hier, im Osten, Richtung tschechoslowakische Grenze, da haben sie Auwälder und so weiter, aber hier spielt man besser Räuber und Gendarm als Verstecken.“

„Und wie sieht es mit der Landwirtschaft in der Region aus? Kann man in irgendwelchen Scheunen oder Ställen unterkommen?“

Der Gendarm wirkte nachdenklich. „Gut, das wäre vielleicht möglich. Nicht unbedingt hier bei uns in Fischamend, aber weiter südlich, so hinter Enzersdorf. Da gibt's ein paar Gehöfte, die von ihren Besitzern wegen des Krieges verlassen wurden. Doch Sie dürfen nicht vergessen, die Sache ist über zwei Monate her. Selbst wenn Ihr Mörder irgendwo in der Nähe einen Unterschlupf gefunden hat, so muss er sich doch ernähren. Er muss trinken, er muss essen. Und ein verlassener Bauernhof ist keine gute Nahrungsquelle. Daher glaube ich nicht, dass er sich noch hier irgendwo aufhält. Wenn Sie mich fragen, wollte er über den Semmering in die Steiermark, um so irgendwie zu den Briten zu entwischen."

„Aber", ließ sich nun wieder Dürmayer vernehmen, „Sie halten es immerhin für möglich, dass er sich hier irgendwo bei einem Bauern versteckt hält?"

„Nun, möglich ist vieles."

„Vielleicht", und dieser Satz war mehr an Bronstein als an den Gendarmen gerichtet, „sollten wir die Rote Armee um Hilfe ersuchen. Die sollen eine Kompanie abstellen und die Gegend da durchkämmen."

„Ich weiß, ich bin nicht dazu berufen, Ihnen beiden Ratschläge zu erteilen. Aber ich hielte das, mit Verlaub, nicht für eine gute Idee."

Dürmayer fixierte den Gendarmen: „Und wieso nicht?"

„Na ja, sagen wir es einmal so: Die Bevölkerung hier hat mit den Russen nicht nur gute Erfahrungen gemacht. Sie ist ziemlich konservativ eingestellt und misstraut Kommunisten sozusagen schon von Natur aus. Und nicht wenige Bauern der Umgebung waren in der NS-Bauernschaft. Wenn die einen Trupp Russen sehen, der auf ihren Hof zuhält, glauben die automatisch, der Iwan kommt ihretwegen. Da gäbe es dann wilde Fluchtszenen, versuchte Selbstmorde und vielleicht sogar sinnlose Schießereien."

„Diese reaktionären Trottel! Haben die immer noch nichts aus der Geschichte gelernt?" Dürmayers Empörung war nicht zu überhören.

Bronstein aber begütigte ihn. „Ich fürchte, unser Kollege hat recht. Zudem würde eine solche Aktion ja keine fünf Minuten geheim bleiben. Wenn sich Burger hier irgendwo aufhält, würde er sofort das Weite suchen, wenn da Rotarmisten auftauchen. Ich glaube, das müssen wir diskreter angehen."

„Aha. Und wie?"

„Die alte, konventionelle Methode. Wir gehen einfach von Haus zu Haus."

Dürmayer tippte sich mit dem Zeigefinger an die Stirn. „Ja bist denn jetzt ganz narrisch worden? Das sind hunderte Häuser, zig Kilometer verstreut. Da hatschen wir uns auf einen Trottel. Und gewarnt wird er trotzdem."

„Das kommt darauf an, wie wir es anfangen. Wenn wir sein Bild herzeigen und sagen, wir suchen ihn, weil ..., sagen wir, weil wir befürchten, er sei Opfer eines Verbrechens geworden, dann schöpft so schnell niemand Verdacht."

„Du meinst, wir sollen zu einer List greifen?"

„Na ja, wenn du auf den Busch klopfst, dann so, dass die Beute nicht vorschnell gewarnt wird, oder?"

Dürmayer geriet ins Grübeln. „Aber dir ist schon bewusst, dass wir da ein schier unendlich großes Gebiet abklappern müssten. Ich meine, das reicht von Hennersdorf, Achau, Biedermannsdorf und Laxenburg über Himberg, Ebergassing, Gramatneusiedl und Mitterndorf bis zum Leithagebirge und Bruck an der Leitha. Ich möchte nicht wissen, wie viele Häuser wir da abklappern müssten. Das ist wahrscheinlich noch umfassender als die Polizeiakten, nur mit dem Unterschied, dass wir diesmal nicht bequem an einem Schreibtisch säßen."

Der Gendarm pflichtete Dürmayer bei. „Wenn Sie sich auf so etwas einlassen, dann ziehen Monate ins Land, ehe Sie fertig sind. Selbst wenn Sie jeden Tag einen Ort schaffen würden, würde es Wochen dauern. Und vergessen Sie nicht, der Mann wird ja nicht so dumm sein, sich im Zentrum eines Dorfes aufzuhalten. Wenn, dann ist er irgendwo auf einem abgelegenen Gehöft, und wenn Sie nur ein einziges übersehen oder auslassen, dann könnten Sie schon den entscheidenden Fehler gemacht haben."

„Aber wir können doch nicht einfach die Hände in den Schoß legen ..."

„Glauben Sie mir, Ihr Mann ist schon längst in der britischen Zone. Hier finden Sie sicher nichts mehr von ihm."

„Sie haben nicht zufällig irgendwo eine Zigarette? Ich glaube, ich bräuchte jetzt eine!"

„So knapp dran, und dann doch gescheitert!"

Dürmayer fing sich als Erster. Er reichte dem Gendarmen die Hand. „Na ja, danke jedenfalls, dass Sie sich mit uns in Verbindung gesetzt haben. Falls Sie doch noch irgendwo etwas Verdächtiges wahrnehmen, dann wissen Sie ja, wo Sie uns finden. Schönes Wochenende wünsche ich Ihnen."

Auch Bronstein gab dem Beamten die Hand, dann kehrten beide zu ihrem Wagen zurück. Die Fahrt in die Innenstadt verlief schweigend. Erst als sie sich am Ring trennten, meinte Dürmayer, man könne halt nicht immer Glück haben. Bronstein runzelte die Stirn: „Nicht immer? Bis jetzt hatten wir noch überhaupt kein Glück!"

„Na ja, immerhin leben wir noch. Und das ist angesichts der jüngeren Vergangenheit auch schon ein Glück."

„Na gut, auch wieder wahr."

„Und was wirst du jetzt am Wochenende machen?"

„Ich habe gehört, dass die FÖJ für morgen Baumaterialien organisiert hat. Vielleicht können wir bei mir die Außenmauer reparieren."

„Ja, das klingt gut. Aber pass auf, dass du dich nicht wieder übernimmst. Ich will dich nicht schon wieder im Spital besuchen müssen."

„Keine Sorge, mittlerweile weiß ich, was ich mir zumuten kann und was nicht."

Wien
Sonntag, 22. Juli 1945

Unter anderen Bedingungen hätte sich ganz Wien über den schönen Sommer gefreut. So aber stöhnten die Leute unter der drückenden Hitze, beklagten den Mangel an Wasser und litten unter der anstrengenden Arbeit der Schuttbeseitigung. Auch Bronstein fühlte sich die meiste Zeit matt und schwach. Dazu nagte der ausbleibende Erfolg bei der Arbeit an seiner Psyche. Seit dem Anruf aus Fischamend hatte sich rein gar nichts mehr getan. Burger blieb wie vom Erdboden verschluckt, und auch in der Sache Seidl gab es keine Neuigkeiten. Ein Umstand allein erfreute Bronstein in dienstlicher Hinsicht. Auf seine Anregung hin erschien seit geraumer Zeit ein „Fahndungsblatt", das an alle Behörden verteilt wurde. Darin befanden sich die nötigen Daten für gesuchte NS-Verbrecher, worunter naturgemäß auch Seidl und Burger an prominenter Stelle zu finden waren. Allerdings fragte sich Bronstein, ob diese Vorgangsweise eine Chance auf Erfolg bot oder ob sie nicht vielmehr den verzweifelten Versuch darstellte, sich nicht in vollkommener Tatenlosigkeit zu ergehen.

An anderen Fronten ging es dafür erkennbar aufwärts. Wie das „Neue Österreich" meldete, war der Bahnverkehr auf der Westbahnstrecke wenigstens bis Salzburg wieder aufgenommen worden, während jener auf der Südbahn in den kommenden Tagen folgen sollte. Die provisorische Regierung hatte zudem ein Staatsbürgerschaftsüberleitungsgesetz beschlossen, demzufolge alle Personen, die vor dem 11. März 1938 Österreicher gewesen waren, dies automatisch wieder sein sollten. Vor allem aber stand in der Walfischgasse der komplette Rohbau des Erdgeschoßes, und Bronstein konnte zum ersten Mal, seit er seine eigene Wohnung requiriert hatte, diese über eine Treppe erreichen. Es war erstaunlich gewesen, was die Jungen in nur zwei Wochen geschafft hatten. Nun allerdings sah man sich mit dem Problem konfrontiert, dass man die Zwischendecke neu einziehen musste, und dafür brauchte es Experten, zumal ja auch der Umstand berücksichtigt zu werden hatte, dass ein Teil dieser Decke schon vorhanden war. Der „komplizierte Teil", wie der „Polier" – so nannte Bronstein mittlerweile den so engagierten Jungkommunisten – sich ausdrückte. Aber immerhin, ein Anfang war gemacht. Ein Anfang, auf den man stolz sein konnte und der Mut machte.

Bronstein stand auf der anderen Seite der Straße und besah sich das bisher Erreichte, als ein Mann mit Nickelbrille auf ihn zukam. Neugierig musterte Bronstein den Neuankömmling. „Entschuldigen, der Herr", wandte sich dieser an Bronstein, „ich bin auf der Suche nach dem Herrn Polizeioffizier Bronstein. Der soll hier irgendwo in dieser Gasse wohnen ..."

„Ob Sie es nun glauben oder nicht, der steht vor Ihnen. Womit kann ich Ihnen behilflich sein?"

„Mein Name ist Tuchmann. Doktor Tuchmann. Und ich glaube, ich habe Informationen, die möglicherweise für Sie nützlich sein könnten."

„In welcher Hinsicht?"

„In polizeilicher Hinsicht."

„Und warum suchen Sie mich dann privat auf? Solche Informationen können Sie ja auch ganz normal auf der nächsten Wachstube für mich deponieren."

„Nun, zum einen sind die Informationen ein wenig heikel, zumal ich nicht mit absoluter Sicherheit sagen kann, ob ich richtig liege. Und zum anderen habe ich mit dem Polizeiapparat in den letzten sieben Jahren so meine Erfahrungen gemacht."

Bronstein ahnte, wovon der Mann redete.

„Immerhin geht es bei den Informationen um einen Mann, der selbst Polizist war. Hier in Wien. Verstehen Sie? Und ich weiß nicht, ob er nicht immer noch genügend Freunde im Apparat hat. Daher wollte ich mich an jemanden wenden, von dem ich sicher sein kann, dass er nicht gemeinsame Sache mit diesem Nazipack macht."

Auch dieser Satz leuchtete Bronstein ein.

„Gut, das kann ich verstehen. Ich kann Ihnen leider gar nichts anbieten außer etwas Wasser. Aber wenn Sie wollen, begleiten Sie mich doch in meine Wohnung. Ich denke, dort können wir in aller Ruhe reden."

Tuchmann nickte, und so begaben sie sich die frisch gemauerte Treppe aufwärts und betraten Bronsteins Wohnung. Tuchmanns Frage, ob diese Stufen nicht gefährlich seien, hatte Bronstein mit einem Lachen und dem Hinweis, bis vor wenigen Tagen sei es noch mit einer Leiter hier heraufgegangen, quittiert. Im Wohnzimmer angekommen, bot Bronstein seinem Gast einen Stuhl an, schenkte ihm ein Glas Wasser ein und setzte sich dann selbst.

„Also, was wollen Sie mir erzählen?"

Tuchmann räusperte sich. „Wie gesagt, mein Name ist Doktor Tuchmann. Ich komme eigentlich aus Budapest, wo ich bis zum Vorjahr eine Arztpraxis besaß. Dann übernahmen die Pfeilkreuzler bei uns die Macht, und ich wurde als Jude verhaftet. Während die meisten meiner Glaubensbrüder sofort nach Auschwitz gebracht wurden, kam ich im September aus irgendwelchen Gründen hierher nach Wien. Alles in allem waren wir, wie ich später erfuhr, ursprünglich 15.000, doch nur 6.000 haben diese Monate hier in Wien überlebt. Wir sollten die Stadt verteidigungsbereit machen, wie es hieß, und so haben wir jeden Tag stundenlang Gräben ausgehoben, Panzersperren geschleppt und Bunker gebaut."

An dieser Stelle begann Bronstein die Befürchtung zu hegen, dass Tuchmann einfach nur nach jemandem gesucht hatte, der ihm zuhören würde, denn bislang deutete nichts darauf hin, dass der Mann für ihn tatsächlich eine relevante Information haben konnte.

„Es war furchtbar. Der kommandierende SS-Mann ordnete sogar an, dass Kinder mitarbeiten mussten. Und wer immer unter den Mühen zusammenbrach, der wurde entweder gleich erschossen oder zu einem Transport Richtung Osten gebracht. Ab März wurde die Lage dann immer prekärer."

Der Mann nahm einen großen Schluck Wasser, und man sah ihm an, dass es ihm Mühe bereitete, über diese Dinge zu reden. „Viele von uns wurden krank, manche erlitten bei der Arbeit Verletzungen, die nicht behandelt wurden, und wiederum andere bekamen die für sie nötigen Medikamente nicht. Wir hatten zum Beispiel einige in unseren Reihen, die zuckerkrank waren und deshalb Insulin brauchten. Als Arzt nahm ich all meinen Mut zusammen und bat den SS-ler, er möge den Betroffenen wenigstens kleine Dosen zugestehen. Da schrie er mich an, dass Insulin selbst der Wehrmacht an allen Ecken und Ende fehle, weshalb er es sicher nicht für rassisch minderwertiges Gewürm verschwenden werde. Ich wollte mich möglichst unauffällig zurückziehen, doch der Mann hatte sich schon in einen Furor geredet und ließ mich von seinen Wachen verhaften. Ich sollte, so hörte ich noch, sofort nach Auschwitz gebracht werden."

„Aber Auschwitz gab es doch im März gar nicht mehr ..."

„Richtig. Aber das wusste ich natürlich nicht. Ich hatte furchtbare Todesangst und rechnete damit, entweder während des Transports oder spätestens bei der Ankunft im Lager sterben zu müssen. Tatsächlich transferierte man mich nach Laxenburg, wo ich mit einigen anderen in einen Waggon gepfercht wurde. Der ging auch wirklich am nächsten Morgen aus dem dortigen Bahnhof ab, doch bei Hohenau blieb der Zug stehen. Eine Weile tat sich nichts, dann waren wir davon überzeugt, dass man uns einfach zurückgelassen hatte. In der Tat waren Zugs- und Wachpersonal geflohen, und wir wurden einige Tage später von Widerständlern befreit und zurück nach Wien gebracht."

Bronstein war zwar nachhaltig vom Schicksal des Mannes beeindruckt, trotzdem hoffte er, dieser würde nun endlich einmal auf den Punkt kommen.

„Jedenfalls hat man mich dann in einem Haus einquartiert, das von Bombentreffern verschont geblieben war. Dort wohne ich jetzt seit knapp drei Monaten. Neben einer älteren Dame, die ebenfalls einen Teil ihrer Wohnung Ausgebombten zur Verfügung stellen muss. Und die erzählte mir vorige Woche, dass ihr Neffe sie besuchen komme. Da habe ich mir natürlich noch nichts gedacht. Doch als ich den Mann dann sah, blieb mir fast das Herz stehen. Ich bin mir zu hundert Prozent sicher, dass dieser Mann jener SS-ler ist, der uns zwischen vorigem September und diesem März so quälte."

Nun, das war wirklich nicht uninteressant. „Und wissen Sie zufällig, wie der Mann heißt?"

„Seidl. Siegfried Seidl ..."

„Hauptsturmführer Seidl?“, fuhr Bronstein hoch, „der ehemalige Kommandant von Theresienstadt?“

„Genau der!“

Bronstein wurde von einer Sekunde auf die nächste überaus nervös. „Sie meinen tatsächlich, dass einer der ärgsten NS-Verbrecher unseres Landes derzeit in Ihrer Nebenwohnung haust?“

Tuchmann nickte. „Seine Tante sagte mir, er käme aus Kärnten und habe sich durch die Linien geschlichen, um sie unterstützen zu können. Wie der Mann von Wien nach Kärnten und wieder zurück kommen konnte, ist mir allerdings schleierhaft. Insofern hege ich auch noch gewisse Restzweifel, ob es sich wirklich um Seidl handelt.“

„Keine Sorge, Herr Doktor Tuchmann. Das deckt sich mit unseren Informationen. Seidl wurde im Vormonat in Klagenfurt gesehen. Wir werden also schon den Richtigen im Visier haben.“ Bronstein fragte den Arzt nach seiner genauen Adresse und überlegte bereits fieberhaft, wie er Dürmayer kontaktieren konnte, damit dieser ein Kommando zur Verhaftung Seidls zusammenstellen könne.

„Da ist nur noch ein Problem“, ließ sich Tuchmann in der Zwischenzeit vernehmen.

„Nämlich“, fragte Bronstein wie nebenbei.

„Der Vogel ist ausgeflogen.“

„Wie bitte?“ Bronstein fühlte sich, als hätte er eine Ohrfeige bekommen.

„Na ja, er ist am Donnerstag angekommen. Ich habe ihn gleich erkannt und bin am Freitag zur Polizei gegangen, wo ich mich nach der Staatspolizei erkundigt habe. Dort sagte man mir aber, es wäre niemand mehr da. Als ich dann nachfragte, teilte man mir Ihren Namen mit und meinte, ich solle am Montag wiederkommen. Am Samstag aber hörte ich zufällig ein Gespräch zwischen der Tante und Seidl, wonach dieser am Montag irgendwohin fahren wolle, um Lebensmittel zu organisieren. Nun schien mir Eile geboten, und ich versuchte, jemanden zu finden, der mir mitteilen könne, wo Sie vor Montag zu erreichen wären. Ein Jungkommunist kannte Sie und nannte mir diese Adresse. Allerdings hat es sich Seidl offenbar anders überlegt, denn er fuhr, eben als ich das Haus verließ, weg. Und die Tante sagte mir, er komme Montag in einer Woche wieder."

„Also am 30.?"

„Ja, so hat sie es gesagt."

„Na gut, dann müssen wir uns eben noch eine Woche gedulden. Aber das hat den Vorteil, dass wir den Zugriff bis dahin auch gut planen können. ... Herr Tuchmann, Sie haben uns sehr geholfen. Bitte informieren Sie uns unverzüglich, wenn Sie etwas Neues erfahren. Wenn Seidl früher nach Hause kommen sollte, oder wenn Ihnen die Tante sagt, er bleibt länger weg und dergleichen."

„Selbstverständlich. Wie kann ich Sie erreichen?"

Bronstein gab Tuchmann die Nummer von Dürmayers Büro. „Hier ist immer jemand beim Apparat. Der wird uns die Information weiterleiten, wenn wir nicht selbst anwesend sein sollten."

Tuchmann nickte, und die beiden reichten sich die Hände. Bronstein geleitete ihn noch bis zum Haustor und überlegte dann, wo er Dürmayer auftreiben konnte, um ihm von den neuesten Entwicklungen zu berichten. Er hoffte inständig, dass Seidl wirklich wieder zurückkehren würde, denn dann hätten sie wenigstens in einer Sache einen konkreten Erfolg errungen. Bronstein ertappte sich dabei, dass er im

Begriff war, euphorisch zu werden. „Jetzt dauert es nicht mehr lang, jetzt wird die Falle bald zuschnappen. Fast so wie in den guten, alten Tagen.“ Und wie immer in der konkreten Polizeiarbeit war das Warten der härteste Teil der Übung. Obwohl er nun schon so alt geworden war, gehörte Geduld immer noch nicht zu seinen Eigenschaften.

Wien
Montag, 30. Juli 1945

Schon seit letzten Montag hatte Dürmayer über Seidls Aufenthalt in Wien Bescheid gewusst. Und wie Bronstein konnte er es kaum noch erwarten, bis das Wochenende endlich herangekommen war. Ab der Wochenmitte war Dürmayer für keine Sitzung mehr zu haben, und selbst wenn der Innenminister persönlich nach ihm fragte, ließ er sich verleugnen. Er ging völlig in der Planung der Festnahme von Seidl auf. Noch am Samstag diskutierte die Gruppe verschiedene Szenarien, wobei schließlich die Annahme überwog, dass Seidl irgendwann zwischen dem späteren Nachmittag und dem Abend nach Hause kommen würde. Doch um nichts dem Zufall zu überlassen, postierte Dürmayer schon am Vormittag je zwei Beamte in den Häusern gegenüber sowie zwei weitere Beamte im Stockwerk oberhalb der Tante. Bronstein hatte Tuchmann dazu überreden können, ihn und Dürmayer für die fragliche Zeit bei sich zu beherbergen, wobei dessen Zustimmung weitaus leichter zu bekommen gewesen war als die der anderen Personen, die in dieser Wohnung untergebracht worden waren. Doch als man ihnen verdeutlicht hatte, dass Seidl mutmaßlich hunderte, wenn nicht sogar tausende Menschen auf dem Gewissen hatte, lenkten auch die hartnäckigsten Gegner schließlich ein. Dürmayer hatte sich einen Stuhl ans Fenster gerückt und ließ seinen Blick praktisch nicht von der Straße. Um ganz sicher zu gehen, hatte er dort auch noch zwei Polizisten in Zivil postiert, die so taten, als würden sie an der Häuserruine eine Gasse weiter Schutt beseitigen. Ein weiteres getarntes Duo besserte vorgeblich ein Wasserrohr aus. Auf diese Weise musste Seidl, egal, von welcher Seite er kam, jedenfalls rechtzeitig entdeckt werden.

Und so war es auch. Kurz nach 21 Uhr, die Sonne versank eben endgültig hinter den Häusern, schlenderte er mit einem Rucksack auf dem Rücken die Gasse hinauf. Er hielt kurz inne, fixierte die Arbeiter. Keine Frage, es schien ihm merkwürdig, dass um diese Uhrzeit noch jemand am Werk war. Seidl sah sich um. Ging ein paar Schritte. Sah sich erneut um. Dürmayer fürchtete schon, der Nazi hätte den Braten gerochen. Doch dann erhöhte Seidl sein Tempo und bog in Windeseile in sein Haus ab. Die Schuttaufräumer und die Rohrbauer ließen ihre Geräte fallen und stürmten gleich den vier uniformierten Polizisten zum Haustor, wo sie wie abgesprochen in Lauerstellung gingen.

Bronstein schickte Tuchmann auf den Gang. Er solle so tun, als müsse er sein Geschäft erledigen, trug ihm Bronstein auf. Tatsächlich schlurfte Tuchmann im Dunkeln Richtung Toilette und schickte ein lautes „Grüß Gott“ in den Korridor, als Seidl diesen erreicht hatte. Der Nazi erwiderte naturgemäß nichts, öffnete die Tür und ließ sie krachend wieder ins Schloss fallen. Sofort waren auch Dürmayer und Bronstein auf dem Gang.

Dürmayer klopfte. Die Tante öffnete. „Was wollen Sie um diese Zeit noch von uns?“

„Ihren Neffen."

„Der ist aber gar nicht da."

„Machen S' keinen Unsinn. Grad ist er bei der Tür rein."

Seidl kam provokant auf die beiden Männer zu. „Was liegt an, Kollegen?" Er hatte die Hände in den Hosentaschen und grinste frech.

„Herr Siegfried Seidl, ich verhafte Sie wegen Verbrechen gegen die Menschlichkeit." Dürmayer hatte den Satz betont langsam gesagt, während er zur Untermauerung seiner Worte den Haftbefehl aus seiner Tasche gezogen hatte. Bronstein erkannte, dass Seidl seine Chancen abwog. Wahrscheinlich wollte er abstreiten, er zu sein, doch dann gefror das Lächeln auf seinen Lippen.

„I hab's gwusst. Der Nachbar da, des is a Itzig, den ich vergessen hob. So a Schas."

Abrupt warf Seidl seinen Körper nach vor, versuchte, Dürmayer umzurennen. Der kam tatsächlich ins Wanken, was Bronstein irritierte. Seidl nützte die Verwirrung und kämpfte sich den Weg ins Stiegenhaus frei. Dürmayer begann laut zu schreien, und von oben liefen nun die beiden Beamten die Treppe abwärts. Einer von ihnen gab einen Warnschuss in die Decke ab, durch den nun auch die Kollegen am Haustor alarmiert waren. Seidl hechtete die Stufen abwärts und lief direkt in die Arme der Schuttarbeiter. Noch einmal konnte er sich losreißen, versuchte, über den Lichthof zu entkommen, doch einer der Polizisten war schneller. Er bekam Seidl an der Schulter zu fassen, riss ihn zurück. Seidl taumelte, verlor den Halt und fiel schließlich der Länge nach hin. Ehe er sich hochrappeln konnte, hatte man ihm bereits Handschellen angelegt.

Am nächsten Morgen riss grell-metallischer Klang Seidl aus unruhigem Schlaf. Zwei Mitarbeiter der Justizwache zogen ihn grob hoch und schleppten ihn in einen Verhörraum. Dort warteten schon Dürmayer und Bronstein auf ihn, wobei sich Letzterer über das Kamerateam wunderte, das Dürmayer herbeordert hatte. „Die sind von der Wochenschau“, erklärte ihm Dürmayer, „die sollen das da filmen. Die Bevölkerung soll ruhig mitkriegen, wenn wir einen von diesen Mördern schnappen. Das ist gut für die Volksbildung.“

Unsanft wurde Seidl auf den Sessel gedrückt, während die Kamera erst einen lächelnden Dürmayer einfing und dann einen grimmig dreinschauenden Seidl. Dürmayer wusste, was er dem Filmpublikum schuldig war. Er stellte sich in Pose. „Sie sind SS-Hauptsturmführer Siegfried Seidl. Sie waren seit 1930 Mitglied der NSDAP und arbeiteten nach dem sogenannten Anschluss für das Reichssicherheitshauptamt, wo Sie direkt Adolf Eichmann unterstanden. 1940 waren Sie an der Vertreibung und Vernichtung tausender Polen und Juden im Bereich Łódź beteiligt. Von 1941 bis 1943 waren Sie Kommandant des Lagers Theresienstadt, wo tausende Menschen durch Ihre Verantwortung den Tod fanden. Nicht weniger Menschenleben hat Ihre anschließende Tätigkeit als Leiter der Lager-Gestapo im Konzentrationslager Bergen-Belsen gekostet. Und damit nicht genug, haben Sie ab 1944 auch noch aktiv an der Vertreibung und Ermordung der ungarischen Juden mitgewirkt. Schließlich waren Sie zwischen September des Vorjahres und diesem April Leiter des SS-Sondereinsatzkommandos Wien, wo Sie buchstäblich bis zur letzten Minute Menschen ermordet haben.“ Bronstein entging nicht, wie Dürmayer während der letzten Worte ganz langsam den Kopf Richtung Kamera drehte, um dann mit einer siegesgewissen Miene für einen Moment in direktem Blickkontakt mit der Linse zu verharren.

„Ihr könnts mir gar nix“, knurrte Seidl.

„Wir haben alle Akten“, grinste Dürmayer, während er sein Gesicht ganz nahe an das von Seidl brachte, „jeden einzelnen deiner Schritte können wir nachvollziehen. Und wir wissen auch ganz sicher, dass du der Siegfried Seidl bist. Ein herzliches Dankeschön an die SS. Dass ihr Nazis auch alles und jeden tätowieren musstet, ts, ts.“

„Ich hab ja nie abgestritten, dass ich der Siegfried Seidl bin“, erklärte der, „aber ich bin unschuldig. Vollkommen unschuldig.“

Dürmayer übte sich in einer melodramatischen Pose. „Unschuldig is er“, statuierte er mit einer vor Sarkasmus triefenden Stimme, „vollkommen unschuldig.“ Um sofort danach schneidend fortzufahren. „Und die zigtausend Toten, die hat alle der Hitler persönlich ermordet!“

„Ich war Soldat. Und als solcher musste ich Befehlen gehorchen. Hätte ich das nicht getan, dann wäre ich anstelle der Kriminellen erschossen worden.“

Erstmals mischte sich nun Bronstein in das Gespräch ein. „Wir wissen alle, dass das ein ausgemachter Blödsinn ist. Aber selbst wenn das stimmen würde, haben wir immer noch genügend Beweise dafür, dass du etliche Gefangene aus eigenem Antrieb erschossen hast. Für diese Taten gab es keinen Befehl, die gehen ganz allein auf dein Konto.“

„Das stimmt ja überhaupt nicht. Wenn ich einmal jemanden liquidiert habe, dann nur deshalb, weil man das von mir verlangt hat. Ich stand ja rund um die Uhr unter Beobachtung.“

Seidl war klar, dass die beiden ihm kein Wort glaubten. „Ich weiß ja nicht“, begann er daher von neuem, „ob die Herren jemals gedient haben. Aber Befehl ist Befehl, und auf

Befehlsverweigerung steht die Todesstrafe. Das war schon immer so. Auch in der alten Armee."

Bronstein baute sich vor Seidl auf: „Also ich war in der alten Armee, und dort wäre jemand, der einen Gefangenen wegen einer Nichtigkeit erschossen hat, sofort vors Kriegsgericht gekommen. Ganz abgesehen davon, dass wir nur gegnerische Soldaten gefangen genommen haben und nicht ganze Dörfer oder sogar Nationen."

Dürmayer trat blitzschnell an Bronsteins Seite. „Seidl, Seidl, das schaut gar nicht gut aus für dich. An deiner Stelle täte ich keine Pläne für die Zeit vor 1995 machen. ... Und ich tät ganz intensiv mit der Staatsanwaltschaft und den Gerichten kooperieren. Vielleicht nützt das ja noch was."

Seidl schien sich durch diese Worte endlich des Umstands bewusst zu werden, dass es tatsächlich um Kopf und Kragen ging. Er verlor seine straffe Körperhaltung und sank förmlich in sich zusammen. Mit den Fingern der rechten Hand fuhr er sich zwischen Hals und Hemdkragen, so als spürte er dort bereits das raue Tau des Galgens. „Aber ... ich war ... doch wirklich nur ... ein kleines Würschtl. ... Mich haben s' einfach überall hing'schickt, wo aufg'räumt werden musste. Sie sehen's ja selber, obwohl ich der Regierung sieben Jahre lang treu und ergeben gedient habe, alles gemacht habe, was meine Vorgesetzten von mir verlangt haben, bin ich grade einmal Hauptmann geworden. Und das, obwohl ich Doktor bin, müssen S' wissen. Doktor!"

„Also erstens warst du nicht Hauptmann, sondern Hauptsturmführer, gell, nur damit wir das da nicht vergessen. Du warst nicht bei der Wehrmacht, du warst bei der SS. Das ist ein himmelhoher Unterschied. Und zweitens, was ein

Doktortitel wert ist, den ein Nazi dem anderen verleiht, das wissen wir auch."

„Aber ... ich habe doch ... aktiv Juden gerettet. Jawohl. Aktiv! Der Eichmann, der wollte die ungarischen Juden alle sofort umbringen. Und ich hab mich ihm entgegengestellt und hab g'sagt ..."

„... Lassen wir sie vorher noch Gräben ausheben und Bunker bauen, bevor wir sie ermorden", vollendete Dürmayer den Satz.

„Das war doch nur eine Kriegslist. Anders hätte man den Eichmann doch nicht überzeugen können, müssen Sie wissen."

„Und warum haben von den fünfzehntausend ungarischen Juden, die du angeblich in Wien retten wolltest, nur sechstausend überlebt?"

„Na, was kann denn ich dafür, wenn die alle eine so schlechte Konstitution haben?! Die waren halt körperliche Arbeit nicht g'wohnt. Kein Wunder übrigens, sind ja alle nur Anwälte, Ärzte, Tintensäufer und Geldwechsler, die Juden. Die täten ja freiwillig nie ein echtes Werkzeug in die Hand ..." Seidl verstummte und sah betreten auf den Boden.

„Also", rekapitulierte Bronstein unter Aufbietung all seiner Beherrschung, „Sie sagen also, Sie haben sechstausend gerettet und nicht neuntausend getötet."

„Ja, ich weiß, wenn man es so betrachtet, dann hört sich das nicht so gut an. Aber Sie sollten sich um die wirklichen Verbrecher kümmern. Die, die einen Spaß an ihrer Arbeit hatten. Ich, ich habe ja einfach nur meine Pflicht erfüllt. Immer und überall. ... Was hab denn ich dafürkönnen, dass man in diesem Dreckstaat von Österreich keine Arbeit bekommen hat?! Die Nazis waren die Ersten, die mir einen

Posten gegeben haben! Da musste ich doch ... Glauben Sie, ich wollte wieder so leben müssen wie in der Systemzeit? Unter dem Führer hab ich eine Wohnung gekriegt, eine Arbeit, und ich war endlich wer. Davor hat's nur g'heißen, ich bin ein arbeitsloser Faulenzer, ein Schlurf. Glauben Sie mir, wenn ich beizeiten ein wenig Anerkennung gefunden hätt, dann wär alles ganz anders gekommen. ... Sie müssen auch meine Warte verstehen! Ich war nix als ein ... Opfer der Umstände."

Dürmayer blickte Bronstein durchdringend an. „Ich sag dir was, der glaubt das wahrscheinlich sogar wirklich."

„Na sicher", mischte sich Seidl ein, „genau so war das. Ich hab immer nur g'macht, was man von mir verlangt hat. Da gab's wirklich ganz andere, die mit Feuereifer bei der Sache waren. Echte Sadisten, sage ich Ihnen. Die müssen S' belangen, nicht so ein kleines Rädchen wie mich."

„Echte Sadisten also?"

„Ja natürlich. Schau'n Sie sich doch einmal den Burger an. Auch ein Wiener. Der war wirklich eine Sau! Der hat sich so aufgeführt, dass sogar die Volksjustiz gegen ihn ermittelt hat."

Bronstein und Dürmayer wurden hellhörig. Seidl entging die Reaktion der beiden nicht, und so legte er sofort nach: „Ja, der hat zweitausend Häftlinge einfach so erschossen. Ohne Befehl! Und außerdem hat er sich am Besitz der Häftlinge bereichert, der Gierlappen. Der hat das Gold kiloweise aus dem Lager rausgeschleppt ..."

„Gold? Seit wann hatten Häftlinge Gold?", fragte Bronstein nicht ohne Hintergedanken.

„Na, Zahngold. Das haben sie den Leichen rausgebrochen", sprudelte es aus Seidl heraus. „Der Burger war so ein krankes Schwein, vor dem hab sogar ich mich gefürchtet. Und mich schreckt so schnell nichts."

Seidl beugte sich über den Tisch: „Ehrlich, fragen Sie Obersturmbannführer Morgen. Der wird Ihnen das bestätigen. Wenn Oberführer Müller nicht seine schützende Hand über Burger gehalten hätte, dann wäre der jetzt schon lange tot und nicht bequem in Urlaub."

„In Urlaub?"

„Na ja, der wartet gemütlich ab, bis die Wogen sich legen. Und dann setzt er sich ab. ... Das hatte ich ja auch vor. Aber leider habt ihr mich geschnappt." Seidl verzog angeekelt den Mund.

„Der wartet also ab, der Burger", griff Bronstein diese Information auf. „Wo wartet er denn ab?"

Seidl schwieg.

„Na, komm", ermunterte ihn Dürmayer, „du tätest uns das nicht auf die Nase binden, wenn du nicht genau wüsstest, wo der Kerl steckt."

Seidls Augen blitzten auf. „Was ist für mich drin, wenn ich es weiß?"

„Na, schau'n wir mal. Zuerst bist einmal du dran."

„Ihr müsst mir versprechen, dass ich nicht hingerichtet werd. Sonst sag ich gar nichts." Seidl verschränkte die Arme vor der Brust.

Mit erstaunlicher Behendigkeit sprang Bronstein vorwärts und verhinderte dabei nur um Haaresbreite einen Zusammenstoß zwischen seinem und Seidls Kopf. Erschrocken wich Seidl zurück und schlug dabei heftig mit dem Hinterhaupt an der Wand an.

„Fürs Erste versprech ich dir, dass wir dir nicht sämtliche Fingernägel ziehen, dir nicht die Kniescheiben zertrümmern und dir nicht die Ohren abschneiden, wennst jetzt redest."

Hilfesuchend blickte Seidl zu Dürmayer. „Das dürft ihr gar nicht …" Und dann: „Das darf der ned. Ich weiß ganz genau, dass der das ned darf."

Dürmayer lächelte schmal. „Ich weiß gar nicht, wovon du sprichst."

Seidl trat der Schweiß auf die Stirn, während Bronstein sich nach hinten wandte und einem der uniformierten Polizisten einen Wink gab. Der verschwand kurz und kehrte mit einigen Utensilien in den Raum zurück, die er auf dem zweiten Tisch, auf dem zuvor noch die Kamera aufgebaut gewesen war, ausbreitete. Während die beiden Justizwachebeamten Seidl fixierten, ging Bronstein zu dem Tisch hin und überprüfte die dort ausgelegten Werkzeuge. Demonstrativ hob er einen Hammer hoch und schien ihn auf sein Gewicht hin zu überprüfen.

„Das kann der doch nicht machen!", schrie Seidl in purer Panik.

„Wo ist Burger?", entgegnete Dürmayer lapidar.

Und Bronstein drehte sich um. „Du hast die Frage gehört."

„In Enzersdorf", platzte es aus Seidl heraus, „bei einem Bauern. … Bitte, ich sag euch alles, nur bitte, tut mir nicht weh. Ich … kann euch ganz genau hinführen, … ich war ja heut bei ihm. … Ich hab mir von ihm Lebensmittel geben lassen, damit ich im Gegenzug nicht verrat, wo er sich versteckt."

Bronstein legte den Hammer wieder weg. „Das lob ich mir. Unsere Ehre heißt Treue, was?!"

„Aber geh! Der hätt mich genauso verpfiffen, der Lump. Der hat doch gar keine Ehre im Leib. Der weiß nicht einmal, was das ist."

„Weil du das weißt“, fauchte Bronstein. Und dann an die zwei Beamten gewandt: „Führt den Kerl ab, sonst vergess ich mich wirklich noch!“

Seidl hing schlaff zwischen den Polizisten und ließ sich wortlos in seine Zelle schleifen. Als Dürmayer und Bronstein allein zurückgeblieben waren, griff Dürmayer an Bronsteins rechten Unterarm. „Du hättest aber nicht wirklich …? Ich mein' … Das geht nämlich wirklich nicht!“

„Keine Sorge, Chef. In einunddreißig Jahren bei der Polizei hab ich nicht ein einziges Mal eine Watschen ausgeteilt. Aber glaub mir, solche Falotten kriegst nur unter Androhung von physischer Gewalt klein. Dann allerdings schnell.“

Dürmayer deutete ein Nicken an. „Aber allzu oft sollte uns das nicht passieren. Ich meine, jetzt nur rein prinzipiell.“

„Glaub mir, nach einunddreißig Jahren weiß ich, wann's notwendig ist und wann nicht. Und da war's halt notwendig. Sonst hätten wir da noch Tage verbracht mit dem Lumpen.“

Dürmayer sah auf die Uhr. „Gut, heute geht ohnehin nichts mehr. Soll ich für morgen einen Trupp zusammenstellen, mit dem wir nach Enzersdorf fahren?“

„Das kommt darauf an, ob der morgen wieder bockig ist oder nicht. Aber ich glaub, er hat verstanden und wird kooperieren. Also denke ich, morgen ist gut.“

„Dann mach ich einmal die nötigen Anrufe. Und du ruhst dich ein bisserl aus. Der Burger wird nicht so leicht aufgeben wie der Seidl, fürchte ich.“

Bronstein nickte. „Das sehe ich auch so. Wir sollten sicherheitshalber unsere Dienstwaffen mitnehmen.“

Dürmayer hob die linke Augenbraue: „Sicherheitshalber? Die habe ich immer mit!“

„Siehst du. Ich nie. Nur wenn's notwendig ist. Und nach einunddreißig Jahren …"

„… weißt du, wann's notwendig ist und wann nicht, das hab ich jetzt schon kapiert."

Beide mussten lachen. Sie nickten einander zu und gingen sodann ihrer Wege.

Wien
Mittwoch, 1. August 1945

Wie vereinbart traf Bronstein Punkt 7 Uhr bei der Rossauer Kaserne ein. Dort wartete schon ein sichtlich verstörter Dürmayer auf ihn. „Stell dir vor", empfing er ihn statt eines Grußes, „der Seidl hat versucht, sich aufzuhängen."

„Verdammte Sch…, wie hat er denn das machen können?"

„Das fragen wir uns auch. Er ist penibel durchsucht worden, bevor er wieder in die Zelle gesteckt wurde. Aber anscheinend hat ihm ein Justizwachler, der doch nicht so demokratisch gesinnt ist, wie wir gehofft haben mögen, beim Abendessen ein Stück Seil zukommen lassen. Aber anscheinend war der Depp zu feig dazu."

„Inwiefern zu feig? Hat er sich jetzt aufg'hängt oder nicht?"

„Doch, hat er", präzisierte Dürmayer, „aber erst im Morgengrauen. Der muss die ganze Nacht hin und her überlegt haben, und erst als die Dämmerung gekommen ist, hat er den Strick am vergitterten Fenster festgemacht, am anderen Ende die Schleife gebunden, den Kopf reingesteckt und sich dann fallen lassen."

„Das funktioniert?“

„Na ja, eh nicht wirklich. Er konnte mit den Zehenspitzen immer noch den Boden erreichen, und so hat er wahrscheinlich eine ganze Weile lang dagegen angekämpft, wirklich den Löffel abgeben zu müssen. Jedenfalls sind durch den Lärm die Justizwachebeamten aufmerksam geworden, haben Nachschau gehalten und ihn gefunden. Er war bereits ohnmächtig und hing zu dem Zeitpunkt wirklich im Seil, aber er war eben noch nicht tot. Der Arzt hat ihn schon untersucht, er meint, er kommt durch, aber es wird ein paar Tage dauern, bis er wieder am Damm ist.“

„Fix Laudon noch einmal!“, fluchte Bronstein. „Ohne ihn wissen wir nicht, welcher Bauer es ist. Und wenn ihn der Seidl gefunden hat, dann ist der Burger so oder so gewarnt. Wer sagt uns, dass der nicht in der Zwischenzeit ohnehin abpascht.“

„Tja, niemand.“

„Wir könnten immer noch eine Großfahndung einleiten. Ich meine, Enzersdorf ist nicht so groß, so viele Bauern wird es dort nicht geben.“

„Vergiss es, David. Alles, was wir tun können, ist zu versuchen, die Kollegen aus Fischamend zu benachrichtigen, dass die einstweilen den Ort stärker unter Beobachtung halten. Aber mehr ist derzeit einfach nicht drinnen. Wir müssen einfach hoffen, dass der Kerl da bald wieder ansprechbar ist.“

„Hat der Arzt gesagt, wann das sein wird?“

„Vielleicht schon morgen. Vielleicht aber auch erst übermorgen. Und wenn wir Pech haben, dann war sein Gehirn zu lange ohne Sauerstoff, und dann ist er nie mehr ansprechbar. Uns bleibt wieder nur das Warten.“

„Warten, warten, warten! Seit März 38 tu ich nichts anderes. Mir geht das schon so auf die Nerven. Das kann ich dir gar nicht sagen."

„Ach, David! Geh nach Hause, lies ein gutes Buch und versuch, auf andere Gedanken zu kommen. Ich schick dir sofort einen Wagen, wenn es neue Entwicklungen gibt."

Bronstein blieb noch eine kleine Weile stur auf der Stelle stehen, dann sah er die Sinnlosigkeit dieses Verhaltens ein und machte sich doch auf den Heimweg. Er ging den Kai entlang, bis er zur Rotenturmstraße gelangte, um dann dieser bis zum Stephansplatz zu folgen. Erstmals seit er wieder in Wien war, fiel ihm dabei eine merkwürdige Zweiteilung auf. Auf der rechten Seite der Straße räumten jene ehemaligen Nationalsozialisten auf, die als Sühnemaßnahme zur Schuttbeseitigung abkommandiert worden waren, auf der linken Seite werkten die Freiwilligen der KPÖ. Und es wunderte Bronstein nicht, dass die Kommunisten wesentlich flinker und effizienter arbeiteten. Mit einem Mal musste er an den Bürgermeister im Rathaus denken. Dem alten Mann hätte man eine derartige Energie wohl auch nicht mehr zugetraut! Unter Körners Ägide wurden in der Zwischenzeit bereits wieder einige Linien der Wiener Verkehrsbetriebe reaktiviert, wurden Leitungen geflickt, Gaslöcher gestopft und Lebensmittelabgabestellen eingerichtet. Zwar war man immer noch weit von jedweder Normalität entfernt, aber mit jedem neuen Tag sah die Welt nicht mehr ganz so trostlos aus. Der Krieg war seit drei Monaten Geschichte, und es schien, als wären wenigstens einmal die Blutungen gestillt. Nun ging es darum, die Wunden der Stadt wirklich zu heilen.

Bronstein holte sich am Brunnen bei der Oper noch etwas Wasser und begab sich dann in seine Wohnung. Er passierte das Haustor, ehe ihn irgendetwas, das er im Augenwinkel wahrgenommen hatte, zurückhielt. Er trat einen Schritt zurück. Richtig! Da hing eine Nachricht, die an ihn adressiert war. Sie war von Dürmayer. „Habe heute etwas für dich bekommen! Habe es bei dir hinterlegt. Ich denke, du wirst dich freuen. Heinz."

Neugierig geworden ging er die provisorische Treppe hoch und öffnete seine Tür. Tatsächlich lag auf dem Boden ein ziemlich schmutziges Kuvert. Er hob es auf und besah sich die Vorderseite. „David Bronstein" las er da, dazu seine Adresse in der Walfischgasse. Er drehte das Kuvert um. „Paul Cerny" las er da, zusammen mit einer Adresse aus Olmütz. Er hatte schon gar nicht mehr an den Brief gedacht, den er vor zwei Monaten an Cerny abgeschickt hatte. Nun aber wusste er, dass Cerny zumindest den Krieg überlebt hatte und in der Lage war, ihm zu antworten. Mit zitternden Fingern begab er sich in sein Wohnzimmer und riss das Kuvert auf. Eilig überflog er die Zeilen! „Lieber, guter Freund", stand da, „es tut unendlich gut zu wissen, dass Du diese Zeit des Grauens wohlbehalten überstanden hast. Es verging kaum ein Tag, an dem wir nicht in Sorge um Dich waren. Und obwohl sich alles in mir weigerte, mir vorstellen zu müssen, Dir sei etwas zugestoßen, so hatte ich doch, selbst in den brenzligsten Situationen, immer wieder Angst, die Nazis hätten Dich am Ende doch noch geschnappt. Und Du wirst nicht glauben, wie sehr ich mich gegen falsche Hoffnungen wappnen musste, als ich Ende Mai einen Kollegen hier bei der Polizei kennenlernte, der mir erzählte, er sei mit einem lustigen älteren Herrn namens Josef Tauber aus Frankreich zurück in die Tschechoslowakei gereist. Konnte das Zufall sein? Als mir der Kollege auch noch erzählte, wie perfekt der

Herr Tauber Deutsch konnte, da wollte ich einfach glauben, dass Du das warst. Und siehe da, nun kam endlich auch ein Lebenszeichen von Dir."

Bronstein wischte sich über die Augen. Cerny war am Leben! Und anscheinend hatte das Schicksal Sinn für das Melodramatische, denn der Kollege konnte nur Zeman sein, dachte Bronstein. Er atmete durch, ehe er weiterlas. Nach einer knappen halben Stunde wusste er in groben Zügen, wie es Cerny seit der letzten Kontaktnahme so ergangen war. Trotz seines fortgeschrittenen Alters hatte er sich den Partisanen angeschlossen und war zwei Winter lang in den Karpaten mit der Waffe in der Hand gegen die Deutschen vorgegangen. Beim Dukla-Pass war er im Vorjahr verwundet worden, doch sei es zum Glück nichts Ernstes gewesen. Seit Mai tue er nun Dienst in der tschechoslowakischen Polizei. „Und offen gesagt zieht mich nichts zurück nach Österreich. Ich war eigentlich immer Tscheche, und als solcher bin ich hier wohl besser aufgehoben als in Wien, wo man mich immer scheel ansehen wird. Die Zukunft von mir und meiner Familie liegt hier. Aber ich hoffe, wir werden uns regelmäßig besuchen, sobald die Lage wieder etwas besser geworden ist."

Ja, unbedingt, sagte sich Bronstein, der bei dieser Gelegenheit beschloss, nun endlich den Besuch beim alten Pokorny nachzuholen, den er schon seit zwei Monaten vor sich herschob. Er blätterte zur letzten Seite des Briefes um, wo Cerny noch zwei weitere Absätze hinzugefügt hatte.

„Und nun noch ein paar Zeilen, von denen ich denke, dass sie Dich interessieren werden. Jelka geht es gut! Sie wohnt hier in Olmütz keine drei Straßen von mir entfernt und arbeitet im lokalen Spital als Schwester. Ich weiß, das wird Dich verwundern, aber sie hat während des Partisanenkampfs so viele Verwundete wieder zusammengeflickt, dass wir sie regelrecht bestürmt haben, uns auch in Friedenszeiten zu helfen. Und wie es aussieht, macht ihr die Arbeit auch Spaß."

Bronstein lächelte und weinte gleichzeitig. Instinktiv hielt er den Brief ein wenig von sich weg, um zu verhindern, dass Tränen die Schrift zerrinnen ließen, und erst als er wieder halbwegs Herr seiner selbst war, las er auch den letzten Absatz.

„Ich habe ihr natürlich sofort Deinen Brief gezeigt – wir haben recht oft Kontakt zueinander, wie Du Dir vorstellen kannst, und sie hat vor Freude fast einen Luftsprung gemacht. Sie lässt Dich ganz, ganz herzlich grüßen und wird Dir bald selbst schreiben. Derzeit gibt es ja noch keinen Postverkehr, aber ich hoffe, diese Zeilen, die ich über die Polizeikanäle abgesendet habe, erreichen Dich, denn wenn das funktioniert, dann werde ich versuchen, auch Jelkas Brief auf diese Weise zu expedieren."

Schließlich unterstrich Cerny noch einmal, wie sehr sich alle freuten, Bronstein bei guter Gesundheit zu wissen, ehe er mit den allerbesten Wünschen und der Hoffnung schloss, sich bald Auge in Auge gegenüberzustehen. Und Bronstein bedauerte inständig, keinen Schnaps bei der Hand zu haben, denn den hätte er jetzt wahrlich gebraucht. Er ging zu seinem alten Pappkartonköfferchen, wo er das einzige Foto herausholte, das er über die Zeit hatte retten können. Es zeigte Cerny, Jelka und ihn vor dem Uhrwerk am Olmützer Rathaus, und er betrachtete es eine ganze Weile, dabei still vor sich hin lächelnd.

Wien
Samstag, 4. August 1945

Bronstein schlief noch tief und fest, als es mit aller Gewalt gegen seine Wohnungstür hämmerte. Im ersten Augenblick erschrak er und fürchtete, er werde von der Gestapo abgeholt, doch dann kam er zu sich und wusste, es musste sich um jemand anderen handeln. „Wer ist da?", rief er so laut er konnte.

„David, ich bin's, der Heinz."

Bronstein stand eilig auf, zog sich so schnell er konnte, eine Hose an und öffnete die Tür. „Was gibt's denn?"

„Der Seidl ist in der Nacht aufgewacht. Wir kennen jetzt den Bauernhof, wo der Burger sich versteckt. Ich habe schon alles vorbereitet. Wir fahren gleich los."

Bronstein war nun endgültig hellwach. „Ich hole mir nur noch schnell ein Hemd, meine Jacke und die Dienstpistole."

„Ich warte unten auf dich."

„Ist gut."

Zwei Minuten später war der Wagen unterwegs. „Eigentlich", begann Dürmayer, „hätte sich der Seidl gar keinen besseren Zeitpunkt aussuchen können."

Dürmayers Grinser irritierte Bronstein. „Wieso? Was meinst du?"

„Hast du es noch nicht gehört? Ab morgen erscheinen nicht mehr zwei Zeitungen in Wien, sondern fünf. Die Sowjets haben den drei demokratischen Parteien das Recht eingeräumt, eigene Organe herauszugeben. Die Sozis werden wieder ihre Arbeiter-Zeitung publizieren, unser Organ nennt sich Volksstimme, und die Schwarzen, ja mei, die werden irgendeine Volkszeitung oder ein Volksblatt unter die Leute bringen."

„Na, wir werden ja direkt wieder mondän", grinste Bronstein.

„Nein, wir werden berühmt!", hielt dem Dürmayer entgegen. „Mit der heutigen Aktion stehen wir morgen gleich fünffach auf der Titelseite. Das ist einmal etwas Lohnendes!"

„Was für ein Glück, dass wir nicht eitel sind", statuierte Bronstein mit einem gerüttelt Maß an Ironie in der Stimme.

„Ach was, man soll als Kommunist einfach nur nicht sein Licht unter den Scheffel stellen. Tue Gutes und rede darüber. Das ist positive Propaganda."

Bronstein wollte keine Grundsatzdiskussion über politische Strategien vom Zaun brechen, und so ließ er es bei der letzten Aussage Dürmayers bewenden. Er schwieg eine Weile und fragte dann, als sich die Wagen bereits auf Fischamend zubewegten, wie Dürmayer vorzugehen gedenke.

„Zuerst versichern wir uns der Unterstützung der Leute in Fischamend. Die sollen uns helfen, den Bereich großräumig abzuriegeln, falls doch etwas schiefgehen sollte. Außerdem müssen die uns ja zum richtigen Haus lotsen. In sicherer Entfernung parken wir dann die Wagen und umkreisen das Gehöft. Auf die übliche Weise. Zwei Mann auf jeder Seite. Und in einigem Abstand die Reserve. Auf diese Art sollte nichts schiefgehen, meine ich. Wobei ich davon überzeugt bin, dass Burger, wenn er noch auf dem Hof ist, ohnehin viel zu überrascht sein wird, um effizient Widerstand zu leisten. Das wird so ablaufen wie beim Seidl, glaub mir. Kurz nach Mittag sind wir wieder im Büro."

Bronstein wollte Dürmayer glauben, und dennoch konnte er ein mulmiges Gefühl in seiner Magengrube nicht völlig ignorieren.

Eine Stunde später hatten sie, gemeinsam mit vier Mitgliedern der Staatspolizei und einigen Gendarmen, das Bauernhaus direkt im Blick. Dürmayer wies zwei Staatspolizisten und zwei Gendarmen an, sich hinter dem Wohngebäude auf die Lauer zu legen, dann marschierte er mit einem weiteren Staatspolizisten und Bronstein direkt auf das Haupttor des Hofes zu, während die restliche Truppe, Waffen im Anschlag, in sicherer Entfernung abwartete.

Dürmayer klopfte an. Nach einer kleinen Weile öffnete der Bauer. „Guten Tag“, begann Dürmayer. „Kennen Sie diesen Mann?“ Er hielt ein Foto Burgers hoch.

Der Bauer sah nur flüchtig darauf, ehe er die Frage bereits verneinte.

„Sind Sie sicher?“

Der Mann plusterte sich auf: „Na sicher bin ich sicher. Seit vor drei Monat' die Fremdarbeiter alle abpascht sind, war da kein Mensch mehr. Es seids die ersten G'frieser, die i seit ana Ewigkeit vor der Nasen hab.“

„Werter Herr, bei allem gebotenen Respekt“, lächelte Dürmayer schmal, „das bezweifle ich. Vor wenigen Tagen war beispielsweise der Herr Seidl bei Ihnen. Und der hat mit dem Herrn Burger hier gesprochen.“

„I kenn kan Seidl. Und waun der des sogt, daun muaß er a Hall…, a Halluzi… a … nau, so a Fata Morgana hoit g'hobt ham.“

„Ich warne Sie. Sie wissen anscheinend nicht, worauf Sie sich hier einlassen. Der Herr Burger ist ein tausendfacher Mörder. Wenn Sie den decken, dann machen Sie sich mitschuldig an seinen Verbrechen. Es ist besser, Sie kooperieren, denn sonst wandern Sie für eine sehr lange Zeit in den Bau!“, rief nun Bronstein.

„Und mit sehr lange meint der Kollege so zwanzig Jahre aufwärts“, assistierte Dürmayer.

Die Worte verfehlten nicht die gewünschte Wirkung. Der Bauer begann augenblicklich zu schwitzen. „Na, na“, stammelte er, „i woa imma ehrlich. I hob ma nia wos zuschulden kommen lassen, und i werd auf meine alten Tag ned damit anfangen …“

„Dann reden S’ besser!“

„Sie san si sicher, dass der da …“, dabei deutete er auf das Foto, „a Verbrecher is? Ned afoch nur a Nazi, dem wos ma jetzt die gaunze Schuld für des Desaster da in die Schuach schiabt?“

„Vollkommen. Gegen den haben sogar schon die Nazis selbst ermittelt, weil er so ein mieser Charakter ist. Also wenn Ihnen der untergekommen ist, dann reden S’ jetzt besser, weil sonst wird’s eng für Sie.“

Der Bauer schluckte. Er blickte schnell über die Schulter, dann eilig nach links und rechts, ehe er sich vorbeugte und mit gesenkter Stimme flüsterte. „Ja, den kenn i. Der is …“

Ein lauter Knall zerriss die Stille. Die Augen des Bauern wuchsen zu enormer Größe. Er streckte beide Arme aus, so, als wollte er Bronstein um den Hals fallen, und genau das tat er dann auch. Letzterer hatte Mühe, unter der Last des Mannes nicht zusammenzubrechen. Er machte einen Ausfallschritt nach hinten und verlagerte sein eigenes Gewicht, sodass der Bauer seitlich an ihm abglitt und mit dem Gesicht voran auf den Boden fiel. In seinem Rücken zeichnete sich ein Blutfleck ab, der schnell größer wurde. Noch ehe Bronstein seinen Blick wieder von dem Toten abwenden konnte, nahm er ein Surren wahr, das haarscharf an seiner Wange vorbeiging. Erst danach hörte er den entsprechenden Knall. „Scheiße, der schießt auf uns!“, entfuhr es ihm, während er sich neben dem Türstock gegen die Hausmauer drückte. Dürmayer tat es ihm auf der anderen Seite des Eingangs gleich, während der sie begleitende Staatspolizist mit einem Loch in der Stirn in die Knie ging, ehe er vornüber auf die Leiche des Bauern fiel. „So a Schas!“, fluchte Dürmayer.

Sie hörten weitere Schüsse, dann aufgeregte Rufe, schließlich einen gellenden Schrei. Ohne noch länger zu warten, hetzten sie auf die Hausecke zu und linsten vorsichtig nach links. Von dort kam ihnen taumelnd ein Gendarm entgegen, der sich dann melancholisch um die eigene Achse drehte, ehe er wortlos zusammensackte. Bronstein und Dürmayer überzeugten sich davon, dass das Haus ihnen noch Deckung bot, und so pirschten sie sich an den Hof des Gebäudes heran. Dort lagen die restlichen drei Polizisten in einer ekelhaft großen Blutlache, während in einiger Entfernung Burger auszumachen war, der in Richtung Straße flüchtete. „Verdammte Scheiße!“, schimpfte Dürmayer, während er seine Pistole einsteckte. „Das hat uns gerade noch gefehlt. Wir müssen … David? … David?“

Dürmayer sah sich um, konnte den Kollegen aber nirgendwo entdecken. Endlich sah er ihn wieder und traute dabei seinen Augen nicht. Bronstein saß auf einem Fahrrad.

Natürlich hatte Bronstein sofort versucht, die Verfolgung aufzunehmen, doch ihm war gleichzeitig klar, dass er den Jüngeren zu Fuß nie würde einholen können. Also war er in den Schuppen geeilt, wo er Burgers Fahrrad erblickte. Unwillkürlich hatte er an die Schönberger-Geschichte denken müssen und das Rad kurzerhand erklommen. Nun rumpelte er über die Wiese hin zur Straße, wobei er so fest wie es ihm nur möglich war in die Pedale trat.

Schon nach wenigen Metern stellte er sich die Frage, ob es eine gute Idee gewesen war, seinen alten Hintern auf einen Drahtesel zu packen, denn das Gerüttel ließ ihn jeden einzelnen seiner Knochen spüren. „Ich bin zu alt für so einen Blödsinn", sagte er sich, während er verzweifelt bemüht war, den Lenker in der richtigen Position zu halten. Und sosehr er sich auch plagte, dem Rad den richtigen Schwung zu verleihen, es sah aus, als würde der Abstand zwischen ihm und Burger größer statt kleiner.

Allerdings hatte der nicht wirklich viele Optionen. Er musste versuchen, die Straße zu queren, um so zu dem kleinen Bach zu gelangen, wo es ihm vielleicht möglich war, Bronstein abzuschütteln. Der aber hatte nun endlich die Straße erreicht und kam dadurch schneller als zuvor voran. Der Vorsprung Burgers schmolz, woraufhin der Nazi begann, im Zickzack zu laufen. Bronstein erkannte, dass sein Gegner eigentlich keine Chance besaß. Nirgendwo bot sich Deckung. Das schien nun auch Burger selbst zu begreifen, denn völlig überraschend blieb er stehen und drehte sich in Bronsteins Richtung.

Bronstein betätigte die Bremsen und ließ seine Beine auf den Boden gleiten. „Gib auf, es hat doch eh keinen Sinn!", rief er Burger zu, der keine zwanzig Meter von ihm entfernt war. Plötzlich blendete Bronstein etwas. Ein kleiner Blitz hatte vor Burger aufgeleuchtet. Wie ein Spiegel, der von einem Sonnenstrahl getroffen worden war. Bronsteins Körper wurde stocksteif. Das war kein Spiegel. Das war Burgers Waffe, mit der er eben fünf Polizisten und den Bauern erschossen hatte. Und mit der er nun augenscheinlich auf Bronstein anlegte. Dessen Mund wurde augenblicklich völlig trocken, die Zunge klebte ihm am Gaumen, und sein ganzer Körper war so starr, dass er keinen einzigen Muskel bewegen zu können glaubte. In vermeintlich unendlicher Langsamkeit wanderte der rechte Arm doch in die Sackotasche, fasste dort den Griff der Dienstpistole, zog sie hervor, brachte sie in Anschlag.

Warum schoss der Kerl nicht? Es war sicher eine volle Minute vergangen, seit Burger auf ihn angelegt hatte. Bronstein kniff die Augen zusammen. Was machte der da? Jetzt endlich erkannte Bronstein, dass Burger das Magazin wechselte. „Tu's nicht!“, hörte er sich selbst rufen. „Sonst muss ich von der Dienstwaffe Gebrauch machen!“ Genau in diesem Augenblick brachte Burger seinen Arm gegen Bronstein in Stellung. Auch Bronsteins Waffe war nun auf den Gegner ausgerichtet. Der schießt, dachte Bronstein, klar, dass der schießt. Der kann ja gar nicht anders als schießen. Der hat immerhin grade sechs Menschen getötet, da macht er vor einem siebenten keinen Halt mehr.

Bronstein meinte, Mündungsfeuer aufblitzen zu sehen, und drückte instinktiv ab. Der Knall war so intensiv, dass Bronstein glaubte, das Trommelfell sei ihm geplatzt. Ohne es zu wollen, ließ er seine Waffe fallen und hielt sich das Ohr. Dann erst blickte er in die Richtung seines Kontrahenten. Der stand nicht mehr da. Verwirrt sah sich Bronstein um. Burger war nirgendwo zu sehen. Bronstein duckte sich weg, griff wieder nach seiner Waffe. Langsam, ganz vorsichtig, bewegte er sich dann auf jenen Punkt zu, an dem er den Nazi zuletzt gesehen hatte. Dort schien das Gras geknickt zu sein. Tatsächlich. Da lag Burger. Hielt sich die Schulter und schien zu stöhnen, was Bronstein aber nicht hörte, da er immer noch enervierendes Geklingel im Kopf wahrnahm. „Max Burger", sagte er, wobei seine eigene Stimme merkwürdig verzerrt in seinem Gehirn hallte, „Sie sind verhaftet." Er hob den Arm und hielt Burger mit der Waffe in Schach.

Augenblicke später, die Bronstein gleichwohl wie eine Ewigkeit vorgekommen waren, tauchte der Wagen mit Dürmayer bei Bronstein auf. Dürmayer sprang heraus, besah sich die Situation und klopfte Bronstein aufmunternd auf die Schulter. „Gut gemacht, David. Wirklich gut gemacht."

Als wäre jetzt erst das volle Gewicht der Ereignisse über ihn gekommen, begann Bronstein unter dieser Last zu taumeln. Seine Beine zitterten krampfartig, und er lief Gefahr, den Halt zu verlieren. Seine Finger krallten sich in Dürmayers Unterarm, sodass dieser ihn ob des empfundenen jähen Schmerzes überrascht ansah. „Es ist vorbei", sagte er leise und tätschelte mit seiner freien Hand begütigend jene Bronsteins. „Das war ein wirklich guter Schuss. Du hast ihn außer Gefecht gesetzt, aber gleichzeitig dafür gesorgt, dass wir uns eingehend mit ihm auseinandersetzen können. Das wird eine Vernehmung! Dagegen war der Seidl ein kleiner Fisch, das sage ich dir."

Bronstein aber nickte nur.

Während die verbliebenen Gendarmen den abwechselnd jammernden und fluchenden Burger in Gewahrsam nahmen, schlich Bronstein mit kleinen Schritten zum Wagen. Behutsam, als trüge er rohe Eier auf einem Löffel, bewegte er seinen Körper in das Innere des Automobils, und erst als er wirklich im Fond saß, wagte er, wieder etwas freier zu atmen. Er hatte sich eben ein Duell mit einem der finstersten Nazi-Schurken geliefert, der ein Vierteljahrhundert jünger und wesentlich kräftiger war als er. Und dennoch hatte er gewonnen. Sein Sieg machte niemanden mehr lebendig. Aber er machte die Welt ein kleines bisschen weniger ungerecht.

Die Fahrt zurück ins Büro erlebte Bronstein wie durch einen Schleier. Kaum registrierte er die Donau, noch weniger die Industrieruinen auf der Landstraße oder den Donaukanal. Beiläufig betrachtete er die beklagenswerten Reste der Urania, ehe er wieder stur geradeaus sah und seinen Gedanken nachhing, die weit vom eben Erlebten abschweiften. Dürmayer lieferte Burger persönlich in der Herrengasse ab und ließ Bronstein dann nach Hause fahren. Dort angekommen, trank Bronstein Wasser in kleinen Schlucken, ehe er sich ein Buch zur Hand nahm, das keiner der Nazimieter vernichtet hatte. Es handelte sich um Shakespeares „Heinrich V." in der berühmten Schlegel-Tieck-Übersetzung. Ein kunstvoll gestalteter Nachdruck der Originalausgabe von Reimer in Berlin, der wohl gerade deshalb die letzten sieben Jahre nicht entsorgt worden war.

Doch Bronstein vermochte sich nicht auf das Stück zu konzentrieren. Immer wieder schweifte sein Denken ab und kehrte erst zur Lektüre zurück, als er die letzte Seite des Buches aufgeschlagen hatte. „So weit, mit rauhem, ungelenkem Kiel, kam unser Dichter, der Geschicht sich bückend, beschränkend große Leut in engem Spiel, ruckweise ihres Ruhmes Bahn zerstückend." Ein enges Spiel war es wahrlich gewesen, diese Jagd auf Burger, den Massenmörder. Doch sie hatte nichts Ruhmreiches an sich gehabt, noch hatten große Leut in ihr mitgewirkt. Nur ganz normale Menschen, im Guten wie im Bösen. Und das Gefühl, gewonnen zu haben, das hatte nichts Großes und nichts Erhabenes. Der Sieg schmeckte schal angesichts des unendlichen Leids, das ihm vorangegangen war. Wie sollte er so etwas wie Genugtuung darüber empfinden, dass er den Kerl geschnappt hatte, wenn er an Auschwitz dachte, wenn er an den alten Duft dachte. An die Dinge, die ihm Tuchmann noch von den letzten Kriegstagen erzählt hatte. An all die Toten, deren Namen er nicht einmal kannte. Wie sollten all diese Wunden jemals verheilen? Wie sollte das Leben eines Täters all die Leben der Opfer aufwiegen? Wie konnte ein Gericht hier Recht sprechen? Sprechen? Hier war nur noch Schweigen angebracht. Ein großes, endloses Schweigen. So unendlich groß wie das Unrecht, das in die Welt gekommen war.

Bronstein trat ans Fenster und blickte in den blauen Himmel. Es war Anfang August. Irgendwo im Alpenvorland mochten Felder wieder voller Weizen stehen. Bald würden irgendwo Bauern und ihre Hilfskräfte zur Ernte ausfahren. Sie würden das Getreide einbringen, es winterfest verstauen, würden Heu und Stroh sammeln, damit die Tiere über den Winter kamen. Der Frost würde den Sommer ablösen, der Schnee das Land wie mit einer Decke zudecken. Und im kommenden Frühjahr würde neues Leben auf den aperen Gründen sprießen. Und manch einer würde dann sagen, es sei immer noch dieselbe Erde, die Frucht hervorbrachte, und es seien dieselben Menschen, die diese Früchte nährten.

Doch das stimmte nicht. Nicht mehr.

DRITTER TEIL

Herbst 1945

Wien
Sonntag, 25. November 1945

Lieber Paul,

viel zu lange habe ich Dir nicht geschrieben, und das bedauert niemand mehr als ich selbst. Ich würde mich gerne damit entschuldigen, dass ich zu sehr eingespannt war mit diversen Tätigkeiten, mit bedeutenden Fällen, Verhören oder Ermittlungen. Doch die schlichte Wahrheit ist, dass mir immer wieder der Mut fehlte, zur Feder zu greifen. Ja, es nützt nichts, es leugnen zu wollen, aber irgendwie bin ich nach den Ereignissen rund um die Festnahme von Max Burger von einer merkwürdigen Leere befallen worden, aus der mich erst Deine Briefe vom Anfang dieses Monats gerissen haben.

Die Sache Burger hat ja vor drei Monaten eine Menge Staub aufgewirbelt, schließlich berichteten, wie Du mir selbst geschrieben hast, auch eure Medien davon. Mein Chef, der Leiter der Staatspolizei, Heinrich Dürmayer, hat den Rummel ziemlich genossen, und ehrlich gesagt war ich mehr als froh, dass er jede Anfrage eines Journalisten, egal, ob der nun aus dem In- oder Ausland kam, persönlich beantworten wollte, denn offen gestanden hätte ich nicht gewusst, was ich zu dieser Sache sagen sollte.

Immerhin aber hat die Festnahme solcher Figuren wie Burger und Seidl (eine ähnlich faule Frucht, kann ich Dir sagen) dafür gesorgt, dass die politischen Parteien dem Problem der Verfolgung von Nazi-Kriegsverbrechern mehr Aufmerksamkeit schenkten. Wie Du vielleicht selbst weißt, finden ja just heute die ersten Nationalratswahlen seit 1930 statt, und, stell

Dir vor, die SPÖ (die Nachfolger unserer seinerzeitigen Sozialdemokraten) hat doch tatsächlich ein Plakat affichiert mit den Worten „600.000 Nazis in Österreich, 600.000 Kriegsgefangene in Sibirien – wir fordern den Austausch". So viel Mut hätt ich den alten Salonschwadroneuren gar nicht zugetraut, muss ich sagen. Aber mein Chef meinte, das werde Renner, Schärf und Konsorten auch nichts bringen. Er, also Dürmayer, ist fest davon überzeugt, dass seine KPÖ mindestens 20 bis 30 Prozent der Stimmen bekommen und damit ähnlich wie die SPÖ abschneiden wird. Den Rest, so denkt er, werden die Christlich-Sozialen bekommen, die sich jetzt ÖVP nennen. Na ja, Du siehst, nil nove sub sole – die Koalition wird wohl fortgesetzt werden.

Aber vielleicht tue ich den Politikern unrecht, vielleicht sind sie ja wirklich klüger geworden. Es ist keine drei Monate her, da haben die Bundesländer sich noch geweigert, mit der Regierung in Wien überhaupt zusammenzuarbeiten. Und jetzt wird die Einheit Österreichs von keiner politischen Kraft mehr hinterfragt. Stell Dir vor, die Tiroler, Vorarlberger, Kärntner und so weiter saßen mit den Wienern ganz friedlich an einem Platz zusammen. Ja, genau! Du hast es erraten! Bei den Salzburger Festspielen! Noch hat halb Österreich kein Dach über den Kopf, noch müssen viele Männer und Frauen mit weniger als 1.000 Kalorien am Tag auskommen, aber Hauptsache, unser Blaues Blut kann am Domplatz wieder mulatieren! Und es wär ja nicht Österreich, wenn der Tiroler Landeshauptmann sich nicht an die Alliierten gewandt hätte, um das Selbstbestimmungsrecht der Südtiroler einzufordern. Vom Ernährungsrecht der Wiener hat er, glaub ich, nichts verlauten lassen.

Wie auch immer. Für uns hier in Wien hat sich am 1. September Grundlegendes geändert. Seit diesem Tag verwalten nicht mehr die Sowjets allein diese Stadt. Die Briten sitzen jetzt u. a. in Margareten und Meidling, die Franzosen in Mariahilf und Hietzing, die Amis in der Josefstadt, im Alsergrund und in der Cottage. Die Sowjets haben sich auf die Wieden und Favoriten sowie die Insel und Floridsdorf zurückgezogen. Und ein Wechsel von einer Zone in die andere ist auf einmal gar nicht mehr so leicht, was an manchen Plätzen echt unangenehm werden kann, etwa am Naschmarkt, wo die eine Hälfte den Franzosen, die andere den Russen und das obere Ende den Briten gehört.

Ja, Naschmarkt! Du hast richtig gehört. Seit dem Frühherbst gibt es den wieder. Man kann zwar nicht wirklich viel kaufen, aber immerhin! Im Vergleich zu den Monaten zuvor ist es schon ein Luxus, zwischen Erdäpfeln, Zwiebeln und Rüben wählen zu können. Und, ach ja, für mich ist die neue Zoneneinteilung doppelt merkwürdig, denn ich wohne ja, wie Du noch wissen magst, im ersten Bezirk, und der gilt als internationale Zone. Hier wechselt die verwaltende Macht jeden Monat, sodass ich einmal den Russen, dann wieder den Briten, hernach den Franzosen und schließlich den Amis Rechenschaft schuldig bin.

Für die Polizeiarbeit ist das übrigens keine sehr gute Sache, denn jetzt müssen wir dauernd den alliierten Kommandanten fragen, wenn wir einem Gauner von Margareten auf die Wieden oder von Favoriten nach Meidling nachjagen wollen. Na, wenigstens habe ich seit Herbstbeginn meine geliebte „Wiener Zeitung“ wieder.

Ja, langsam kommt das Leben hier in Österreich wieder in Gang. Seit 1. Oktober können wir wieder regelmäßig und ohne Unterbrechung mit der Bahn fahren, wozu ich allerdings noch nicht gekommen bin. Dafür bin ich froh, dass der Straßenbahnverkehr in Wien bereits ziemlich gut funktioniert, denn die dauernde Hatscherei in den ersten Wochen war ganz und gar nicht lustig. Und wie Du vielleicht gemerkt hast, haben wir jetzt auch wieder unsere Post, sodass ich jetzt noch weniger eine Ausrede habe, warum ich so selten schreibe.

Dafür habe ich jetzt erstmals in meinem Leben einen viersprachigen Pass. Ja, wirklich. Die Alliierten haben vor wenigen Wochen eine Identitätskarte ausgegeben, die außer auf Deutsch auch auf Englisch, Französisch und Russisch abgefasst ist. In letzterer Sprache bin ich anscheinend ein „*...schtein*" – und zum „*...witsch*" habe ich es auch gebracht. Da tät sich der alte Zwiderwurz aus dem Café Central (Du weißt sicher noch, wen ich meine!) sehr darüber amüsieren.

Jedenfalls gelten seit zwei Wochen alle Gesetze für das gesamte Bundesgebiet, und eines davon besagt, dass Mitglieder der NSDAP, der SA oder der SS nicht an den heutigen Wahlen teilnehmen dürfen. Vielleicht behält mein Chef vor diesem Hintergrund mit seiner Prognose ja doch recht. Und außerdem sind, stell dir vor, diese Woche die Lipizzaner nach Wien zurückgebracht worden, was also, so frage ich dich, soll da jetzt noch schiefgehen? (Ich hoffe, Du interpretierst wie in der guten alten Zeit mein Lächeln an dieser Stelle richtig.)

So, leider muss ich an dieser Stelle schließen, denn ich bin ins Innenministerium abkommandiert, wo mein Chef dem Innenminister assistiert. Aber wenigstens erfahre ich so vor allen anderen, wie die Wahlen wirklich ausgegangen sind.

Vielen Dank übrigens für Deinen Bericht aus Deiner neuen Heimat. Besonders gefreut habe ich mich darüber, dass Dir in Prag der alte Professor Kvitek über den Weg gelaufen ist. Es wird ihm sicherlich gefallen, dass seine Tochter nun tschechoslowakische Botschafterin in Australien ist, auch wenn das für ihn bedeutet, dass er sie jetzt wohl noch weniger sieht als bisher. Na, wie auch immer. Ich hoffe, Euch geht es in der Tschechoslowakei weiterhin besser als uns hier, denn dann hat sich auch für Euch einiges zum Positiven verändert. Wenn Du Jelka siehst, so sage ihr bitte, ich denke sehr viel an sie, und der nächste Brief, den ich schreibe, der geht an sie.

Lieber Paul, sei ganz herzlich gegrüßt von Deinem alten David.

Bronstein las sein Schreiben noch einmal durch, besserte hie und da noch seine Schrift aus, dann steckte er das Papier in ein Kuvert, leckte die Gummierung ab und verschloss es sodann. Er verstaute den Brief in der Tasche seines Rocks, den er sodann anzog, um sich zu Fuß ins Innenministerium zu begeben, wo an diesem Tag wohl alles darauf wartete, zu erfahren, wie das Volk sich entschieden hatte.

Bronstein war zwar gemäß dem Beamtenüberleitungsgesetz wieder in unkündbarer Stellung, aber auch ihm war klar, dass der Wahltag indirekt auch über seine Zukunft entschied. Würden die Kommunisten entgegen ihrer eigenen Prognose doch eine herbe Niederlage einfahren, dann war es durchaus möglich, dass sie trotz der Präsenz der UdSSR ihre Sitze in der Regierung verloren. Und ohne Innenminister Honner gab es wohl auch keinen Staatspolizeichef Dürmayer mehr. Und ohne Dürmayer – was wurde dann aus ihm? Bronstein schüttelte sich und verdrängte den diesbezüglichen Gedanken. Er trat auf den Gang hinaus, schloss seine Tür ab und freute sich einmal mehr darüber, dass die Aufbauarbeiten bereits so weit fortgeschritten waren, dass sein gesamtes Haus mittlerweile über einen intakten ersten Stock verfügte. Mit einem leisen Pfeifen auf den Lippen ging er die fertige Treppe abwärts, um sodann sein Haus zu verlassen. Er schlug den Weg zur Augustinerstraße ein, überquerte den Michaelerplatz und war zur festgesetzten Zeit im Innenministerium.

Wien
Dienstag, 27. November 1945

Zwei volle Tage war Dürmayer wie vom Erdboden verschluckt gewesen. Es war niemandem möglich gewesen, ihn aufzuspüren, auch Bronstein hatte nicht einmal den Ansatz einer Ahnung, wo sich sein Chef versteckt haben könnte. Aber er suchte auch nicht groß nach ihm. Nach dem Desaster am Wahlsonntag war Bronstein völlig klar gewesen, dass Dürmayer Zeit brauchen würde, diese verheerende Niederlage irgendwie zu verdauen.

Dabei hatte der Leiter der Staatspolizei noch vor Selbstbewusstsein und Siegesgewissheit gestrotzt, als die beiden sich am frühen Nachmittag in der Herrengasse getroffen hatten. „Wirst sehen", hatte Dürmayer noch einmal behauptet, „alles unter 40 Mandaten für uns wäre eine negative Überraschung." Es waren schließlich deren vier geworden. Vizekanzler Koplenig und Unterrichtsminister Fischer hatten in Wien Mandate erobert, Innenminister Honner eines im niederösterreichischen Industrieviertel, und ein eher unbekannter Gewerkschafter namens Viktor Elser hatte in der Steiermark einen Sitz errungen. Mithin den einzigen außerhalb der sowjetischen Zone. 175.000 Stimmen für die KPÖ bedeuteten freilich ein veritables Waterloo, denn die Partei verfügte über nahezu ebenso viele Mitglieder, was de facto hieß, dass sie überhaupt niemanden abseits der eigenen Anhängerschaft hatte überzeugen können. Selbst etliche Regierungsmitglieder wie Laurenz Genner, Hella Postranecky oder Franz David waren vom Wähler nicht in ein weiteres Amt berufen worden. Doch, und das mochte Männer wie Dürmayer fast noch mehr schmerzen, die Niederlage der Kommunisten war nicht mit einem Sieg der Sozialisten einhergegangen. Vielmehr hatte die konservative ÖVP eine komfortable absolute Mehrheit erzielt, und die politischen Beobachter gingen davon aus, dass diese Partei nun auch den Regierungschef stellen würde.

Naturgemäß fragte sich Bronstein, ob dieser Wahlausgang auch sein eigenes Leben berühren würde. Er war als Beamter zwar nach wie vor unkündbar, und die Erfolge im Kampf gegen flüchtige NS-Verbrecher konnte niemand bestreiten, doch befand er sich seit einem halben Jahr an einer sehr exponierten Stelle. Und es mochte nicht wenige geben, denen das von Anfang an ein Dorn im Auge gewesen war. Vielleicht also beendete er seine Berufslaufbahn so, wie er sie begonnen hatte, als kleiner Revierinspektor in einem kleinen Kommissariat.

Er traf einen vollkommen niedergeschlagenen Dürmayer am Abend in einem der wenigen Innenstadtlokale, die bereits geöffnet hatten. Die meisten davon dienten ausschließlich Mitgliedern der Besatzungsorgane, doch Dürmayer hatte ob seiner Funktion eine Sondergenehmigung, und so konnte er in der Annagasse bei einem Viertel Staubigen darüber nachdenken, warum die Dinge so gekommen waren.

Bronstein, der Dürmayer öfter in besagte Gaststätte begleitet hatte, durfte anstandlos passieren und setzte sich unaufgefordert neben seinen Chef. „Hab ich ja gewusst, dass ich dich hier treff", begann er vorsichtig.

Dürmayer sah gar nicht erst auf. „Mit allem hätt ich gerechnet, wirklich mit allem. Aber damit nicht."

„Na, komm, davon geht die Welt jetzt auch nicht unter. In vier Jahren sind wieder Wahlen, und da schaut alles vielleicht schon wieder ganz anders aus."

Dürmayer riskierte einen mitleidigen Seitenblick auf seinen Mitarbeiter. „Ach, David! Das sind Dinge, von denen du nichts verstehst. Lass es einfach gut sein."

Bronstein aber blieb hartnäckig. „Na, was soll schon passieren? Gut, dein Honner wird nicht mehr Innenminister sein. Na, kriegen wir halt einen anderen. Ich hab schon vor zwanzig Jahren g'sagt: die Minister kommen und gehen, die Beamtenschaft, die bleibt bestehen."

„David! Ich meine es bitterernst. Das ist nicht einfach nur ein Wechsel von einem Politiker zum anderen! Der Genosse Honner war die Garantie dafür, dass die Nazis auch wirklich zur Rechenschaft gezogen werden. Du glaubst doch nicht, dass uns ein Helmer oder wer immer da jetzt neuer Minister wird, einfach so weitermachen lässt?"

„Warum denn nicht?"

„Weil die alle selber Dreck am Stecken haben! Du hast es ja selbst gesagt mit dem Renner! Na, der Helmer und der Schärf, die sind auch nicht anders. Und von den Schwarzen will ich gar nicht erst reden. Die werden uns jetzt den Raab auftischen, und der ist sogar mit dem Seyß-Inquart in einer Regierung g'sessen und hat wie der von ‚frechen Saujuden' geredet. Du glaubst doch nicht im Ernst, dass solche Leute sagen werden: Jawohl, räumen wir auf mit den Nationalsozialisten. Da könnte es ihnen doch passieren, dass die Nazis mit dem Finger auf sie zeigen und sagen: ‚Ihr wart auch nicht anders'."

Bronstein steckte sich eine „Lucky Strike" an und empfand dabei ein schlechtes Gewissen, im Beisein des Chefs der amerikanischen Zigarette den Vorzug gegenüber den sowjetischen

Papyrossi zu geben. „Also, wir sind schließlich in Österreich. Und da geht immer was, wie du weißt. Sicher, sie werden verhindern, dass wir irgendwelche Alt-Nazis, die jetzt zu ihnen übergelaufen sind, so Leute wie der Schumy etwa, vor den Richter bringen. Aber die wirklichen Bluthunde, die, die in den Lagern oder den Ghettos, die im Hinterland oder sogar an der sogenannten Heimatfront Leute en masse liquidiert haben, die werden nicht einmal die Renners und die Raabs schützen. Und damit bleibt unsere Aufgabe im Wesentlichen dieselbe."

Dürmayer schüttelte den Kopf. „Ich glaub das nicht. Die werden die einzigartige Chance sehen, sich vor der Welt als Opfer darzustellen. Die werden sagen, alles, was da Böses passiert ist in diesem Krieg, das seien allein die Deutschen gewesen. Wirst sehen, die werden so tun, als hätte es den Heldenplatz gar nicht gegeben. Nicht Polen, nicht die Tschechoslowakei, nein, Österreich wird das erste Opfer von Nazideutschland gewesen sein."

Dürmayer nahm einen tiefen Schluck aus seinem Glas. „Und dazu passt es natürlich nicht, wenn da dauernd irgendwelche Nazi-Verbrecher in Österreich auftauchen. Die werden uns an die kurze Leine legen, werden uns sagen, wir sollen nicht mehr weitersuchen. Und so, wie ich die einschätze, werden sie sogar diejenigen, die wir schon geschnappt haben, mit Samthandschuhen anfassen."

Bronstein fuhr hoch: „Das ist aber jetzt nicht dein Ernst? Ich meine, wir haben uns doch nicht all die Mühe gemacht dafür, dass da jetzt irgendwer einfach den Deckel drauftut."

Sein Gegenüber zuckte nur mit den Schultern. „G'wöhn dich besser mal dran."

„Nie!", rief Bronstein aus und wusste dabei schon, dass ihm dennoch nichts anderes übrig bleiben würde.

Die beiden tranken schweigend ihre Gläser aus und rauchten eine weitere Zigarette. „Und wie wird das mit unserer Abteilung werden?“, fragte Bronstein schließlich.

„Tja, das wird in der Tat spannend. Zuerst werden sie einmal schauen, ob und wie die Russen reagieren, wenn ein anderer das Innenministerium übernimmt. Passiert nix, werden sie mich irgendwann versetzen und danach alle diejenigen, die bisher engagiert an der Verfolgung der Nazis mitgewirkt haben. Und in einiger Zeit wird die Staatspolizei dann das sein, was sie dem Namen nach ohnehin ist. Eine Polizei, die allein den Interessen des Staates dient. Und der Staat, das sind dann die Sozis und die Schwarzen.“

„Meinst wirklich?“

„Na ja, David. Dir wird nix passieren. Dich werden sie einfach pensionieren. Ganz normal und ohne Aufsehen. Du bist ja für sie eine doppelte Peinlichkeit. Ein Jude und jetzt auch noch ein halber Kummerl. So schnell wirst gar nicht schauen können, wie sie dir eine Urkunde aushändigen und dir zum wohlverdienten Ruhestand gratulieren.“

„Also ich weiß nicht. Ich glaub trotz allem, dass du da ein bisschen zu viel schwarzmalst. Es mag ja sein, dass manche – und ich sag manche, bei weitem nicht alle, gell – das gern hätten, dass die ganze Sache da möglichst rasch einschlaft. Aber die Alliierten lassen das nie zu. Ned amal die Amis. Von den Russen ganz zu schweigen. Kann sein, dass wir ned einen jeden erwischen, kann sein, dass uns sogar die Mehrheit durch die Lappen geht, aber wir werden sicher genügend von denen kriegen. Egal, wer sich dann Minister nennt.“

Dürmayer hob sein Glas und lächelte Bronstein an. „David, ich liebe deinen Optimismus! Darauf stoßen wir jetzt an.“

Wien
Freitag, 30. November 1945

Bronstein bemühte sich, ruhig zu bleiben. Dennoch griff er erstaunlich hektisch nach seinen Zigaretten. Er steckte sich eine in den Mund und rieb dann das Streichholz gegen die vorgesehene Fläche. Er brauchte mehrere Anläufe, bis es tatsächlich aufflammte. Schnell hielt er es unter die Zigarette, an der er gleichzeitig zog. Erst nachdem er mehrere Male Rauch ausgeblasen hatte, gestattete er sich wieder einen Blick auf seinen Tisch. Dort lag sie immer noch. Die Korrespondenzkarte aus Olmütz. Eigentlich wollte er sie sofort noch einmal lesen, doch er zwang sich, den Moment ein wenig hinauszuzögern. Er wollte ihn genießen, diesen Augenblick. Wollte sich hineinträumen in den Inhalt der Karte. Und darum nahm er noch einen Zug.

Beinahe wie ein junger Verliebter sah er das Stück Karton von der Seite an. Schüchtern fast. Bereit, jederzeit wegzusehen, wenn sein intensives Betrachten der Karte dieser auffallen sollte. Er fühlte einen trockenen Hals, und ihm war, als würden seine Wangen glühen. Und so ging er zu seinem Wasserkrug und schenkte sich ein Glas voll ein, ehe er sich wieder an den Tisch setzte. Diesmal schon ein wenig näher zur Karte. Er pirschte sich förmlich an sie heran, rutschte unmerklich immer näher, dabei argwöhnisch auf jedes Anzeichen vorzeitiger Entdeckung achtend. Schließlich aber gewann dann doch die Vernunft die Oberhand. „Was stellst dich denn so an, hörst?! Weißt ja eh schon, was draufsteht, du alter Depp du“, schalt er sich. Kurz entschlossen griff er sich also das Poststück und drehte es um. „Magst mich an Weihnachten besuchen?“ stand darauf. Und darunter Jelkas Adresse in Olmütz.

Bronstein musste schmunzeln. Sie war halt doch eine kluge Frau, seine Jelka. Hatte an das Grußporto gedacht und mit ihren exakt fünf Worten den Tarif deutlich niedriger ausfallen lassen, als wenn sie viel Gerede um eine im Prinzip recht einfache Frage gemacht hätte. Und diese einfache Frage war noch viel einfacher zu beantworten: Ja! Wollte er. Unbedingt. Noch ehe er also ins Büro ging, fuhr er zum nächstgelegenen Bahnhof und stellte sich dort an den Schalter.

„Sie wünschen?“

„Eine Auskunft.“

„Ah! Und ich soll jetzt erraten, welche. Oder wie?“

„Nein, nein. Ich tät nur gerne wissen, ob am Sonntag vor Weihnachten ein Zug nach Olmütz fahren tät.“

Der Bahnbedienstete konsultierte seine Bücher. „Wissen S' eh, das ist ein bissl schwierig. Mit Fernverkehr haben wir's noch nicht so.“

Bronstein begann, leicht nervös zu werden, als der Mann sich mehr und mehr in seine Unterlagen vertiefte, während sich hinter Bronstein allmählich eine Menschenschlange bildete. Erste Unmutsäußerungen wurden laut. Bronstein verlor die Nerven und hob seine Kokarde in die Höhe. „Jetzt alle Unklarheiten beseitigt?“, rief er in die Runde. Die Menschen um ihn hatten verstanden und suchten andere Schalter auf.

„Also“, sagte der Eisenbahner nach einer ganzen Weile, „es ist zwar ziemlich kompliziert, aber es ist nicht unmöglich.“ Auf seinem Gesicht zeichnete sich ein leises Triumphlächeln ab. „Sie müssen schau'n, dass Sie nach Floridsdorf kommen. Das müsste mit der Straßenbahn gehen.“ Bronstein nickte.

„Dort steigen S' um 8 Uhr 20 in den Regionalzug nach Gänserndorf ein. Der hält in Leopoldau, Deutsch-Wagram und Strasshof. Ankunft in Gänserndorf um 9 Uhr 5. Von Gänserndorf geht dann um 9 Uhr 30 der Regionalzug nach Bernhardsthal ab. Da haben S' ein Glück, wissen S', denn der verkehrt nur an Sonn- und Feiertagen. Stationen in Angern, Stillfried, Dürnkrut, Jedenspeigen und Hohenau. Ankunft in Bernhardsthal um 10 Uhr 25."

Na bitte, dachte Bronstein. Bis an die Grenze kam er einmal.

„Dort haben wir dann allerdings ein kleines Problem. Sie müssten zu Fuß über die Grenze. Der nächste Zug, der fährt nämlich erst ab Lundenburg."

Zu Fuß über die Grenze. Das kam ihm irgendwie bekannt vor.

„Wenn S' immer den Schienenstrang entlang gehen, sind das drei Kilometer und 189 Meter. Zu viel Zeit dürfen S' Ihnen dabei aber ned lassen, gell, Kontrolle hin oder her, weil der einzige Zug, der für Sie in Frage kommt, geht in Lundenburg um Punkt 12 Uhr ab. Bahnsteig 1, falls S' das auch wissen wollen."

„Aha, und wie geht's dann weiter?" Bronstein befürchtete einen weiteren Umsteigemarathon.

„Der in Lundenburg ist ein Beschleunigter nach Brünn. Der bleibt nur in Podivin, Vranovice und Rajhrad stehen. Ankunft in Brünn um 14 Uhr 10. Von dort sollte dann um 15 Uhr ein Zug nach Böhmisch Trübau gehen, da habe ich aber keine genauen Aufzeichnungen darüber. Jedenfalls könnten S' von Trübau dann einen Zug nach Olmütz erwischen. 17 Uhr hab ich da stehen. Und der wäre um Punkt 18.45 Uhr in Olmütz."

Über zehn Stunden. Unter normalen Umständen hätte er geflucht. Aber immerhin, selbst unter den gegebenen Bedingungen war Olomouc nicht aus der Welt. Und damit auch nicht Jelka. Er kaufte ein Ticket nach Bernhardsthal, da der Bahnbedienstete ihm kein Billet für die tschechoslowakische Eisenbahn geben konnte. Dann verließ er den Bahnbereich und begab sich in das angeschlossene Postamt, wo er ein Telegramm aufgab. „Ankomme Sonntag, 23., 18.45 Olmütz Hauptbahnhof. Gruß, David", lautete der lapidare Text, der ihm mit seinen sieben Worten auch so teuer genug kam. Am liebsten hätte Bronstein im Anschluss noch einen Adventkalender erworben, nur dass für ihn bereits der 23. der Tag der Bescherung sein sollte. Doch Adventkalender gab es noch keine, und so blieb ihm bestenfalls, sich selbst einen zu basteln, und dazu wiederum reichten seine Fähigkeiten nicht.

Beschwingt begab er sich nun endlich ins Büro, wo Dürmayer, wie die ganze Woche schon, Trübsal blies. So setzte sich Bronstein einfach an seinen Schreibtisch und studierte die ihm vorliegenden Zeitungen, wobei er dem Politikteil großräumig auswich. Immerhin gab es im Chronikbereich einige durchaus positive Nachrichten, so etwa jene, dass Holz angeliefert werde, welches an die Wienerinnen und Wiener zum Heizen verteilt werde. Aus Oberösterreich würde zudem demnächst Fleisch kommen, und selbst die Versorgung mit Zigaretten werde, so hieß es, durch Eigenmarken des heimischen Tabakmonopols schon bald signifikant besser. Die Erträge aus dem Verkauf der Sorten „A", „B" und „C" würden zum Wiederaufbau verwendet, sodass jeder echte Patriot, wie es in dem Artikel hieß, zu besagten Glimmstängeln greifen müsse. Unterstrichen wurden diese Aussagen durch ein Inserat, auf dem die diversen Wahrzeichen Österreichs abgebildet waren, versehen mit dem Text: „Für dein Österreich – rauch Tabakregie.“ Bronstein fühlte sich sofort angesprochen und zündete sich eine weitere Zigarette an.

Den Sportteil, der immerhin auch schon einen gewissen Umfang erreicht hatte, ließ er gleichfalls aus. Zu sehr schmerzte ihn noch das 1:5, das der Sportclub gegen Rapid in der wiedererstandenen Meisterschaft erlitten hatte. Der Harry Aurednik war eben in der Form seines Lebens, und die großen Tage der Dornbacher, sie waren wohl ebenso Geschichte wie seine eigenen. Doch an einem solchen Tag wollte er partout nicht schwermütig werden, und so summte er vergnügt einen alten Schlager vor sich hin, als er aufstand und den Chef im Nebenraum aufsuchte. „Liegt noch was an, Chef? Weil wenn nicht, dann tät ich schauen, ob ich in der Innenstadt ein paar Sachen organisieren kann.“

Dürmayer nickte matt. „Geh nur. Schönes Wochenende.“

„Bist dir sicher, dass alles in Ordnung ist?“

Dürmayer sah den Fragesteller von der Seite an.

„Du weißt schon, wie ich es meine“, schränkte der rasch ein.

Der Vorgesetzte winkte müde ab. „Gar nix ist in Ordnung. Aber das ist eh wurscht. Es ist überhaupt alles wurscht. Daher mach einfach, was du willst. Das machen die anderen ja auch.“

Eigentlich verspürte Bronstein tief in sich ein schlechtes Gewissen, doch er beschloss, sich auch dadurch nicht von seiner guten Laune abbringen zu lassen. Er strebte der Kärntner Straße zu und war voll der Hoffnung, gerade an diesem Nachmittag etwas ganz Besonderes erstehen zu können. Einen Apfel vielleicht. Oder ein Stück Hartwurst. Oder, warum nicht vom Unmöglichen träumen, ein Kipferl.

Wien
Samstag, 15. Dezember 1945

„Sie haben *was*?“ Bronsteins Stimme überschlug sich. Er konnte und er wollte nicht glauben, was Dürmayer ihm eben gesagt hatte. „Nach all dem, was wir an Beweisen gegen diesen Scheißkerl zusammengetragen haben, erhebt die Staatsanwaltschaft keine Anklage?“ Die letzten Worte hatte Bronstein so laut geschrien, dass sein Kopf rot wie eine Tomate geworden war. Dürmayer zuckte nur mit den Achseln. „Ich hab es dir ja prophezeit. Du wolltest mir ja nicht glauben!“

„Aber wie gibt es so etwas? Der Mann hat doch … selbst die Nazis haben ihm zweitausend Morde vorgeworfen, da kann doch die Staatsanwaltschaft nicht einfach …“ Bronstein sank auf seinen Sessel und schlug die Hände vors Gesicht. Dürmayer setzte sich zu ihm und hielt ihm eine Zigarette hin, die Bronstein nach einer geraumen Weile wahrnahm. Gedankenverloren griff er nach ihr und zündete sie sich an. „Ich meine, was ist da passiert?“

„Wie ich dir gesagt habe. Die wollen sich an dieser Sache nicht die Finger verbrennen. Weil eigentlich müssten sie gegen ihn einen Musterprozess führen, bei dem dann aber auch aufgedeckt werden würde, wer Burger aller protegiert hat, wer mit ihm zu tun hatte, wer wovon wusste und so weiter. Und der Burger selber ist ja auch kein Trottel. Der würde umfassend auspacken, denn wenn er schon zur Hölle fahren muss, dann wird er wenigstens so viele wie möglich mitnehmen wollen. Und genau davor fürchten sich manche Herrschaften in den oberen Etagen!“

„Das heißt, die stellen das Verfahren jetzt einfach ein?" Bronstein schüttelte ungläubig den Kopf.

„Na, na, so blöd sind die auch wieder nicht. Es ist klar, dass man einen Verbrecher dieses Kalibers nicht einfach laufen lassen kann. Da schreien Russen und Amis unisono Zeter und Mordio. Nein, nein, unsere Beschwichtigungshofräte sind da viel gefinkelter."

„Aha. Und wie?"

„Irgendwer hat wohl beizeiten spitzgekriegt, dass die Polen auch nach Burger fahnden. Klar, der hat ja auch jede Menge Polen auf dem Gewissen. Und dieser Irgendwer hat sich gedacht, das ist eine nette Information, die wir sicher noch einmal brauchen können, und hat sie in der Hinterhand behalten. Und jetzt, wo die Kommunisten ordentlich Druck machen in dieser Sache, jetzt hat die Stunde unseres Irgendwer geschlagen."

„Du meinst …"

„Genau. Die Verantwortlichen fragen sich, wie sie sich die Peinlichkeit eines solchen Prozesses ersparen können, und da sagt unser Irgendwer plötzlich: Liefern wir ihn doch an Polen aus. Und alle Gesichter erhellen sich, denn was immer Burger in Polen sagen wird, es wird in Österreich niemand hören. Alle können beruhigt sein, denn alles geht weiter seinen gewohnten Gang, und ein lästiges Problem ist abgeschoben und damit gelöst."

„Da sind wir aber schnell wieder in der Normalität angekommen, was?" Bronstein seufzte resigniert.

„Genosse Honner wird das natürlich nicht zulassen. Aber wie du dir denken kannst, ist der nicht mehr lange dafür verantwortlich. Nächste Woche konstituiert sich der Nationalrat. Der wird dann einen Präsidenten küren, und der wiederum wird eine neue Regierung ernennen, in der wir Kommunisten nur noch pro forma vertreten sind. Dem Vernehmen nach wird Helmer Innenminister, und der unterschreibt dir den Auslieferungsbefehl schneller, als du Bronstein sagen kannst."

Abermals kam von Bronstein nur ein langes Seufzen. „Vielleicht sollte ich zu Weihnachten gar nicht Urlaub nehmen und gleich um meine Pension einkommen. Immerhin bin ich jetzt zweiundsechzig. In dem Alter lässt man keinen mehr malochen. Zweiunddreißig Dienstjahre hab ich auch, und die Kriegszeit wird man mir ja wohl anteilig anrechnen. Dann habe ich die fündunddreißig Jahre für die Höchstpension zusammen."

Gegen seinen Willen musste Dürmayer lachen. „Ja, wirklich. Kauf dir ein kleines Häuschen irgendwo hinter Purkersdorf. Das kriegst du für ein paar Schilling. Und dort verbringst du dann beschaulich deinen Lebensabend und siehst dir den Wienerwaldsee an."

„Wer weiß, vielleicht füttere ich die Enten ..."

„Oder du lädst dir deinen Pokorny ein. Der erzählt dir dann was vom Kletzmayr und vom Berghammer."

Bronsteins Miene erstarrte, sodass sich Dürmayer ernstlich sorgte. „Hab ich was Falsches gesagt?"

„Nein, nein, ich hab ihn nur immer noch nicht besucht, obwohl ich jetzt schon ein halbes Jahr wieder da bin."

„Na, hab deswegen kein schlechtes Gewissen. Der wird hundert. Da hast echt noch Zeit genug. Jetzt schau erst einmal, dass du zu deiner Jelka kommst."

„Woher weißt du denn das schon wieder ..."

„Ich wäre ein schlechter Staatspolizist, wenn ich das nicht wüsste", lachte Dürmayer.

„Auch wieder wahr. Na gut. Dann erhol ich mich einmal über Neujahr in der Tschechoslowakei. Dort haben sie alles, was wir nicht haben. Fleisch, Erdäpfel, Kraut, Knödel. Da werd ich mich endlich wieder einmal satt essen. Und wenn ich zurück bin, dann knöpfen wir uns den Seidl vor. Den werden sie uns nicht abjagen. Den nicht."

Dürmayers Lachen ging in homerisches Gelächter über. „Habe ich dir schon einmal gesagt, dass ich deinen Optimismus liebe?"

„Nein", entgegnete Bronstein und zwinkerte dabei.

Wien
Sonntag, 23. Dezember 1945

Noch vor Anbruch der Dämmerung war Bronstein hellwach. Und wenn er ehrlich zu sich selbst war, dann gestand er sich ein, dass er die ganze Nacht hindurch nie wirklich geschlafen hatte. Er fühlte sich wie ein Pennäler vor dem ersten Rendezvous. Immer und immer wieder ging er, sich unruhig im Bett wälzend, den ersten Satz durch, den er Jelka sagen wollte, wenn er ihr nach fast sieben Jahren erstmals wieder gegenüberstand. Er war so sehr mit dieser Frage beschäftigt, dass er beinahe den Moment versäumt hätte, an dem er seine Wohnung verlassen musste, um rechtzeitig in Floridsdorf zu sein. Doch das penetrante Hupen unter seinen Fenstern rief ihm die Uhrzeit fristgerecht ins Gedächtnis.

Dürmayer war so nett gewesen, ihm einen Wagen zu schicken, und so fuhr er durch die stillen Straßen der Stadt, die noch im Sonntagsschlaf zu liegen schien.

Am Bahnhof angekommen, dachte er unwillkürlich an jenen Märztag vor fast acht Jahren, an dem er um sein Leben gezittert hatte. Nun freilich lag der Bahnhof in unbefleckter

Jungfräulichkeit vor ihm. Weit und breit war niemand zu sehen. Selbst der Fahrkartenschalter war geschlossen. Bronstein machte sich schon Sorgen, dass der Zug gar nicht abfahren würde. Doch dann trat endlich der Fahrdienstleiter aus seinem Kämmerchen und blickte interessiert nach Westen, wo sich tatsächlich eine schwarze Dampflok pfauchend und ächzend dem Bahnhof näherte. Angekuppelt waren ein kleiner Tender und ein einziger grüner Waggon, der wohl schon zu Zeiten der Monarchie im Einsatz gewesen war. Einen Augenblick lang nahm der Dampf Bronstein die Sicht, doch schließlich erkannte er den Einstieg. Er holte Schwung, packte die Haltegriffe und wuchtete sich ins Innere des Waggons.

Wie erwartet war er der einzige Fahrgast, und so ging er zur letzten Reihe, wo er in Fahrtrichtung Platz nahm. Er hörte den Pfiff des Stationsvorstandes, dann das charakteristische Stampfen der Schwungräder und registrierte schließlich das Rütteln und Rucken, das ihm signalisierte, dass sich der Zug nun endlich in Bewegung setzte. Langsam entschwand der Perron aus seinem Blickfeld, und die Garnitur glitt langsam in die graubraune Landschaft, in der bald nichts mehr von einer Stadt zeugte.

Wie verschieden war doch diese Fahrt von jener des Jahres 1938! Es gab keine Notwendigkeit, beständig die Türen im Auge zu behalten. Es herrschte kein Gewühl und keine Hektik, neben ihm saß kein Zeitung lesender Mann, der gleich ihm Todesangst litt. Er war ganz allein und brauchte keinerlei Furcht zu empfinden. Er brauchte nur an Jelka zu denken und daran, dass vielleicht mit einer fast dreißigjährigen Verspätung doch noch alles gut werden würde. Und er memorierte einen einzigen tschechischen Satz: „Miluji tě."

Glossar

a,	ein, eine; auch
aa	auch (betont und verlängert)
abfeitln	abstechen
Aeronautische Anstalt	zu Zeiten der Monarchie errichtetes Flugfeld bei Fischamend, im Zweiten Weltkrieg Behelfsflugplatz der Deutschen Luftwaffe
allerweil	immer; ich wünschte, …
Borschtsch	traditionelle osteuropäische Suppe aus Roten Rüben
Budel	Schank, Tresen
charascho	(russisch) ja, gut
dawai	(russisch) los, komm schon
Druschba	(russisch) Freundschaft
Fix Laudon!	ein Fluch (nach Feldmarschall Gideon Laudon)
gemma	gehen wir
Gigerer	Pferd
Griasler	Sandler, Obdachloser
Gspassettl	Scherz, Faxen, blöde Bemerkung
Gspusi	Liebschaft
hamma	haben wir
hinich	kaputt, tot
Kampel	Kerl, Bursche
Kieberer	Polizist
leiwand	super
ma	mir; wir; auch als Interjektion
Mazel	(jiddisch) Glück
Mazzesinsel	Insel zwischen Donaukanal und Donau; umfasst 2. (Leopoldstadt) und 20. Bezirk (Brigittenau); wegen der jahrhundertelang dort ansässigen jüdischen Bevölkerung M. genannt

muagn	morgen
nu	noch
oiso	also
palessieren	abhauen, flüchten
Pallawatsch	Durcheinander
Pappn	Mund
paschalsta	(russisch) bitte
petschiert	angeschmiert, verloren, ruiniert
Schleifen	(jemandem die S. geben:) töten
Schmähtandler	jemand, der allerlei Lügengeschichten auftischt
simma	sind wir
solchane	solche
Soljanka	Suppe aus sauer eingelegtem Gemüse
spassiba	(russisch) danke
Spinaterer	(Streifen-)Polizist
Stoj!	(russisch) Halt!
Tschick	Zigarette
umadum	herum
verwordagelt	krumm, verunstaltet, komisch
Waffenrad	Markenname für ein bis 1987 von Steyr-Daimler-Puch produziertes, schweres, unverwüstliches Fahrrad

Als Vorbild für die zwischen Bronstein und Dürmayer gespielte Schachpartie (S. 291 ff.) diente die Partie Bronstein – Geller, Sowjetische Meisterschaft 1961. Beim Weißspieler handelt es sich um den bereits mehrfach erwähnten entfernten namensgleichen „Neffen" Bronsteins. Die hier gegebene Beschreibung kann den tiefen Gedankengängen der beiden Großmeister selbstverständlich nicht gerecht werden. Hier die vollständige Notation:
1. d4 Sf6 2. c4 e6 3. Sc3 Lb4 4. a3 L:c3+ 5. b:c3 0-0 6. f3 d5 7. c:d5 e:d5 8. e3 Lf5 9. Se2 Sbd7 10. Sf4 c5 11. Ld3 L:d3 12. D:d3 Te8 13. 0-0 Tc8 14. Tb1 Da5 15. T:b7 Sb6 16. g4 h6 17. h4 c:d4 18. g5 d:e3 19. g:f6 T:c3 20. Dg6 f:g6 21. T:g7+ Schwarz gab auf.

Bisher sind im echomedia buchverlag sechs Titel von Andreas Pittler erschienen:

Tacheles

ISBN 978-3-901761-87-4
304 Seiten, brosch., € 9,90
Titel auch als E-Book erhältlich.

Ezzes

ISBN 978-3-902672-08-7
288 Seiten, brosch., € 9,90
Titel auch als E-Book erhältlich.

Chuzpe

ISBN 978-3-902672-22-3
320 Seiten, brosch., € 9,90
Titel auch als E-Book erhältlich.

Mehr Informationen unter www.echomedia-buch.at

Nominiert für den Friedrich-Glauser-Preis 2012!

Tinnef

ISBN 978-3-902672-35-3
272 Seiten, brosch., € 9,90
Titel auch als E-Book erhältlich.

Zores

ISBN 978-3-902672-82-7
248 Seiten, brosch., € 9,90
Titel auch als E-Book erhältlich.

Der Fluch der Sirte

ISBN 978-3-902900-20-3
320 Seiten, geb., € 19,80

Mehr Informationen unter www.echomedia-buch.at